# CAMINO AL PLACER

Amor y Aventura

# CAMINO AL PLACER

## Anabella Franco

**VERGARA**
GRUPO ZETA **z**

Barcelona • Bogotá • Buenos Aires • Caracas • Madrid • México D.F. • Miami • Montevideo • Santiago de Chile

1.ª edición: febrero de 2016

© Anabella Franco, 2014
© Ediciones B, S. A., 2016
   para el sello Vergara
   Consejo de Ciento 425-427, 08009 Barcelona (España)
   *www.edicionesb.com*

Printed in Spain
ISBN: 978-84-15420-96-5
DL B 340-2016

Impreso por LIBERDÚPLEX, S.L.
Ctra. BV 2249 km 7,4
Polígono Torrentfondo
08791 Sant Llorenç d'Hortons

*Para ti, misterioso hombre de bar que inspiraste a Julián.*
*Y para todos los que sirven de inspiración a la gente.*
*Aunque nunca lo sabrán...*

Toco tu boca, con un dedo toco el borde de
tu boca, voy dibujándola como si saliera de mi
mano, como si por primera vez tu boca se en-
treabriera, y me basta cerrar los ojos para des-
hacerlo todo y recomenzar.

JULIO CORTÁZAR,
capítulo 7 de *Rayuela*

# 1

Los labios se encontraron en un beso apasionado. Guido pasó una mano por el cabello sedoso de Nadia y sus dedos se enlazaron...

—Nati.

... en los cabellos de Nadia y...

—¡Natalia!

Apartó los dedos del teclado. No había modo de escribir si su madre la llamaba todo el tiempo.

—¿Qué? —acabó por preguntar, resignada.

—¡A comer!

Suspiró, cerró la *notebook* y se puso en pie.

Su cuarto no había cambiado desde la adolescencia, todavía dormía con ositos de peluche sobre la cama y un viejo acolchado rosa gastado por el paso del tiempo. Como la habitación era diminuta, en apenas un par de pasos estuvo junto a la puerta corredera. Le costó abrirla, siempre se atascaba, había que moverla hacia arriba y después deslizarla con precisión por el riel para que finalmente diera paso a la sala. Cuando lo logró por fin, la frescura de las demás habitaciones le dio de lleno en la cara.

En la mesa redonda de la cocina, encontró una tortilla de patatas preparada por su madre. Le gustaba esa comida, pero la hacía sentir culpable. Una vez, cuando era niña, había montado un escándalo por tener que comer tortilla. Ya no recordaba qué quería comer esa noche, quizá ni siquiera quería algo en particular, pero los berrinches a veces servían para descargar penas, y ahora sabía que las había tenido.

Cada una se sirvió una porción en su plato y Natalia sacó la botella de Coca-Cola. Como todo en su casa era diminuto, tenía la nevera junto a la silla. Una de las ventajas de vivir en un lugar tan pequeño era que todo quedaba a mano, y además, que costaba menos trabajo hacer la limpieza.

Durante la cena, su madre le contó por enésima vez el problema que había tenido con una clienta. En esta ocasión, Liliana se refirió a la opinión que Adriana, otra clienta, había tenido del asunto.

—Me dijo que nadie puede dejar de encargarme comida porque una vez cometí el error de ponerle mucha sal a la sopa, que eso era una excusa. Y claro que es una excusa, algo pasa, pero nunca lo voy a saber.

Natalia ya no la oía. Conocía el problema y en ese momento quería saber qué estaba diciendo el presentador del noticiero en la televisión, pero no podía escuchar.

—Yo sabía que en algún momento iba a pasar, porque el marido ya me había dicho que no le gustaba cómo preparaba las verduras. ¿Qué hombre se mete a dar órdenes a la que le lleva la comida? Esas son cosas de mujeres.

—Eso ya no es así, mamá —replicó Natalia, sin dejar de mirar el televisor, pero aún sin escuchar—. No seas machista.

—¡No es que yo sea machista! Es que esas son cosas de mujeres, los hombres no tienen que meterse en la cocina, ningún hombre lo hace.

—Bueno, por favor, déjame escuchar —pidió Natalia, esforzándose más por escuchar las noticias, de momento sin éxito.

—Todos me dan la razón, menos tú. Eres mi hija y al final me contradices, no sé para qué te lo cuento si no valoras a tu madre.

Viendo que Liliana no se iba a callar y que la noticia que le interesaba escuchar ya había terminado, Natalia se apresuró a acabarse la cena y volvió a su cuarto.

Retomó su escrito. Se dio cuenta de que había repetido «cabello» y «Nadia» dos veces, entonces borró. Redactó otra vez:

> Los labios se encontraron en un beso apasionado. Guido enredó los dedos en el cabello de Nadia y continuó besándola. Así acabaron en el sillón, y una noche de pasión impidió que durmieran.
> A la mañana siguiente...

Iba a seguir escribiendo, pero prefirió interrumpirse en esa frase para recordar lo que quería escribir después. Ahora debía ocuparse de su trabajo. Todavía le faltaba corregir algunos exámenes. No era una tarea apasionante, pero tenía que cumplirla.

Cerró el Word, pero cuando iba a hacer lo mismo con Facebook, se arrepintió. Sus dedos titubearon sobre el teclado antes de escribir las mismas letras que por lo menos una vez al mes la tentaban. Quería resistir, pero acabó cediendo y en el buscador de la red social escribió «Gabriel Gambarte».

Halló lo habitual: un cuadro abstracto en la portada y una imagen del grupo Rammstein en la foto de perfil. No aparecían amigos, datos personales y mucho menos el contenido del muro. No halló novedades, y eso la tranquilizó, pero a la vez le quitó el aliento. Necesitaba saber más de él, así que buscó el perfil de su novia: «Sandra Tévez.»

Encontró una fotografía que ya había visto en su portada, ella en una discoteca de paredes rojas, y en la foto de perfil, unas botellitas de perfume desenfocadas.

Suspiró, pensando en que parecían tal para cual: Gabriel y Sandra, Sandra y Gabriel. Casi al mismo tiempo se preguntó qué habría pasado si la ecuación se hubiera mantenido como Gabriel y Natalia, aunque siempre había sido Natalia y Gabriel. Era profesora de Literatura, sabía la importancia que tenía el orden de las palabras, y en el orden correcto, ella siempre había llevado las riendas de la relación, por eso debía ser mencionada primero.

Había sido exigente y poco comprensiva. Y al final había dejado a Gabriel con la excusa de que ella se merecía algo mejor, cuando en realidad ahora pensaba que solo se había boicoteado a sí misma. Él no había sido el infantil, como lo había acusado: había sido ella. Ahora que Gabriel tenía compañera y a ella la ignoraba por completo, se daba cuenta de lo que había perdido y lo lloraba en silencio. Ella lo había dejado, ella lo había empujado a los brazos de otra que, con la excusa de consolarlo por la pérdida, se lo había apropiado.

Volvió a sentirse amargada, una vieja que acababa de cumplir veintiocho años y que en dos más alcanzaría la treintena. ¡Treinta años! No quería tenerlos, porque con su llegada sentiría que había desperdiciado la vida. ¿Cómo se le había ocurrido dejar a Gabriel después de ocho años de noviazgo? ¿Cómo no se había dado cuenta de que no iba a conocer a otro hombre porque no salía a ninguna parte y todas las personas de su edad le parecían estúpidas y superficiales? Gabriel no lo era. Era espiritual, soñaba con casarse y tener hijos, pero ella, desconocedora del mundo, lo había dejado esperanzada en encontrar una relación que de verdad la hiciera feliz. ¿Por qué no había sabido serlo con Gabriel? Toda la gente se quedaba con lo que tenía por no andar buscando lo que jamás iba a encontrar. Él había sido su primer y único novio, y ahora no era más que la espada que se le hincaba en el corazón y le recordaba que moriría sola. Resultaba paradójico que fuera profesora, que destinara su vida a los hijos ajenos cuando ella no tendría los propios. Y resultaba irónico que hubiera dejado a Gabriel y ahora añorara su presencia. Echaba de menos ir al cine con él, contarle sus problemas, sentirse en pareja. Ni siquiera tenía amigas, solo alumnos, libros y recuerdos.

Sonó su móvil. Tenía más ganas de llorar y tratar mal a quien llamara que de responder con amabilidad. Vio que se trataba de Analía, una ex compañera de la secundaria con la que a veces salía, y supo de inmediato por qué le escribía.

«Voy a salir con una amiga. ¿Quieres venir?», rezaba el SMS de su ex compañera. Estuvo a punto de poner una excusa para rehusar, pero la rabia porque Gabriel tuviera pareja y ella no, la hizo cambiar de opinión. Sabía que estaba actuando como una ex novia despechada, pero ¿acaso tenía que ser perfecta? Ella no era la protagonista de una novela romántica, jamás sería siquiera el personaje principal de una historia de amor mundano y perecedero como eran todos los romances de la vida real. En tal caso, sería lectora toda la vida, incluso espectadora, si consideraba que se autocastigaba viendo el amor de Sandra y Gabriel.

«Vale. ¿A qué hora nos encontramos?», respondió fingiéndose decidida. No lo estaba. Se hallaba en camisón y pantuflas, no tenía ganas de ducharse y menos de vestirse, pero acababa de aceptar y ya no tenía opción. Podía retractarse, una parte de ella la impulsaba a hacerlo, pero al final se limitó a leer la hora y la dirección donde tenía que encontrarse con Analía, y salió de su habitación.

—Salgo con Analía —anunció a su madre, que lavaba los platos con el televisor a un volumen más alto que sus pensamientos.

—¿Qué? —chilló Liliana—. ¡Estás loca! ¿A esta hora? Es muy peligroso, debes tener cuidado, no son tiempos para andar por la calle de noche como si nada.

Natalia no respondió. Se metió en el baño, se dio una ducha y salió poco después para vestirse en su cuarto. No tenía mucha ropa, solo los vaqueros una talla más grande que usaba para ir al instituto religioso donde daba clases y algunas prendas que le habían quedado de cuando tenía novio. Acabó eligiendo una falda marrón hasta la rodilla y una blusa a tono con una cazadora nada moderna, todo de aquella época de oro.

—No te conviene salir a esta hora, Natalia —insistió su madre cuando la vio coger las llaves del coche—. ¿Adónde van? ¿Tienes que pasar a buscarla? No vayas por esa zona, que es peligrosa. ¿No te da miedo?

—No puedo vivir pensando en la inseguridad, mamá —replicó Natalia al tiempo que abría la puerta.

En ese momento, sonó su móvil. Presintiendo lo que siempre sucedía cuando salía con otras personas, miró el SMS y no se equivocó: sus compañeras se retrasarían al menos media hora. Media hora que, para ella, significaba escuchar un largo discurso acerca de la inseguridad, lo peligroso que era salir los sábados por la noche y quizá también por enésima vez la historia de la sopa demasiado salada y la pérdida de una clienta de su madre.

Suspiró y volvió a su cuarto, buscando ahorrarse la cháchara de Liliana. Cerró la puerta y, para pasar el rato, se puso a corregir exámenes sin quitarse siquiera la cazadora.

Comenzó por el primero que tenía en la pila. La pregunta uno pedía resumir el argumento de *Relato de un náufrago*.

«Va sobre un hombre que viajaba en un avión que se cae y entonces...»

Dejó de leer para hacer una anotación:

«Para rendir examen de *Relato de un náufrago*, lea el libro, no vea la película *Náufrago* porque NO SON LO MISMO.»

Acabó calificándolo con un dos, solo por el tiempo que el estudiante se había tomado en ver la película pensando en la evaluación. Solía tener paciencia con los alumnos, pero ese año la estaban exasperando. Nadie quería estudiar, los padres se quejaban por todo y los inspectores solo sabían dar órdenes que en otras escuelas nadie respetaba.

Corrigiendo, la media hora pareció transcurrir más rápido, y acabó saliendo de su casa a las doce y media, otra vez bajo la ineludible voz admonitoria de su madre, que le advertía acerca de todas las calamidades que podían ocurrirle saliendo de casa a esa hora y regresando de madrugada.

No bien comenzó a conducir, encendió el estéreo y buscó en el *pen drive* una carpeta con canciones de su agrado. Hacía tiempo que no quería saber nada con Rammstein ni con ninguna otra banda que le recordara a su ex novio.

Pasó por la puerta del bar a la hora acordada, pero dio tantas vueltas para encontrar un lugar adecuado donde estacionar, que acabó llegando cuando sus compañeras ya estaban allí. Analía le presentó a su amiga Paula y después de cruzar dos palabras, entraron al local.

Se trataba de un pub irlandés paradójicamente ambientado con una cabina telefónica londinense y varios pósters de los Beatles. Las mesas eran de madera oscura y las paredes, escarlata. Había muy poca luz, solo algunos focos rojos o azules que generaban un efecto psicodélico y dificultaban la visión. Divisaron un espacio libre bajo una escalera y otro en medio del salón, cerca de la improvisada pista de baile.

—Vamos allí —indicó Paula señalando la mesa central.

Analía asintió, pero a Natalia la elección le desagradó. Si algo odiaba de los bares eran las acumulaciones de gente, que se llevaran por delante su mesa para pasar y tener que controlar cada pocos segundos si su bolso seguía colgado en la silla o se lo había llevado algún caco. Por eso se opuso a la decisión de las dos amigas y señaló la mesa bajo la escalera.

—Ahí me parece mejor —dijo.

—Pero ahí no nos verá nadie —se quejó Paula.

Así comenzaba lo que para Natalia era la humillación femenina: ofrecerse en un sitio visible, con una buena minifalda y un escote provocativo para que los varones se fijaran en ellas. Era insegura e indecisa: si bien no le gustaban las mujeres que impostaban una actitud provocativa, tampoco se sentía cómoda con la ropa de monja que solía llevar. Las otras vestían minifaldas, minishorts o calzas ajustadas, y ella una falda marrón acampanada que le llegaba hasta la rodilla.

—Vamos ahí —exigió señalando de nuevo la mesa de la escalera, hacia donde se encaminó. Las otras dos no tuvieron más opción que seguirla.

Pidieron un trago para las tres. Natalia hubiera preferido pedir uno para ella sola, pero debía respetar los códigos de las que la habían invitado; después de todo, ella era la participante extra. Gracias que habían accedido a sentarse bajo la escalera.

—Yo no entiendo para qué me dice que quiere salir conmigo si después se va con los amigos —contó Paula una vez que les habían llevado la bebida. Hablaba de su novio—. El otro día me llamó para decirme que quería que fuéramos al bar de un amigo, que me iba a pasar a buscar, y yo lo esperé como una hora, pero después me llamó y me dijo que mejor no, que se iba a ir a dormir porque al otro día tenía que verse con esa mujer que trabaja con él. ¡Me llamó a las dos menos cinco de la madrugada, cuando yo ya no podía hacer nada! ¿A quién le iba a decir para salir a esas horas? Y no era cuestión de ir sola a ver si me encontraba con algún conocido por ahí.

—¡Pero, nena, me hubieras llamado y venías adonde estaba yo! —respondió Analía—. No te quedes en tu casa porque él te da plantón.

—Bueno, en realidad no me plantó, porque me llamó. ¿O no?

Mientras la conversación seguía su histérico curso, Natalia se fingía atenta, pero en su mente, aquello no era más que una pérdida de tiempo. Le parecía que no había crecido, que oía las mismas conversaciones que sus amigas de la secundaria solían mantener en los recreos, solo que habían cambiado hablar de besos por hablar de sexo.

Le hubiera gustado estar en su casa, en pijama y pantuflas, comiendo un chocolate. Su cuerpo permanecía en la silla, pero en su pensamiento solo resonaba la última escena que había leído de *Caballo de fuego*. «Eso me gustaría estar haciendo —pensaba—, leyendo o escribiendo una historia de amor.»

Por suerte, nadie la sacó de sus fantasías. Solo a las dos y media de la madrugada, cuando ya ansiaba irse a casa porque no podía más de aburrimiento, a sus amigas se les ocurrió lo que siempre hacían: cambiar de bar.

—Creo que solo dejan entrar hasta las dos, después no —recordó Analía de repente, y Natalia se alegró, pues así se libraría de seguirlas sin tener que negarse y que la tildaran de «mosca blanca». Pero no hubo suerte.

—No importa, en Herot tengo un conocido que nos deja pasar seguro —replicó Paula.

Eso acabó con la alegría de Natalia, que en ese momento pensaba en literatura. «Herot, así se llama el palacio del rey en *Beowulf*, pero apuesto a que el dueño de ese bar no lo sabe, solo buscan nombres que parezcan raros y atraigan al público», rumió en su mente, molesta con la actitud «marketinera» e ignorante de los comerciantes.

Acabaron en Herot, un lugar muy distinto a un palacio, bebiendo otro trago entre las tres, sentadas en un patio que de día debía parecerse a la casa de su abuela.

—Me acaba de escribir, me pregunta dónde estoy —contó Paula refiriéndose a su novio.

Otra característica de la salida entre mujeres era que pasaban la mitad de la noche en silencio, vigilando sus teléfonos móviles y sonriendo de a ratos, como si hablaran con el príncipe de Indonesia. A veces le mostraban conversaciones que mantenían con chicos por WhatsApp, y ella no podía hacer lo mismo porque no tenía internet en el móvil y tampoco hablaba con chicos. Como siempre, en eso también era una «mosca blanca», como se había sentido desde la primaria, cuando prefería la soledad a los juegos entre compañeros. Ya en la secundaria, había preferido leer y escribir antes que salir a bailar, de modo que la brecha entre ella y las personas de su edad se había profundizado.

Natalia creyó que Paula no respondería el mensaje, pero lo hizo. Le parecía increíble el nivel al que una mujer podía llegar solo por tener un hombre a su lado; por algo ella no tenía uno, aunque lo ansiara.

—Nosotras vamos al servicio —le dijo Analía—. ¿Te quedas a cuidar la mesa?

—Sí, id tranquilas —respondió Natalia al tiempo que se reclinaba en el asiento con las manos cruzadas delante del estómago.

Mientras veía a sus amigas alejarse, volvió a pensar en el libro que había dejado a medio leer, en cuánto le hubiera gustado estar en su cama, derritiéndose mentalmente por el protagonista, en lugar de en ese bar, perdiendo el tiempo con conversaciones que no le interesaban lo más mínimo y viendo chicos de su edad que jamás llegarían ni a la mitad de uno de los protagonistas de las novelas románticas.

—¿Sabes quién es él? —la interrumpió una voz que no se correspondía con la que ella imaginaba para los personajes de sus libros.

Parpadeó varias veces tratando de centrarse en el chico que, con un brazo sobre el respaldo de la silla, le dirigía la palabra. Casi al mismo tiempo, se percató de que señalaba a uno de los jóvenes con quienes él compartía mesa, un muchacho con acné.

—No sé quién es —respondió Natalia con amabilidad.

—Es el primo de Pablo Martínez. —El gesto de Natalia no cambió. Permaneció callada y contemplativa—. El jugador de fútbol —aclaró entonces el muchacho que le hablaba, como si eso aclarara todo.

—Ah, no lo conozco —replicó ella con honestidad.

—¿Cómo que no? Es el novio de Carmela Rodríguez. —El rostro de Natalia tampoco cambió—. ¡La modelo!

No sabía nada de modelos, y mucho menos de jugadores de fútbol, si todo lo que hacía era mirar el noticiero antes de ir a trabajar y durante las comidas.

—Qué bien —replicó sin saber qué se esperaba que dijera. Al parecer no dijo lo correcto, porque el chico perdió interés y se alejó.

La gente se comportaba de manera muy extraña, sobre todo cuando salían y pretendían parecer expertos en el sexo opuesto. Lo más paradójico era que ella pasaba leyendo y tratando de escribir novelas románticas, pero no sabía nada de los hombres. Nada de nada.

Para su salvación, llegaron sus compañeras.

—¿Y? —le preguntó entusiasmada Analía—. ¿Qué te decía? Nos quedamos un rato más en el pasillo porque vimos que estabas hablando con ese chico.

—No sé. No entendí de qué me hablaba. Me preguntaba cosas estúpidas.

Analía rio.

—¿Qué esperas, que te hablen de filosofía en un bar? —bromeó.

Paula también se echó a reír, pero para Natalia no hacía falta hablar de filosofía para que una conversación tuviera sentido y resultara interesante. Es más, hablar de filosofía la habría aburrido.

Con pocas perspectivas de que la situación mejorara, suspiró y tomó la decisión más feliz de la noche: volver a casa.

—Me tengo que ir —anunció. Nadie insistió para que se quedara.

De regreso, mientras conducía su Chevrolet Celta azul de tres puertas, pensó en el tiempo que había perdido y en la soledad. Jamás conocería a nadie porque la gente de su edad le resultaba insoportable; no entendía sus códigos y no tenía ganas de entenderlos. Tampoco servía para fingirse una de ellos mientras por dentro su alma gritaba. Esperaba algo más que chicos que solo supieran hablar en ese idioma parecido al español, quería un amor de novela. Pero los amores de las novelas son inalcanzables, y ella jamás encontraría un hombre como esos acerca de los que leía y escribía, porque sencillamente no existen.

# 2

—Necesito que vuelvas con la furgoneta sin falta a las tres menos cuarto —exigió Julián en el teléfono fijo mientras buscaba su móvil en el bolsillo de la chaqueta. Hizo silencio para escuchar—. ¿No entiendes que no le puedo decir que nos atrasamos con el pedido de nuevo? —replicó—. Tenemos el aval de que somos una marca fuerte y que nadie en la zona nos iguala, pero eso no quiere decir que esperen por nosotros para siempre. Desde que papá murió sabes que ampliamos el reparto y tenemos que llegar a Buenos Aires hoy sí o sí. Por ahora no podemos permitirnos más distribuidores. ¿He sido claro?

Mientras escuchaba la respuesta de su interlocutor, manipuló el móvil y leyó un mensaje de texto que acababa de llegar. Desanimado por las novedades, dio una respuesta rápida:

«Sabrina, no puedo pasar a buscar a los chicos ahora, tengo un problema en la fábrica.»

—Fabrizio, somos hermanos, pero siento que tengo que ocuparme de todo yo, o a lo sumo Claudia, y eso no puede seguir así.

Le quedó por decir que, siendo los tres hermanos, percibían partes iguales de las ganancias que rindiera la fábrica, y eso suponía que trabajaran codo a codo. Pero se quedó con la frase atragantada para favorecer la armonía familiar y porque todos habían sentido siempre debilidad por el hermano menor.

Leyó la réplica de su ex mujer:

«Eres el padre, hazte cargo.»

Otro la hubiera insultado, pero Sabrina era la madre de sus hijos, y él evitaba enfrentarse a ella con malos modos.

—Está bien, Fabrizio, olvídalo. Yo llevaré los pedidos —acabó por decir, y colgó.

Se dejó caer en la butaca de su escritorio, agotado, anhelando un momento de paz. Cerró los ojos y se los frotó con la yema de los dedos. Necesitaba un respiro, sin embargo, el silencio en que se sumió la oficina duró muy poco; instantes después de que se hubiera sentado, resonaron tres golpes a la puerta.

—Adelante —dijo resignado.

Melisa, la secretaria, entró cargando unos papeles.

—Me dice el contable que hay un error en una declaración, pide que la hagas de nuevo —informó, dejándole una carpeta marrón.

Julián suspiró y se inclinó sobre los papeles. Apoyó los codos en la mesa y cruzó los dedos a la altura de la frente, con el rostro vuelto hacia Melisa. La chica se lo quedó mirando. Era tan atractivo y olía tan bien que ella adoraba pasar horas en su despacho; el traje negro le sentaba a la perfección, y las pulseras que usaba en la muñeca derecha le añadían un toque tan juvenil como moderno. Las conocía de memoria: las dos eran finas y de cuero negro, aunque una tenía detalles plateados.

—¿La puedo hacer mañana? —preguntó él en voz baja.

Melisa negó con la cabeza.

—Me dijo que era urgente porque hoy se vence el plazo para entregarla —respondió.

Con el tiempo justo, Julián extrajo un formulario y rehízo la declaración. Una vez que acabó, la entregó a su secretaria, cogió las llaves del coche y se puso en pie. Como gesto de despedida, le dio un apretón al hombro de su secretaria cuando pasó por su lado. Fue suficiente para que ella sonriera y cerrara los ojos. Quería disfrutar de la estela de perfume que él dejaba al irse.

Antes de abandonar la fábrica, Julián cargó el baúl y la mitad del asiento trasero de su Volkswagen Vento negro con varias cajas de alfajores, y luego partió hacia el instituto. Al llegar a la zona, como de costumbre, no cabía un alfiler. Tuvo que estacionar a una calle de distancia y darse prisa para que sus hijos no se preguntaran si alguno de sus padres había ido a buscarlos.

Divisó a su belleza castaña de quince años conversando con unas compañeras. La vio apartar con poca paciencia a su hermano de ocho, que revoloteaba a su alrededor, y eso le disgustó. Se aproximó al enrejado rojo del instituto y se aferró a dos huecos de la cuadrícula.

—¡Cami! —la llamó para que viera que él estaba ahí. Y aunque tenía pensado llamarle la atención por haber empujado a su hermano, en cuanto ella se dio la vuelta y lo miró, a él se le dibujó una sonrisa.

Quería con locura a esa adolescente hermosa y fácil de enojar, tanto como amaba a aquel muchachito revoltoso y lleno de alegría que corrió hacia él ni bien lo vio.

—¡Papá! —exclamó Tomás mientras corría.

La maestra lo detuvo para asegurarse de que, en efecto, fuera un familiar del niño quien había ido a buscarlo. Al verlo aproximarse a la puerta, sonrió y se agachó para dar un beso a su alumno, que respondió al saludo con poca atención: solo le importaba ir con su padre.

Una vez libre de la maestra, Tomás corrió hacia Julián y le dio un abrazo.

—¡Campeón! —exclamó él revolviéndole el pelo.

El niño alzó la cabeza para mirarlo. Se le parecía mucho. Tenía el mismo cabello negro y los mismos ojos castaños, y era el vivo rostro de Julián a su edad.

Detrás de un tumulto de adolescentes venía Camila, que era el calco de su madre. Y detrás de ella, un joven alto y delgado, con jersey de egresados y varios *piercings*, que le miró el trasero. Julián le dirigió una mirada reprobatoria. Que se atreviera a poner un dedo encima a su hija y tendría que vérselas con él.

—¿Por qué me llamas delante de todo el mundo? —se quejó

Camila, ajena a los pensamientos de su padre. Atrajo la atención de Julián de inmediato.

—Hola —la saludó él, demostrándole con el ejemplo que primero se daba la bienvenida. Luego la acercó con una mano detrás de la cabeza para darle un beso que Camila intentó esquivar.

—¡Basta! —se enfurruñó tratando de librarse de su padre, que sonreía pensando que había cambiado los pañales de aquella criatura tan tierna que con el tiempo se había convertido en una adolescente arisca.

Tomás, a diferencia de su hija, buscó su mano, y Julián tomó la de él.

—Hoy en Educación Física jugamos al fútbol —contó el niño—. ¡Metí un gol de media cancha!

—¡Vaya! —exclamó Julián—. ¡Eres un genio!

—¡Voy a ser como Messi! —vaticinó Tomás.

—Como una messi-ta de madera vas a ser —lo chinchó Camila antes de estallar en risas.

—No le digas esas cosas, Cami —la regañó su padre—. Además, Tomás es un campeón. —Le soltó la mano para revolverle el pelo de nuevo.

El niño se dio la vuelta e hizo una mueca a su hermana. Camila se mordió el labio y negó con la cabeza, dándole a entender que, para ella, él era un tonto.

Una vez junto al coche, Julián abrió las puertas con el comando de la alarma y sus hijos comenzaron otra pelea.

—¡Me toca a mí! —exclamó Tomás empujando a Camila. Forcejeaban por abrir la puerta de adelante.

—Pero yo soy más grande —replicó ella—. Los nenes van atrás.

Cuando viajaban largas distancias, Tomás siempre iba atrás, pero siendo que debían recorrer solo unas veinte cuadras, Julián pensó que podía permitir que su hijo viajara adelante.

—Vamos cerca, puedes dejar a tu hermano esta vez —se entrometió.

Cuando el niño abrió la puerta y Camila vio las cajas de alfajores ocupando medio asiento trasero, hizo una mueca de disgusto.

—¡Yo no quiero viajar con alfajores! —exclamó.

—¿Qué tienen de malo un par de cajas, Camila? —replicó su padre—. Tienes la mitad del asiento libre, irás cómoda.

Camila bufó y acabó dando el gusto a su padre, solo para desaparecer de la vista de los chicos del último año que estaban enfrente.

—¿Por qué no vino mamá? —interrogó una vez que emprendieron la marcha.

—Me pidió que viniera yo —contestó Julián sin dar más explicaciones. Tampoco las conocía.

—¿Y por qué no podemos irnos solos? —siguió preguntando Camila—. Ya soy grande, todas mis compañeras se van solas, yo soy la única tarada a la que los padres hasta le controlan la tarea.

—Primero, no uses esa palabra —la regañó Julián mirándola por el retrovisor.

—¿Qué palabra? —se encogió de hombros ella mientras se acomodaba el flequillo que le caía sobre un ojo. Llevaba tantas pulseras en la muñeca que casi no se le veía el antebrazo.

—La que empieza con T.

—¿«Tarea»? —replicó Camila, a sabiendas de que su padre se refería al insulto—. Bueno, entonces voy a empezar a decir: «Hoy no tengo *biiip*», «No, profe, no nos mande *biiip*». —Volvió a reír.

—En segundo lugar, no me importa lo que hagan los padres de tus compañeras —siguió Julián. Decidió ignorar la broma porque estaba seguro de que Camila entendía a qué palabra se había referido, y tenía que comprender también que en ese momento, los chistes no venían a cuento—. Tu madre y yo decidimos que os vamos a llevar y traer de todas partes, y por ahora así va a ser, os guste o no. —Supo que su hija iba a discutir, así que volvió a mirarla por el retrovisor, más serio que antes, y eso la

26

hizo callar—. No vamos a hablar más del tema. ¿Cómo te está yendo en el instituto?

—Bien, pero no soporto a la de Literatura, es una tarada —se quejó.

—¿Qué te he dicho de esa palabra? No quiero que la uses, y menos para referirte a una profesora —se exasperó Julián.

—¡Yo no he dicho «tarea»! —se burló Camila.

Tomás se dio la vuelta y pretendió instruirla.

—Se refiere a «tarada». No quiere que digas más «tarada», ¿entiendes? —explicó inocentemente.

Julián negó con la cabeza y pasó un rato en silencio.

Transitaron las veinte calles entre discusiones por la radio que querían escuchar y anécdotas de la escuela. Ni bien Julián estacionó en la puerta de la que había sido su casa, los dos chicos bajaron y corrieron a tocar el timbre. Nadie abrió.

—¿No hay nadie? —se preocupó Julián mirando la hora. Tenía que llegar a la capital y entregar los alfajores lo antes posible.

Extrajo el móvil mientras su hija se ponía de puntillas para espiar por una ventana. Mandó un mensaje de texto a Sabrina.

«Estoy con los chicos en la puerta. ¿Abres?»

«No estoy y no llego hasta dentro de tres horas, llévatelos a tu casa», recibió como respuesta casi al instante. Se sintió desesperar.

«No puedo, tengo que hacer un reparto y volver a la fábrica.» Esperó dos, tres, cinco minutos, y entonces supo que ya no recibiría respuesta. Sabrina siempre hacía lo mismo: decía lo que tenía que decir, y no le importaba nada más.

—Mamá no está y todavía no puede volver —informó a sus hijos, que se habían sentado en el escalón de la entrada—. Vamos al coche, pero esta vez Camila se sienta delante y Tomás atrás.

—No quiero. Quiero quedarme en casa —se quejó ella.

—Pero no se puede. Venga, que tengo que ir a la capital y después volver a la fábrica —le respondió Julián aproximándose al coche.

27

Su hija lo siguió a regañadientes.

—No, porfa, a mí llévame a lo de Luna —pidió—. ¡No quiero ir a la fábrica! Llamo a Luna y le aviso que voy para allá. Porfa, papá.

—No —contestó él volviéndose hacia ella. Le colocó las manos sobre sus hombros y la miró con seriedad—. Por favor, Camila, sube al coche, tranquilízate y guarda silencio. Por favor.

Como cada vez que su padre hablaba con tanta sinceridad, Camila comprendió sus razones sin que él las pronunciara. Se sentó en el vehículo y extrajo su móvil para chatear. Tomás comenzó a jugar con su iPod, y ni siquiera abrió la boca para pedir un alfajor, con todo lo que le gustaban. A Camila, en cambio, la tenían harta.

Un poco más tranquilo, Julián encendió el estéreo, buscó la carpeta con la música que siempre lo ayudaba a relajarse y encendió el motor.

—Pónganse el cinturón de seguridad —ordenó antes de arrancar, y Camila obedeció al instante. Tomás ya lo llevaba puesto.

Paseó por Buenos Aires repartiendo cajas de alfajores en cinco negocios mientras sus hijos lo esperaban en el coche. Regresó a la fábrica cuando solo quedaba Melisa, que al ver a los hijos de su jefe, se sintió en pecado. ¿Cómo se atrevía a desear a un hombre que podía ser su padre? Ella tenía veinticuatro años y él cuarenta y siete. Pero se veía tan atractivo con su cabello negro y sus ojos seductores, que conseguía acelerarle el pulso. Lo peor era saber que en sus noches solitarias, incluso cuando salía con chicos, pensaba en su jefe, en el cuerpo fuerte que parecían esconder la camisa y la chaqueta, en las pulseritas que llevaba en la muñeca. Le quedaban tan bien, y lo hacían ver tan joven...

—¿Entregaste la declaración al contable? —oyó que le preguntaba Julián con su voz involuntariamente sensual, y entonces volvió a la realidad de golpe.

—Sí. Dijo que estaba todo bien.

—Menos mal. Vete si quieres, yo termino de organizar algunas cosas para mañana y me voy.

Melisa asintió y se acercó a los hijos de Julián para saludarlos. Se llevaba muy bien con ellos, y pensaba que, de seguir así, eso la acercaría al padre. Sabía que Julián estaba al tanto de que Camila confiaba en ella, que muchas veces le había contado algún que otro secreto esperando su consejo de mujer joven, y aunque ella le brindaba su atención porque quería a Camila, no podía negar que además deseaba congraciarse con Julián.

Después de saludar a los chicos, se despidió de su jefe desde la puerta y se marchó de la oficina.

Tanto Camila como Tomás se habían sentado en el sofá de dos plazas; él seguía jugando con el iPod y ella estaba absorta con su móvil. Camila soltó una risita, se estaba escribiendo con alguien, y su alegría hizo que Julián la mirara. Ni ella ni Tomás se dieron cuenta de que su padre los observaba mientras pensaba en lo agotado que se sentía. Si seguía adelante era por ellos, porque eran la razón de su vida y porque ansiaba que fueran felices, como alguna vez lo había sido él.

# 3

—Natalia —oyó que la llamaba la directora del instituto—. La camisa —señaló la mujer, y Natalia miró de inmediato su escote. Se le había desprendido el segundo botón.

Se acomodó la prenda con rapidez. Las monjas eran muy estrictas con la vestimenta de los profesores, por eso la directora, que era laica, se ocupaba de mantenerlos siempre dentro de las normas. De ese modo, Natalia se había acostumbrado a utilizar ropa que la hacía parecer una mujer avejentada y nada atractiva. Usaba tallas más grandes que las que le correspondían porque en la escuela le llamaban la atención si las prendas marcaban sus curvas, no se maquillaba y como único peinado usaba una coleta.

Acabado el recreo, reunió sus cosas y se encaminó al aula de cuarto año. Saludó al entrar, completó el libro de temas y después buscó la lista de alumnos.

—Haremos una comprobación de lectura del *Poema del Cid* —anunció. Se oyeron algunas quejas, pero no prestó atención. Se ajustó las gafas sobre la nariz y leyó primero la lista de los varones, luego la de las mujeres—. Aráoz Viera —llamó por fin.

Camila se puso de pie con su libro en la mano y en pocos pasos estuvo en el frente. Se sentaba en el tercer banco junto la ventana.

—Cuéntanos qué leíste —pidió la profesora, y ella comenzó a hablar. Natalia la dejó llegar hasta el momento en que el Cid deja a su esposa y a sus hijas para cumplir con el destierro que le ha impuesto su rey—. Gracias —la interrumpió cuando consideró que era suficiente—. Vuelve a tomar asiento.

Camila pensó que el asiento no se tomaba porque no era una bebida, pero en el fondo sabía que la expresión era correcta y que solo se burlaba de la profesora porque no la quería. Por suerte, la muy tonta le había examinado solo el primer cantar, que era lo único que había leído de los tres.

—¿Te acuerdas de cuando nos traías alfajores de la fábrica de tu padre? —le preguntó una compañera en cuanto se sentó. Camila no quería recordarlo.

—No —contestó, aunque sabía bien que hasta los doce años había regalado alfajores a diestra y siniestra porque ellos eran dueños de la fábrica y su padre siempre le enviaba docenas para que compartiera con sus compañeros. ¡Siempre haciéndola pasar vergüenza!

—Silencio —pidió Natalia antes de llamar a otro alumno por el apellido—. Vaca.

—Muuu... —se oyó por lo bajo, y varios estallaron en risas.

—¡He dicho silencio! —repitió Natalia, pero nadie le hizo caso. Aun así, tomar lección oral era más entretenido que supervisar las pruebas escritas. Cuando los chicos escribían en silencio, o al menos fingían que hacían algo, para ella la hora no transcurría; en cambio, cuando interactuaba con ellos, el tiempo corría mucho más rápido.

El timbre sonó a las nueve y veinticinco, dando fin a las dos primeras horas de clase y el inicio del primer recreo. Como era viernes y trabajaba solo esas dos horas, Natalia reunió sus cosas tan rápido como pudo y salió del aula de cuarto curso como disparada por un resorte. Bajó los dos pisos por la escalera hasta la sala de profesores. Allí abandonó la carpeta de calificaciones que debía quedar en el colegio, y se despidió de sus compañeros con un escueto «hasta el lunes». Su voz sonaba más feliz que de lunes a jueves, ¡y después decían que solo los alumnos no veían la hora de irse del instituto!

La perspectiva del fin de semana la impulsaba a sonreír involuntariamente. ¡De solo pensar que pronto estaría en su coche, conduciendo hacia su casa, y luego frente a su ordenador, respondiendo en Yahoo! Respuestas o mirando las novedades de Facebook, se movía más deprisa. No solía escribir ni leer apenas su mente se liberaba de las obligaciones de la semana, necesitaba un tiempo de esparcimiento antes de dedicarse a otra cosa que requiriera su concentración.

El fin de semana la esperaba, pero ni toda la suerte del mundo pudo contra la directora, que al percibir que ella se iba, la llamó.

—¡Natalia!

Al oír la voz, Natalia maldijo por dentro. Varios pensamientos surcaron su mente: hacerse la que no había escuchado era el que más retumbaba en su conciencia, pero en cambio acabó girando sobre los talones y fingiendo una sonrisa amable. Eso no pareció contentar a la directora, que bajó la vista hacia el botón de su camisa.

—El botón —señaló en su propio pecho.

Natalia bajó la cabeza y se apresuró a abrochar al desgraciado. La tenía hasta la coronilla desprendiéndose sin que se diera cuenta, como si ella pretendiera parecer sensual ante los alumnos. ¡Si ni siquiera se sentía así! ¿A quién podía resultarle atractiva, con los pechos pequeños que tenía y la actitud aburrida que desprendía cada fibra de su ser? Por eso no entendía tanto ensañamiento con un estúpido botón que, a fin de cuentas, no dejaba ver más que el dije que llevaba colgado de una cadenita de plata.

—Este mes tenemos la campaña sobre Medio Ambiente, y como las profesoras de Naturales no dan abasto, quería que las ayudaras con las láminas para decorar los salones y la entrada —explicó a continuación la mujer.

—Ah —masculló Natalia con expresión sombría.

Odiaba que la incluyeran en tareas ajenas, siendo que ella ya tenía a su cargo el día del escritor, el día del libro y el día del periodista, con los que nadie la ayudaba. Procuraba ser eficiente en todo lo que se propusiera para obtener la aprobación de sus superiores, algo que nunca llegaba: siempre faltaba algo, tal como su padre solía hacerle creer. Por suerte esa época había quedado en el pasado, y por eso la desechó rápidamente de su recuerdo.

—¿Y qué tengo que hacer? —preguntó. No veía la hora de salir corriendo de allí.

—Nada, poca cosa —replicó la directora—. Solo dibujar unas letras y colorearlas un poco, porque ya hicieron casi todo las chicas de Naturales. —Le entregó a Natalia dos láminas enrolladas y una bolsa de nailon llena de elementos decorativos—. Gracias —añadió antes de marcharse al patio.

Con su cartera colgando del hombro, las láminas contra el pecho, la bolsa de nailon pendiendo de una muñeca, la carpeta de plástico aferrada con tres dedos y la llave del coche con otros dos, salió del instituto rumbo a su vehículo. Intentó cruzar la calle, pero un microbús casi la arrolló. Se echó hacia atrás de golpe, asustada por lo que podría haber sucedido y pensando que su madre, con sus miedos, la había vuelto temerosa. Finalmente, prestando más atención, cruzó la calle.

Abrir la puerta del coche requirió varios malabarismos. Arrojó todo al asiento del pasajero y se sentó al volante. Cerró la puerta, y con eso recuperó la conciencia de que se estaba yendo a casa para disfrutar del fin de semana, leer, escribir y navegar en internet.

Encendió el estéreo, conectó el *pen drive* y buscó la carpeta de música de los ochenta, porque le recordaba a la novela que estaba escribiendo. La música la transportaba a un universo paralelo en el que no existía la obligación de levantarse temprano, ni la lucha contra la falta de respeto de los alumnos, ni mucho menos aquellas condenadas láminas para colorear. Conducir bajo los efectos de esa especie de droga imaginaria le devolvió la sonrisa y la llevó a ir más rápido, como todos los viernes, para llegar a casa lo antes posible.

Una vez allí, hizo sonar la bocina para que su madre le abriera el garaje y esperó. Sin embargo, Liliana salió de la casa, cerró la puerta detrás de ella y corrió hacia el coche con expresión de víctima, como cada vez que necesitaba pedir algo. Natalia masculló una maldición, presintiendo que su tranquilidad se evaporaba.

—¡Tienes que llevarme al centro de Quilmes! —gritó su madre, como si la hija no pudiera oírla—. Me he quedado sin colorante vegetal y tengo que decorar el pastel de cumpleaños del hijo de María José.

Natalia sintió que su mundo se derrumbaba. No tenía paz.

—Pero si sabías que tenías que hacer un pastel, ¿cómo no lo compraste antes? —preguntó.

—¡Llévame! —exigió su madre haciendo caso omiso a su pregunta—. ¿Me vas a abrir o no? —añadió manipulando la puerta.

Natalia quitó el seguro y trasladó las cosas al asiento trasero para que Liliana pudiera sentarse.

—¡Uff! —se quejó la mujer apenas ocupó el lugar—. Tengo que hacer ese pastel y por culpa de eso se me atrasan mis pedidos de siempre.

—Le hubieras dicho que no —replicó Natalia mirando sin ganas por el espejo retrovisor.

—¿Estás loca o qué? —gritó su madre—. ¡Es dinero, Natalia!

Y así prosiguió, haciendo reclamos sobre el dinero, los clientes y otras cuestiones que Natalia estaba cansada de escuchar. Cuando salía del instituto, solo añoraba silencio, porque pasaba tantas horas entre voces, risas y gritos de adolescentes que su mente suplicaba unas horas de descanso, pero pocas veces era complacida.

Acabó estacionando bastante lejos del lugar donde su madre compraba elementos de repostería, porque en el centro nunca había lugar donde parar. Caminó con Liliana hasta la tienda donde compró lo que necesitaba, y creyó que la molestia acabaría ahí, pero no fue así.

—¿Me acompañas a averiguar cuánto salen las blondas en

una papelera, así no las compro aquí? Me dijeron que ahí son más baratas —pidió Liliana con voz lastimosa.

—¿Qué? —se solivianto Natalia—. La papelera queda a tres calles, y a seis, para el otro lado, tenemos el coche. Si caminamos todo eso, es muy lejos para volver. Además, nunca haces pasteles, esto es una excepción.

—Venga, ¿qué te cuesta? —insistió Liliana—. Tú siempre apurada, no tienes un minuto para tu madre.

Antes de escuchar la misma canción de siempre, Natalia comenzó a caminar por la calle Alsina, rumbo a la papelera. Transitaron por Yrigoyen, entraron en el negocio, Liliana hizo sus preguntas, conversó de otras cuestiones que nada tenían que ver con las blondas, como cada vez que entraba a un local, y luego salieron. Volvieron a encaminarse por Alsina para regresar a Mitre, donde habían dejado el coche, pero esta vez fueron por la acera contraria.

Llegando a Almirante Brown, la marea de gente que circulaba en todas direcciones se hizo todavía más numerosa. Liliana se abría paso delante de su hija, mascullando cosas acerca de los precios de la tienda de chucherías y artículos infantiles, que en efecto habían resultado mucho más caros que los de la papelera. Natalia la seguía, pensando en cuánto le hubiera gustado estar en ese momento delante de su ordenador, paladeando ya el fin de semana. En eso pensaba cuando una mujer cargada de bolsas se llevó por delante su brazo izquierdo. Natalia la miró con enfado hasta verla desaparecer entre los transeúntes.

Al volverse, todo lo que vio fue la espalda de su madre a unos metros de distancia. En busca de cambiar de paisaje, volvió la cabeza hacia la derecha, y entonces el mundo cobró nueva vida. Hasta el momento, todo se movía muy rápido y ella era parte de ese movimiento, pero en el instante en que un hombre colmó su visión, se sintió fuera del universo.

Estaba sentado en la terraza de un bar. Tenía un tobillo sobre la otra rodilla y un periódico abierto a la altura del pecho. Vestía traje negro, camisa blanca, corbata negra y zapatos lustrados. Llevaba los dos primeros botones de la camisa desprendidos y la corbata floja. Alcanzó a ver que de su muñeca pendían dos pulseras negras; una de ellas, con detalles plateados que destellaban al sol. Tenía cabello negro y un rastro de barba incipiente, y su rostro de rasgos seguros destacaba de cualquier otro. Desprendía una energía tan vital y poderosa que le pareció el hombre más atractivo que había visto nunca.

De pronto deseó saber todo acerca de él: quién era, por qué se encontraba ahí, por qué había elegido ese bar. Desvió la mirada al otro lado de la mesa circular en su vana búsqueda de pistas, y divisó a dos hombres que lo acompañaban, pero él solo parecía concentrado en la lectura. La atrapó por completo, le produjo sensaciones que hacía muchos años no experimentaba, desde que había conocido a su único novio a los dieciséis años. Además, la dejó sorprendida. No solo porque volvía a sentirse atraída por un hombre, sino porque jamás se había fijado en alguien bastante mayor que ella. Rondaría los cuarenta y cinco, estaba segura, aunque no los aparentaba. Tenía el aire de alguien juvenil y a la vez maduro, una combinación letal que le hizo doler el pecho cuando el instante de cielo acabó: lo había dejado atrás y ya no podía verlo. Cayó en el planeta Tierra y se golpeó duramente contra el suelo.

—¿Entiendes? —oyó que decía su madre, quien se daba la vuelta tratando de mirarla.

Natalia suspiró como si le hubieran arrebatado el paraíso. ¡Qué bien se había sentido mientras los ruidos y movimientos de la gente habían desaparecido! ¡Qué maravilloso había sido concentrar la atención, por ese único instante, en un hombre que jamás volvería a ver! No tenía idea de quién era ni de qué hacía allí, si estaba de paso o si era otro habitante de su localidad. No sabía si estaba casado, si tenía hijos, si conducía un coche o andaba a pie. No tenía idea de nada, y eso despertó su imaginación. Quería conocerlo, pero era imposible. Era un amor platónico, y necesitaba uno porque hacía muchos años que no se sentía así por alguien que no hubiera salido de las páginas de un libro.

—¿Se lo cobro o no? —insistió Liliana.

—No sé —replicó Natalia.

Lamentaba volver a la realidad, no quería hacerlo. Hubiera deseado sentirse lo suficientemente atractiva como para sentarse en una mesa del bar y provocar al desconocido, sin importarle que él fuera casado, si acaso lo era.

Se descubrió pensando cosas imposibles y se obligó a reprimirlas con un suspiro. ¿A quién podía conquistar ella, si se vestía con pantalones una talla más grande, abrigos de abuela y botas con la puntera gastada, si se peinaba con una coleta de la que se escapaban cabellos rebeldes que pocas veces se cortaba, cargaba un portafolio sucio de tiza, y ni siquiera se maquillaba, salvo para salir con sus conocidas una vez cada tanto?

Se sintió un esperpento, y agradeció que aquel hombre fuera solo un amor platónico. No tenía ninguna oportunidad con un tipo maduro, atractivo y en mejor posición que ella, tal como saltaba a la vista por su ropa y su porte. No tenía siquiera una oportunidad de que él se fijara en ella, y eso la serenó. No había peligro, nada de relaciones inminentes, solo imaginación. Siempre había manejado mejor la vida en el plano mental que en el real.

De pronto, sintió la necesidad de escribir más intensa que la había atacado en años. Casi como cuando era adolescente y escribía tratando de imitar las novelas que leía, no veía la hora de llegar a su casa y encerrarse en su cuarto para dar rienda suelta a su imaginación, sin preocuparse por la gramática, por la normativa ni por la insufrible sintaxis. Escribir por y para ella, como si no fuera profesora de Lengua y Literatura, y como si solo importase dejar fluir la fantasía.

No encendió el estéreo del coche. Su madre hablaba, pero ella no la oía. Ni siquiera se preocupó por el tráfico. Al llegar, entró en su casa, se encerró en su cuarto, se puso el pijama y una de sus rebecas roídas, y se instaló ante el ordenador. Abrió el último archivo con el que había trabajado, su historia titulada «Camino al amor», a la que súbitamente, sin meditarlo siquiera, rebautizó como «Camino al placer».

Guido y Nadia eran los protagonistas, pero había algo de los personajes que ya no le gustaba. A Nadia podía dejarla, a Guido lo rebautizaría. ¿Cómo podía llamarse su inspiración, aquel hombre del bar? ¿Franco, quizá? ¿Fernando? Fabián. Le iba a poner Fabián, porque le pareció que tenía cara de Fabián.

Los labios se encontraron en un beso apasionado. Fabián enredó los dedos en el cabello de Nadia y continuó besándola. Así acabaron en el sillón, y una noche de pasión impidió que durmieran.
A la mañana siguiente...

El párrafo sonaba bien, pero le faltaba algo. Una noche de pasión impidió que durmieran, ¿y no pensaba relatarla? Era la primera vez que esos dos hacían el amor, y ya no serían dos chiquillos de veinte años, como en la primera versión de la novela, sino un hombre de cuarenta y pico, y una mujer de veintiocho. Porque también tenía pensado cambiar la edad de los protagonistas.

No servía, no se podía reciclar una idea vieja, tenía que empezar de nuevo. Entonces lo hizo. Cerró ese archivo, abrió una hoja de Word en blanco y reescribió el título: «Camino al placer.»

La redacción fluyó como por arte de magia.

Si tuviera que explicar cómo llegué a esta cama, a los brazos de este hombre, no sé si encontraría las palabras exactas. Lo vi por primera vez sentado en un bar, por pura casualidad, y no resistí la tentación de ser parte de él.
Debo confesar que me sentí avergonzada al principio. Y es que él me miraba con sus ojos de leopardo, y yo sentía que me desnudaba con solo verme.

¡Oh, sí! ¡Cuánto hubiera deseado ella que el hombre del bar la desnudara con la mirada! Eran sensaciones únicas, impagables, que nunca había sentido. Con Gabriel se había puesto nerviosa, le había temblado el pulso al recibir el primer beso de sus labios, pero nunca se había sentido enamorada. Ahora tampoco lo estaba, si apenas se apoyaba en una fantasía, pero la imaginación podía más que la verdad, y los amores platónicos por algo eran perfectos: generaban sensaciones que la realidad jamás podría.

Mientras él duerme, yo lo observo. Es hermoso. Me gusta ver que su piel contrasta con la mía, que su expresión sigue siendo segura aun cuando no tiene conciencia de que lo estoy mirando.

Tiene el cuerpo perfecto y la edad justa. Tiene el corazón de un señor y las manos de fuego; los labios de un príncipe y la conciencia de un hechicero. Era mi fantasía, pero aquel día en aquel bar, se convirtió en mi realidad.

—¡Natalia! —oyó a lo lejos, pero no se distrajo ni un segundo.

Abre los ojos y me encuentra viéndolo. Sonrío avergonzada e intento moverme para aparentar que no lo estoy mirando embobada, pero no puedo. Estira una mano y me rodea una nalga. Me quema. Ya dije que tenía las manos de fuego.

Justo en ese instante, la puerta de su cuarto se abrió haciendo un ruido seco. Natalia apartó los dedos del teclado como si acabaran de hallarla en la cama con un desconocido, manipuló el *mouse* y minimizó la ventana de Word. Por suerte la puerta corredera se abría con dificultad, y eso retrasó la entrada de Liliana. Miró a su madre sin darse cuenta de que en su rostro se había dibujado un gesto de disculpa. En lugar de ser la invasora quien pedía perdón con los ojos, era la invadida, porque había pecado.

—¿No escuchas que te estoy hablando? —se quejó Liliana—. No sé si ponerle la decoración verde o azul, ¿tú qué piensas?

¿Qué podía importarle a Natalia la decoración de un pastel en ese momento?

—El verde —respondió sin pensar.

—¿El verde? —Su madre frunció el ceño—. Pero si el azul es más bonito.

—¿Entonces para qué me preguntas? —se ofuscó ella sin saber cómo echar a Liliana de su cuarto.

—Para tener una segunda opinión, porque sí, pero el azul es más bonito. —Y se dio la vuelta para regresar a la cocina.

Al borde de la paciencia, Natalia se puso de pie y cerró la puerta, que había quedado abierta.

—¿Por qué cierras la puerta? —le preguntó su madre.

—Porque estoy ocupada —respondió Natalia sin dar más explicaciones.

A pesar de que la inspiración todavía le surcaba el pecho como un hormigueo, no siguió escribiendo. Abrió el archivo, lo guardó como «CAP» porque «placer», la última palabra del título, le daba pudor, y le colocó una contraseña. Nadie tocaba su ordenador, pero se sentía mejor si la obscenidad que había escrito permanecía segura.

Para olvidar la vergüenza que había pasado, desplegó las láminas de la campaña sobre el Medio Ambiente y se encontró con que lo único que habían hecho las profesoras del área de Naturales había sido pegar las cartulinas amarillas sobre afiches anaranjados. Pasaría el fin de semana bregando con manualidades que no sabía hacer.

# 4

En el bar, Julián seguía leyendo el periódico.

—Si no nos vamos ya, tendremos que comer aquí —bromeó Jorge mirando su reloj de pulsera. Ya eran las once—. ¿Pido la cuenta?

—Sí, ya se me hizo tarde —asintió Cristian.

Julián no respondió. Sabía que tenía que regresar a la fábrica para ocuparse de infinidad de asuntos, y quizá por esa misma razón retrasaba la partida. El encuentro con sus amigos de toda la vida en el bar los viernes por la mañana se había hecho una costumbre que le servía para respirar.

Jorge alzó la mano, la camarera se acercó y les cobró los cafés y los emparedados que habían consumido. Después de pagar, los tres se pusieron de pie. Julián arrojó el periódico sobre la mesa circular que habían ocupado y caminó hacia el aparcamiento junto con sus amigos. Los tres dejaban sus vehículos allí siempre, y cada uno se marchaba en el suyo.

Al llegar a la fábrica y entrar en su despacho, lo recibió su hermana Claudia esgrimiendo varios papeles.

—Llamó Fabrizio, me dijo que no puede venir y, la verdad, me estoy volviendo loca —anunció.

—¿Otra vez no viene? —se molestó Julián—. ¿Y por qué no me llamaste?

—Porque no, Julián —asumió ella—. Te pasas la vida aquí

41

dentro, mereces aunque sea tomarte la mañana de los viernes.

Julián se acercó al escritorio y revisó la larga lista de mensajes que Melisa había anotado. Todos planteaban quejas o preguntas acerca del reparto, tarea de la que se ocupaba Fabrizio.

—Esto no puede seguir así —murmuró mientras leía por encima las anotaciones sobre cada llamada—. Pon un anuncio en Facebook diciendo con buen ánimo que estamos trabajando para que todos tengan sus alfajores, algo como «sabemos cuánto ansías deleitarte con un Tamailén, por eso queremos que sepas que ¡ya está llegando a tu zona!», o algo así. Que no parezca que tenemos un problema y que piensen que el reparto ya está en marcha.

—¿Esa es la postura que vamos a adoptar? —indagó Claudia.

—Es la mejor que se me ocurre —replicó Julián volviendo a repasar los mensajes—. Poniendo ese anuncio quizá nos evitemos algunas llamadas.

—Yo organicé el reparto con la otra furgoneta y el chófer que tenemos, pero es obvio que solo puede cumplir con la mitad de los pedidos —manifestó Claudia.

—Está bien, tú has hecho tu parte. Ve a buscar a Martincito al instituto.

—Sabes que me quedaría, me da lástima dejarte solo, pero...

Julián alzó la mano para interrumpirla.

—No te preocupes, ve tranquila —la serenó.

Una vez solo en la oficina, Julián desechó los mensajes de preguntas y quejas y se ocupó de su trabajo, que era aplastante. Melisa entró unos minutos después, cargando dos cafés.

—¿Te ayudo? —le preguntó aproximándosele. Dejó una taza junto a Julián y otra donde se sentaría ella.

Sin esperar respuesta, se ubicó en su lugar y comenzó a revisar papeles, tal como hacía su jefe. Se concentró en su tarea salvo porque, de a ratos, un súbito calor le invadía el cuerpo y le coloreaba las mejillas. Se debía a que el perfume de Julián le encantaba, y a que le bastaba alzar los ojos para observar su cabello negro y sus manos poderosas. Las pulseras rozaban los papeles porque tenía los puños de la camisa doblados, y el anillo que llevaba en el anular derecho despertaba su interés. Le gustaban los dibujos aztecas que tenía tallados.

—Ve a almorzar, Meli —la regañó él a la una de la tarde.

—Contigo —respondió ella, presa de sus sensaciones.

—Yo no puedo ir, tengo que terminar todo esto. —Indicó las carpetas con balances que todavía necesitaban su revisión.

—Tomémonos un rato y vayamos al restaurante de pastas —propuso ella—. Venga, hoy es viernes. ¡No te vas a pasar el día sin comer!

—No puedo, en serio. Ve tú.

Melisa hizo una mueca simulando un berrinche y luego se mordió el labio inferior. Su corazón latía a ritmo acelerado, ansiaba que Julián la llevase a comer como solía hacer, porque cuando eso sucedía, ella se sentía en una cita. Si algo soñaba, era tener una salida con él, y sin querer se lo hizo saber. Ya no resistía la tentación de conseguir su atención, quería que dejara de verla como a su secretaria tierna y joven, y que al fin la mirase como mujer.

—Deberíamos ir a comer alguna vez, pero fuera del horario laboral —sugirió.

Para Julián, fue como un *shock*. Alzó la mirada hacia Melisa y entonces descubrió todo lo que hasta ese día había ignorado. Resultaba evidente que él le gustaba, le brillaban los ojos y se le dibujaba una sonrisa tímida en los labios. ¿Cómo podía tener cuarenta y siete años y ser todavía tan ingenuo? ¿Cómo no se había dado cuenta antes de que tal vez con rozarle los hombros, reír con ella o escucharla cuando tenía algún problema, de jefe y amigo se convertía en su amante imaginario? Tampoco hubiera apostado a que todavía podía atraer tanto a una mujer.

Decidió no ponerla en evidencia; no quería que se sintiera incómoda, pero tomaría cartas en el asunto. No podía permitir que siguiera ilusionándose con algo que jamás sucedería.

—En serio, ve a comer tranquila —repitió, y le sonrió brevemente antes de agachar la cabeza para sumirse de nuevo en la revisión de balances.

—¿Quieres que te traiga algo? —le ofreció ella, desilusionada.

—Lasaña estaría bien —replicó él sin mirarla.


El lunes, Natalia llevó las láminas y las entregó a la directora antes de que esta hablara a los alumnos.

—Toda esta semana podrán informarse acerca de nuestra campaña por el Medio Ambiente gracias a las láminas preparadas por las profesoras del área de Ciencias Naturales —dijo la mujer a los chicos—. Que tengan un buen día.

Natalia apretó los puños. Era mejor cumplir y no ser reconocida que incumplir. Era mejor el anonimato y la falta de agradecimiento que la irresponsabilidad, pero ¿a quién quería engañar? Se sentía usada, defraudada y molesta. Había pasado el fin de semana haciendo las láminas de las otras, para que ahora ellas se llevaran los laureles. Estuvo a punto de alzar la mano y gritar: «¡Y con mi ayuda!», pero, como siempre, la timidez la venció y se quedó quieta y callada en un rincón del patio.

Pasó el resto de la semana yendo a trabajar y tratando de escribir, pero en cuanto llegaba a casa, la inspiración que en clase creía recuperar, huía de su alma. Cada segundo que pasaba, iba olvidando algún detalle más del hombre que la había cautivado, y el interés en la historia se iba perdiendo con las obligaciones del instituto, las exigencias de su madre y la represión de su conciencia.

El jueves tomó examen en primer año. Y como hacía cada vez que se aburría mientras los chicos redactaban la prueba, se sentó en el fondo del salón y comenzó a pensar en sus novelas. Cada tanto daba algunas vueltas por si alguien tenía alguna pregunta o por si alguno intentaba copiar, pero ni siquiera esas pequeñas distracciones la apartaban de su imaginación.

Deseaba volver a sentir ese impulso creador que la había llevado a escribir el comienzo de «Camino al placer». Pero su vida sexual había sido un desastre, y quizá por eso no se atrevía a ir más allá de que Fabián le hubiera tocado el trasero a Nadia, su protagonista femenina. Solo había tenido sexo con un hombre: Gabriel, su novio desde los diecisiete años, al que había conocido con apenas dieciséis.

Todo había sido tan formal que casi no parecían jóvenes. Lo había conocido en una discoteca, le había dado su teléfono a regañadientes, diciéndole que se lo daba solo porque él había sido respetuoso con ella, y luego había rechazado sus llamadas, como se suponía que debía hacer. Finalmente, él le había ganado con su insistencia, y ella aceptó una cita. Se encontraron en una heladería y quedaron en verse otro día. Antes de darle el primer beso, lo hizo salir con ella tres veces. Y esperaron seis meses más para tener sexo.

Fue un bochorno. Aunque Gabriel tenía seis años más que ella, él también era virgen, y no pudo sostener su erección el tiempo que a Natalia le llevó entrar en calor. Tuvieron que suspender el encuentro y lo concretaron entre sollozos de dolor e inexperiencia una semana después.

Tras esa primera experiencia fallida, y la segunda no mucho mejor, las relaciones sexuales se sucedieron durante los casi ocho años de noviazgo, siempre esporádicas porque a ella no le gustaba el sexo. Había acabado por creer que era frígida y que por eso era mejor resignarse a una vida sexual incompleta. Gabriel no lo creyó así, siguió insistiendo con justa razón y acabó por hartarse de la situación, aunque todavía la soportaba por miedo a estar solo. Hasta que Natalia lo dejó. En ese momento, él le propuso casamiento, pero ella no aceptó. Todo acabó con un odio feroz que Gabriel todavía albergaba, incluso hasta ahora. No quería saber nada de ella y, tal como Natalia pensaba, tenía motivos.

Se descubrió pensando en sexo en el contexto menos apropiado y casi se desmayó de la vergüenza. Una alumna levantaba la mano y repetía «profe» para llamar su atención, y, como de costumbre, los chicos no sabían esperar un segundo. Se acercó a la niña, respondió a su consulta y regresó a la silla del fondo del salón.

No quería resignar su fantasía. Quizá no podía gozar del sexo en la realidad, pero tenía derecho a escribir sobre él en sus libros, a imaginar cómo sería si lo pasara bien en la cama. Sin embargo, comprendió que en su casa no podría hacerlo. Si no la interrumpía su madre, la distraía el televisor a todo volumen o su propio pensamiento represivo, y así no tenía sentido intentarlo.

Entonces tuvo la iniciativa de buscar ideas en aquel bar. Posiblemente no volviera a ver a su inspiración, el hombre de la energía más absorbente del mundo, pero sentarse viendo la mesa que él había ocupado mientras tomaba una taza de chocolate con una porción de tarta, era un buen plan.

Casi al mismo tiempo pensó que le convenía estar allí los viernes a la hora en que lo había visto, solo para favorecer su inspiración. De solo pensar que pudiera volver a verlo se le aceleró el pulso. Su vientre se llenó de cosquillas y se le dibujó una sonrisa en la cara.

—Profe, ¿está feliz? —le preguntó un alumno.

Volvió a la realidad como si cayera de un precipicio.

—No, ¿por qué? —preguntó, alarmada. ¿Acaso había hecho alguna mueca?

—Porque estaba sonriendo —replicó el chico, travieso.

Natalia negó bajando la cabeza.

—Concéntrate en el examen —le sugirió dando toquecitos en la hoja con un dedo.

Llegó a su casa a la una y media, comió rápidamente lo que halló en la nevera, cogió dinero de su reserva mensual y volvió a la calle. Su madre no estaba, a esa hora repartía comidas y no regresaba hasta más tarde, de lo contrario le hubiera pedido para acompañarla. Esta vez, prefería elegir ropa sola.

Se compró un vaquero y un pulóver menos holgado que los que tenía, pero acorde con la discreción exigida en el instituto. No debía olvidar que los viernes iría al trabajo antes de dirigirse al bar, y no podía reorganizar su vida en función de la hipótesis de volver a ver a aquel desconocido. Aun así, en un rincón de su alma conservaba la esperanza de encontrarlo.

El viernes, tuvo un nudo en el estómago las dos horas que pasó dando clase. Había llevado su *notebook* en el portafolio, y mientras los chicos realizaban una actividad, procuró quitarle el polvo de tiza que se había incrustado en los pliegues de la costura. Aunque gastó tres pañuelos desechables, no consiguió limpiarlo del todo, pero nadie se daría cuenta. Le bastaba con llevar el pulóver de corazones que se había comprado y los vaqueros de su talla. Como estaba acostumbrada a usarlos más grandes, le resultaban incómodos, pero se aguantó.

No se había maquillado antes de salir de casa porque nunca tenía tiempo de hacer nada más que vestirse, peinarse, beber dos sorbos de té y comer dos galletas. Por eso, antes de abandonar el instituto, pasó por el servicio, se soltó el cabello y se pintó los párpados con un tono muy suave. Hizo lo mismo con un brillo para los labios. Se miró en el espejo y juzgó que tenía la apariencia, ya no de una monja, sino quizá de una novicia. De cualquier manera, se veía mejor que antes de cambiar el estilo de su vestuario.

Camino del bar, se arrepintió. De pronto pensó que se había vuelto loca, que parecía desesperada por un hombre y que se estaba ofreciendo como siempre había odiado que hicieran otras mujeres. Pensó que no podía caer tan bajo y que lo mejor sería marcharse a su casa, volver al ordenador con sus héroes románticos imaginarios, y estuvo a punto de doblar hacia la izquierda en lugar de a la derecha, cruzar la vía y acabar en el centro de la ciudad de Quilmes. Sin embargo, una extraña fuerza la mantuvo en el camino que había planeado y terminó aparcando a unas calles del bar.

Caminó despacio, con el corazón acelerado, temiendo divisar al desconocido en la mesa donde lo había visto y sufrir una lipotimia. Desde la esquina opuesta procuró verlo, pero allí había sentada otra persona. Lo buscó en otras mesas de la terraza, en vano. Al parecer, el instante de cielo no había sido más que un destello de luz que ya no recuperaría.

Entonces se dijo que no era volver a ver al desconocido lo que le importaba, sino escribir sobre él, y que había ido a ese bar para inspirarse, no para regocijar la vista. Así superó el instante de frustración y se sentó a la mesa de dentro junto a la ventana, por donde se distinguía el sitio que él había ocupado.

Pidió un chocolate y dos croissants, porque la tarta le pareció demasiado; no quería que la gente la viese como a una desaforada. Procuraba no pensar en el desconocido y en la desazón que experimentaba al no hallarlo allí, pero no podía evitar que su cabeza se moviese en todas direcciones tratando de localizarlo. En una mesa de fuera había dos hombres y el corazón le dio un vuelco, pero ninguno era él, lo supo porque no experimentó las mismas sensaciones que la primera vez que lo había visto. ¡No estaba! ¡Su Fabián había desaparecido!

Procurando superar la decepción, abrió la *notebook*, la encendió y buscó el archivo de su novela. Releyó lo último que había escrito y decidió continuar la escena.

Su mano se cierra alrededor de mi nalga, la otra baja rozándome el costado, y yo no me aparto. Mi mano sujeta la de él y se la conduzco a mi otra nalga. Sonrío y bromeo:

—No quiero que se ponga celosa...

Fabián se ríe. Adoro verlo reír. Sus manos me aprietan y yo me coloco sobre él. Siento algo en mi vientre, además de las mariposas. Siento que algo me eriza la piel y busco su contacto. Me muerdo el labio, y por dentro mi alma también me muerde. Lo miro. Lo miro y me cautiva, lo miro y siento la necesidad de que se apodere de mi cuerpo.

Eso que me roza el vientre se pone cada vez más duro. Lo miro a sus ojos de leopardo, y él me dice que me busca, que me necesita. Se mueve contra mi piel y a mí se me escabulle el alma por los labios.

—No puedo creer que seas mío —le digo acariciándole la cara—, que te hayas fijado en mí.

Y es que nunca fui una mujer que pudiera interesar a alguien, mucho menos a un hombre maduro y atractivo como él.

—Yo te voy a demostrar cuánto me fijo en ti —me dice con su voz de trueno, y a mí se me corta la respiración.

¡Su voz! ¡Por Dios, su voz en su imaginación resonaba como una lluvia!

Se llevó una mano a los labios; los sintió secos. Miró alrededor y se dio cuenta de que la camarera ya le había dejado el chocolate, un vaso de agua y los croissants. Bebió toda el agua de una vez.

Aparta una mano de mi trasero y busca su pene, que está debajo de mí. Me alzo un poco para que pueda tomarlo y cuando lo hace, lo aferra con todos los dedos.

—Quiero que te abras para recibirme —susurra sobre mi boca. No aguanto más y lo beso. Quiero devorarlo, quiero que me devore.

Me siento sobre su cadera y dejo que me penetre. Suave, despacio... Se va internando en mí y me hace entreabrir los labios. Su voz me contiene, su cuerpo me llena y me habla en ese idioma que hasta que él llegó a mi vida, yo no había conocido.

Sus manos se aferran a mi cadera y me levanta. Yo bajo y él se vuelve a internar en mí como si los dos fuéramos uno.

—Esto es único —le digo—. Esto es mágico.

Y él alza una mano y me acaricia los pechos, pequeños y desnudos. Siempre me dieron vergüenza, pero él los ama, los admira, y así me hace sentir hermosa.

«Demasiadas confesiones para una sola mañana», pensó mientras cerraba la *notebook* y procuraba beber el chocolate.

Había sido una mañana productiva.

En su oficina, Julián todavía luchaba para que Fabrizio lo escuchase.

—He suspendido algo muy importante para mí solo para

poder hablar contigo —explicó—. Faltaste toda la semana, ¿tienes idea de lo que genera tu ausencia? Terminé contratando un flete para que hiciera el reparto que te tocaba a ti. Lo menos que puedes hacer es sentarte y darme una explicación.

Fabrizio era todo lo contrario a su hermano mayor. Era el menor de la familia y había heredado los rasgos de su madre: cabello rubio, ojos claros y rostro de modelo. Acababa de cumplir los treinta, pero podía pasar por un veinteañero. Le gustaba ir a bailar, decir que era el dueño de Alfajores Tamailén y salir con muchas chicas. Sus facciones juveniles y delicadas favorecían sus conquistas y le daban la apariencia de un famosillo de la televisión.

—Tú no eres mi padre —replicó a su hermano mayor—. Desde que papá murió y te dejó a cargo de la fábrica, crees que puedes actuar como él, pero estás muy equivocado.

—¡No pretendo ser tu padre! —le gritó Julián—. ¿Te piensas que me gusta llamarte porque llegas tarde o porque faltas? ¿Te crees que me divierte hacerme cargo de todo esto para que tú, Claudia y yo salgamos favorecidos?

—No la metas a Claudia en esto, ella no finge ser mi madre —se quejó Fabrizio.

Julián, que se hallaba de pie detrás del escritorio, apoyó las manos sobre el vidrio que cubría la mesa y procuró serenarse para no generar más conflictos.

—El problema es que tenemos responsabilidades, y esas responsabilidades incluyen a mamá —dijo—. Ya tengo hijos que educar, no me interesa educarte a ti. Ojalá tuviera tu edad para encargarme de los repartos como hacía a los veinte años, y no aquí, entregando mi vida a esta fábrica por el bien de los demás.

—¡Como si no trabajaras en tu propio beneficio! —replicó Fabrizio con ímpetu.

Cansado de callar lo que hacía mucho tiempo pensaba, Julián al fin se liberó.

—Somos tres hermanos que nos repartimos a partes iguales las ganancias que da la fábrica —dijo—. Pero para ganar, hay que trabajar codo a codo, cada uno en lo que le corresponde. Si tú no lo haces, pienso hablar con mi abogado para desvincularte de Aráoz Hermanos, y no habrá vuelta atrás.

Fabrizio esbozó una sonrisa de confusión y descontento. Acostumbrado a ser el protegido de la familia, la reacción de su hermano lo tomó desprevenido. Siempre había tenido el permiso de decir lo que le viniese en gana sin recibir represalias, todos sus caprichos habían sido concedidos. Por eso, que Julián lo amenazara lo ofendió.

—¿Quién te crees que eres? —espetó—. No eres más que un fracasado con unos gramos de poder. Todo es producto de tu frustración, ¿no te das cuenta? Fracasaste como hijo, como esposo, como padre y hasta en tu propio negocio. ¿Y ahora pretendes tener éxito al mando de la fábrica? ¡Imposible! Vas a fracasar de nuevo, como en todo lo que has intentado. Por eso papá te dejó al frente de la fábrica, por lástima, para que el pobre de Julián, que fracasó en todo, sienta que todavía tiene la posibilidad de ser exitoso. ¡Ingenuo! —exclamó antes de abrir la puerta y salir del despacho hecho una furia.

Presa de los recuerdos y la ira del momento, Julián se dejó caer en el asiento. Permaneció allí, con la mirada perdida en las sombras, unos segundos.

—Señor Aráoz. —Era la voz de un operario que, sin duda, había oído la pelea.

—Sí, ¿qué necesitas? —respondió con voz ahogada.

—La máquina empaquetadora está fallando de nuevo. Ya le dije mi opinión: con eso de aumentar la producción para abarcar más zonas de entrega, la máquina está trabajando más de lo que puede.

—Si no la hacemos trabajar, no podremos comprar una mejor ni seguir creciendo —respondió Julián con la misma serenidad con que hablaba siempre—. Vamos a tener que exprimirla hasta que explote. Vuelve a tu puesto, yo voy enseguida.

El operario asintió, pero él no lo vio porque miraba el escritorio.

# 5

Con el pulóver de corazoncitos y el vaquero de su talla, el viernes siguiente Natalia volvió al bar. Tampoco halló a su inspiración en las mesas de fuera, pero esta vez ya no sintió frustración. No esperaba que él estuviese allí.

Entró al local y buscó el sitio que había ocupado el viernes anterior, pero no estaba disponible. Tuvo que sentarse en un extremo desde el que solo veía la zona que deseaba si volvía la cabeza hacia la izquierda. No le importó demasiado, se contentó con ordenar el chocolate y los croissants, abrir la *notebook* y releer lo que había escrito, con intención de continuarlo.

Busco su mirada, y me mira. Nos excitamos viéndonos a los ojos mientras su miembro entra y sale de mi cuerpo y sus manos se deslizan hacia mis pezones, acarician mis pechos, los envuelven y atesoran.

—Eres tan hermosa —me dice, y yo lo leo en sus ojos. No está mintiendo, de verdad le parezco hermosa, y siento que mi alma se eleva con su honestidad.

Paso mis manos por su torso y mis dedos alcanzan su cuello, donde se detienen para acariciarlo. Me echo hacia atrás y le rozó el vientre con las uñas. Él se eleva y me alza consigo, y yo empiezo a moverme como si en ese acto se acabara el mundo.

—¡Seis a uno! —exclamó una voz que la sobresaltó—. El titular decía «Boca humillado en San Juan». Más que humillado, ¡los mataron a goles!

—Para mí tendría que haber jugado Erviti —argumentó otra voz, y Natalia comenzó a lamentar la serenidad perdida.

Ahora que aquellos sujetos habían disipado su concentración, se daba cuenta de que estaba en el bar y no en la cama del desconocido, rodeada de personas que conversaban de quién sabía cuántas cosas, secundados por la música que sonaba en ese momento. El vídeo de la canción se emitía en el enorme televisor de pantalla plana que decoraba la pared a su derecha: *Heart*, de Pet Shop Boys.

Justo cuando pensaba en irse, se hizo silencio. En realidad no era que los hombres hubieran dejado de hablar, sino que el tercero de ellos lo hacía en voz baja. Oía un murmullo, pero no exactamente lo que decía, como antes de la primera exclamación.

Sintió una llamada, algo la impulsó a volver la cabeza hacia ellos y entonces su corazón, como expresaba la canción, también perdió un latido. Allí estaba él, sonriendo mejor que en su sueño, hablando de fútbol. Era tan atractivo y parecía tan decidido, tan seguro de sí mismo, que le produjo taquicardia. Pestañeó lentamente en busca de capturar cada detalle: sus dientes blancos y bellos, sus labios de grosor perfecto, sus ojos grandes del color de las hojas otoñales. Del color de las manchas de los leopardos.

Su corazón no fue lo único que se aceleró, también lo hicieron sus pensamientos. Su mente se llenó de infinidad de frases, aromas y posiciones sexuales. Las escenas se dispararon como flechas y se enterraron en su zona más íntima. Viendo al desconocido, por más increíble que fuera, se había excitado.

Él volvió a reír del comentario de uno de sus amigos y después abrió el periódico. Los otros dos prosiguieron con la conversación de fútbol mientras él se concentraba en leer algo que al parecer le interesaba. Natalia estudió cada rasgo de su rostro, cada gesto y expresión, convencida de que reunía material para su personaje. Sin embargo, le gustaba mirarlo, sin importar si luego escribiría sobre él o no.

Fue imposible para ella predecir lo que estaba a punto de suceder. Sin darle tiempo a reaccionar, él volvió la cabeza a la vez que alzaba la vista y sus ojos penetraron en los de ella.

¡Por Dios, la estaba mirando, y era tan atractivo...! Pensó en lo osada que era Nadia, la protagonista de su novela recién empezada, y deseó atreverse a ser como ella. Era su oportunidad: debía sonreír; si él estaba interesado, le devolvería la sonrisa. De lo contrario volvería la cara y nadie se habría enterado de nada. Pero no pudo hacerlo. Quizás estaba casado, y ella quedaría como la tonta desesperada que le sonreía a cualquiera, incluso a un hombre veinte años mayor que ella, solo por la esperanza de no morir soltera. Se sintió una estúpida, incapaz de gustarle a un hombre perfecto como ese. No había sabido lidiar con un chico seis años mayor que ella, ¿cómo haría con un hombre? Sintió tanto miedo de que él le devolviera la sonrisa, de tener que dirigirle la palabra y que con eso él se diera cuenta de que ella era una inexperta mojigata y aburrida, que volvió la cabeza enseguida. Lo hizo tan rápido que pareció molesta, seguramente el desconocido pensaría que se había ofendido por su mirada, y era mejor así. Reunió sus cosas, tan veloz como pudo; dejó unos billetes sobre la mesa y salió presurosa.

Julián se volvió en la silla para ver a aquella desconocida atravesar la puerta que estaba a su espalda. Aferraba el bolso contra el pecho como si allí llevara un tesoro, y estaba seguro de que eso tan preciado para ella era su ordenador. Frunció el ceño imaginando lo que habría estado haciendo antes de que él la importunara con su mirada; no habría querido hacerlo, pero le había sido inevitable.

Un sexto sentido lo había hecho mirarla porque se había sentido observado mientras leía los clasificados. Y no se equivocó. Al alzar la vista, se encontró con los ojos más curiosos que jamás había visto. Pertenecían a una mujer delgada, de cabello castaño lacio y ojos marrones, que vestía de manera peculiar. Llevaba gafas de lectura y tenía aire de intelectual. Se veía tímida, parecía seria y recatada, pero en el fondo de sus ojos de terciopelo leyó que era un volcán. Lo atrapó, lo sedujo. Y su reacción de huir lo ató irremediablemente a ella.

Se preguntó quién sería, por qué estaría ahí, por qué lo miraba si ante el primer indicio de respuesta por su parte había escapado. Comprendió que había acelerado el pulso de esa chica, y a diferencia de otras ocasiones, eso no le disgustó. Al contrario, lo hizo sentir vivo y le produjo el deseo de volver a verla. ¿La hallaría de nuevo en ese bar alguna vez? Nunca se había fijado en muchachas jóvenes, solo en ella. Resultaba evidente que no era menor e intuía que no tenía novio, eso le bastaba.

Era su propio inconsciente el que lo retenía. Desde su divorcio hacía dos años, no se interesaba por ninguna mujer y tampoco deseaba hacerlo ahora. ¿Por qué entonces el deseo aletargado resurgía? Desde que el vínculo con su mujer se había roto, había sido padre y empresario, pero hombre ya no.

Volvió a la realidad en cuanto sus compañeros le preguntaron por sus perspectivas acerca de la Copa Libertadores.

Molesta consigo misma y con la vida, Natalia condujo a casa tan despacio como le fue posible. Se sentía una tonta y una cobarde, se merecía acabar su existencia sola y desamparada. Si hubiera aguantado el sexo frío con Gabriel, si hubiera soportado sentirse aburrida a su lado fingiéndose a gusto, estaría en pareja. Su madre no le exigiría un novio ni le diría que echaba de menos a Gabriel mientras por dentro agradecía que nadie le hubiera robado a su hija, y ella no andaría en bares, escribiendo asquerosidades sobre un desconocido.

Jamás debió haber dejado a su novio. A ningún hombre le interesaban las mujeres difíciles y recatadas. No les gustaba insistir, tomarse trabajo ni ir despacio para obtener una sonrisa o un teléfono. ¿Quién iba a molestarse en tratar de conquistarla a ella, habiendo mujeres en oferta en cualquier parte, dispuestas a sonreír, dar teléfonos y entregar el cuerpo con solo una mirada?

No podía luchar contra su sentimiento de timidez e inexperiencia. Si algo odiaba, era sentir que los demás pensaban que era tonta o que le demostraran que se sentían superiores a ella. Los chicos solían hacer eso, manejaban códigos que ella desconocía y hasta se le habían reído en la cara más de una vez por sus respuestas, casi siempre ingenuas. No servía para captar indirectas, y cuando lo avisaba, también provocaba risas. No la tomaban en serio, el único que lo había hecho había sido Gabriel, y ella lo había desperdiciado. ¿Cómo no se había dado cuenta antes de que nunca conocería a alguien igual? ¿Cómo no había sabido valorarlo a tiempo, con lo inútil y sosa que ella era para entablar relaciones con el sexo opuesto?

Tal como llegó, se encerró en su cuarto y encendió el ordenador. Necesitaba ponerse en contacto con Gabriel de alguna manera.

—¿Otra vez tuviste que cubrir la hora de alguien? —le preguntó su madre cuando la vio encerrarse en su cuarto. Pretendió abrir la puerta, pero Natalia se lo impidió de mala manera. Por desgracia, la puerta no tenía llave.

—¡No abras! —gritó.

—¿Por qué? —se ofendió Liliana.

—Porque quiero estar sola. ¡Sola, por favor!

—Pero ¿qué te pasa? —insistió su madre—. ¿Ocurre algo?

—¡No me pasa nada! —Lo que menos quería era dar explicaciones y responder preguntas. ¿Tan difícil era dejarle un espacio de privacidad? ¿No podía su madre, por una vez en su vida, resignar sus necesidades y pensar en las de ella?

—Pero no te puedo ver así y que no me digas qué te pasa —insistió la mujer.

—¡Si no dejas de molestar, me voy! —gritó Natalia—. ¿Me tengo que ir para que me dejes tranquila?

—Estás loca —se quejó su madre—. Estás cada día más loca. ¿Quién te entiende? —Se fue a la cocina mientras seguía hablando—. Si no te pregunto qué te pasa, después te enojas. Si te pregunto, te molesta. ¿Cómo hay que actuar contigo? ¿Qué hay que hacer?

«¿Quieres saber qué tienes que hacer? —pensó Natalia—. ¡Callarte!» Pero no lo dijo.

Abrió el navegador, entró a Facebook y abrió el muro de Gabriel.

El alma se le cayó a los pies.

En la foto del perfil había una mano dibujando sobre un plano. Reconoció que era la mano de su ex.

En la foto de portada, él y su novia besaban, los dos a la vez, uno en cada mejilla, a un bebé. Un recién nacido.

Sandra y Gabriel tenían un hijo, acababan de ser padres. Eso significaba que ella jamás podría recuperarlo, y con ello se sintió morir.

De haber tenido coraje, habría destrozado su móvil o su ordenador, pero no le gustaba perder cosas. Se echó a llorar procurando no ser oída, porque era lo único que podía hacer en privado.

¡Ella anhelaba tener un hijo! Casarse, ser madre, ser feliz con su marido. En ese instante de dolor y frustración, no tenía la energía suficiente para creer en lo que a veces pensaba: si realmente Gabriel habría sido la persona indicada para culminar todas esas vivencias. Tampoco para reconocer lo que algunas veces, en secreto, su inconsciente le dictaba: que esos no eran sus deseos, sino los que otros habían imbuido en ella, y ella los había internalizado. No le gustaba defraudar a nadie, mucho menos a quienes pensaban que debía casarse, tener hijos y vivir la vida perfecta de las personas felices.

¿Qué era la felicidad? ¿Qué deseaba en realidad? No tenía idea. Solo sabía que acababa de perder a Gabriel para siempre, y con eso toda posibilidad de ser perfecta.

Pasó la tarde dando vueltas en la cama, llorando desconsoladamente y rogando cada tanto a su madre que dejara de insistir en abrir la puerta. Llegó a trabarla con una silla para que no pudiera entrar, y así siguió todo el fin de semana, excepto cuando tenía que salir para ir al baño o para comer. No le explicó a Liliana qué le pasaba, aunque ella se lo preguntó con insistencia. Volver a la rutina el lunes le sirvió para despejar la mente. Cuando daba clases, de a ratos olvidaba la tristeza y la desesperanza. Algunos chicos la hacían reír o enojar, y eso resucitaba su capacidad de sentir algo más que dolor. Sin embargo, los más perceptivos ya habían visto que ella no estaba como siempre. Se la notaba desanimada y pensativa.

Camila Aráoz Viera fue una de las alumnas que descubrió el pesar de su profesora. Hasta lo comentó con su compañera de banco, que casi no le prestó atención y se puso a hablar de One Direction. Le resultó pesado, porque a ella le gustaba Green Day, y se lo hizo saber. Acabaron enojadas.

El viernes tardó en llegar. Natalia no había tocado «Camino al placer» en toda la semana ni sabía si podría volver a hacerlo. Se dedicó a la novela que estaba escribiendo antes, a la que volvió a llamar «Camino al amor», la historia de Nadia y Guido, sus equivalentes para Natalia y Gabriel.

No fue al bar. No tenía sentido ir.


A pesar de que pasó más tiempo observando alrededor que conversando con sus amigos, ese viernes Julián no encontró la mirada que lo había cautivado la semana anterior. Estaba claro que no era una habitual de ese bar, aunque él había albergado la esperanza de que lo fuera. Jamás la había visto antes y jamás volvería a verla.

Pasó el fin de semana con sus hijos. Los llevó al cine el sábado y, como siempre, Camila criticó la película. Mientras Julián y Tomás disfrutaban los efectos especiales de *Iron Man 3*, reían y comían palomitas, ella se acomodaba el flequillo que le caía sobre un ojo y solo se interesaba por la historia de amor. Jamás reconocería que la película en realidad le había gustado mucho.

—Eres como el Contra —se burló su padre mientras cenaban en McDonald's.

—¿Como quién? —gruñó ella.

—Un programa de televisión que veía cuando era muy joven —le contó él.

—Con razón no lo conozco.

—¿Y qué ves?

—MTV.

—¡Oh! —Julián se reclinó en el asiento—. Parece interesante.

—Ahí vi un tatuaje que me voy a hacer pronto —contó su hija.

Él volvió a inclinarse hacia delante.

—Sobre mi cadáver —sentenció.

Ella sonrió con ironía.

—Si no vives conmigo, ¿por qué me vas a prohibir algo? —replicó.

Julián captó la queja implícita en la pregunta y supo que, de continuar en esa dirección, Camila acabaría frustrada. Siempre lo estaba, en realidad. Por eso prefirió seguir hablando del tatuaje, estaba seguro de que ella ya sabía por qué debía respetar sus órdenes.

—¿Qué vas a estudiar cuando termines la secundaria? —interrogó.

Sin entender a qué venía esa pregunta, ella se encogió de hombros.

—No sé —replicó.

—Bueno, con más razón, si no sabes qué vas a estudiar, no te conviene hacerte un tatuaje —explicó Julián.

Ella volvió a reír, sin comprender por qué, si no sabía lo que iba a estudiar en la universidad, no podía tatuarse.

—¿Por qué no? —preguntó. No pudo con la curiosidad.

—Porque para algunos trabajos no puedes tener tatuajes —respondió él, y al fin obtuvo la atención completa de su hija—. Algunos trabajos requieren una presencia impecable, y no contratan personas tatuadas.

—Pero si me lo hago en un lugar oculto... —intentó ella.

—Hay exámenes previos, es decir que te envían a una revisión médica antes de contratarte. Es una cláusula menor, pero algunos no contratan tatuados.

—Bueno... —murmuró ella, pensativa—. Entonces me lo voy a hacer cuando sepa qué quiero estudiar.

—Cuando cumplas los dieciocho años podrás hacer lo que quieras.

—¿Y yo? —preguntó Tomás.

Julián lo miró y le sonrió.

—Tú también —contestó divertido.

# 6

El viernes siguiente, un extraño calor invadía la ciudad. Julián estaba seguro de que la lluvia los sorprendería en algún momento, por eso eligió con sus amigos una mesa dentro del bar.

Al mismo tiempo que ellos ordenaban cafés y tostadas, Natalia llegaba a casa para meterse en su cuarto. Había vuelto a los vaqueros holgados, a los pulóveres de abuela y a la coleta. A punto de desvestirse y ponerse el pijama, volvió a dejarlo sobre la almohada. Suspiró viéndolo y recordó su historia inacabada de Nadia y Guido. Tenía la opción de ponerse la ropa de dormir y sentarse al ordenador a idear un mundo en el que Gabriel la elegía a ella a pesar de que lo había dejado, un mundo en que él no tenía un hijo y la amaría eternamente, tal como había prometido. ¡Qué falsa había sido su promesa! Pero ¿qué pretendía de él? ¿Cómo podía ser tan egoísta de fundar su felicidad en la infelicidad de otro? Quizá por eso ella jamás la alcanzaría, por egoísta y malvada. Había sido la villana de su propia novela de amor, y ahora no podía pretender ser la protagonista.

Suspiró de nuevo pensando en Gabriel y, casi como un salvavidas, el desconocido del bar volvió a su mente. Al parecer, iba allí casi todos los viernes y ella podía volver a verlo, aunque fuera para seguir escribiendo sobre él. Ese hombre alimentaba su fantasía, y tenía ganas de beber un poco de él.

Se sentó en la cama y se esforzó por recordar los detalles que había interiorizado la última vez. Podía describirlo a la perfección, y eso la animó. Entonces hizo a un lado la tristeza que la acompañaba desde que se había enterado de la paternidad de Gabriel, buscó su pulóver de los corazoncitos y los vaqueros de su talla, y se vistió para ir al bar. Era más tarde que de costumbre y quizás el desconocido ya se había marchado, si es que había ido ese viernes, pero le bastaría con ver el lugar y respirar el aire que allí reinaba, una mezcla de café, perfumes y productos de panadería, para favorecer su inspiración.

—¿Vas a salir? —interrogó Liliana—. ¿Adónde vas?

—Al centro de Quilmes —respondió Natalia camino de la puerta.

—¿Para qué? —siguió preguntando su madre.

—Para comprar algo para el instituto —replicó ella.

—¿Quieres que te acompañe? —se ofreció Liliana, ante lo que Natalia giró sobre los talones y por fin la miró.

—¿No tienes que cocinar? —le preguntó.

—S... sí, pero...

—Vuelvo en un rato.

—Bueno... —aceptó su madre con expresión de mártir.

Era mejor que pusiera esa cara y guardara silencio antes que oírla pronunciar las mismas frases de siempre: que todos la dejaban sola, que Natalia era poco compañera, que ella lo había dado todo por su hija para que ahora la retribuyera de tan mala manera, y muchos otros generadores de culpa.

A pesar de su descontento, Liliana abrió la puerta del garaje para que Natalia pudiera sacar el coche y se despidió de ella pidiéndole por enésima vez que tuviera cuidado.

Cuando Natalia entró en el bar, solo vio a su Fabián. Le temblaron las piernas y su corazón comenzó a galopar. Él era todo lo que le importaba ver.

Se sentó a la mesa que había ocupado la última vez que había estado allí, ordenó el chocolate con croissants y se deleitó observándolo. Como de costumbre, él leía el periódico mientras sus amigos conversaban.

Se moría porque volviera a mirarla, por sentir sus ojos posados en su cuerpo, aunque ella se sintiera demasiado delgada y tuviera imperfecciones varias. Jamás se desnudaría delante de alguien tan bello, incluso la avergonzaba hacerlo con Gabriel cuando era más joven y bonita. ¿Cómo podía siquiera pensar en desnudarse ahora? Por suerte, Nadia, si bien tenía las mismas reservas que ella respecto a su cuerpo, era más valiente y segura de sí misma, al menos en comparación con ella.

Me gusta mucho que me haga el amor, que me haga desear y sentir el sexo. Empiezo a gemir y él acelera sus embestidas. Yo me apresuro a subir y bajar sobre su miembro, que se pone cada vez más duro. Me invade el cuerpo y el pensamiento, el alma y el pecho. Me toca de nuevo los pezones, se yergue e intenta lamerlos. Yo le tomo la cabeza entre las manos y le ayudo a llegar a uno de ellos. Bajo la cabeza para ver su lengua roja y húmeda provocándome el placer más grande del mundo. Me excita verlo y jalar de su cabello.

Alzó la mirada y buscó al desconocido. Él seguía allí, hablando con sus amigos, mientras ella solo podía verlo en una cama, haciéndola gozar como nunca lo había hecho nadie.

Llevo su boca a mi otro pezón y, gimiendo, le ruego que lo lama. Él obedece, le encanta hacerlo, y yo me enrosco en su cadera para que se interne más dentro de mí.

Alzó la cabeza de repente. El desconocido se había puesto en pie al igual que sus amigos y arrojaba unos billetes sobre la mesa. Se iba. Se iba y ni siquiera la había mirado, no se había percatado de su presencia. De cualquier modo, Natalia sabía que no tenía derecho a sentirse defraudada, ya que ella misma lo había rechazado la anterior vez con su huida. Él era un hombre más sobre la faz de la Tierra, otro de esos a los que no les gusta insistir, derretir a una mujer de hielo ni esperar. No perdería el tiempo tratando de ganarse su confianza, porque no era Fabián. No era más que un hombre.

Lo vio salir del bar y suspiró con angustia. Se acordó de Gabriel, de su madre, de su infelicidad, y casi se echó a llorar. Estuvo a punto de correr hacia la salida, pero se contuvo. Tenía que terminarse la taza de chocolate.


Junto a la ventanilla del aparcamiento, Julián detuvo a Cristian.

—Me he olvidado de algo —le dijo.

—¿Qué? —preguntó el otro. Miró a Jorge, que ya estaba pagando por las horas que había dejado el automóvil allí.

—Le iba a pedir a la camarera una hoja del periódico donde sale un aviso que me interesa —explicó Julián.

—¡Jorge, espera! —gritó Cristian, pero su amigo ya había pagado.

—No os preocupéis, voy solo —dijo Julián. Era lo que deseaba, por eso había esperado a que uno de sus amigos ya estuviera pagando la cuenta del aparcamiento para dar el aviso del olvido.

Le costó convencer a Cristian de que no lo acompañara, pero finalmente pudo regresar solo al bar.

Me toca, me mira, me acaricia.

—Bésame —me pide.

Yo me inclino hacia delante y nuestros labios se encuentran. Están sedientos, calientes, hierven tanto como nuestros cuerpos unidos. Su beso es suave y húmedo, me hace cosquillas y me incita a aferrarme a sus hombros. Son tan fuertes que me hacen sentir que puede protegerme de todo.

Sigo el ritmo de nuestro deseo y me agito con su miembro dentro. Nos miramos, nos entendemos, nos amamos en silencio.

—¿Puedo?

La pregunta interrumpió los pensamientos de la escritora. Alzó los ojos, aturdida. Aquella voz se parecía tanto a la de Fabián que la asustó, pensó que su personaje se había hecho realidad, y no se equivocó. ¿Quién había materializado a quién? ¿El desconocido al personaje o el personaje al desconocido? Eso no importaba, «Fabián» estaba ahí, delante de ella, y al notarlo, todo lo que pudo hacer fue mirarlo con cara de susto y tragar con fuerza. Ni siquiera se atrevió a pestañear.

—Gracias —añadió el desconocido sin esperar respuesta, al tiempo que apartaba la silla libre de la mesa.

Los dedos de Natalia, congelados sobre el teclado, temblaron de miedo. La palidez que la había aquejado al ver a «Fabián» delante de su mesa se convirtió en sonrojo cuando bajó la vista y leyó la palabra «miembro». ¡Por Dios, se había atrevido a imaginar el pene de ese desconocido que estaba sentado frente a ella! Cerró la *notebook* como si escondiera allí un pecado. Y así era.

—Veo que sueles venir a este bar —comentó Julián con una sonrisa ligera—. La conexión wifi no siempre es buena —añadió señalando el ordenador—, pero es un lugar muy agradable, y el café es muy sabroso. Yo vengo todos los viernes.

Natalia no cabía en su cuerpo. Viéndolo de cerca, el desconocido le parecía todavía más atractivo que cuando lo contemplaba a la distancia. ¡Y su aroma! ¡Olía tan bien! Ella no sabía nada acerca de perfumes, pero el de ese hombre lograba estremecerla.

—No me gusta el café —fue todo lo que se le ocurrió decir. ¡Una queja! Se sintió una estúpida. ¿Cómo no se iban a reír de ella los chicos si no sabía dar respuesta a nada? ¿Cómo no se iba a reír «Fabián»? Pero aunque «Fabián» en efecto sonrió, no pareció una burla.

—El chocolate también es bueno —replicó él señalando la taza que Natalia ya había vaciado. Cuando movió la mano, las pulseras se avistaron, y Natalia las miró. Se quedó prendada de ellas hasta que él volvió a hablar—. ¿Mucho trabajo?

Alzó los ojos de pronto y se encontró con las manchas de leopardo que la observaban curiosas.

—¿En el ordenador? —interrogó, confundida. «¡Claro que se refiere al ordenador, so mema!», pensó, pero ya era demasiado tarde para retractarse. Rio nerviosa antes de que el desconocido pudiera hacer alguna aclaración. De solo pensar en lo que escondía en ese ordenador, se puso roja de nuevo—. No —dijo—. No es trabajo, no.

Julián la observó en silencio, le pareció que la chica tenía una sonrisa preciosa. Sus ojos brillaban y revelaban que estaba nerviosa. Todo lo demostraba, en realidad: su tono de voz, sus mejillas y también sus dedos, que no dejaban de tiritar.

—Entonces es un *hobby* —dedujo.

Natalia entreabrió los labios y los volvió a cerrar sin saber cómo seguir con la conversación. No quería confesar que escondía un frustrado intento de novela.

—Soy profesora —lanzó.

Julián asintió con expresión compasiva.

—Tengo una hija adolescente, sé lo que debes de pasar encerrada en un aula con treinta como ella, así que te admiro —comentó con otra de sus sonrisas tentadoras.

La expresión de Natalia, en cambio, se contrajo. Su Fabián tenía una hija; no pensó que la noticia la afectaría tanto. Una mezcla de celos y desilusión la invadió.

—¿Y qué enseñas? —siguió preguntando él.

—Lengua y Literatura —contestó ella, que había pasado de estar nerviosa a decaída.

—Muy interesante —replicó Julián. Siempre había supuesto que ella era una intelectual—. Mi hija odia el *Poema del Cid* —agregó, y volvió a arrancar una sonrisa a Natalia.

—Todos lo odian —contestó—. Incluso yo.

—Yo no.

—¿Lo has leído? —se sorprendió ella. Aunque todavía no terminaba de soltarse, parecía más relajada. El *shock* inicial de saber que «Fabián» tenía una hija iba desapareciendo.

—Sí, se podría decir que soy un buen lector.

—¿Lees asiduamente? —preguntó ella.

«Asiduamente», repitió Julián en su mente. ¡Toda una palabra!

—Todas las noches antes de dormir.

—¿Y qué te gusta leer? —siguió preguntando Natalia para no pensar en lo que hacían Nadia y Fabián antes de dormir. No era habitual encontrar a alguien que leyera, y mucho menos entre los chicos con los que cada tanto solía hablar. Ni siquiera Gabriel leía.

Julián se encogió de hombros.

—De todo —admitió—. ¿Y a ti qué te gusta leer?

Natalia hizo una profunda inspiración al tiempo que evaluaba cómo esquivar la pregunta. La avergonzaba decir la verdad, y era una muy mala mentirosa.

—Por mi profesión, leo muchas cosas —trató de salvarse de la confesión.

—Pero qué es lo que te gusta —insistió él.

Ella suspiró.

—Algo que a ti seguro que no —volvió a esquivar—. Novelas románticas —añadió, con algo de pudor.

—He leído muy buenas novelas que hablan de amor —contó él—. *Orgullo y prejuicio, Cumbres borrascosas, Madame Bovary*...

Natalia abrió tanto los ojos que temió haber hecho una mueca exagerada.

—¡Entonces de verdad eres todo un lector! —exclamó.

—Igual que tú. ¿Llevas ahí tu propia historia de amor? —señaló la *notebook*, y las mejillas de Natalia volvieron a teñirse de rojo.

—No —rio—. No es una historia de amor, no.

Se maldijo al instante. Claro que era una historia de amor, pero primero era una historia de sexo y de pasión, inspirada en él. No podía confesar eso.

—Entonces también eres escritora, tal como sospeché —indicó Julián.

—¡Claro que no! —volvió a reír Natalia. Para paliar los nervios, comenzó a jugar con la cucharilla de la taza. De no haber visto tan serio a «Fabián», habría pensado que le estaba gastando una broma. ¿Escritora ella? Quizás apenas servía para construir algunas frases que a nadie le interesaría leer—. Solo redacto párrafos sueltos de algo incoherente, nada más —explicó con timidez.

—¿Y puedo saber de qué trata tu historia?

La cucharilla resonó en la taza cuando ella la dejó caer de golpe. Asustada, pensó cómo le explicaría su historia. «Trata de que me haces el amor como no me lo han hecho nunca —se dijo—. De que te conozco desnudo y me conoces desnuda. De que lames mis pezones y yo te masturbo», se le ocurrió. Enrojeció por completo.

—No —respondió, pero de tan mala manera que sonó enojada cuando en realidad estaba muerta de vergüenza.

—Perdón —se disculpó Julián, perdido en los cambios de humor de su interlocutora—. Nunca conocí a un escritor, no sé si les gusta hablar de sus obras incompletas, o si las ocultan hasta que las terminan. Me despertó curiosidad. ¿Cómo busco tus novelas en las librerías?

Un sonido áspero escapó de la garganta de Natalia cuando contuvo la risa.

—¡De ninguna manera! —respondió—. Esto nunca va a estar en una librería —aseguró.

—¿Por qué lo dices? —se interesó él.

Ella tragó con fuerza.

—Porque es muy malo.

Se produjo un instante de silencio en el que se sostuvieron la mirada. Había tanto para decir y tanto para callar... El aire se condensó y la respiración se ausentó por un momento.

—Me gustaría leerla algún día —concluyó él.

Natalia bajó la mirada.

—Si intentas decirme algo con indirectas, has de saber que soy pésima para interpretarlas —masculló.

—Lo único que he pedido mediante una indirecta fue tu

nombre —aseguró él. Ella lo miró sin entender, y entonces él se explicó—. Cuando te pregunté cómo buscar tus libros en las librerías, pensé que me dirías el título y el autor, y que ese sería tu nombre, o al menos tu seudónimo.

Natalia se mordió el labio. Jamás habría caído en que con esa pregunta, él en realidad quería saber su nombre.

—Ah —susurró—. Es que soy muy mala para interpretar indirectas. Prefiero que me traten como a un hombre... Quiero decir... —trató de explicarse, avergonzada—. Creo que a los hombres les gustan las preguntas directas, y a mí...

—Mejor —la interrumpió él—. Al fin una mujer con la que no hay que andar con rodeos. ¿Cuál es tu nombre, mujer sin rodeos?

Natalia sonrió. La profundidad de los ojos de «Fabián» la traspasaron.

—Natalia —contestó en un susurro.

—Me gusta tu nombre, Natalia.

Era el momento de preguntarle a él cómo se llamaba, y aunque le diera vergüenza, iba a hacerlo, pero justo entonces su móvil vibró. Miró hacia un lado, donde el aparatito se encontraba, y divisó el número de su madre.

Su corazón se endureció de repente. Sus músculos se tensaron y fue consciente de que estaba en un bar coqueteando con un desconocido que le había inspirado fantasías sexuales. Se sintió una tonta. ¿Dónde habían quedado su educación, su recato y sus modales? Sin embargo, se sentía bien al relegarlos por un momento, que el desconocido la absorbiera al punto de olvidarlo todo.

Tenía que acabar con la interrupción. Tenía que alejarse de su madre si quería seguir pecando.

Atendió el teléfono casi con desesperación.

—Ahora no puedo —le dijo.

—Por favor, necesito que me traigas pan rallado —suplicó su madre—. Lo necesito ahora mismo, tengo que entregar un pedido a la una. Pensé que tenía rebozador, pero no hay nada.

—Ante el silencio de su hija, Liliana insistió—. ¡Natalia, hazme ese favor!

—Está bien —contestó ella apresurada—. Está bien, ahora compro —terminó.

—¿Ya vienes? —interrogó su madre.

—Sí, ya voy —respondió ella, y cortó la comunicación.

Se quedó mirando el teléfono un momento al tiempo que dos sentimientos contradictorios se batían en su interior. Por un lado, la necesidad de huir del coqueteo. Por el otro, el deseo de continuar internándose en esos ojos que la desnudaban sin que su dueño siquiera se diera cuenta.

—Me tengo que ir —dijo apesadumbrado, aunque en su tono solo dejó traslucir la seguridad de haber tomado una decisión firme.

Julián sonrió. Tenía la cabeza levemente inclinada hacia abajo y los ojos centrados en aquella escritora que había comenzado a guardar sus pertenencias.

—Me gustaría que siguiésemos en contacto —dejó escapar—. No pienso perderme la oportunidad de que me firmes tu libro cuando se publique.

Aun contra su voluntad, Natalia detuvo las manos en el cierre del portafolio y rio. Julián juzgó que, relajada, ella lucía mucho más hermosa.

Sin decir palabra, Natalia sacó un bolígrafo y cogió una servilleta, donde escribió su teléfono móvil. Aunque le temblaban los dedos y en su mente retumbaba una voz que le gritaba «¿Qué estás haciendo?», siguió adelante con la osadía. Al acabar, alzó la mirada y se mordió el labio. Notó que las pupilas del desconocido se trasladaban a la zona que ella castigaba con los dientes, y por un instante se acordó de su novela.

—¿Y tu nombre es...? —se atrevió a preguntar. Se moría por saber cómo se llamaba en realidad «Fabián».

—Julián —respondió él con tono sereno.

Natalia se sobresaltó. ¡No podía haberse acercado tanto a su nombre! «Julián» y «Fabián» eran casi homófonos, y por esa razón se le escapó una risa que él no supo interpretar, pero que lo cautivó. Sonrió también.

—Perdón —se excusó ella, temiendo que su «Fabián» pensara que se estaba burlando de él.

—No hace falta que te disculpes. Tienes una hermosa sonrisa.

«Yo no tengo nada hermoso», pensó Natalia, y estuvo a punto de dar esa tonta respuesta, pero no alcanzó siquiera a abrir la boca para formularla. Todavía no había muerto el eco de la voz masculina cuando él llevó una mano a la servilleta y sus dedos se encontraron con los de ella, que todavía no la había soltado. Ninguno miró las manos unidas, continuaron viéndose a los ojos mientras sus cuerpos se estremecían con la fuerza de aquel contacto.

—Espero volver a verte —añadió él con aquella mirada que para Natalia lograba congelar el mundo.

Julián cogió la servilleta antes de que la escritora se arrepintiera de dársela. La guardó en el bolsillo de la chaqueta, dejó unos billetes sobre la mesa y se puso en pie. Natalia dudó en aceptar que él pagase su cuenta, pero optó por callar. Después de todo, era agradable que alguien tuviera una atención con ella. Esperaba que él se diera la vuelta y se fuera, pero eso no sucedió. Resultaba evidente que estaba esperando que ella se levantara también para escoltarla a la salida, así que se apresuró a reunir sus cosas y encaminarse a la puerta. Julián la sostuvo para que saliera del bar y después caminó detrás de ella hasta quedar los dos en medio de la acera. Se miraron al mismo tiempo.

—Por si llegamos a ser amigos —le dijo él entregándole su tarjeta de visita.

Natalia la cogió pero no la leyó; todavía estaba prendada de los ojos de su personaje. Lo vio sonreír otra vez y le pareció que las personas que transitaban a su alrededor no existían. Tenía una sonrisa cautivante y una postura tan seductora que le costó recuperar el aliento.

—Gracias —dijo con una sonrisa tímida que Julián le devolvió.

—¿Te llevo a alguna parte? —se ofreció.

Natalia negó con la cabeza.

—No hace falta, tengo coche —repuso.

Él asintió, y con una nueva sonrisa se despidió de ella antes de girar sobre los talones y encaminarse hacia la esquina.

Natalia lo observó alejarse, prendada de su cuerpo enfundado en un traje negro que lo hacía todavía más atractivo. Tenía unos andares serenos y seguros, una forma de moverse entre la gente que lo hacía destacar. Lo miró hasta que desapareció y entonces siguió viéndolo en su imaginación.

# 7

Julián agitó la cabeza y cerró los ojos. Los abrió enseguida porque estaba conduciendo y temía provocar un accidente. Ni siquiera *This charming man* a todo volumen le sirvió para sentirse menos estúpido y más encantador, como anunciaba el título de la canción de The Smiths. «Tienes una hermosa sonrisa», se burló de sí mismo mentalmente. ¡Por Dios, si hasta la había llamado «mujer sin rodeos»! Lo único que le había faltado para ser todavía más anticuado y más «carroza» era dedicarle una canción en la radio. ¿Qué tenía él para ofrecer a una mujer, más que deudas, problemas y un discurso aburrido y pasado de moda?

—Menudo idiota —masculló doblando una esquina.

Hizo sonar la bocina para alertar a un coche que se aproximaba en dirección prohibida. Nunca se molestaba por las imprudencias ajenas, ya que él también cometía las suyas, pero en ese momento tenía que desquitarse con algo.

Hacía décadas que no coqueteaba con una mujer, casi veinte años. Su última conquista había sido Sabrina, su ex esposa, y en tantos años de matrimonio, algunos buenos y otros malos, se había desacostumbrado de las novedades. Tampoco creyó que estuviera preparado para una, pero él no la había buscado. Había resultado inevitable, como si algo lo hubiera empujado a acercarse a la escritora.

En un semáforo, metió la mano en el bolsillo, tanteó la servilleta y sonrió involuntariamente. No se sentía seguro ni mucho menos un seductor, pero se merecía un intento por volver a la vida.


—Natalia, ¿me trajiste el pan rallado? —preguntó Liliana en cuanto su hija bajó del coche.

Natalia se detuvo en seco. Por primera vez en el rato que le había llevado regresar a casa, dejó de pensar en Julián y se dio cuenta de que se había olvidado de todo, menos de él. El bendito pan rallado era lo que la había obligado a abandonar el bar, pero se había olvidado de comprarlo.

—Me olvidé —dijo sin poder creérselo.

—¿Cómo que te olvidaste? —chilló su madre—. ¡¿Y yo qué hago ahora?!

—No sé —replicó su hija sin moverse. Parecía congelada en medio del pasillo que llevaba a la cocina, con el bolso colgando y los anteojos resbalándole de la nariz.

—¿Que no sabes? ¡Cómo puede ser! ¡No sirves ni para hacerle un favor a tu pobre madre!

Sin dar respuesta, Natalia le dio la espalda y se metió en su cuarto. Cerró la puerta, la trabó con una silla puesta entre la corredera y la cama, y se arrojó sobre el colchón. «Mujer sin rodeos», la había llamado Julián. Y le había dicho que tenía una sonrisa hermosa.

Extrajo del bolsillo del pantalón la tarjeta que él le había entregado. Giró boca abajo y la leyó. No podía borrar la sonrisa de sus labios.

Descubrió que su «Fabián» se llamaba Julián Aráoz y presidía una empresa llamada Aráoz Hnos. ¿Qué harían? ¿Se trataría de una fábrica o de una compañía grande? Había un logotipo con una T detrás de las letras, uno muy conocido. ¿Dónde lo había visto antes? Sus ojos se abrieron como monedas cuando descubrió que era nada menos que el logotipo de los alfajores que compraba desde que tenía memoria.

—¡Los Tamailén! —exclamó.

Era imposible. Si bien se trataba de una marca local, tenían gran repercusión y trayectoria. Hasta les había dado un «me gusta» en Facebook y veía todas sus actualizaciones. ¡Habían estado tan cerca y tan lejos al mismo tiempo!

Rio con la perspectiva de haberse encontrado con el hombre de sus sueños, y a la vez sintió miedo. Él era tan exitoso, seguro de sí mismo y conocedor del mundo, que ante sus ojos ella no parecería más que una perfecta idiota. Saltaba a la vista que tenía experiencia de vida, y aunque eso la fascinaba, también la hacía sentir avergonzada. ¿Con quién no pasaba vergüenza, en realidad?

De ese modo, la perspectiva de una relación se desvaneció como se desvanecía la paz en su habitación por la insistencia de Liliana en abrir la puerta. Por suerte la traba funcionó, y la mujer se vio obligada a golpear. Mientras eso sucedía, Natalia guardó la tarjeta de Julián en el cajón de la mesilla, convencida de que tendría que contentarse con mantener al hombre de sus sueños en su imaginación.

—¿Me acompañas a comprar pan rallado? —pidió Liliana. Ante la ausencia de reacción por parte de su hija, exigió—: ¡Abre!

Natalia suspiró.

—No voy a salir —replicó. Y aunque las quejas de su madre se sucedieron durante largo rato, nada consiguió apartarla de su ensoñación.

Pasó el fin de semana escribiendo. Terminó el prólogo y en algunos capítulos redactó, casi como en un trance de inspiración, la historia de una profesora insegura y reprimida que se enamoraba a simple vista de un desconocido veinte años mayor que había visto en un bar. Llegó hasta el episodio en que él le dejaba su tarjeta y ella se acostaba a dormir pensando en los dos.

Sin embargo, cuando el domingo se fue a la cama pensando en Julián, imaginar su sonrisa y su mirada ya no le resultó suficiente. Su mente, en un acto de completa independencia, volvió a vislumbrar escenas que en otra época creyó que jamás se atrevería siquiera a imaginar. Aquellos labios que sonreían en la mesa del bar, ahora se aproximaban a su boca para rozar los de ella.

Se llevó un dedo a los labios por instinto. Le dio vergüenza avanzar hacia donde imaginaba que Julián se dirigía, pero la impulsó el hecho de pensar que se trataba solo de una fantasía. Él jamás sería real, de modo que era libre de imaginarlo desnudo, lamiéndole un pezón o penetrándola, si eso se le ocurría. Era libre de tener sexo con una fantasía, y eso la complacía.

De los labios, sus dedos se deslizaron por el cuello hasta la clavícula, tal como si Julián la estuviese tocando. Siguieron bajando hacia un pecho, que atrapó con toda la mano. Arqueó la pelvis y dejó de respirar. Le parecía ver a Julián besándole el hombro, y después la imagen se tornó borrosa cuando él se deslizó hacia su vientre, tal como ella deslizaba su otra mano. No permaneció mucho tiempo cerca del ombligo, porque Julián siguió bajando, y ella con él, hasta alcanzar su zona más íntima y caliente.

Los dedos de una mano acariciaron el clítoris mientras dos de la otra apretaban un pezón. Gimió sin darse cuenta y se humedeció los labios resecos por el deseo. Hacía mucho tiempo que no le gustaba tanto una masturbación.

Tragó saliva y cambió de pecho para estimular el otro. Movió la cadera para que su pelvis embistiera su propia mano y le pareció que se ahogaba con una exclamación que no podía gritar. Su madre dormía en el cuarto contiguo y temía despertarla.

Imaginó que Julián le lamía el clítoris, y para emular la sensación que eso le habría ocasionado, se lo acarició con los dedos. Imaginó que el miembro que ya había descrito en su novela, hinchado y caliente, la invadía, pero fue su dedo el que se internó en ella misma como débil muestra del placer que Julián le podía brindar. Imaginó que la lengua masculina le lamía los pezones y pudo aproximarse a esa increíble experiencia tocándoselos con la mano libre.

«Natalia», le pareció escuchar. La voz de su madre no la dejaba en paz ni siquiera en medio de su fantasía. ¿Qué diría ella si la viera en ese estado de complacencia y entrega total? ¿Qué diría Julián si la viera poner esa cara de estúpida que ponía cuando le gustaba el sexo?

Los pensamientos la distrajeron por completo, como habitualmente le sucedía. Se preocupaba primero por la imagen que estuviera dando al otro antes que por su propio bienestar, y acababa sin orgasmos y con una angustia que no sabía controlar.

No era buena en el sexo, y creía que jamás lo sería, pero añoraba la felicidad que gracias a ese acto, a la vez tan animal y tan humano, se podía alcanzar.

El deseo se esfumó como una hoja al viento. Del mismo modo, sus manos se apartaron de los sitios de placer, y ella se desesperó por limpiarlas con la sábana, como si así pudiera librarse de la frustración que le producía ser una mujer reprimida y solitaria.

Trabajó toda la semana sintiéndose la reina del instituto. Lo era ya que, después de todo, cumplía con las demandas a rajatabla: era una buena profesora, una soltera sin vida sexual y una cumplidora de las reglas, sobre todo del «no fornicarás». Cuando dejaba sus tontos sueños y fantasías de lado, le iba mejor que nunca en el trabajo: se transformaba en una profesora más segura, más exigente y, sobre todo, más seria.

—Está loca —comentó Camila a su compañera al advertir los cambios de ánimo de «la de Literatura».

—Trabaje, Aráoz Viera —indicó Natalia con voz potente desde el otro extremo del salón.

Al mismo tiempo, se dio cuenta de que su alumna tenía el mismo apellido paterno que Julián. Entonces se acordó de su mirada seductora y su sonrisa atractiva, pero desechó rápidamente el recuerdo. Tenía que aferrarse a otras cosas si quería sentir que tenía éxito en algo, y por el momento, ese algo era el trabajo.

Aunque intentara levantar un escudo ante las demandas de su madre, al día siguiente acabó pensando en Gabriel otra vez, en por qué lo había dejado y en cómo podría haber hecho para soportar a su lado, solo con tal de «hacer su vida» con alguien.

Pasó las dos horas de trabajo del viernes con cara de velatorio.

—¿No te digo que está loca? —comentó Camila por lo bajo a su amiga.

Esta vez, la profesora no le llamó la atención. Parecía ausente.


El viernes por la mañana, Julián pasó más tiempo viendo si divisaba a Natalia en el bar que prestando atención a sus amigos. Ni siquiera leyó el periódico, como era su costumbre.

—¿Tienes más problemas en la fábrica? —le preguntó Jorge, al tanto de sus ausencias mentales.

—No —respondió Julián escuetamente. De hecho, esa había sido una semana muy productiva en el trabajo: estaba a punto de comprar una empaquetadora usada más grande que la que tenían y su hermano no había faltado un solo día.

Camino de la fábrica después del encuentro en el bar, pensó que Natalia no querría volver a verlo. Sin embargo, conforme fue transitando calles, reflexionó que quizás ella no quería encontrarlo estando él con sus amigos, o que había esperado su llamada y, creyendo que él ya no se comunicaría, había dejado de ir al bar. Si tenía que ser sincero consigo mismo, no se había atrevido a llamar, pero claro que jamás lo admitiría.

Decidido, se detuvo a un lado de la calle que conducía a la fábrica, extrajo su móvil y buscó el número entre los contactos, donde lo había guardado. Quería ver a la escritora de nuevo porque en el bar había echado de menos aquellos ojos cautivos de sus movimientos.

El tono sonó tres veces. Le pareció escuchar que alguien atendía y que, mientras realizaba el trayecto hasta la boca, el micrófono captaba el movimiento. En ese instante, el estómago de Julián se anudó al punto que no supo si podría articular bien las palabras.

—¿Sí? —contestaron—. ¡¿Sí?! —repitió Natalia ante el silencio.

—Hola —acabó por responder él con su tono sereno pese a que en realidad se moría de miedo. No tenía idea de cómo lo iba a recibir Natalia, ni si su llamada sería esperada todavía, o siquiera si alguna vez lo había sido. Tal vez ella era amable y no se atrevía a decirle: «No me molestes, que podrías ser mi padre.»

Se equivocaba. En cuanto oyó la voz, a Natalia se le anuló el pensamiento. Se puso tan nerviosa que sonó enfadada.

—Ah, eres tú —dijo.

—¿Me reconoces? Soy Julián, el del bar.

—Sí, ya sé que eres Julián.

Ni un «¿cómo estás?», ni siquiera un tono de sorpresa en lugar de ira. Por un instante, Julián sintió el impulso de disculparse por haber llamado, pero se contuvo porque quizá pedir perdón también ya estaba pasado de moda.

—Me gustaría que nos viéramos esta noche —dijo—. ¿Puedo invitarte a cenar?

El corazón de Natalia se detuvo. No podía aceptar la invitación de una fantasía sexual que solo estaba destinada a existir en las sombras de su conciencia.

—Yo... —masculló. Debía negarse, pero la tentación era tan grande que no le salían las palabras—. Tengo que ver mi agenda —improvisó.

Temía aceptar y que su fantasía sexual le propusiera tener sexo en la primera cita. En ese caso, ¿cómo iba a actuar? ¿Cómo iba a fingir que era una experta para que él no la considerara una estúpida, si ni siquiera podía masturbarse en paz?

—¿Te llamo más tarde? —ofreció él.

—Sí, bien —respondió ella. Y al instante agregó—: Pero llámame, ¿vale?

Julián sonrió. En un momento sonaba como a punto de despedirlo sin miramientos y al siguiente parecía suplicar que volviera a comunicarse.

—Sí, claro —respondió, más relajado—. Te llamo por la tarde —prometió, y cortó.

Natalia se quedó mirando el teléfono. Debía gritar que no, pero en cambio su inconsciente había hablado por ella en esa escueta orden: «llámame».

—¿Con quién hablabas? —oyó que le preguntaba Liliana desde la puerta de entrada. Acababa de llegar.

—Con nadie —respondió antes de arrojarse sobre la cama y enviar desesperada un mensaje de texto.

«Minna, conéctate al chat, tengo que hablar contigo», suplicó.

Su prima apareció media hora después, conectada desde quién sabía qué lugar de Brasil, donde estaba de vacaciones. Natalia le contó su problema con «un tipo bastante mayor» y su inseguridad acerca de aceptar una cita.

«No tienes que acostarte con él si no quieres —le recordó Minna—. No tiene nada de malo salir, tomar algo y ver qué pasa.»

Aunque esa respuesta le dio ánimo, no estaba segura de nada. Tembló largas horas en espera de la llamada, y cuando finalmente se produjo a las seis de la tarde, no atendió. No se atrevió. A las seis y diez, el móvil volvió a sonar, y acabó por responder poco antes de que Julián volviera a cortar.

—Hola —dijo. Ya no sonaba enojada, sino pesarosa.

—Hola —replicó él, mucho más tranquilo que a mediodía, cuando la había llamado por primera vez—. ¿Estás ocupada?

—¿Esta noche? —preguntó ella, creyendo que hablaba de la cena. Pero no se refería a la noche, claro, sino a ese preciso instante, y se sintió una tonta, como le sucedía siempre.

—¿Entonces te paso a buscar? —respondió Julián, y ella lo admiró.

Resultaba increíble el modo que tenía de conseguir siempre colocarla en una posición cómoda, sin importarle que ella hubiera dicho una idiotez. Casi al mismo tiempo reaccionó y se dio cuenta de que iba a aceptar la invitación, pero no podía permitir que pasara a buscarla por su casa.

—¿Dónde nos encontramos? —dijo.

# 8

A partir de que Julián le dio una dirección en la zona de restaurantes de Puerto Madero y se despidió, la vida de Natalia se transformó en un torbellino. No tenía ropa moderna que ponerse, ni quería que su madre supiera que iba a salir con un hombre mayor que ella y del que sabía muy poco. No tenía idea de si estaba casado o era viudo o divorciado. Quizá fuera soltero y la hija que había mencionado fuese de una novia, nada era seguro.

Su mente le jugó la mala pasada de planear el futuro, como siempre le sucedía, y se preguntó cómo resistiría el hecho de que Julián tuviera una hija. También pensó en las miradas de la gente, porque aunque él tenía aspecto juvenil y era atractivo hasta la médula, ella sabía muy bien que no era un jovencito. Se preguntó de qué manera evitaría el sexo o, si no era capaz de evitarlo, cómo lo afrontaría, estando tan disconforme con su cuerpo, su actitud y sus recuerdos. Temió quedar como una tonta por la imagen que iba a dar al hombre de sus sueños y por la excusa que pondría a su madre para irse. A la vez temía que la relación no funcionase, o que Julián la quisiera solo como amante para salir de la rutina de hombre casado, y un sinfín de suposiciones más que consiguieron palidecerla.

Acabó poniéndose el mismo atuendo que había lucido en aquel pub con sus amigas, solo porque era lo único digno de una cena que le restaba de la época gloriosa en que había tenido novio. Salió de su casa diciendo a su madre que se encontraría con Analía en el centro de Quilmes, y aunque Liliana volvió a advertirle acerca de los peligros de volver a casa de madrugada y de andar por la calle sola, nada la detuvo.

Estacionó bastante lejos y caminó hasta el restaurante. A pocos pasos de la puerta, el tiempo pareció desacelerarse. Vio a Julián apoyado en una de las paredes de ladrillo visto, con la cabeza gacha y las manos en los bolsillos, y el entorno se esfumó por completo. Llevaba un traje desabotonado y una camisa con la corbata floja. El cabello negro peinado sin esfuerzo le otorgaba un aire juvenil. Natalia se quedó quieta para observarlo un momento, sintiéndose de nuevo la chica osada que escribía sobre sexo, hasta que él alzó los ojos, las miradas se encontraron y esta vez ella no huyó. Al ver que Julián le sonreía y se enderezaba para recibirla, avanzó los pasos que los separaban y se detuvo delante de él.

—¿Has podido aparcar sin problemas? —fue lo primero que Julián le preguntó, ya que se hacía difícil conseguir sitio para el coche un viernes a esa hora.

—No sé estacionar muy bien, así que dejé el coche un poco lejos —sonrió Natalia. No iba a decir que no quería entrar en un párking—. ¿Hace mucho que esperas?

—Unos cinco minutos —dijo él, y luego señaló un restaurante—. ¿Te parece bien que entremos ahí o prefieres ir a otro lugar?

—Me parece bien ahí —aseguró ella, y esperó la decisión de Julián, que no se hizo esperar.

Le colocó una mano en la cintura para conducirla al interior del local, y aunque Natalia obedeció el silencioso pedido de que avanzara, todo a su alrededor se esfumó con el contacto. La mano la quemaba y le provocaba cosquillas en el estómago. Cuando estaba con Julián, todo desaparecía, incluso su propia conciencia.

Consiguieron una mesa cerca de un ventanal por el que se veía el muelle y una entrada del río. El lugar estaba ambientado con sillas negras y manteles blancos, y reinaba el aroma de los sabores del mar, ya que se servían principalmente pescados.

Les acercaron el menú, y aunque ambos lo abrieron, Natalia no pudo avanzar con la lectura. Alzó la mirada y se dejó atrapar por la visión de las manos de Julián, que sostenían la carta por sobre el plato decorativo. Llevaba los botones de las mangas de la camisa desprendidos y eso permitía divisar sus muñecas. Le encantaba recabar detalles de él y disfrutarlos, porque en la realidad era todavía más interesante que en su imaginación.

—¿Prefieres algo en particular? —le preguntó Julián.

—Tus pulseras —replicó Natalia entre la vida y la fantasía. Él alzó la mirada sorprendido. Giró la mano y miró las tiras de cuero que le rodeaban la muñeca sin atreverse a aclarar que con su pregunta se refería a si deseaba ordenar algo en especial del menú—. ¿Y tú? —indagó ella, y Julián decidió seguir el nuevo rumbo de la conversación.

—Tus secretos —respondió. Casi al mismo tiempo, sonrió y volvió a mirar el menú—. Pero quizá sea muy pronto para adentrarnos en eso y nos convenga empezar con el lomo de abadejo grillé con un vino blanco dulce, ¿te parece bien?

Natalia cerró la carta y la dejó a un lado.

—Me parece perfecto —asintió, y se cruzó de brazos.

Tras hacer el pedido, los dos comenzaron una conversación al unísono. Rieron por la coincidencia, y él le cedió el lugar.

—¿Entendí bien, por tu tarjeta, que tienes algo que ver con los alfajores Tamailén? —preguntó Natalia.

Julián le dedicó otra de sus sonrisas sin tener idea de los efectos que causaban.

—Así es —asintió.

Ella rio.

—¡Me parece mentira! —exclamó—. Consumo esos alfajores desde que tengo uso de razón.

—Yo también —rio Julián—. Es cierto que es una marca local, pero tenemos nuestra trayectoria.

—¡No me cabe duda! —siguió halagándolo ella. Era lo que pensaba de verdad.

—Estamos tratando de crecer —contó él—. Desde que papá

murió, seguimos una nueva política. Mis ideas siempre fueron bastante distintas de las de él.

—Me pareció notarlo por Facebook —acotó Natalia, y enseguida aclaró que no estaba diciendo una tontería, sino que las redes sociales le permitían establecer conexiones entre la gente, quizá porque tenía mente de escritora y estaba acostumbrada a tejer vidas imaginarias—. La muerte de tu padre salió en los diarios locales, y a partir de ese momento noté que comenzaron a usar las redes sociales y anunciar que ampliarían el recorrido del reparto, entre otras cosas.

—Estás mejor informada que algunos empleados de mi fábrica —bromeó Julián—. Sí, esas son mis ideas, pero no eran las de mi padre. Él era un europeo de esos que vinieron a trabajar sin dormir y a vivir con lo justo y necesario, por eso nunca le interesó crecer más de lo que la marca lo hizo sin que él pudiera contenerlo. Las redes sociales se manejan con ideas mías, pero las opera mi hermana.

—¡Uau! —exclamó Natalia. Omitió los datos acerca del padre de Julián porque nunca sabía cómo entrar en esos terrenos sin sonar entrometida—. Fueron una marca que siempre se basó en tantos misterios, que esto es como meterme en el *backstage* de mi artista favorito.

Julián rio la broma mientras les servían el vino. El camarero esperó a que lo probara y diera el visto bueno para llenar la copa de Natalia.

—Eso que sientes ahora por mi fábrica es lo que yo siento ante una escritora —señaló él.

—Por favor, no hablemos de lo que escribo —suplicó Natalia bajando la mirada. Se habría bebido de un trago el vino de la copa si con eso se sintiera menos avergonzada por las descripciones que hacía en su libro del hombre que tenía sentado frente a ella.

—Perdón. Prometo no volver a hablar de eso, aunque me muera de curiosidad. Por ejemplo, me muero por saber cómo surge una historia. El problema es que yo leo mucho, pero no escribo ni la lista del supermercado, y estar frente a alguien que produce literatura, ya que tanto me gusta leer, es...

—Pero yo no produzco literatura, te lo advertí —lo interrumpió ella. No podía permitir que él se sintiera fascinado por ella a partir de un error. Tampoco podía creer que de verdad lo estuviese—. No hago más que garabatear algunas líneas incoherentes que nadie querría leer jamás.

—Yo sí.

—Pero jamás las vas a leer —replicó ella, y entonces bebió un sorbo de vino antes de ponerse tan nerviosa que pareciera enojada. Necesitaba relajarse, y el vino podía ayudarla.

—Solo eso, dime cómo surge una historia —suplicó él. Natalia dejó la copa y sonrió.

—Una historia surge de la nada —replicó recordando que un día iba por la calle, de pronto lo vio a él y una historia nació—. ¿Satisfecho?

Julián bajó la mirada para luego devolverla a aquella escritora poco piadosa con sus emociones.

—Casi —replicó en voz baja.

Justo en ese momento les sirvieron la cena y la conversación se interrumpió, primero por la presencia del camarero y luego para probar el pescado. Tardaron un buen rato en volver a hablar; otra vez Natalia comenzó.

—Así que tienes una hermana y una hija.

—Sí, tengo una preciosa hija de quince años y un superhijo de ocho.

Ante la noticia de otro hijo, Natalia no supo cómo disimular su mueca de descontento. Siempre había sido celosa, quería ser única y exclusiva, y de solo pensar que Julián por siempre sería un hombre compartido, le removió el estómago. Bajó la cabeza para continuar, fingiendo estudiar su plato.

—¿Y hay una esposa, tal vez? —murmuró enfadada, pero Julián no se dio cuenta.

—Si hubiera una, no estaría aquí —contestó con serenidad—. Hay una ex mujer —aclaró—. ¿Hay un novio por ahí? —devolvió la pelota, señalando a Natalia, aunque suponía la respuesta. Ella negó con la cabeza.

—Si hubiera uno, no estaría aquí. Creo —agregó, porque no le gustaba mentir, y mientras salía con Gabriel más de una vez había fantaseado con la infidelidad. Quizás ella era infiel por naturaleza, jamás lo sabría porque había tenido un único novio.

—No he conocido a ninguna mujer capaz de confesar en la primera cita que podría ser infiel —la sorprendió Julián cruzándose de brazos—. De hecho, creo que no lo admitirían nunca.

—Yo no soy como la mayoría de las mujeres —replicó Natalia con seguridad—. Soy fría, aburrida y mala. No me gusta comprarme ropa y mucho menos mirar escaparates para ver qué se lleva. Considero que los días festivos son puro márketing comercial, no me interesan los aniversarios, odio leer artículos del tipo «Qué no debes hacer en una primera cita» y no puedo decir «te amo». Pero a la vez no quiero aventuras, quiero amar y ser amada, ser feliz con alguien, aunque no pueda. Por eso aprendí a no esperar que me lo digan. Nadie quiere quedarse sin respuesta —añadió antes de beber otro sorbo de vino y dejar su copa sobre el mantel. La conversación se había ido transformando en confesión poco a poco, y los dos se dieron cuenta—. ¿No piensas salir corriendo? ¿No te espanto? En uno de esos artículos que no me gusta leer encontré que un error imperdonable en una primera cita es dar a entender que una busca una relación duradera, y yo acabo de cometerlo. —Julián la observaba con el ceño fruncido—. Otro error gravísimo es hablar mucho, ¡y ya lo he cometido también!

—Me gusta descubrir cosas sobre los escritores —respondió él, en apariencia sin coherencia alguna, aunque luego la encontró—. Eres muy compleja. Nosotros, los hombres, somos muy simples. Me dijiste que te gusta ser tratada como un hombre, ¿recuerdas?

—Me refería a... —intentó aclarar ella, pero él la interrumpió.

—Ya sé a lo que te referías, pero aun así no creo que debas

ser tratada como un hombre. —Tras esas palabras, y en favor de la intriga que despertaron en Natalia, hizo una pausa antes de continuar—. Más bien creo que nunca te han tratado como a una mujer.

Los labios rebeldes de ella se entreabrieron al tiempo que su pecho se contraía. Sus ojos se quedaron cautivados con la imagen que veían y que le provocó cosquillas en el estómago. ¿Acaso Julián pensaba tratarla como a una mujer? ¿Qué implicaba eso para él?

Lo descubrió durante la cena, porque la mirada de él se fue tornando más profunda, y sus palabras más audaces.

Lo comprobó al salir del restaurante, porque su contacto le erizó la piel.

Primero se dirigieron al muelle, donde caminaron largo rato entre otras parejas y grupos de amigos que transitaban por allí. Cada tanto, un guardia de seguridad custodiaba la salida a la calle del otro lado de los edificios, y algunas grúas en desuso, tornadas en elementos decorativos, albergaban el sueño de pájaros dormidos. Se oía el rumor del agua y la música proveniente de una discoteca al otro lado del canal. Cuando se sentaron en un banco de madera, sonaba *World hold on*.

—Hay una frase que leí hace mucho tiempo y siempre me gustó —comentó Julián antes de girar el torso y colocar un brazo en el respaldo del asiento, por detrás de Natalia—. «Tu boca que sonríe por debajo de la que...»

—«... mi mano te dibuja» —completó Natalia. Julián sonrió—. Cortázar.

—Todo el capítulo siete de *Rayuela* me fascina —comentó él—. Casi me lo sé de memoria, pero nunca pude representarlo en la realidad.

Natalia lo observaba, cautivada.

—Dijiste que los hombres son simples, pero tú no lo eres —comentó.

Julián se acercó a sus labios y los miró abiertamente.

—Entonces trátame como a un hombre y quizá me convierta en alguien simple —repuso—. Tan simple como para hacerte el amor.

Natalia percibió una mano que le rozaba la rodilla, y todo su cuerpo tembló de incertidumbre. Sintió la suave caricia que él le brindaba; no podía creer que el hombre de sus fantasías deseara hacerle el amor. A ella, con los defectos visibles que tenía, con lo aburrida e insípida que era. Aunque fuera por una sola noche, Julián deseaba tener sexo con ella, y aunque por un instante deseó salir corriendo, su cuerpo no respondió al impulso, parecía actuar por sí mismo.

Sus dedos avanzaron con timidez por su falda hasta alcanzar los del hombre y enredarse con ellos. La mano libre de Julián la tomó por la nuca y entonces todo colapsó. Natalia aproximó el rostro al de él, y sin dar tiempo a que ella terminara el movimiento, Julián la atrajo hacia su boca. Ninguno cerró los ojos. Se contemplaron un momento sin pensar en nada más que en lo agradable de las sensaciones que estaban experimentando, y cuando los milímetros que los separaban se hicieron insoportables, decidieron anularlos.

Los labios apenas se rozaron, y Natalia tembló antes por la promesa del beso que por el beso mismo. Julián olía a esos perfumes que, combinados con la piel de los hombres, parecen un hechizo, y acariciaba como lo que ella tantas veces había leído y jamás creyó experimentar. Tenía dedos fuertes y delicados al mismo tiempo, y en sus movimientos parecía concentrarse toda la experiencia del mundo, aunque él no se diera cuenta, lo cual resultaba todavía más tentador.

Su lengua se abrió paso entre los labios femeninos y la de Natalia salió a su encuentro sin reparos. Se aferró al cabello del hombre y se movió en el asiento buscando su calor. Sintió que dos dedos masculinos le presionaban la parte posterior de la cabeza para saborear más su boca, invadida por la humedad. Su zona más íntima experimentó lo mismo, sensación que se acrecentó cuando la otra mano de Julián soltó la de ella para deslizarse hacia su muslo por sobre la falda marrón.

Natalia volvió a sentir que algo la quemaba.

—Háblame como a una mujer otra vez —suplicó en susurros cálidos contra la boca del hombre, apretándolo con las manos. No se había dado cuenta de que le había rodeado la cabeza con la mano y le faltaba conciencia para pensar antes de exigir.

—Quiero hacerte el amor —repitió Julián, también inconsciente—. Háblame como a un hombre —demandó, cambiando el tono.

Ella inspiró hondo antes de responder.

—Deberíamos ir a algún sitio privado.

Cuando Natalia pudo razonar lo que hacía, era demasiado tarde. Julián se había puesto de pie y la llevaba de la mano hacia la avenida Moreau de Justo. Iba a acompañarlo a su coche, y luego al único lugar donde acababan los amantes, pero no estaba segura de hallarse preparada para tener sexo con el segundo hombre de su vida. Para colmo, uno que apenas conocía y que posiblemente, después de descubrir que ella no era más que una frígida, perdería todo interés.

La idea de no volver a verlo le produjo dos sensaciones contradictorias: por un lado, serenidad; por el otro, desazón. Jamás había buscado una relación sexual pasajera, pero no podía resistirse a Julián, aunque la fugacidad fuera la única regla que los uniera. Tampoco estaba segura de poder continuar con una relación si ella no era nada de lo que un hombre quería.

Mientras esperaban para cruzar la calle, Julián le rodeó los hombros y la pegó a su costado.

—¿Tienes frío? —le preguntó, aunque a él todavía le duraba el calor provocado por el beso, y suponía que Natalia se hallaba en la misma condición. No advirtió que ella ni siquiera se dio cuenta de lo tonta que era la pregunta. Volvía a sentirse como un adolescente, como si la vida no hubiera pasado, como un hombre nuevo.

Un momento después, acabaron en el Vento negro, donde el tiempo se ralentizó. Él le abrió la puerta para que subiera, y ella así lo hizo. Sentada en el vehículo, observó al hombre que acababa de ocupar el asiento a su lado y se dejó obnubilar otra vez por su perfil atractivo. No era un guaperas, pero sí el hombre más seductor que había conocido nunca.

Antes de encender el motor, él accionó el estéreo. Tenía que ir despacio, como el tiempo, o Natalia pensaría que estaba desesperado por hacerle el amor. En parte lo estaba, pero no lo había sentido hasta esa noche, hasta ella. No había necesitado tan urgentemente el sexo desde su divorcio, incluso lo había aborrecido el último tiempo de su matrimonio, pero en ese momento parecía ser todo lo que le importaba.

Empezó a sonar una canción de un álbum de clásicos de los ochenta.

—Tienes A-ha, The Police y The Smiths en otras carpetas —ofreció Julián—. ¿Te gusta algo de eso?

—Me gusta un poco de todo —respondió Natalia con una sonrisa—, también esta canción.

Y se limitó a sonreír, cautivada por el hombre al que acompañaba. Adoraba mirarlo, conversar con él y que superara todo lo que había imaginado. No solo era inteligente y atractivo, sino además un buen lector con buen gusto para la música. La música que escuchaba iba con él.

Conversaron acerca de las calles de Buenos Aires, hasta que Julián metió el automóvil en un hotel de parejas en San Telmo. Se detuvo a esperar que les abrieran el portón, entonces Natalia calló abruptamente, presa de un escalofrío que le recorrió la columna.

—Natalia —oyó a Julián. Luego sintió que una mano tomaba la suya y volvió la cabeza hacia él. Julián leyó tanto miedo en sus ojos que casi se sintió un monstruo—. Perdóname —susurró—. Cuando dijiste que fuéramos a un sitio privado, pensé que te referías a...

—Me refería a esto, sí —se apresuró a aclarar Natalia, notando los sentimientos que había despertado en Julián—. Pero yo... —le tembló la voz y no pudo continuar. El portón comenzó a moverse.

—Está bien —dijo él. Se las ingenió para poner la marcha atrás sin soltarle la mano y comenzó a salir de la entrada.

Los pensamientos se agolparon en la mente de Natalia cuando el coche retrocedió. Debía impedir que sus miedos siempre le ganaran a su deseo, y quizás un hombre mayor al que no volvería a ver era un buen remedio para hacerlo.

—Espera —pidió apresurada—. ¿Podemos entrar y, si no puedo... solo irnos?

—No tenemos que entrar —replicó él con seguridad.

—No es que no quiera entrar, no soy una virgen —aseguró Natalia temblorosa—. Es que... es que no me siento bien conmigo misma.

Una sonrisa de incredulidad surcó los labios de Julián, pero Natalia no se dio cuenta. No entendía cómo podía ella estar tan insegura de sí misma, si para él era hermosa y atractiva. Le apretó la mano con más fuerza.

—No voy a decir nada al respecto —le dijo.

Ella lo miró desconcertada. No era lo que esperaba, estaba segura de que otro hombre le habría dicho un millón de cosas bonitas para hacerla sentir mejor.

—¿Por qué no? —preguntó casi involuntariamente.

Julián no se inmutó por tener que dar esa explicación.

—Porque si te digo lo que veo en ti, pensarías que son palabras vacías y que solo las digo para que entremos a este lugar. ¿Me creerías si empiezo a hablar como un Romeo en la puerta de un hotel de parejas?

A su pesar, Natalia rio, y con esa risa ligera y auténtica, Julián también pudo relajarse y sonreír.

—Quiero entrar —aseguró ella.

Julián suspiró viendo el portón abierto.

—La verdad, no sé qué hacer —admitió, pensativo—. Si entro es solo porque creo que con irnos no te estaría haciendo ningún favor.

—No entiendo —repuso ella, notando que en Julián se agitaban ideas contradictorias.

Él volvió a mirarla con expresión segura.

—Si me voy, pensarías que lo hago porque te doy la razón respecto de tus ideas sobre ti misma; y si me quedo, parecería que solo me interesa esto —respondió—. Aun así, me sentiría más tranquilo si experimentaras esos sentimientos conmigo y no con otro.

La actitud protectora de Julián la hizo temblar.

—No tienes que perder el tiempo conmigo —masculló ella agachando la cabeza para que él no notara que tenía los ojos húmedos, pero Julián ya se había dado cuenta. Le soltó la mano para rodearle las mejillas y la obligó a mirarlo.

—No te voy a decir lo que veo en ti —dijo cerca de su boca—. Te lo voy a demostrar. Y así, quizá, me creas y te lo creas.

Puso la primera y entró en el hotel.

# 9

Por un momento mientras hablaban, Julián había pensado en ser una especie de instructor para Natalia, pero casi al instante había decidido que no sería así. Para que ella recobrara la seguridad en sí misma, no necesitaba un maestro, sino un hombre loco por ella, como lo estaba él.

Rumbo a la habitación que les asignaron, su ansiedad por Natalia aumentó. La perspectiva de poder tocarla y besarla acrecentaba los latidos de su corazón, y con ello, todo el deseo del mundo parecía concentrarse en su interior.

Una vez en la habitación, dejó las llaves en una mesita y subió la calefacción. Hacía muchos años que no iba a un lugar así, pero poco parecía haber cambiado. Al darse la vuelta, vio que Natalia se había quedado de pie, de espaldas a la cama y de frente a él. Tenía las manos entrelazadas y la cabeza gacha. La falda marrón le llegaba hasta las rodillas, y el cabello castaño y lacio le caía con delicadeza sobre los hombros.

—¿Pido algo para beber? —le preguntó, fingiendo un tono relajado.

En realidad, acababa de atacarlo el horror de la inseguridad. Hacía más de veinte años que no estaba con otra mujer que no fuera Sabrina, y dos que no estaba con ninguna. Como si eso fuera poco, se sentía viejo. Sabía que en apariencia no lo era, pero no podía negar que tenía cuarenta y siete años frente a la juventud de Natalia.

—¿Puedo ir al baño? —preguntó ella sin responder si deseaba beber algo, como si tuviera que pedirle permiso.

De todos modos, a él le vino muy bien para estar a solas un momento y poner en orden sus pensamientos.

—Claro —asintió.

Natalia se encerró. Bajó la tapa del inodoro y se sentó. Estaba tan nerviosa que le temblaban hasta los párpados.

Mientras tanto, Julián se sentó en un sofá y encendió el televisor. Los gemidos de una actriz porno llenaron el ambiente, pero él no los silenció. Se quedó mirando sin ver la imagen de una mujer penetrada por dos hombres. Pensaba en cómo competir con los amantes jóvenes que Natalia podía tener sin saber que en el baño, ella se sujetaba la cabeza entre las manos pensando cómo competir con las mujeres expertas y apasionadas que seguramente él se llevaba a la cama.

Cuando se repuso de su ataque de inseguridad, Julián notó que habían pasado cinco minutos. Sonrió pensando que tal vez Natalia había huido por una ventana.

—¿Estás bien? —preguntó.

Ella no respondió. Por un instante pensó que le había mentido a su madre acerca de su salida nocturna, y sintió culpa. Estaba en un hotel para parejas con un desconocido que podía abusar de ella. Pensó en el instituto, en que era una profesora y estaba ahí, comportándose como una puta. Pensó también en lo feo que veía su cuerpo, en lo pequeños que eran sus pechos, en que no se había depilado la pelvis como le habían dicho sus amigas que debían hacer las mujeres, en las caras estúpidas que ponía cuando gozaba del sexo, y el miedo la paralizó.

—Natalia —oyó que él la llamaba con su tono sereno, pero a la vez preocupado—. Ven aquí, conversemos —pidió.

Se sintió una tonta. Estaba actuando como una niña, pero se moría de vergüenza de solo pensar en mirar a Julián a los ojos. Decidió salir del baño, pero lo único que pudo hacer fue entreabrir la puerta.

—¿Has tenido muchas mujeres antes? —preguntó, como si

la respuesta pudiera tranquilizarla. Estaba segura de que había tenido muchas, y no se equivocaba.

—Antes de casarme tuve unas cuantas, sí —contestó él. Recordar buenos tiempos lo hizo sentir mejor.

—Yo solo tuve uno... un novio con el que salí ocho años, desde que tenía diecisiete —contó Natalia con la frente apoyada en un azulejo.

Julián sonrió cabizbajo.

—Me siento muy raro hablándole a una puerta —bromeó—. ¿Podríamos mantener esta misma conversación en una posición menos extraña?

De nuevo, aunque Natalia no tenía ánimo de reír, rio. Eso la ayudó a distenderse y se atrevió a asomar los ojos por la abertura. Lo que vio la dejó sin respiración: Julián estaba sentado en un sillón, con las piernas abiertas y el mando a distancia sobre un muslo, mirando hacia la puerta. Sus ojos brillaban en la penumbra, y la energía que lo rodeaba era tan poderosa que llegó hasta ella aun a través de la distancia.

Salió del baño dando pasos lentos pero sin pausas.

—Era un buen chico, pero lo dejé —contó en voz baja, sin atreverse a mirar a Julián a los ojos—. Nunca sentí pasión por él, pero lo quiero. Sé que no lo vas a entender, pero echo de menos su alma. Era un alma buena y me cuesta dejar ir las cosas; me cuesta desprenderme de la gente.

—Quizá porque no eres tan mala ni tan fría como dijiste que eras —contestó Julián, sin terminar de comprender lo de las almas. Natalia hablaba como si para ella el placer no fuera una forma de amar, la forma de amar de las parejas.

—Sí, lo soy —asumió ella, convencida.

—Para escribir sobre el amor hay que ser una persona sensible —observó él—. Y creo que lo eres.

—Apenas me conoces. —Casi parecía boicotearse a sí misma.

—Está bien —aceptó Julián—. Asumo el riesgo.

Se dio cuenta de que Natalia temblaba mientras hablaba de almas y de maldad, por eso, tras decir aquellas palabras, apagó el televisor y se puso en pie para aproximársele. Ella alzó la cabeza y dio un paso atrás, como si pretendiera huir de él. No tuvo oportunidad. La mano de Julián alcanzó su rostro antes de que pudiera moverse y le acarició una mejilla con suavidad y dedicación. Un instante después, el cuerpo de él se pegó al suyo con delicadeza y le transmitió tanto calor, que cerró los ojos.

La misma mano que le acariciaba la mejilla se deslizó hacia atrás y se enredó en su cabello suelto. Sintió un suave tirón, y le temblaron los párpados. No transcurrió un segundo que Julián ya le estaba besando la sien. Sintió sus labios cálidos sobre la frialdad de su piel, y le pareció que algo se encendía en su pecho.

—Piénsalo, Natalia —le susurró él contra un párpado—. Tengo cuarenta y siete años, ¿y tú?

—Veintiocho —respondió ella en un susurro.

—Veintiocho —repitió Julián de la misma manera—. Nunca he estado con una mujer casi veinte años menor que yo y no creo que vuelva a estarlo nunca. Por tanto, no tienes competencia, no existe otra como tú para mí. Tienes diecinueve años de ventaja. Siéntete poderosa.

—La ventaja es tuya, tú eres el experto —replicó ella sin atreverse a abrir los ojos.

—Depende de cómo se mire —aseguró Julián apartándose unos centímetros para que Natalia pudiera verlo. Funcionó, porque al percibir que él se movía, ella alzó la cabeza y sus miradas se encontraron—. Puede que a ti te resulte atractivo y juvenil, pero para otras mujeres de tu edad, no soy más que un viejo.

—Eres mucho más que atractivo y juvenil —aseguró Natalia sin apartar los ojos de él—. No solo para mí, sino para muchas más.

—Pero yo no lo siento así, y eso te conviene, como a mí me conviene lo que tú sientes —reafirmó Julián, y volvió a sonreír—. De alguna misteriosa manera, me parece que nos estábamos buscando. ¿Vamos a permitir que lo que iniciamos siga su curso hasta donde quiera llegar, o vamos a dejarlo ir?

—Estamos aquí —respondió Natalia con la respiración agitada. Solo la mirada de Julián conseguía ponerla de ese modo inconsciente y letal—. Creo que este acto decidió por nosotros.

Julián jamás se había sentido tan conectado con alguien, ni tampoco Natalia, aunque solo él se dio cuenta de eso. Lo manifestó aproximándose a la boca de la mujer que lo miraba y rozándola con los labios. La caricia repercutió en la zona íntima de Natalia, que se pegó a Julián por instinto. Alzó las manos tímidamente y le rodeó el cuello. Sus dedos subieron y le acariciaron el cabello y después la cara. Al mismo tiempo, las lenguas se encontraron dentro de las bocas que, unidas como estaban, les cortaban la respiración.

Natalia no era capaz de pensar, solo de sentir. Sentía las manos de Julián rodeándole el rostro, sus dedos acariciándole las mejillas, su lengua cálida en contacto con la suya, la erección que presionaba su falda, pero por sobre todas las cosas sentía su presencia, el alma de Julián ligada al sexo, y eso la estremeció.

—¿Todavía tienes frío? —le preguntó él, sonriendo sobre sus labios.

Ella no respondió, pero permitió que Julián se despegara de su boca buscando los extremos de la blusa para quitársela. Cuando él tiró la tela hacia arriba y dejó al descubierto parte del vientre, Natalia se mordió el labio. Le avergonzaba desnudarse y mucho más si era el hombre perfecto quien la estaba desnudando.

Julián comprendió su negativa en silencio y decidió ablandarla antes de quitarle la prenda. Ya que había encontrado el borde de la blusa, aprovechó para introducir una mano bajo la ropa, de modo que sus dedos rozaron primero el ombligo, después el esternón, y acabaron en el pecho.

La boca de Natalia se entreabrió y, como a Julián no le gustaba desperdiciar oportunidades, la besó de nuevo. Los labios se encontraron y ella fue presa de la avidez. Se sentía tan complacida cuando Julián la besaba, que no quería que la situación acabase, de modo que procuró prolongarla tomándole la cabeza entre las manos para que él no se apartara.

Le prometió tanto con el beso que su mente se regocijó en la fantasía, y solo se dio cuenta de que tenía la blusa a la altura de los pechos cuando Julián se apartó para quitársela por la cabeza. Ella alzó los brazos y, sonrojada de vergüenza, bajó la cabeza cuando quedaron a la vista sus pequeños pechos cubiertos por el sujetador. Julián los miró en silencio. Tal como había prometido, en lugar de decir cosas bonitas que para Natalia resultarían vacías, se limitó a los hechos.

Volvió a pegarse a ella y con el peso de su cuerpo la hizo sentarse en la cama. Se quedó de pie delante de ella, quitándose la chaqueta y luego desabotonándose la camisa, que cayó al suelo junto con la otra prenda cuando terminó de sacársela.

Natalia no pudo evitar admirar el torso desnudo del hombre de sus sueños, tan parecido al que ella había imaginado en su novela que sonrió. Tenía algunos músculos marcados y apenas un poco de vello oscuro en el pecho. La espalda era ancha y los brazos atléticos, los hombros rectos y la piel más oscura que la de ella, que era muy blanca.

Julián le devolvió la sonrisa. Después se puso de rodillas y tomó con suavidad una pierna de Natalia para quitarle el zapato. La calidez de los dedos sobre su piel la traspasó a pesar de los pantis, y hasta deseó quitárselas solo para sentirlo de manera directa. La trataba con tanta delicadeza y a la vez con tanta pasión que sus caricias parecían un beso eterno.

Él repitió el procedimiento con el otro zapato y después deslizó la mano hacia arriba, por debajo de la falda. Pasó por la rodilla, por el muslo y por la ingle hasta alcanzar la cadera. Natalia comprendió su intención y se sostuvo con las manos para que hallara el borde de los pantis y los bajara hacia los pies. Julián consiguió hacerlo muy despacio. Mientras tanto, Natalia disfrutaba de la vista que le ofrecía su rostro inclinado hacia abajo y su nariz que, desde ese ángulo, era todavía más hermosa.

Se alzó de nuevo con las manos cuando él llevó las suyas a la cintura de la falda para quitársela. Tiró de la prenda hacia abajo, y cuando ella quedó solo con la ropa interior, él se puso en pie para quitarse los pantalones.

Un acceso de vergüenza cubrió otra vez las mejillas de Natalia.

—Soy como un fideo —murmuró viéndose las piernas—. En el instituto, como era pálida, delgada y caminaba a saltitos, me apodaron Pantera Rosa.

Mientras ella hablaba, él terminó de quitarse los pantalones y los abandonó en el suelo. Acto seguido, volvió a arrodillarse y apoyó los labios en la cara interna del muslo de Natalia. Sucedió rápido y sin que ella se lo esperara, por lo que soltó un gemido.

—¿Quieres saber cómo me llamaban a mí? —sonrió Julián sobre su piel. Enseguida le besó la ingle y le rodeó la cadera con las manos.

—Sí —tembló ella, presa otra vez de oleadas de deseo.

—Uno de mis apodos era Ojos de Huevo —contó Julián mientras le daba más besos.

—¿Ojos de Huevo? ¡Si tienes unos ojos preciosos!

Él alzó la mirada sin subir la cabeza, sonriendo con los labios y los ojos.

—Gracias —replicó con esa voz seductora que conseguía adentrarse en Natalia hasta hacerla perder la conciencia.

Ella llevó las manos a sus pómulos y los acarició con los pulgares.

—No les hagas caso, tu mirada y tu sonrisa son dos de tus mejores cualidades —afirmó.

Al notarla distendida gracias a la conversación, Julián se levantó y se inclinó hacia ella. La obligó a deslizarse hacia atrás, quería recostarla en la cama y lo consiguió. Deseaba que el sexo no fuera un mandato, sino parte de la naturaleza misma. Como sus ojos, o la delgadez de Natalia; como el misterio que los había unido y el futuro que tal vez les esperaba.

Recostada, ella bajó la cabeza y observó sus pechos, que estando boca arriba prácticamente desaparecían.

—Una vez un chico se rio de mis pechos en una discoteca —contó—. Yo tenía dieciséis años. Estaba bailando con una amiga, pasaron algunos chicos y uno de ellos se detuvo solo para observarme. Casi al mismo tiempo se rio y le dijo a su amigo: «Mira, no tiene tetas.» Y siguieron de largo.

Julián la escuchaba acariciándole el cuello con la nariz.

—¿Quieres saber qué fue lo peor que me dijo una chica a mí? —le preguntó rozándole la clavícula con los labios. Natalia se arqueó hacia él porque su aliento le produjo cosquillas placenteras. Él le dio un beso en la zona sobre la que respiraba antes de continuar—. Inútil. Parece un término estúpido, pero cuando acabas de fracasar en un negocio y sientes que has pasado de los cuarenta para nada, te aseguro que no hace ninguna gracia.

Natalia frunció el ceño y apretó a Julián contra su pecho sin darse cuenta. Percibió el sufrimiento de él al contarle eso y, de alguna manera, lo hizo suyo. Si a él le dolía, era también su dolor.

Una mano se deslizó por su pierna para quitarle las bragas. Julián tiró de ella y se echó hacia atrás llevándola consigo muy despacio. Poco a poco, un pequeño rastro de vello castaño quedó al descubierto, y muy próximo a ellos, un sitio oscuro y profundo en el que todo lo que se podía hallar era luz.

Julián respiró hondo, satisfecho con lo que veía, y volvió a deslizar dos dedos por la pierna de Natalia hasta alcanzar aquella zona prohibida. Jugó con las sensaciones que le producía acariciando el contorno de la misteriosa entrada, hasta que la notó temblar. La miró a los ojos y leyó que ella lo deseaba, entonces sonrió.

—¿Tienes frío? —insistió, y dejó que uno de sus dedos se escurriera en el interior húmedo y caliente de ella.

Natalia cerró los ojos, dejó escapar un grito y se arqueó hacia Julián. No esperaba esa invasión, pero la hizo sollozar de satisfacción.

Sintió que el dedo se movía dentro de ella y se retorció para conducirlo a donde deseaba. Se humedeció los labios y volvió a temblar.

—¿Todavía tienes frío? —volvió a preguntar él, y le apretó el clítoris con el pulgar.

Natalia abrió la boca, volvió la cabeza y se aferró a la almohada para resistir tanta excitación. Julián no le daba tiempo a que por su mente cruzara algún pensamiento estúpido, como la expresión que ponía mientras él la penetraba con el dedo o la culpa que podía experimentar porque se estaba abandonando al placer. Actuaba rápido y a la vez lento, la sorprendía, y el cuerpo de Natalia sucumbía a sus caprichos. Pero ella no sabía que el cuerpo de Julián también sucumbía a los caprichos de ella, porque después de dos años sin sexo con una mujer, él no tenía idea de cómo todavía conseguía controlar su instinto de satisfacción.

No aguantaba más. Con la mano libre apartó el bóxer y preparó un preservativo. Extrajo el dedo de la cavidad femenina despacio, acariciando la superficie mientras se retiraba, y luego se colocó la protección. Se abrió camino hacia Natalia y se sostuvo sobre ella. Cuando logró la posición deseada, la rozó con algo mucho más imponente y prometedor que sus dedos.

Natalia no se resistió, no podía hacerlo, deseaba que él la penetrara, y así lo demostró abrazándose a sus hombros. Le rodeó la cadera con las piernas, volvió la cabeza al frente y abrió los ojos. Los de Julián la observaban, encendidos, y a ella le parecieron más bellos que nunca.

Se unieron sin dejar de contemplarse, agitados por la marea que arrastra la pasión. Entrar en alguien nuevo después de veinte años fue para Julián tan desconocido como devastador. Para Natalia, el deseo que experimentaba no tenía comparación con nada de lo que había sentido antes. En los ocho años de noviazgo con Gabriel, jamás lo había ansiado tanto como a ese desconocido que de pronto había salido de su fantasía para convertirse en su más preciada realidad.

Julián se agarró al respaldo de la cama y embistió a Natalia con más fuerza, como si no le bastara con estar dentro de ella y quisiera que ella también se metiera en él. Abrazada a sus hombros, Natalia se apretó más contra su cadera en busca de la misma sensación, adentrarse en el hombre que la poseía y jamás abandonar ese estado de éxtasis y emoción. De ese modo, nada más existía.

Alzó una mano y le cogió su cabello negro. Lo besó en la mejilla varias veces, abriendo la boca entre beso y beso para jadear o respirar. Su cadera se movía tan rápido como la de él, y aunque el clímax parecía ir y venir al compás de sus cuerpos, cuando finalmente alcanzaron el orgasmo, estallaron en gritos y gemidos que no pudieron contener.

Fue salvaje y delicado, mundano y elevado. Fue único.

Agitado por la fuerza de lo que acababa de experimentar, Julián escondió el rostro en el hueco del hombro de Natalia y permaneció así un momento. Todavía conmovida, ella le acarició el cabello mientras procuraba ordenar sus pensamientos, que no eran claros ni mucho menos coherentes. Todo lo que podía hilar era «Julián. Gracias, Julián», y algún «me gusta, lo quiero para siempre conmigo».

Cuando se recuperó un poco, él se deslizó hacia atrás y se quedó un instante quieto, de rodillas entre las piernas de Natalia. La observó con afecto y lujuria, y después volvió a aproximársele en busca del broche de apertura del sujetador. Ella elevó la espalda para ayudarlo, y Julián se las ingenió para desprenderlo y quitárselo por los brazos. Lo arrojó a un lado y luego se apartó. A medida que se iba alejando y su cuerpo ya no se interponía entre el techo y Natalia, ella divisó un enorme espejo.

—Mírate —ordenó él una vez de pie junto a la cama—. Brillas en la oscuridad.

Natalia, que hasta el momento se había concentrado en Julián, aguzó la vista y descubrió su cuerpo desnudo reflejado en el espejo del techo, como una llama en el océano, y por primera vez le pareció una imagen maravillosa. Su piel destacaba sobre la manta roja de la cama, parecía brillar en un mar escarlata, y para completar la obra de arte Julián le cubrió la pelvis con una parte de la tela. De ese modo, parecía una pintura, o la ilustración de un libro.

No podía pensar con claridad, pero hubo algo que supo desde que tembló con el orgasmo: que cuando hacía el amor, él lo daba todo, sin secretos ni egoísmos. Se entregaba por completo, y ella quería hacerlo también.

# 10

Cerca de las tres de la madrugada, Julián estacionó su Vento detrás del Chevrolet de tres puertas de Natalia. Descendieron del coche al mismo tiempo y se aproximaron al de ella.

—No puedo creer que hayas dejado el coche tan lejos de donde nos encontramos —rio Julián, pensando en las calles que había recorrido y en que hasta habían tenido que cruzar al otro lado del canal para hallar el vehículo.

—Hace dos años que conduzco, pero estacionar siempre es un problema para mí —reconoció Natalia, cabizbaja—. Me da miedo cuando tengo que hacerlo bajo presión, y en Moreau de Justo, con la poca distancia que hay entre coches estacionados y los que quieren circular, es imposible no sentirme presionada.

Julián volvió a reír con la explicación de Natalia y esperó a que abriera la puerta del coche para seguir hablando.

—Si quieres, el fin de semana que viene, podemos practicar —propuso. Ella se volvió para mirarlo. Si acababa de interpretar bien la indirecta, lo cual no solía suceder, él quería volver a verla.

—El problema no es que no sepa estacionar, sé que tranquila puedo hacerlo muy bien —replicó para estar segura de que, en efecto, Julián quería verla otra vez—. El problema es la presión.

—No padezcas, te entrenaré en estacionamiento bajo mucha presión —respondió él, todavía sonriente.

Natalia rio por la expresión y a la vez se emocionó con la idea de reencontrarse con el hombre de sus sueños.

—Me encantaría —dijo.

Julián se acercó a ella. Alzó las manos y las apoyó en sus mejillas. Natalia también le rodeó el rostro y se puso de puntillas para besarlo. Los labios se encontraron, cálidos y apresurados, y permanecieron unidos mucho tiempo, mientras sus lenguas se abrían paso, como descubriendo algo.

Los cuerpos se separaron a regañadientes, pero las miradas continuaron unidas.

—Te voy a seguir en la autopista —le hizo saber él—. Iré escuchando FM Aspen. Si pones la misma emisora, podemos pensar que vamos juntos.

—Lo haré —sonrió Natalia, todavía con mariposas en el estómago.

Lo primero que hizo al subir al coche fue sintonizar la radio. Sonaba una canción de A-ha que, sin duda, la haría recordar a Julián por siempre. *Summer moved on* la llevó a mirar por el retrovisor, donde se encontró con aquellos ojos de leopardo que la observaban desde un rostro sereno. Él escuchaba la misma música, y pensaba casi lo mismo que ella.

Condujo como flotando en una nube. De a ratos, mientras pensaba en los besos y caricias que había dado y recibido, miraba por el espejo y veía el automóvil negro, siempre custodiándola. Su ángel de la guarda no la perdía de vista ni fallaba en ningún momento, siempre estaba ahí, detrás de su Celta, y eso la hizo sentir segura. Confiaba en él.

Pasando el primer peaje, recordó adónde se dirigía y cayó en la realidad de golpe: no podía permitir que Julián la siguiera hasta su casa. Buscó su móvil y lo llamó.

—¿Qué es eso de conducir y usar el teléfono? —la regañó él.

—¿Tú no lo haces?

—Todo el tiempo, pero tú no lo hagas —sonrió satisfecho. Volvió a ponerse serio cuando percibió que ella también lo estaba. Se hizo una pausa.

—No hace falta que me sigas hasta mi casa —dijo Natalia—. Yo abandono la autopista en la salida de Bernal. Si te conviene seguir hasta la de Quilmes, hazlo.

Aunque le convenía seguir hasta la otra salida, Julián iba a abandonar la autopista donde lo hiciera Natalia. Sin embargo, al comprender que lo que ella deseaba era llegar sola a su casa, no tuvo más opción que aceptar.

—Está bien —asintió—. Con la condición de que me envíes un mensaje de texto cuando estés en tu casa, para saber que has llegado bien.

Natalia aceptó y se despidieron justo antes de pasar junto a un coche patrulla que vigilaba el tráfico.

Llegó a casa todavía en esa nube que la sostenía en el aire. Pensaba que flotaba.

—¿Cómo te ha ido con las chicas? —le preguntó Liliana, que la había esperado despierta—. ¿Sabes lo peligroso que ha sido abrir el garaje para que metieras el coche a esta hora? ¿Por qué mejor no salís por la tarde?

Para cuando Liliana terminó de formular sus preguntas, Natalia ya se encaminaba a su cuarto. Se detuvo ante el silencio, giró sobre los talones y pestañeó antes de hablar. Tenía el abrigo caído de hombros y la cartera colgando de una mano. Su cabello castaño estaba despeinado y no se había dado cuenta de que tenía el maquillaje corrido.

—Deja de hacer esto, por favor —pidió con voz serena—. Estoy harta de tus miedos, tus inseguridades y tus demandas. Déjame ser como soy.

—¿Estás diciendo que yo no te dejo ser como eres? —se ofendió su madre llevándose una mano al pecho—. Pues la próxima vez que salgas, que te abran el garaje tus amigas.

—¿No puedes tan solo abrir el garaje y alegrarte porque lo haya pasado bien? Eso es lo que a mí me gustaría.

—A mí me gustarían muchas cosas y tú nunca me las das.

Natalia decidió no responder. Suspiró, se dio la vuelta y se encerró en su habitación. Fue directamente a la *notebook*. La encendió y, mientras los programas se cargaban, se puso el pijama.

Se sentó en la cama con el móvil en la mano, sin saber qué escribir. Sentía muchas cosas por Julián, pero no se atrevía a manifestar ni una ínfima parte de ellas.

«He llegado bien. ¿Y tú?», acabó por escribir. Le hubiera gustado atreverse a transmitir todo lo que estaba sintiendo, pero apenas pudo enviar esas pocas palabras. Recibió respuesta casi al instante.

«He llegado OK todavía pensando en ti. Te llamo durante la semana.»

Después de leer ese mensaje, no pudo dormir. Ella también pensaba en Julián, y lo demostró escribiendo dos capítulos de la historia de Nadia y Fabián. Todo, menos el prólogo, era una reproducción en primera persona de lo que le estaba ocurriendo en la realidad, y manifestaba en el texto todo cuanto no se atrevía a confesar a Julián. Era muy pronto para hablar de amor, pero sentía adoración por el hombre de su fantasía, y su novela lo delataba en cada frase.

Me siento tan protegida cuando él me toca... No dejo de pensar en lo que me dijo antes de entrar en el hotel: ¿con quién iba a concretar esa situación? Hoy entiendo que una vez me equivoqué. Por suerte no lo hice dos, y lo elegí a él. Fabián me ama y me castiga, porque me genera el dolor del deseo y la lujuria. Lo veo y siento que me muero. Lo veo y siento que lo amo, pero es tan pronto para pensarlo siquiera, que me acobardo y no lo digo. Jamás podré decirlo, en realidad. Lo dije como un término vacío en el pasado, hasta que un día mi lengua se congeló, y la palabra murió en mis labios. A partir de entonces, supe que jamás volvería a decirlo. Y eso me condena a que Fabián no sea más que una ilusión sin tiempo.

El sábado, cerca de las tres de la tarde, el sol brillaba en el cielo azul celeste, libre de nubes. Los árboles unían sus ramas casi desnudas en medio de la calle y un silencio de siesta y de barrio daba la ligera impresión de un sueño. Parecía una escena del pasado, por eso allí Julián siempre recordaba su infancia y añoraba algunas de las cosas que se perdían con el tiempo: su padre, sus hermanos cuando eran pequeños, la persona que había sido su madre.

Bajó del coche y se encaminó a la reja del asilo. Tocó el timbre y esperó.

—¡Julián! —Lo recibió una de las cuidadoras—. Su madre lo está esperando.

—Hola, María —saludó él con una sonrisa y un apretón en el hombro. Sabía que su madre no estaba esperándolo, pero el tacto de la cuidadora siempre conseguía que la realidad pareciera menos dura.

Entró en la habitación donde Amelia se encontraba, sentada a una mesa, ambas manos blandas sobre la madera. Julián se aproximó y le tomó la cabeza con una mano para besarle la coronilla.

—Hola, ma —le dijo casi al oído. Después apartó una silla y se sentó a su lado. Sonrió y le tomó la mano—. ¿Cómo estás? —preguntó, aunque sabía que no obtendría respuesta. Le vio el cabello blanco, la piel arrugada y la mirada perdida, y un profundo dolor surcó su pecho. Sin embargo, siempre le sonreía—. Te ves más rellenita, me gusta que comas bien. —Hizo una pausa antes de continuar—. Tomás perdió su último diente de leche. ¡Gracias a Dios! Con el asunto del ratoncito Pérez me iba a llevar a la quiebra —rio—. Camila está quejosa, como siempre. ¿Recuerdas quién empezó el instituto en marzo? Ya te lo había contado, pero te lo cuento de nuevo: Martincito, el hijo de Claudia. ¡Si vieras lo grande que está! Él sí que salió lector, como nosotros dos. A Camila le repelen los libros, pero creo que he encontrado la forma de que los ame, como tú me enseñaste a mí. —Bajó la mirada y apretó más la mano fría de Amelia—. Hablando de literatura, conocí a alguien —contó, otra vez sonriente—. Estoy seguro de que hubiera sido una buena amiga para ti, porque enseña Literatura y le gustan las novelas románticas. Podrían haber hablado de personajes de ficción y esas cosas que a ti siempre te gustaba comentar. Es una buena chica.

El sonido del móvil lo interrumpió. De todos modos, no sabía cuánto tiempo más podría seguir hablando; resultaba difícil hacerlo sin obtener respuesta, siendo que su madre y él solían tener conversaciones largas y profundas. Miró el SMS. Era de Sabrina.

«Tus hijos tienen un cumpleaños, pero yo tengo que salir y no los puedo llevar. Te están esperando.»

Suspiró y volvió a mirar a su madre. Se preguntó por qué Sabrina no tenía la deferencia de avisarle con anticipación cuando lo iba a necesitar, pero reprimió esos pensamientos.

—Perdóname, mamá —dijo—. No te enojes, pero me tengo que ir. Te prometo que la próxima vez vendré con más tiempo.

Se puso de pie, se inclinó y la besó del mismo modo que al llegar. Después se fue del asilo rumbo a la casa de sus hijos, alimentando la ilusión de que su madre lo esperaría el sábado siguiente.

Hacía años que su madre no esperaba a nadie. El alzhéimer había acabado con quien ella era aun antes de que su padre falleciera, y quizá por eso Alberto había muerto. Se habían amado con locura hasta el último instante de cordura de Amelia, y haberla perdido fue tan duro que Alberto no resistió ese sufrimiento. Enfermó de cáncer, murió, y Amelia jamás lo supo. Pero Julián estaba seguro de que su padre la esperaba en alguna parte y que allí volverían a ser felices.

Julián también lo había sido. Un niño criado en un barrio tranquilo, comiendo alfajores y visitando la fábrica de su padre. Mientras conducía recordaba las tardes que había pasado correteando de la oficina a la sala de máquinas y las travesuras que había hecho, como esconder la agenda a su padre. Por ello se había llevado unas cuantas palmadas, ya que la secretaria rompía a llorar de la angustia que le producía fallar en su trabajo. Pobre señora López, había muerto hacía mucho tiempo, pero los viejos empleados todavía la recordaban.

Al llegar a la puerta de la casa de Sabrina, hizo sonar la bocina y esperó a que sus hijos salieran. Camila se ocupó de cerrar la puerta con llave mientras Tomás corría al coche y se sentaba delante. Abrazó a su padre, que respondió al cariño que le brindaba su hijo abrazándolo también y besándolo en la cabeza. Camila subió a la parte trasera bufando.

—¿Por qué tengo que ir atrás? —se quejó.

—Hola —la saludó su padre, y se estiró sonriente para acariciarle la cabeza con una mano—. Dame un beso —ordenó, y la atrajo hacia sí.

Camila lo besó, pero enseguida se retorció para librarse de él.

—¡Me estás despeinando! —se quejó.

Su padre rio.

—¿Adónde vamos? —preguntó. Seguía sonriendo, y Camila lo notó.

—A casa de la tía Mara —respondió. Mara era la hermana de Sabrina—. ¿Estás contento? —preguntó a continuación.

—¿Por qué? —se sorprendió Julián.

—Porque se te ve así. No sé qué le pasa a todo el mundo que está feliz esta semana.

—¿Quién es todo el mundo? —interrogó Julián sin ahondar más en su propia alegría. Quizá fuera verdad que, después de mucho tiempo, volvía a sentirse feliz. Camila se encogió de hombros.

—Mamá, un amigo, incluso mi mejor amiga estaba tan feliz como una princesita de cuento.

—Hablando de cuentos... —la interrumpió Julián mientras doblaba una esquina—. Tengo algo para ti.

—¿Me has traído algo? —se entusiasmó Camila deslizándose hasta el borde del asiento—. ¿Qué es?

Julián abrió la guantera y extrajo un libro que le tendió a su hija. Ella lo recogió con expresión desilusionada.

—¿Un libro? —rezongó, y miró el título—. ¿Qué es esto, *Hush, hush*? —Pasó unas hojas con el pulgar—. ¡Y parece usado!

—Por supuesto que está usado. Lo leí antes de regalártelo.

—¡¿Para qué?! —exclamó ella—. Si lo leíste tú, debe de ser un tostón.

—Para que después podamos comentarlo —explicó Julián haciendo caso omiso de las quejas de Camila.

Ella rio sin reparos.

—¡Ni en sueños! Puedo ver la película, que seguro estrenan en algún momento. ¡Todo va a parar al cine!

—¿Por qué no ruedas la película en tu cabeza? —replicó él. Hubo silencio—. Prométeme que lo intentarás.

Más silencio.

No había terminado de aparcar ante la casa de Mara y sus hijos ya lo estaban despidiendo para correr al encuentro de sus primos. Detuvo a Camila.

—¿A qué hora vuelvo a recogeros? —le preguntó.

—Te llamo al móvil —respondió ella, y salió corriendo.

La hermana de Sabrina lo saludó desde el jardín, y él devolvió la amabilidad con un ligero movimiento de la cabeza. Miró el asiento trasero en busca del libro para guardarlo, pero no lo encontró. Volvió a mirar por la ventanilla y entonces vio que Camila lo estaba guardando en su mochila. Se sintió satisfecho solo con eso.

Camino de su apartamento, recordó a Natalia, y una sonrisa volvió a iluminarle el rostro. No tenía idea de cómo aguantaría sin llamarla hasta el lunes, ya que hacerlo antes le parecía apresurado, pero se moría por oír su voz y sus monosílabos.


—Dame eso —ordenó Natalia tratando de divisar lo que su alumna miraba bajo el banco. Estaba segura de que se trataba de un móvil.

Camila alzó la cabeza con expresión de sorpresa.

—No, por favor —suplicó.

—Dámelo —repitió Natalia, y Camila tuvo que sacar el libro.

—No se lo lleve, por favor —pidió. Era un regalo de su padre, y no quería perderlo.

Cuando Natalia descubrió que se había equivocado y que en

lugar de estar perdiendo el tiempo con el móvil, su alumna estaba leyendo un libro, se sintió complacida. Jamás habría pensado que Camila Aráoz Viera leía por placer.

—Está bien —dijo—. Pero no lo leas en clase.

«Eso es difícil de cumplir», pensó Camila, pero guardó el libro y fingió que completaba las tareas de la clase.

«Tienes que ir a buscar a los chicos. Salen a la una menos diez», leyó Julián en su móvil, y miró el reloj. Eran las doce y cinco.

«No puedo —respondió—. Estoy en una reunión en Buenos Aires.»

«Entonces van a tener que volver solos», replicó Sabrina, ante lo que Julián contestó: «No me hagas esto, por favor», pero ya no obtuvo respuesta.

—Si cerramos el trato en ese precio, me gustaría que el resto del porcentaje me lo pagara en mercadería para reventa.

Julián alzó la mirada y supo que se había perdido un fragmento importante de la conversación. Lo repuso en su mente.

—El precio me parece justo y lo de la mercadería, podemos conversarlo —asintió con prisa.

—Usted sabe que estoy vendiendo las máquinas porque ya no quiero fabricar, quiero dedicarme solo a la distribución, así que un empujón con mercadería de su fábrica como parte del pago sería un trato conveniente para los dos. Piénselo.

—Lo consultaré con mis socios —aseguró Julián—. Ahora, si me disculpa, ha surgido un imprevisto y tengo que retirarme.

Se puso de pie, arrojó unos billetes sobre la mesa del restaurante y tendió la mano a su interlocutor.

—No se preocupe, yo invito —dijo el hombre estrechándole la mano.

—Hoy invito yo, la próxima usted —replicó Julián, y se fue.

Natalia espió la hora en su móvil, el que siempre dejaba escondido en la cartera porque en la escuela no se podía utilizar, y al ver que faltaba un minuto para la una menos diez, se apresuró a guardar sus cosas en el portafolio. No veía la hora de salir del instituto, llegar a su casa y disfrutar del silencio.

—¿Podemos recoger? —preguntó un alumno a gritos.

—¿Tiene prisa, Gómez? —respondió Natalia con una sonrisa—. No, no puede recoger hasta que suene el...

El timbre interrumpió sus palabras y los cuarenta alumnos se pusieron de pie a la vez. Comenzaron a recoger, gritar y reír. Natalia intentó marcharse rápido, pero para cuando terminó de ponerse el abrigo, ya se había formado una fila delante de la puerta. Ni bien se abrió, los rostros buscaron el aire fresco del exterior, boqueando como si hubieran permanecido bajo el agua durante horas.


Julián miró el reloj del coche y, al ver la hora, aceleró. Había pasado largo rato atrapado en el caos de tráfico del centro, por eso había ido a ciento cuarenta kilómetros por hora en la autopista, pero ahora volvía a atraparlo una caravana de vehículos a pocas calles del instituto.

Para cuando él estacionó a cien metros del lugar, Natalia salía por la puerta principal. Para cuando llegó al colegio, ella ya se hallaba cerca de su coche, que dejaba a tres calles porque allí era más fácil hallar un estacionamiento cómodo.

—¡Papá! —exclamó Tomás, y corrió hacia él.

—¡Campeón! —lo saludó Julián, y le besó la cabeza.

—¿Y mamá? —preguntó Camila aproximándosele.

—No sé. Hola —volvió a enseñarle modales.

—Hola —respondió ella, y comenzó a caminar hacia donde su padre solía dejar el coche.

Sentada en el asiento de atrás, se asomó entre medio de su padre y su hermano cuando Julián pretendía salir del embrollo de coches que se había formado en esa calle.

—Estoy enamorada de Patch —contó. Julián frunció el ceño y la miró fugazmente por el retrovisor.

—¿Patch? —repitió. De pronto, una luz se encendió en su mente y sonrió con incredulidad—. ¿El chico del libro?

—Sí —respondió su hija con la mirada brillante de excitación—. Lo amo, es como si en él viera reflejado mi lado oscuro.

—¡Qué bien! —exclamó Julián, satisfecho de haber encontrado un modo de introducir a Camila en la magia de los libros. Casi al mismo tiempo, reaccionó respecto de lo del lado oscuro, y agregó—: Está bien... creo...

—Estuve investigando en internet, y es una saga, hay más libros sobre los mismos personajes —explicó Camila, llena de entusiasmo—. ¿Me vas a regalar el que sigue?

—Te los voy a comprar a todos —respondió su padre.

Ella sonrió satisfecha.

—Hoy casi me lo quita la estúpida de Lengua —se quejó.

—¿Cuántas veces he de decirte que no seas grosera, y menos para referirte a tus profesores? —la regañó Julián.

—¡Si es una tarada! —exclamó la joven—. ¿Sabes por qué no me lo quitó? Porque hoy estaba feliz. La semana pasada parecía un policía, después una muerta, y hoy vino sonriente y haciendo chistes malos. ¿No es patético?

—No —se enojó Julián—. Los profesores son seres humanos también y tienen derecho a tener un buen o un mal día, igual que tú y yo.

—Sí, claro —refunfuñó Camila. Luego se encogió de hombros y alzó los pies en el asiento. Sacó el libro de la mochila, lo abrió por las últimas páginas y retomó la lectura.

—Sácale una foto, campeón, por favor —pidió Julián a Tomás. Se sentía tan feliz de ver a su hija leyendo que era capaz de comprarle toda una librería.

Camila se mordió el labio en gesto de burla, pero sonrió.

# 11

Pasé el fin de semana con insomnio, sus besos y caricias me mantuvieron despierta porque en mi imaginación eran casi tan vívidos como lo fueron en la realidad. Lo necesito tanto, que temo que todo haya sido mentira. Sus ojos no mienten, sus labios no mienten, pero tengo tanto miedo de perderlo que todo lo que puedo pensar es: «No va a volver, ¿quién podría querer volver contigo? Es obvio que el hombre de tus sueños no.»

Ahora espero su llamada como una desquiciada, con el miedo de que no suceda y que así haya perdido para siempre mi ilusión.

Natalia pensaba cómo continuar el párrafo cuando el móvil sonó. Lo cogió con mano temblorosa. Leyó el número de Julián en el visor y se le contrajo el estómago. Por suerte, su madre todavía no había regresado de hacer el reparto de comidas y al menos eso le permitiría hablar más tranquila.

Tomó una profunda inspiración antes de decir «Hola».

—Hola —respondió la voz del otro lado, serena y seductora—. Te echo de menos.

Natalia se derritió.

—Gracias —fue todo lo que pudo decir. «Yo también te echo de menos, como jamás creí que podía extrañar a alguien», pensó. «Gracias por no mentir, gracias por llamar, gracias por soportarme.»

—¿Cómo ha ido el día?

Natalia le contó que había tomado examen en segundo año, que estaba preparando un concurso literario para quinto, y puso especial alegría en decir que había descubierto que una alumna que no estudiaba casi nada, leía por placer.

—Es una buena chica, me cae bien, pero percibo que esconde alguna herida sin cicatrizar —contó—. Tiene esa mirada de las personas desconfiadas porque temen que les hagan daño.

—Me recuerda a mi hija —comentó Julián.

—¿Y qué tal tu día? —replicó Natalia, porque no quería recordar a los hijos de Julián. Le parecía que podía dominar mejor los celos ocultándolos, y afortunadamente él no insistió en hablar de ellos.

Julián le explicó que se había reunido con un empresario que quería vender máquinas de su fábrica y que él pasaría esa semana verificándolas para decidir si cerraba el negocio o no.

—Espero que sea con éxito —lo alentó Natalia.

—Yo también.

Quedaron en volver a hablar en esos días. Tras colgar, Natalia escribió más de su novela, antes de que las emociones del momento cambiaran:

Suena el móvil y veo en la pantalla que es él. Mi pulso se acelera, no puedo controlarlo, parece que el corazón quiere abandonar mi pecho y meterse dentro del teléfono para llegar a Fabián. Me hace tan feliz su llamada y que no me haya mentido. Gracias por no mentirme, Fabián; gracias por llamar, gracias por soportar mis innumerables defectos, como no poder decirte cuán especial eres para mí, tanto que siento que contigo de verdad estoy viva.

El jueves volvieron a hablar y acordaron encontrarse el sábado.

El viernes por la mañana, al salir del instituto, Natalia se encaminó al centro en busca de ropa. No podía andar por la vida con pantalones una talla más grande, y mucho menos salir con Julián siempre con las mismas prendas. Había pasado la noche del jueves imaginando cómo le gustaría vestirse y pensando dónde podía encontrar las prendas que quería.

Dando vueltas por el centro de Quilmes, se dio cuenta de que sus deseos serían difíciles de concretar. Tuvo que quedarse con lo que más se aproximaba a lo imaginado: un vestido negro, un pantalón rojo oscuro, una camisa a rayas, un pulóver escote en V azul celeste y otras prendas que le gustaron en el momento. Pasó también por la zapatería y por una perfumería en la que compró artículos de maquillaje y un perfume importado.

Regresaba a donde había dejado su coche cuando se dio cuenta de que estaba a apenas cincuenta metros del bar donde Julián se hallaría reunido con sus amigos. Se detuvo en seco porque el corazón comenzó a galopar en su pecho como si pretendiera abandonarla. Tragó con fuerza y, al tiempo que procuraba respirar con menos agitación, lo vio. Estaba sentado en la misma mesa en que lo había visto la primera vez, leyendo el periódico, casi en la misma postura que se encontraba aquel viernes maravilloso.

Suspiró y dio dos pasos. Se moría por correr hacia él; verlo después de una semana le hizo sentir que el alma se le escapaba del cuerpo, pero no se atrevió a avanzar más. No podía ponerlo en evidencia delante de sus amigos, ni quería que él sintiera que ella se entrometía en su vida o que invadía su privacidad. Entonces cruzó la calle y se contentó con observarlo a la distancia, como cuando lo había conocido.

Pasó al menos cinco minutos recobrando detalles: el traje negro, la camisa blanca, la sonrisa más seductora del mundo. No pudo resistirse y lo llamó por teléfono, tratando de maniobrar las bolsas que le colgaban de los antebrazos. Lo vio hurgar en el bolsillo de la chaqueta y extraer el móvil. Vio su expresión cuando descubrió que era ella quien lo estaba llamando y lo percibió tan feliz que no lo podía creer.

—Mira enfrente, a la derecha —le dijo de sopetón.

Julián volvió la cabeza de inmediato. No le costó distinguir la figura de Natalia, porque llevaba puesta la misma ropa de los dos viernes que la había encontrado en ese lugar. Su mirada se iluminó, y sus labios se curvaron en cuanto ella le sonrió. Se veía tan inocente y hermosa, cargada de bolsas y rodeada de transeúntes, que ansió estar cerca de ella para aspirar su aroma. Sin embargo, la sonrisa se borró del rostro de Natalia en cuanto advirtió que un amigo de Julián también se volvía para ver qué miraba su compañero. Colgó como si el teléfono le quemara entre los dedos y comenzó a caminar, cabizbaja, huyendo.

No había querido que el amigo de Julián se percatara de que él estaba atento a otra cosa, y que esa cosa era ella. No quería que Julián pensara que invadía su territorio. Se detuvo cuando el teléfono vibró en su mano. Acababa de recibir un SMS.

«¿Dónde dejaste el coche?», le preguntaba Julián. Contestó dándole las señas del sitio, a seis calles de allí, y recibió una respuesta: «Espérame ahí.»

Corrió al coche temiendo lo peor. Sin duda Julián se había molestado y pensaba que ella lo estaba siguiendo, o que pretendía imponerle que él le presentara a sus amigos. Nada más lejos de la realidad, si ella no podía confesar ni a su propia almohada que estaba viéndose con él.

Se sentó en el asiento del conductor, dejó las bolsas en el trasero, apoyó las manos sobre el volante y la frente sobre las manos. Estaba en problemas, y no sabía qué explicación iba a dar al respecto, porque ni siquiera ella era consciente de por qué había hecho esa llamada.

Se sobresaltó cuando Julián golpeó la ventanilla del lado del pasajero. Supo que era él por el traje negro y la camisa blanca. Quitó el seguro de la puerta, él abrió y subió al coche.

—Perdóname, de verdad —comenzó a disculparse temblorosa—. No pensé que...

No pudo hablar más. Julián le rodeó la cara con las manos, la atrajo hacia sí y la besó. Natalia no cabía en su asombro, pero poco le importó seguir disculpándose; era evidente que él no estaba enojado. Por Dios, ¡había ansiado tanto ese beso! Alzó las manos y enredó los dedos en el cabello de Julián para abrir más la boca y seguir recibiendo las caricias de su lengua en la de ella.

Se separaron sin soltarse los rostros.

—Tengo que volver —le anunció él, agitado—. Les dije que ahí no tenía buena cobertura y necesitaba devolver una llamada. Te veo mañana.

Volvió a besarla brevemente y le soltó la cara. Antes de apearse, estiró el cinturón de seguridad de ella y se lo colocó.

—Así está mejor —murmuró.

Abrió la puerta, bajó del coche, y Natalia todavía no se había movido. Era tal la sorpresa que acababa de llevarse, que estaba como en trance. Reaccionó de golpe.

—¡Julián! —llamó.

Intentó estirarse, pero el cinturón de seguridad la echó hacia atrás. Lo forzó a ceder jalándolo con una mano, pero él ya se asomaba de nuevo al interior del vehículo. Ella le cogió la cabeza y volvió a atraerlo hacia su boca para darle otro beso que duró varios segundos.

Tras separarse de nuevo, Julián le sonrió, retrocedió y cerró la puerta. Natalia no quería apartarse de él. Comprendió, sin embargo, que no podía hacer otra cosa. Entonces encendió el motor. Se alejó despacio de la esquina desde donde Julián la observaba, viéndolo por el retrovisor, hasta que dobló en la esquina siguiente y lo perdió. Condujo hasta su casa como flotando.


El sábado se puso el vestido negro que había comprado el viernes. Esperó, nerviosa y a la vez entusiasmada, a que se hicieran las ocho y cuarto, quince minutos antes de la hora en que habían acordado encontrarse, y salió de su habitación. Su madre la observó como a un objeto desconocido.

—¿Vas a salir otra vez, y con esa ropa? —le preguntó—. ¿No saliste el fin de semana pasado?

—Me invitaron a una reunión de ex compañeras de la secundaria y queda mal que no vaya.

—¿Por qué va a quedar mal que no vayas? Hace frío, ¿no prefieres quedarte en casa hoy?

«¡Nooo, por dios, no!», pensó Natalia con desesperación, pero a su madre le dio una respuesta muy cuidadosa después de suspirar.

—La verdad, me encantaría quedarme. Ya sabes que para mí no hay nada como estar en pijama en mi cuarto, pero tengo que ir. —Se acercó y le dio un beso de despedida—. Vuelvo cuanto antes pueda.

Liliana le abrió la puerta del garaje sin rechistar. Solo le advirtió que tuviera cuidado por la inseguridad, y Natalia asintió con la cabeza.

—Sí, es un peligro todo esto, pero no me queda otra —aseguró—. Nos vemos en cuanto pueda librarme de esas tontas.

Le pareció que incluyendo el menosprecio daba más fuerza a su argumento, y al parecer así fue, porque su madre la despidió sonriente.

Trató de dejar el coche frente a la dirección que Julián le había dado, pero había demasiado tráfico y el espacio entre los coches estacionados era muy reducido. Acabó a tres calles de allí. Caminó torciéndose los pies por los tacones y las aceras rotas, muerta de frío y con las manos temblorosas, pero llegó al edificio, tocó el timbre del apartamento que Julián le había indicado y esperó a que él le respondiera por el portero eléctrico.

Pasaron varios minutos. Iba a llamar de nuevo cuando oyó que el portón del garaje se abría y de allí vio salir el vehículo de Julián. Él se detuvo antes de bajar a la calzada y le abrió la puerta. Natalia subió muy rápido.

—¡Estás helada! —exclamó él en cuanto la miró, y puso la calefacción antes de terminar la frase. Después se volvió hacia ella y le sonrió—. Hola —dijo. Le cogió la cabeza con una mano, la atrajo hacia él y la besó.

—Hola —susurró Natalia cabizbaja cuando el beso acabó.

—Dime que no has dejado tu coche en la otra punta de Quilmes —bromeó él.

—Lo dejé a tres calles —respondió ella aguantándose la risa.

—Ahí tenías un sitio —señaló él—. Y allí otro, y otro allá. Mañana vamos a resolver esto sin falta. —Natalia rio—. El cinturón de seguridad —le recordó él, y ella se lo colocó.

—Estás loco, en ese sitio no entra un coche —observó ella cuando pasaron junto a una de las plazas que Julián le había indicado.

—¿Qué apostamos? —repuso él.

—¿Un libro?

—Hecho.

Se detuvo de golpe sin encender las luces de estacionamiento y por eso recibió bocinazos. Las puso un instante después y comenzó con la maniobra de aparcar. Natalia no esperaba que hiciera eso, Julián era una caja de sorpresas, y lo inesperado de la situación la hizo reír. Él acabó aparcando.

—Perdiste —dijo satisfecho—. ¿Qué libro me vas a regalar?

Dejando de reír, Natalia replicó:

—Que sea una sorpresa.

Julián asintió y volvió a interrumpir el tránsito para salir. Pasaron un rato hablando de automóviles, caos vehicular en la ciudad y peajes cada vez más caros.

—¿Adónde vamos? —preguntó Natalia una vez en la autopista.

—A bailar —respondió Julián cambiándose al carril más rápido.

Natalia se asustó.

—Pero yo bailo muy mal —advirtió.

—No te preocupes, vamos a una clase primero —la tranquilizó él—. Hace mucho que no bailo este estilo de música, así que vamos a estar en la misma situación.

—¿Y qué vamos a bailar? —se entusiasmó Natalia con la perspectiva de aprender. Si podía bailar, quizá podría ser un poco más libre.

—Una especie de rock que fue muy popular cuando tú eras un bebé. No te preocupes, si no te gusta nos vamos a otro lado.

—Seguro que me va a gustar —dijo Natalia, y se relajó mirando por la ventanilla. Adoraba que otro tuviera la responsabilidad de conducir.

Pasaron un rato en silencio.

—Tengo algo para ti —anunció Julián de repente. Natalia sonrió—. Está en el bolsillo de mi chaqueta, de tu lado.

Natalia hurgó en el sitio indicado y extrajo un alfajor Tamailén de chocolate.

—¡Me encanta! —exclamó.

Julián sonrió y esperó a que terminara de abrir el paquete para volver a hablar.

—Dime la verdad, Nati —pidió mientras se detenían en el peaje. Ella lo miró alarmada por su tono—. ¿Soy aburrido?

—¿Qué? —rio ella, y dejó de comer.

—Si soy demasiado aburrido, quiero decir... demasiado anticuado o... viejo.

Natalia percibió que la pregunta iba muy en serio, porque Julián incluso sonaba preocupado. Pero ¿cómo iba a pensar que era viejo o anticuado? Era perfecto.

—No —respondió—. No eres viejo ni anticuado, y mucho menos aburrido —agregó, pero en su corazón ardían más palabras: «Contigo aprendí a reír. Eres perfecto. ¿Sabes las veces que soñé con encontrar a alguien como tú? Eres el hombre de mis sueños.» Y aunque entreabrió los labios para decir todo eso que le bullía en su interior, calló por pudor.

Lo dijo con gestos. Se estiró en el asiento, le sujetó una mejilla con una mano y le besó la otra. Le temblaban los dedos.

—Eres hermoso —se le escapó, y se ruborizó.

—Gracias —respondió Julián, y le tomó la mano.

En contacto con él, Natalia sintió que el mundo desaparecía, como cada vez que se tocaban. Apoyó su otra mano sobre las que ya estaban unidas y lo acarició. Que nunca le faltara esa sensación, porque era la más maravillosa que había experimentado en su vida, y deseaba conservarla siempre.

Después de media hora de marcha, finalmente llegaron al lugar de la clase, que resultó ser un lujoso salón de fiestas. Su ambientación era de telas blancas y luces violáceas. Se entraba bajando una ancha escalera de mármol que acababa uniéndose con baldosas blancas de dibujo rosado. Cuatro columnas romanas delimitaban la pista de baile, rodeada por algunas mesas con sillas. Ya había algunas parejas practicando pasos mientras otras conversaban en unos sillones negros bastante lejos de la pista.

—Pensé que llegábamos tarde —le comentó Julián al oído.

Natalia se puso de puntillas para decirle:

—En eso sí estás un poco fuera de onda. Hoy en día está de moda llegar tarde y que los eventos empiecen al menos media hora después de lo previsto.

Julián rio y la abrazó. Natalia respondió rodeándole la cadera y apoyando la cabeza en su pecho, como si deseara esconderse del mundo dentro de su chaqueta. «Te quiero —pensó—. ¡Te quiero tanto!» Pero no lo dijo.

Julián la besó en la cabeza y ella tembló. No de miedo ni de frío, sino de excitación.

—¡Muy bien, vamos a comenzar con la clase! —oyó, y ambos se separaron a regañadientes.

Lo primero que enseñaron a Natalia fue el paso básico: izquierda adelante, unir la derecha, derecha a la derecha, unir la izquierda, izquierda atrás, unir la derecha. Al principio parecía un robot tratando de imitar los movimientos de una alumna avanzada, por eso miraba a Julián y se reía. Lo habían separado para explicarle el paso de los hombres, aunque él ya lo sabía. Finalmente, cuando le encontró la gracia al paso, le salió muy bien. Además, el rock de los ochenta le gustaba y la inspiraba para bailar.

Un rato después, los unieron para explicarles algunos giros básicos, pero cuando comenzaron a practicarlos se les acabó el tiempo. Apagaron las luces y encendieron otras que seguían el ritmo de la música, y comenzó una hora de baile libre, siempre dentro del ritmo que habían estado aprendiendo.

—¿Quieres que bailemos o nos vamos? —preguntó Julián.

—Quiero aplicar lo que he aprendido —respondió Natalia con entusiasmo. No podía dejar de sonreír.

Comenzó con pasos tímidos y dudas acerca de si lo estaba haciendo bien o no, pero conforme fueron transcurriendo las canciones, se sintió más desenvuelta y segura. Descubrió que le gustaba bailar y que lo hacía bien, aunque quizá lo último no fuera tan así. La última canción que disfrutaron fue *Blue Monday*, un clásico de New Order que los dejó con fuerzas solo para sentarse en los sillones negros y descansar. Julián la abrazó, y ella se apoyó en su costado.

Pasaron un rato contemplando la pista de baile, admirando en silencio la experiencia de algunas parejas con el rock americano, y pensando en las ventajas que ellos mismos, aun siendo novatos, tenían sobre otras. Natalia apoyó una mano en la cadera de Julián y lo acarició. Él respondió tocándole el cabello. «¿Qué lo motiva a continuar viéndome?», se preguntaba Natalia, sin poder creer lo que vivía. Sintió miedo de perder alguna vez esa sensación.

Se irguió con expresión apenada.

—¿Por qué estás conmigo? —preguntó.

Julián frunció el ceño sin saber bien hacia dónde se dirigía la pregunta.

—Por placer —contestó con naturalidad.

La respuesta no pareció satisfacerla, porque sus ojos se opacaron y suspiró.

—¿Y cuando ya no encuentres placer en mí? —continuó—. Es un sentimiento poco profundo para que sea duradero.

Julián esbozó una sonrisa serena.

—No sé por qué piensas eso —replicó—. Tampoco entiendo por qué las personas se avergüenzan tanto del placer y lo esconden; después de todo, es el motor de la vida.

—¿El placer? —repitió Natalia con incredulidad.

—Por supuesto. Dime una cosa, ¿por qué enseñas? ¿Por qué escribes?

—P... porque me gusta —respondió Natalia, dudosa—. Porque de niña jugaba a que era maestra y escribía con un rotulador en el cristal de una ventana de mi casa simulando que era una pizarra.

Julián sonrió imaginando a esa niña delgada de cabello castaño que jugaba a enseñar, y agradeció en silencio que hubiera hecho realidad esa ilusión.

—Porque te gusta —repitió—, y hacer lo que te gusta te da placer; y el placer, felicidad —continuó explicando—. Por eso el placer es una forma de amor. Si amas a alguien, quieres que esa persona sea feliz. El placer es la parte tangible entre la felicidad y el amor.

Con los ojos y el corazón completamente abiertos, Natalia sintió que el alma se le llenaba de algo inexplicable.

—¿Puedo usar esa frase en mi libro o me acusarías de plagio? —preguntó.

Julián rio y la atrajo hacia sí para besarla. Comenzó enredando los dedos en su cabello para después rozarle la nariz con los labios. Natalia cerró los ojos y respiró profundo el exquisito aroma que la rodeaba, una mezcla de perfume y piel masculina que le provocó cosquillas en el estómago.

Alzó las manos y cogió las mejillas de Julián, cuya lengua le acarició los labios. Natalia entreabrió la boca, anhelando recibirlo, y se pegó más a él en cuanto la humedad de ambos se mezcló.

Pasaron alrededor de media hora entre besos, caricias y miradas silenciosas que decían más que las palabras. Después, el encuentro se dio por terminado, y comenzó una clase de salsa en la que no pensaban participar. Se fueron enseguida.

# 12

Al llegar a su edificio, en lugar de entrar el coche al garaje, Julián lo estacionó en un ajustado sitio que había enfrente.

—Ya vuelvo —anunció a Natalia, y se apeó.

Una vez a solas, ella aprovechó a buscar su móvil en la cartera. Se encontró con cinco llamadas perdidas y dos SMS, todos de su madre.

«Voy a tardar en volver, me invitaron a dormir en casa de alguien, y tengo que ir. No tengo más batería en mi móvil», escribió. Suspiró mientras el mensaje se enviaba, y antes de que pudiera recibir otra llamada, aún con culpa y miedo, apagó el teléfono. Cerró los ojos mientras lo hacía, no quería pensar que su madre pasaría horas intentando comunicarse con ella sin éxito, preocupándose por la inseguridad, los accidentes de tráfico y que nadie le robara a su hija, pero tenía que hacerlo. No quería siquiera acordarse de ella.

Se apresuró a guardar el móvil cuando la puerta del conductor se abría. Julián se sentó al volante y le colocó una bolsa sobre las piernas. Estaba muy caliente.

—Estas son las pastas más ricas del mundo —le explicó—. Y las venden frente a mi apartamento. Soy un hombre con suerte.

Natalia sonrió y espió el contenido de la bolsa, deleitándose con el aroma a salsa que desprendían dos bandejas de plástico. Mientras tanto, Julián puso en marcha el coche, abrió el portón del garaje con el mando a distancia e interrumpió el tráfico para entrar en su edificio.

Julián la condujo al ascensor y luego por el pasillo que llevaba a su apartamento. Cuando abrió la puerta, se oyó un sonido.

—Es la alarma —explicó, y se apresuró a desactivarla.

Natalia entró y observó alrededor. El suelo era de parqué y todo lo que se podía apreciar desde la entrada eran el comedor y, más atrás, la sala. En el segundo ambiente había dos sofás negros y una mesita en medio. Un sofá miraba hacia un mueble en el que había un televisor LED de 42 pulgadas, un equipo de música y una PlayStation. Ese aspecto infantil de Julián la hizo sonreír.

—Te gustan los juegos —señaló.

—Juego con mi hijo —explicó él—. ¿A ti no te gustan?

Natalia se encogió de hombros. Había tenido un Family Game blanco con detalles rojos cuando era niña, pero después los juegos electrónicos ya no le brindaban diversión. O eso creyó.

Tres horas después de cenar, los platos y las copas sucias todavía descansaban sobre la mesita de la sala. Casi se habían acabado la segunda botella de vino, y el sonido del televisor invadía el ambiente. Él se había quitado la chaqueta y arremangado la camisa; Natalia se había descalzado, estaba despeinada y no le importaba nada más que ganar al FIFA 2013.

—¡Nooo! —gritó Julián moviéndose como si así pudiera manipular al jugador del monitor.

—¡Síii! —replicó Natalia con otro grito, y mientras su equipo festejaba el gol que acababa de hacer, ella bebió otro sorbo de vino.

—Dejo mi sangre en el césped de canchas de fútbol reales para que una novata me arruine mi mundial cibernético con un gol de Rooney —se lamentó él.

—¿Quién hizo mi gol? —preguntó Natalia, sin dejar de reír.

—Rooney —repitió Julián, indignado—. ¿Te das cuenta? ¡Ni siquiera sabes con quiénes estás jugando y me ganas! Debe de ser la suerte de los principiantes.

—O que estás muy distraído... —lo provocó ella moviendo una pierna.

En cuanto oyó estas palabras, la mirada de Julián se encendió. Notó que el vestido de Natalia se había levantado dejándole buena parte de la pierna al descubierto y que el cabello le caía desordenado sobre los hombros. Al parecer, el exceso de vino y el juego la habían liberado, pues a continuación se arrodilló en el sofá, pasó una pierna sobre las de Julián y se sentó a horcajadas en sus muslos. Le rodeó el cuello con los brazos y apoyó su frente en la de él.

—¿Juegas al fútbol? —le preguntó besándole la mejilla.

—Algunos domingos en... en la granja de un amigo —trató de responder Julián, pero se había quedado sin aire.

—Quisiera verte jugar y sangrar en el césped, como dices que haces —le susurró ella besándole la comisura de los labios—. Es una imagen salvaje y hasta medieval. Cuando juegan con pasión, son como guerreros posmodernos.

—¿Tú me curarás? —le preguntó él enredando los dedos en su cabello enmarañado.

—Todas y cada una de tus heridas —prometió ella, y se aproximó a su rostro. Las voces callaron con un beso largo y profundo.

Movida por las sensaciones que la proximidad de Julián le provocaba, Natalia pegó las pantorrillas a su cadera y él se deslizó hacia delante para brindarle mayor comodidad. De ese modo, la ropa interior de Natalia quedó en contacto con el cierre del pantalón de Julián, donde algo duro y erguido luchaba por llegar a ella. La tela de las bragas era demasiado delgada como para ignorar lo que se ocultaba debajo, y Julián lo sabía.

Deslizó una mano por la cara interna del muslo de Natalia hasta alcanzar el encaje de la ropa interior. Sonrió sobre su boca al comprobar que sus deducciones acerca de las bolsas que ella cargaba el viernes habían sido ciertas.

—Me gusta tu nuevo estilo —susurró.

Natalia, sin soltar su cabello, le dio un beso fugaz en la comisura de la boca.

—Me siento más guapa —confesó.

—Eso es porque sabes cuánto te deseo —repuso él, llevando un dedo dentro de la tela. Rozó sus pliegues vaginales y ella gimió. Cerró los ojos y trató de respirar—. Has entendido que para mí no hay otra que no seas tú, y que me has hecho perder la cabeza.

Los dedos continuaron su exploración mientras Natalia movía la cadera para facilitarles el recorrido. Los sentía vagar por todo su sexo con la habilidad de provocarle las sensaciones más prometedoras. La hacían desear, y el deseo la hacía estremecer.

Abandonándose, rodeó el rostro de Julián con las manos y lo llevó hacia sus pechos, apretados dentro del vestido. La respiración de él infundió calidez a la piel de Natalia, efecto que aumentó cuando alzó una mano y sacó un pecho por sobre la tela. Ella echó la cabeza atrás y entreabrió los labios en busca de aire. Gimió cuando la lengua de Julián le acarició el canalillo entre sus senos, y tembló al sentir que sus dedos comenzaban a introducirse en su húmeda cavidad.

Hasta ese momento, la satisfacción que experimentaba era tan intensa que se había olvidado de todo. No tenía idea de dónde se encontraba, pero de pronto comenzó a oír los sonidos del juego que habían abandonado a su suerte, y eso la ayudó a recobrar la conciencia. Abrió los ojos y se encontró abrazando la cabeza de Julián contra sus pechos, moviendo la cadera contra su erección con cara de furcia, y tembló de la impresión.

La caricia cálida y húmeda de Julián, que hasta ese momento le había parecido gloriosa, le dio apuro.

«¡No, por favor, otra vez no!», pensó angustiada. No quería sentir vergüenza ni pensar en nada que no fuera el placer que Julián le brindaba. Entonces ¿por qué su mente la obligaba a apartarse del momento?

—Para... —susurró—. Para —repitió más enérgica.

Julián alzó la cabeza, confundido por su reacción. Detuvo los dedos que se adentraban en su cavidad femenina y esperó a que hablara.

—¿Podemos apagar la luz? —la oyó pedir.

Acababa de darse cuenta de que ella se había alejado mentalmente de la situación hacía rato.

—¿Por qué? —preguntó con los dedos todavía quietos, pero sin retirarlos.

Natalia tembló, pero no calló.

—Me da vergüenza que veas mi cara de tonta —confesó.

—¿Por qué? —insistió él sin inmutarse por la descabellada revelación. Natalia volvió a temblar, no sabía qué decir.

—No me gusta... que me veas —trató de explicar. Todavía estaba agitada por el sexo, y también por la angustia.

—No vamos a apagar la luz —respondió Julián, tajante.

—No puedo hacerlo si no apagamos la luz —insistió ella, pensando que lo mismo hacía con Gabriel, solo que él siempre accedía a estar a oscuras.

—No vamos a apagar la luz —la desafió Julián, y sin esperar la réplica de ella, apagó el televisor y se puso de pie cargándola sobre su cadera.

La llevó así hasta la habitación. Se detuvo en la puerta para encender las lámparas que se hallaban junto a la cama, y luego siguió su camino hasta el somier, donde sentó a Natalia con suavidad.

—Dame tu móvil —pidió.

Natalia frunció el ceño.

—¿Mi móvil? ¿Por qué?

—Por confianza —replicó Julián—. Lo que voy a hacer tiene que quedar en tu poder, no en el mío, porque es peligroso. Pero yo confío en ti, y quiero que tú lo tengas. ¿Confías en mí?

Natalia bajó la cabeza al tiempo que se mordía el labio. No tenía idea de qué pretendía Julián, pero claro que confiaba en él. Confiaba en él como en nadie más.

—Está en mi bolso —respondió.

No se atrevió a moverse y esperó a que Julián regresara, pensando solo en el ridículo que estaba haciendo. ¿Qué mujer interrumpía el sexo para pedir a su amante que apagara la luz? ¿Qué amante soportaba tanta frigidez e ingenuidad? Estuvo a punto de echarse a llorar, pero lo evitó para no agregar más desastres a su lista de calamidades.

Julián regresó manipulando el móvil, que sonaba como una caja musical.

—¿Quién te escribe con tanta desesperación? —bromeó.

En ese momento, Natalia recordó a su madre y dedujo que estarían llegando todos los SMS que se habrían acumulado mientras ella había tenido el teléfono apagado.

—No sé ni me importa —respondió—. No quiero pensar en nadie.

Julián detuvo los dedos sobre la pantalla táctil del aparato y alzó la mirada hacia Natalia. Se había quitado la camisa y respiraba con agitación.

—No existe nadie más que nosotros dos —dijo con voz seductora, y después se ocupó de poner el móvil en silencio.

Se aproximó a Natalia y la obligó a echarse atrás con su cuerpo. Una vez que ella recostó la cabeza en la almohada, él dejó el teléfono contra el pie de la lámpara que había sobre la mesilla de noche. Natalia miró el aparato con el ceño fruncido. Se dio cuenta de lo que sucedía al instante: la estaba filmando.

—No puedo —sollozó—. ¡Qué horrible! ¡Así no puedo!

—Quiero que veas lo que yo veo —contestó Julián con serenidad. La miró a los ojos para tranquilizarla. Un instante después, cuando logró su propósito, se inclinó hacia ella y le besó el cuello, dejándole un rastro de calidez—. Quiero que veas tu cara y después me digas si sigues pensando que es la de una tonta, o es la cara que yo soy capaz de provocarte. —Le besó detrás de la oreja. Natalia entreabrió las piernas y la boca involuntariamente, cerró los ojos y apretó los brazos de Julián, presa de la sensación que sus labios producían en su piel—. Yo no hago tonterías para que pongas cara de tonta, Natalia —le explicó él rozándole el pómulo con la nariz, y se aproximó a su oído para susurrar—. Yo te hago el amor.

No la dejó pensar. Sabía que esa era la clave para que su plan funcionara, y no solía rendirse con facilidad. Pasó una mano por toda la pierna de Natalia, desde el pie hasta su braga. Volvió a rozarle la zona íntima con los dedos, pero sin traspasar la tela; era lo suficientemente delgada como para que la caricia surtiera el mismo efecto.

Después le rodeó la cintura y la alzó en el aire para desprenderle el cierre del vestido con una sola mano. Como le resultó difícil y, de seguir así, le demandaría mucho tiempo, la sentó y la besó en la boca mientras usaba las dos manos para su propósito.

Todo sucedía tan rápido que Natalia apenas podía reaccionar. Metió los dedos entre el cabello de Julián y le ofreció su boca, cegada por el deseo que él le provocaba. Ni siquiera se dio cuenta cuando estiró los brazos hacia arriba para que él pudiera quitarle el vestido, solo fue consciente de su desnudez en el momento en que sintió las manos calientes apretándole la cintura. Se movieron presurosas sobre sus costillas hasta rozarle los pechos sobre el sujetador.

Julián la recostó de nuevo sin dejar de besarla y agarró su braga, jalándola hacia abajo. Natalia agitó las piernas, sentía el deseo latir en su pelvis y volvió a entreabrir los labios, como si así pudiera hallar su cura. Pero la sanación estaba en el hombre que terminaba de quitarle la braga por las piernas y que volvía a colocarse sobre ella para besarle un brazo, y después el hombro.

Le aprisionó las manos a los costados del cuerpo y continuó dejando rastros de su cálida respiración sobre su piel mientras la besaba. Primero en el pecho, luego en el cuello, después en la barbilla.

Natalia volvió la cabeza y le brindó los labios. No resistía más las cosquillas de deseo que él le provocaba, se había olvidado de todo cuanto la rodeaba. Se dio cuenta de que Julián ya se había colocado un preservativo solo porque lo rozó en la intimidad y sintió el látex pugnando por entrar en ella. No tenía tiempo de pensar en nada. Todo lo que podía hacer era sentir la calidez de la boca de Julián acariciándole el cuerpo y la promesa de que pronto llenaría su vacío.

Cuando percibió que la respiración de Julián se colaba entre el sujetador rumbo a sus pechos, echó la cabeza atrás. Frunció el ceño, agitada, como si estuviera sufriendo, y en realidad lo estaba. Sufría porque no aguantaba más la ansiedad de recibirlo dentro de ella y explotar en ese arcoíris que se parecía al sueño y a la muerte.

Liberó una mano y con ella aferró la espalda de Julián. Bajó la cabeza y abrió los ojos para verlo: él continuaba hurgando en el sujetador con los labios. Ella le revolvió su cabello negro y arqueó la cadera hacia él. Sintió su miembro y lo buscó con el clítoris hasta hallarlo. Entonces volvió a cerrar los ojos.

Julián acabó apartando la tela con la mano hasta dejar al descubierto un pezón que rozó con la lengua. Natalia volvió a agitarse debajo de su cuerpo, jadeando. Se quejaba como alguien al borde del abismo, y así estaba. Lo supo porque sus mejillas estaban rojas y calientes; su rostro reflejaba la oscuridad del deseo y la luz del placer. Entonces se internó en ella despacio, midiendo sus movimientos porque él mismo estaba a punto de perder el control.

Entró y salió de ella dos veces muy despacio. Se quedó fuera mientras le besaba una mejilla, y volvió a penetrarla cuando le rozó los labios. Natalia gimió y le tomó una mano. Julián enlazó los dedos con los de ella y le apretó los nudillos mientras su miembro volvía a abandonarla. La besó en la boca, las lenguas se encontraron y, al tiempo que jugaban, él volvió a invadirla.

No resistió mucho más. Como Natalia comenzó a gemir y agitarse convulsamente, él hizo lo mismo, llevado por el ritmo que ella señalaba. Sus cuerpos chocaron infinitas veces hasta que, muy dentro de ambos, el placer alcanzó su punto máximo y se manifestó a través de exclamaciones. Natalia terminó abrazada al cuello de Julián, enredando los dedos en su cabello mientras él volvía a besarla como si en ese beso le traspasara parte de su alma.

Después de un momento, Julián cogió el teléfono y apagó la filmación. Volvió a dejarlo sobre la mesilla y estrechó a Natalia contra su costado. Ella no se percató de lo que él acababa de hacer.

Pasaron largo rato abrazados y en silencio. Después, Julián le besó la cabeza y le apretó el hombro. Lo notó frío y se preocupó por resolverlo.

—Nati —la llamó, pero ella no respondió. La soltó, se sostuvo sobre un codo y la miró—. Nati —repitió.

Ella se quejó; apenas abrió los ojos irritados y volvió a cerrarlos.

Visto que el vino y el sexo habían tenido sobre Natalia un efecto devastador, Julián se levantó de la cama, fue al vestidor y regresó con una camiseta negra con el logo de Los Ramones. Levantó el torso de Natalia con suavidad y, aunque le resultó difícil, logró quitarle el sujetador, colocarle la camiseta y acomodársela. Volvió a recostarla despacio, arrastró el edredón y las sábanas para cubrirla, procurándole calor. Luego se acostó a su lado de nuevo y la abrazó. Después, por fin apagó la luz.


Lo despertó una vibración. Abrió los ojos y descubrió que se había hecho de día, pero el sol aún se veía anaranjado. Debían de ser alrededor de las ocho de la mañana, y eso que vibraba era el móvil de Natalia. Se estiró hasta la mesilla y lo recogió. «Mamá», leyó en la pantalla.

—Nati —intentó despertarla con voz suave, pero ella solo se removió, indicándole que deseaba dormir—. Nati, tu madre te llama.

—No importa... —replicó ella medio dormida—. Apágalo.

—Julián titubeó—. Apágalo —repitió ella, y él lo hizo.

Después de apagar el teléfono, lo dejó sobre la mesilla y regresó a su posición. Aunque la calefacción central estaba encendida, hacía frío. Volvió a cubrir hasta el cuello a Natalia, que sonrió con satisfacción al sentir el calor del edredón y estiró un brazo hasta alcanzar a Julián. Le rozó el vientre desnudo y continuó bajando hasta los bóxer.

—Yo no haría eso si quisiera seguir durmiendo, señorita atrevida —bromeó él, y ella rio.

Julián estaba cautivado. Observaba emocionado el bello rostro de Natalia relajado y su sonrisa, tan fresca y natural. La luz del sol se filtraba por los cortinados blancos y le otorgaba una tonalidad particular a su piel. Era hermosa; la mujer con la que mejor se había sentido en toda su vida.

No pudo resistirse y se inclinó hacia ella para besarla en la sien. Cuando eso sucedió, dos dedos de Natalia tamborilearon sobre el bóxer, justo donde se escondía el miembro de Julián, que iba despertando poco a poco.

Él se pegó más a ella y le besó una mejilla mientras le acariciaba el otro lado de la cara. Natalia apoyó una mano en su cadera para indicarle que lo quería todavía más cerca. Julián la cubrió con su cuerpo y le besó el cuello, respirando detrás de su oreja.

—¿Cómo ha pasado la noche mi bella durmiente? —le susurró al oído, y Natalia sonrió.

—Con el príncipe se duerme mucho y bien —replicó, ansiosa por recibir más besos.

Julián comenzó por su cuello, donde ya se encontraba, y siguió bajando hasta encontrarse con la camiseta. Hasta ese momento, Natalia no se había dado cuenta de que llevaba puesta ropa de Julián. Le encantó.

—¿Cuándo me la pusiste? —preguntó.

—Cuando te emborrachaste —se burló él besándole una mejilla mientras le acariciaba las sienes con los pulgares.

—¡Yo no me emborracho! —replicó Natalia entre risas, y para vengarse por una acusación tan infame, enredó las piernas en la cadera de Julián para pegar su cuerpo al de él.

Se movió buscando la roca que escondía su ropa interior. Como ella estaba desnuda, tragó con fuerza al sentir que el miembro oculto le rozaba los pliegues vaginales. Del mismo modo, un pulgar se asentó sobre sus labios y comenzó a moverlos para replicar la caricia que se sucedía más abajo.

Natalia jadeó y volvió la cara para besar a Julián en la mejilla. Le gustaba sentir su barba incipiente en sus labios, le provocaba dolor y placer, y la ayudaba a recordar que no estaba soñando. Aunque a veces le costara creerlo, Julián estaba ahí, haciendo realidad sus fantasías y regalándole muchas nuevas, y eso la hacía tan feliz que estuvo a punto de lagrimear.

Lo atrajo y volvió a besarlo con avidez mientras una mano de él recorría su costado en busca de su interior. Al sentir que él luchaba para llegar a ella, arqueó la espalda y lo ayudó. Quería que Julián le hiciera el amor, y ella quería hacérselo a él, por eso le tomó el rostro entre las manos y lo besó otra vez en el pómulo, casi temblando.

Los dedos de Julián alcanzaron el lugar deseado y se introdujeron en Natalia, provocándole espasmos de placer. Presa de las sensaciones, ella llevó una mano hacia abajo y consiguió bajar el bóxer hasta liberar el objeto de su búsqueda. Lo rodeó con los dedos y lo llevó hacia su cavidad. Julián se agitó. Natalia estaba usando su pene para acariciarse su zona íntima, y de solo pensarlo ya perdía el control. Bajó la cabeza, y entonces registró la imagen que sería su perdición.

Ella no pensaba en nada más que en cuánto estaba gozando. Gemía y se movía buscando más, quería todo lo que Julián tuviera para dar, así como él ansiaba todo de ella. Los dos sabían que lo estaban obteniendo, y eso los llevó a un ritmo más frenético y abrasador.

Julián se irguió de golpe, dejando las piernas de Natalia entre las suyas. Buscó un preservativo en el cajón y abrió el envoltorio con los dientes, pero no se lo colocó rápido. Cuando miró a Natalia, vio que ella había alzado la cabeza para observar el miembro que manipulaba. Lo estaba masturbando, y todo lo que él pudo hacer fue cerrar los ojos y dejarse llevar.

—Nati... —murmuró instantes después—. No aguanto más...

Ella soltó su miembro y entonces él abrió los ojos. Pensaba colocarse el preservativo para penetrarla, pero no pudo hacerlo porque ella se había erguido para sacarse la camiseta. La dejó caer a un lado de la cama, volvió a recostarse muy rápido y se apoderó del miembro otra vez.

—Ahora me toca verte a mí —dijo con voz sensual, y siguió jugueteando con la resistencia del hombre hasta que él no pudo más.

—No puedo... controlarme —jadeó Julián, y Natalia sonrió.

—No quiero que te controles —replicó.

Antes de terminar la frase, Julián se inclinó hacia ella, apoyó una mano en la pared, y el líquido blanco y caliente se derramó sobre el vientre de Natalia, provocándole una excitación que jamás creyó alcanzar mediante una acción que nunca se le había ocurrido hacer.

Julián abrió los ojos y se encontró con el rostro de Natalia, que lo miraba tan agitada como él. Tenía la boca entreabierta, las mejillas y los labios enrojecidos, y se veía tan hermosa que deseó llevarla al paraíso.

Se apartó de la pared y antes de perder su erección, la cubrió con el preservativo. Estiró el brazo y rodeó la cintura de Natalia para atraerla hacia sí. Ella se sentó en la cama y después se movió para hacerlo sobre la cadera de Julián. Fue dejándose invadir por él despacio, aferrada a sus hombros y viendo cómo sus cuerpos se unían con la cabeza gacha.

Julián tiró de su cabello y le echó la cabeza atrás para besarle el cuello. Natalia se agitó y sus pechos rozaron el torso masculino. El contacto le erizó los pezones, que se pusieron todavía más rígidos cuando él bajó la cabeza para lamerlos. Natalia se quejó de gozo y comenzó a moverse con más rapidez.

Los labios de Julián bajaron hacia su cuello y subieron a su barbilla. Del mismo modo profundo, se apoderó de su boca tierna y cálida hasta hacerla aferrarse a él como a una tabla en medio del mar. Allí estaba el volcán que era Natalia, ese que Julián había percibido la primera vez que la vio en el bar, y él había provocado la erupción.

Ella gritó presa del orgasmo y después trató de recuperar el aliento besándole toda la cara.

—No te vayas de mi vida —suplicó jadeante.

Julián volvió a sujetarla del cabello para mirarla a los ojos. En las pupilas de ambos ardía la llama del deseo.

Iba a hablar, pero no lo hizo. Le bastó atraerla de nuevo hacia su boca y besarla ardientemente para responder. «Eres muy importante para mí», pensaron los dos al mismo tiempo, y lo dijeron con el beso.

# 13

Después de besarse largamente, Julián abrazó a Natalia y ella apoyó la mejilla en su hombro. El sol cegador la hizo cerrar los ojos. Un instante más tarde, él volvió la cabeza y apoyó los labios en su pelo mientras se lo acariciaba con los dedos.

—¿Nos damos un baño? —propuso antes de besarla en la coronilla. Natalia lo abrazó con más fuerza y aceptó con un ligero asentimiento.

Acabaron en la bañera, donde ella se adormeció entre sus brazos. La tibieza del agua y las caricias que Julián le brindaba al pasarle la esponja por todo el cuerpo favorecieron la sensación de que se hallaba en un sueño hecho realidad.

Alzó la cabeza y con el dorso de una mano le acarició una mejilla. Él la miró y sonrió mientras le apartaba con suavidad algunos mechones de pelo mojados que le caían sobre la frente. Pasaron otro rato de ese modo.

Cuando el agua perdió temperatura, salieron de la bañera, se secaron y ella se cubrió con la bata de baño de Julián. Se encaminó a la habitación, y se vistió con la camiseta rockera, un pulóver y un pantalón de *jogging* que Julián le dio. Todo le quedaba muy grande, pero servía para estar cómoda y pasar un rato más con él.

Desayunaron en el comedor, hablando de la clase de baile y de los años en que Julián iba a discotecas donde se bailaba esa música rock. Natalia le contó lo que se escuchaba en el 2000, cuando ella había comenzado a ir a bailar, y terminaron comentando la música de moda aquellos días.

Después, mientras él lavaba los utensilios del desayuno, ella juntó los platos y copas de la noche anterior, se los alcanzó y se sentó en la mesa de la cocina, con los pies sobre la silla. Adoraba observar a Julián, todo de él le parecía soñado, y ansiaba que el mundo desapareciera para que solo existieran ellos dos.

Se puso nerviosa de solo pensar que en poco tiempo tendría que regresar a su casa, escuchar las interminables quejas de su madre y mentir. Tragó saliva mientras Julián se quejaba del detergente, bajó la cabeza y se mordió el labio. Acababa de perderse parte de la conversación.

—Nati —la llamó él. Entonces lo miró y se fingió atenta—. ¿Estás bien? —Ella asintió—. ¿Vamos a practicar aparcamiento bajo presión?

Con tal de pasar más tiempo a su lado, Natalia era capaz de aprender a pilotar un avión.

Tuvo que vestirse para salir a la calle, por lo que dedujo que después de pasar un rato aparcando, como ya estaba vestida y en la calle, tendría que irse. Trató de ignorar ese pensamiento mientras duró la práctica, pero no pudo.

—Ahí —le señaló Julián un sitio vacío en una calle que normalmente tenía mucho tránsito, pero como era domingo, no circulaba tanta gente. La dificultad radicaba en el espacio entre coches aparcados, que era muy reducido.

—No puedo estacionar ahí —se quejó Natalia—. Voy a tocar uno de los dos coches.

—¿Y qué? No pasa nada.

Ella lo miró, incrédula.

—Ya sé que por rozarle el parachoques no pasa nada, pero ¿y si al dueño le molesta, sale y me insulta? Hay gente muy loca.

—Yo me ocupo —aseguró Julián—. Tú aparca.

Natalia suspiró y cedió solo porque vio venir un coche por la calle y no quiso soportar, además de la presión del escaso sitio para aparcar, los bocinazos de un conductor impaciente.

Maldijo cuando tocó al vehículo que estaba atrás, volvió a maldecir cuando tocó al de delante, y finalmente logró aparcar. Entonces suspiró y dejó caer los brazos.

—Esto es horrible —se quejó. Julián rio.

—Y todavía podría ser peor. Larguémonos.

—¿Qué? —Lo miró ella, confundida.

Julián señaló por sobre su hombro con la mirada y, al darse la vuelta, Natalia vio que de un edificio salía un hombre alto y corpulento, sin duda dispuesto a defender la integridad de su coche.

Puso la marcha atrás, tocó de nuevo el vehículo, metió la primera y, como todavía no tenía suficiente espacio para salir, tocó al de delante, y luego otra vez al de atrás. El hombre llegó hasta ellos y golpeó la ventanilla, gritando «¡Eh!», pero en ese momento Natalia consiguió salir tan rápido que un automóvil que venía circulando tuvo que frenar de golpe.

Cuando poco después se detuvo frente al edificio de Julián, le temblaban las manos. Él estalló en risas.

—¡Lo has hecho muy bien! —aprobó—. Hoy sí que has aparcado bajo presión.

Natalia giró la cintura y le dio un golpecito en el brazo.

—¡Me dijiste que te ocuparías si aparecía furioso el dueño de algún coche! —reclamó.

—Y lo hice —repuso Julián—. Te indiqué cuándo escapar.

Natalia se mordió el labio para aguantarse la risa, pero se le escapó y acabó riendo a carcajadas. Julián disfrutó tanto viéndola reír, que no lo resistió; le tomó el rostro entre las manos y la acalló con un beso. Instantes después, abrió los ojos y la miró.

—¿A qué hora sales mañana de tu trabajo?

—A la una menos diez —respondió ella, todavía feliz por la risa y por el beso.

—¿Qué tal si nos encontramos en el lugar donde dejaste el coche el viernes, para una segunda lección.

—No sé —se asustó Natalia—. Tus lecciones son un poco traumáticas.

Julián rio, volvió a besarla y abrió la puerta para bajarse.

—Te veo mañana a la una y cuarto —anunció—. ¿De acuerdo?

—De acuerdo —acabó asintiendo ella.

Julián se apeó y la despidió moviendo la mano.

—Nos vemos —dijo antes de cerrar la puerta.

Natalia se fue mirándolo por el espejo retrovisor; no quería separarse de él. Retrasó la llegada a su casa tanto cuanto pudo, y al llegar encontró que su madre no estaba. Por un momento temió que hubiera cometido alguna locura porque ella no respondía sus llamadas, y encendió el móvil. Suspiró observando su cuarto mientras el teléfono se encendía; se sentía tan sola sin Julián, tan aburrida y vacía, que estuvo a punto de llorar. Los mensajes llovieron y en uno de ellos, su madre le avisaba que se había ido a un cumpleaños. Natalia lo agradeció en silencio.

Aprovechando que su madre no estaba, se puso el pantalón del pijama y se acordó del vídeo. El único modo que halló para sentirse cerca de Julián fue revisar lo que había filmado.

Pasó el archivo al ordenador y lo accionó con el *mouse*. Creyó que no resistiría verse teniendo sexo, pero en cuanto apareció la primera imagen, todavía en movimiento porque Julián no había asentado la cámara sobre la mesilla, su temor se desvaneció por completo.

Allí estaba ella, sobre la cama, y la voz de Julián le decía: «No existe nadie más que nosotros dos.» El deseo la embargó de solo escucharlo y verse en una cama, esperándolo. Podía sentir la misma pasión que experimentaba viéndolo acercársele. Tembló cuando su voz sollozó que no podría hacer el amor si era filmada. Volvió a temblar cuando la voz de Julián le respondió «Quiero que veas lo que yo veo», y acabó de extasiarse cuando oyó «Yo te hago el amor». En la filmación no sonaba del todo claro, porque él lo había dicho jadeante y susurrándole al oído, pero ella lo recordaba tan bien que le parecía estar escuchándolo en ese preciso instante.

Los rostros salieron de la imagen cuando él la alzó para quitarle el vestido, pero se vieron durante el resto de la grabación.

Aunque lo había vivido, para Natalia todo parecía nuevo: las imágenes, los sonidos, las expresiones. Lo vio extraer el preservativo de un cajón de la mesilla, gesto que no había visto en directo, y volver a ella después de un momento. Todo sucedía tan rápido que, incluso viéndolo sin experimentarlo, le daba poco tiempo para pensar.

De pronto, comenzó a sentir calor. Sus mejillas se sonrojaron y la mano sobre el *mouse* bajó sigilosa hacia su rodilla, bajo el escritorio. Subió por el muslo y se asentó sobre su pelvis, sobre el pantalón del pijama y la ropa interior. Un dedo siguió avanzando, buscó el borde de la prenda y entró. Bajó un poco, y otro poco más, hasta acariciar el clítoris. Jadeó con su descaro, pero no apartó la mano de su propio centro de placer ni la vista de la pantalla.

Allí, Julián hurgaba en su pecho con la boca en busca de un pezón. Ella se llevó la mano a la zona que él ansiaba hallar y en cuanto vio que la lengua de Julián se lo acariciaba, ella lo imitó con el dedo. Abrió la boca y cerró los ojos, presa de la satisfacción, pero volvió a abrirlos porque no quería perder detalle de las imágenes.

Lo sintió entrar en ella tal como hacía en el vídeo, porque justo en ese momento se introdujo un dedo. Se deslizó hasta quedar con las piernas estiradas y las nalgas en el borde de la silla, y continuó moviéndose en busca de su propio placer.

Se relamió los labios pensando que Julián se los besaba, y entre jadeos, mientras en el vídeo gritaba y se agitaba presa del orgasmo, también se agitó así en la silla.

Liberó la entrada de su cuerpo, pero no apartó la mano. Continuó estimulándose la zona porque todavía le duraba la sensación del clímax. Era como si Julián todavía la estuviera besando, tal como hacía en la pantalla. Poco después, un brazo se interpuso ante la cámara, hasta que todo quedó negro.

Tal como sucedió en la grabación, en el tiempo real también fue recobrando la respiración poco a poco. Los latidos de su corazón se aplacaron y también la sensibilidad de sus zonas erógenas. Todo lo que quedó entonces fue el sentimiento de completitud y adoración que sentía por Julián.

Acababa de masturbarse, y no se había distraído de su objetivo ni por un momento; no habría tenido tiempo de hacerlo. Por otra parte, se sorprendió de sus propias emociones al verse reflejada en la pantalla. Se había excitado viéndose y viendo al hombre que, tal como él le había dicho, lograba excitarla. Ya no juzgaba que su cara durante el sexo fuera de tonta. Sonrió pensando que no veía la hora de volver a tener motivos para poner esas caras.

Ese mismo día retomó su novela, a la que añadió capítulos ardientes y románticos, llenos de los sentimientos que Julián le provocaba, protagonizados por Nadia y Fabián.

Su madre llegó tarde. Natalia no la esperaba temprano porque uno de los tantos SMS que ella le había enviado ponía que iba al cumpleaños de una amiga, aunque no tenía muchas. Apenas llegó, abrió la puerta de la habitación de su hija sin llamar, pero esta vez Natalia no cerró la pantalla en que estaba escribiendo. Giró el cuerpo sobre la silla y se cruzó de brazos para escuchar la cantilena.

—¿Por qué no respondías? —espetó Liliana—. ¡Me cansé de llamarte y de mandarte mensajes de texto!

—Te lo dije, me quedé sin batería —respondió Natalia, inmutable.

—¡Pero me tenías preocupada! ¿A casa de quién fuiste?

—De una ex compañera de la secundaria.

—Pero me dijiste que no veías la hora de volver a tu casa y al final pasaste la noche del sábado y casi todo el domingo en la casa de alguien —recriminó Liliana.

—La próxima vez que me llames sin parar, apagaré el teléfono.

—¿No entiendes que tengo miedo de que te pase algo?

—Pues tendrás que ir perdiendo ese miedo, porque voy a pasar fuera de esta casa todas las noches que pueda.

Intentó volver a su novela, pero su madre se lo impidió gi-

144

rándole la silla. Su mirada se había transformado seria y especulativa.

—Estás saliendo con alguien —aventuró.

Natalia dejó escapar una risa nerviosa, pero la disimuló como una burla.

—¡Por favor! —exclamó—. ¿Con quién voy a salir? ¿Dónde voy a conocer a nadie, si me paso la vida encerrada aquí?

Liliana la ignoró porque estaba convencida de su sospecha.

—¿Cuándo me lo vas a presentar? —interrogó.

—No salgo con nadie —se defendió Natalia. Le latía el corazón tan fuerte que parecía a punto de escapársele—. Y si saliera, no tendría por qué traerlo corriendo para que lo conozcas.

—¿Cómo vas a tener novio sin que tu familia lo conozca? —trató de inculparla Liliana, y aunque por un instante Natalia creyó que tenía razón, por una vez en la vida estaba dispuesta a desafiarla. Si se equivocaba, quería equivocarse por ella misma.

—¿Para qué querrías que te lo presentara? —replicó con rabia, recordando el pasado—. ¿Para sonreírle y esperar a que se vaya para decirme todo lo malo que tiene? ¿Para llenarme la cabeza de cosas que no podrá darme y sugerirme que lo deje? Lo hiciste durante ocho años, mientras salía con Gabriel, y terminé dejándolo. Por eso no te presentaría a nadie.

—¿Cómo te atreves a culparme de tus errores? —lloriqueó Liliana—. Tú lo dejaste y ahora sufres porque lo echas de menos, lo sigues queriendo, y sabes que Gabriel te quería, pero ya no puedes recuperarlo. Te equivocaste al dejarlo y yo siempre te lo dije.

Pegaba donde más dolía. Pero para sorpresa de Natalia, ya no la hería.

—Me equivoqué al escucharte, sí —contestó sonriendo—. Al reclamarle a Gabriel todo lo que me decías que no me daba, pero ya no me interesa. Lo único que me importa es no volver a cometer los errores del pasado, haber aprendido de ellos. Déjame en paz.

Liliana giró sobre los talones y se marchó sin cerrar la puerta. Natalia lo hizo por ella.


El lunes se vistió con la camisa que había comprado el viernes, el pulóver escote V azul celeste y un pantalón de su talla. Se puso unas botas nuevas y se maquilló con colores sutiles pero visibles.

—¿Se festeja algo? —le preguntó la directora con disimulada ironía. Ella se limitó a sonreír con falsedad.

En un recreo, se habló de alumnos que requerían un apoyo extra y se decidió citar a sus padres.

—Natalia, te toca hablar con la madre de Facundo Martínez de segundo A, Brenda Aguirre de tercero A y Camila Aráoz Viera de cuarto B.

Tomó nota en su agenda y pensó qué iba a decir a cada madre cuando concurrieran a verla.

A la una menos diez, la directora le dijo:

—¿Me podrás esperar un momento que tengo que hablar contigo?

Pero Natalia no podía esperar.

—Lo siento, pero tengo un compromiso —contestó, y sin dar tiempo a que insistieran, se dio la vuelta y caminó rumbo a la salida.

¡Se sentía tan satisfecha! Atractiva, adulta y capaz de hacer valer sus decisiones.

Como llegó al encuentro con Julián antes de tiempo, dejó el coche en el sitio acordado y caminó hasta la farmacia, donde compró pastillas anticonceptivas. Al regresar vio el automóvil negro de él estacionado detrás del de ella. Julián estaba esperándola, apoyado en una pared y con las manos en los bolsillos. Se veía tan atractivo que no le importó que estuvieran en público y corrió a sus brazos. Se besaron con una sonrisa.

—Me alegra verte —le dijo Julián mirándola a los ojos. Natalia pensó que él no tenía idea de cuánto se alegraba ella, de lo feliz que se sentía desde que él había entrado en su vida—. Esto es para ti —añadió mientras le entregaba un alfajor que sacó del bolsillo. Esta vez era de chocolate blanco.

Natalia sonrió agradecida y subieron al coche.

Julián la hizo conducir hasta una calle con tránsito constante. Cuando divisó un sitio para estacionar, le ordenó poner los intermitentes y que comenzara la maniobra.

Natalia procuró respirar con serenidad mientras trataba de encajar el coche, pero jadeaba de los nervios.

—Tranquila, parece que fueras a dar a luz —se burló Julián, y ella se echó a reír. Calló ante el primer bocinazo—. Es verdad, estás tardando mucho, pero no los escuches —indicó Julián—. Sigue a lo tuyo. El principio fundamental de la conducción es: «el otro nunca tiene la razón».

Natalia volvió a reír.

Julián le hizo repetir la maniobra en distintos lugares varias veces, hasta que se hicieron las dos de la tarde. Para entonces, ella había adquirido algo de práctica.

—Tengo que volver a la fábrica —se lamentó él, ya aparcados en el punto donde se habían encontrado—. Pero te llamo en la semana y nos vemos el viernes o el sábado. ¿Te parece bien?

Natalia asintió. Antes de despedirse, buscó su bolso en el asiento trasero y lo abrió.

—Tengo dos cosas para ti —anunció—. La primera, el libro que te debía por la apuesta que perdí. —Y extrajo la última novela de amor que había leído. Le entregó el ejemplar de tapa naranja y Julián lo estudió con interés.

—Gracias. Me viene muy bien porque anoche terminé el último que me compré —comentó. Luego la miró y esperó. La notaba nerviosa—. ¿Qué es lo segundo?

Natalia abrió la mano dentro del bolso. Estrujaba una caja.

—¿Te parece bien que empecemos a cuidarnos con esto? —preguntó.

Al comprender de qué se trataba el asunto y ver las mejillas sonrojadas de Natalia, Julián sonrió.

—Me parece perfecto —asintió, y la besó antes de despedirse.


El viernes, lo primero que Julián vio al despertar fue un SMS de Sabrina.

«Me citaron en la escuela a las 9.30 para hablar de Camila. No puedo ir, te van a estar esperando.»

Miró la hora. Eran las siete y media, y el mensaje había llegado a las siete y veinte. Se sentó en la cama, cogió el teléfono inalámbrico y marcó el número de su ex mujer. Cuando ella respondió, él contuvo su furia.

—¿Por qué siempre esperas a último momento para informarme todo? —preguntó—. Lo único que te pido es que me avises con tiempo. ¿Desde cuándo sabías que hoy teníamos una reunión en el instituto?

—En este momento estoy dejando a tus hijos en la puerta de la escuela, están llegando tarde porque tu hija se levanta para una sesión de peluquería con ese maldito flequillo que tiene. Un día se lo voy a cortar mientras duerme, y problema resuelto —respondió ella. Se oyeron quejas de Camila, que habló por atrás—. La directora te espera a las nueve y media. Sé puntual.

Colgó. ¡Sabrina le había colgado! Julián arrojó el teléfono sobre la almohada y procuró no pensar en lo injusto de la situación. Después recogió su móvil y envío un mensaje a Cristian para avisarle que esa mañana no iría al bar.


—Natalia —oyó que la llamaban con un pie en el salón de sexto año B, y entonces supo que había una mala noticia.

Se dio la vuelta y miró a la directora, expectante. La mujer terminó de subir la escalera y se le aproximó revisando unos papeles.

—Como hoy terminas de dar clase a las nueve y veinticinco, he citado a las tres madres para las nueve y media.

El rostro de Natalia, habitualmente pálido, se encendió de ira.

—Pero a las nueve y veinticinco me voy, y no me puedo quedar —argumentó.

—Es un ratito, las despachas en cinco minutos. Las puse en ese horario para no quitarte tiempo de clases.

¡Claro! ¡Y las horas extras que se las pagara Dios! Además, lo de los cinco minutos era una mentira, las madres jamás se iban en tan poco tiempo. Hasta que ella encontraba los eufemismos para explicarles que la educación empezaba por casa, pasaban al menos diez minutos. Después restaba escuchar las excusas de los padres, algunas coherentes, otras sin sentido, y volver a encauzarlos en la tarea de ayudar entre todos para que Fulanito o Menganita mejorara sus calificaciones. Por último, había que escuchar las excusas de los padres, porque siempre querían tener la última palabra, y para ese entonces ya habían pasado quince preciados minutos en los que Natalia maldecía en silencio a los grandes pedagogos.

—Sé concisa —sugirió la directora, como si así le resolviera la vida—, diles en qué están fallando los chicos, dales un par de pautas para que los ayuden a mejorar y listo.

¡Como si fuera tan fácil! ¡Así se arreglaba la educación en estos tiempos! Con teorías y facilismos que lo que menos hacían era resolver algo. Natalia frunció el ceño, molesta, y entró en el aula antes de que le hirviera la sangre. Ya que venía a cuento de lo que estaban viendo, se despachó criticando los métodos de educación equivocados, y habló tan rápido y con tanta pasión que los futuros universitarios de sexto año B no pudieron anotar ni la mitad de lo que decía.

A las ocho y veinticinco cambió de aula. Para entonces, ya se había olvidado de las madres que debía recibir en una hora; lo recordó cuando sonó el timbre del primer recreo y ella, en lugar de huir a comprar ropa y a la peluquería, como tenía pensado hacer, tuvo que ir a la dirección.

—Vamos a la oficina de administración, ahí vas a estar más

tranquila —le dijo la directora mientras se encaminaba fuera del recinto. Natalia la siguió, aferrando la carpeta de calificaciones contra el pecho porque era la prueba fundamental de su alegato—. Por ahora solo llegó el padre de Camila de cuarto B, dice que la madre no puede venir.

¡Solo eso le faltaba! Que las madres de los otros alumnos se hubieran atrasado y tener que hablar con un padre. Odiaba lidiar con padres porque nunca se sabía con qué iban a salir, y eso le producía temor. Se le anudó el estómago de solo pensar que ahora tendría que enfrentarse a uno.

Siguió a la directora, cabizbaja, hasta que alcanzaron la recepción y vio un par de zapatos conocidos. Alzó la mirada de repente, como sacudida por un rayo.

—Señor Aráoz, le presento a Natalia Escalante, la profesora de Literatura de Camila.

Natalia palideció de golpe y Julián temió que se desmayara allí mismo. Estuvo a punto de sujetarla del brazo, pero se contuvo porque no podía poner en evidencia que se conocían. Además, él también acababa de llevarse la sorpresa de su vida.

—Pueden pasar a esa oficina —señaló la directora, pero Natalia no podía quitar los ojos de Julián. No se movió. Oía la voz de la mujer como el zumbido de un mosquito.

Al notar que Natalia se había quedado paralizada por la impresión, fue Julián quien se movió. Tenía que hacerlo si deseaba protegerla de alguna manera. Caminó hacia donde la directora señalaba y entonces también lo hizo la profesora, otra vez cabizbaja.

Julián esperó a que ella se sentara al escritorio para hacerlo él del otro lado. La directora les sonrió y cerró la puerta antes de abandonar la habitación. Solo entonces, Natalia pareció volver a respirar, pero lo hizo con agitación. Se llevó una mano a la frente, le temblaban las extremidades y los labios. Si bien Julián tampoco sabía qué hacer en la engorrosa situación, procuró actuar con frialdad por ella.

—Nati —le habló con voz serena, inclinándose hacia delante para que ella percibiera su falsa seguridad y entonces también se sintiera segura—. Nati, tranquila, hablemos. Dime para qué me han citado.

Pero Natalia no podía reaccionar, todo lo que hacía era pensar en el terrible error que había cometido. ¡Se acostaba con el padre de una alumna! Él conocía su cuerpo lleno de defectos; la había visto frígida, caliente y como una fulana; le había besado todo el cuerpo y hasta se había derramado sobre su vientre desnudo.

—Por Dios... —murmuró recordando el sexo, y se llevó una mano temblorosa a la boca para cubrirse los labios. Parecía a punto de echarse a llorar.

—Nati, no pasa nada —procuró serenarla Julián.

No tenía idea de cómo resistía todavía el deseo de tranquilizarla mediante el contacto físico. Estiraba el brazo hacia ella como si fuera a tocarla, pero se detenía en medio del trayecto porque podía entrar alguien y descubrirlos. No sabía qué hacer.

—¿Tú lo sabías? —preguntó ella con voz ahogada.

—No. —No entendía cómo no se le había ocurrido preguntarle en qué instituto trabajaba—. Pero no pienses en nada ahora. Nati, mírame, por favor —pidió—. Mírame, hablemos. Hagamos esto del modo más profesional posible. ¿De acuerdo?

Natalia se descubrió la boca y tragó con fuerza, buscando aire. Procuraba serenarse, y comenzó tratando de controlar su agitada respiración. Después alzó la mirada, pero al encontrarse con el rostro de Julián, ese que tanto le gustaba y le provocaba las fantasías más audaces, volvió a bajarla. No pudo sostenerla.

Tenía que hacer algo para dominarse. Entonces llevó los dedos a la carpeta de calificaciones y buscó la hoja de cuarto año B. Le temblaban tanto las manos que le costó hallarla, pero finalmente lo hizo.

—Muy bien —aprobó Julián en un susurro—. Dime por qué estoy aquí.

Natalia volvió a tragar con fuerza y habló con un hilo de voz.

—Este es el primer año que tengo como alumna a... a Camila —musitó—. P... pero su profesora del año pasado me comentó que siempre fue una alumna de siete, una de las que aprueba apenas, pero que aprueba al fin.

—Sí, lo sé —asintió Julián tratando de entender lo que ella decía. Hablaba en tono muy bajo y sin mirarlo a los ojos, lo cual le dificultaba la comprensión.

—Comenzó con siete este año, pero hace un tiempo que no está rindiendo como antes —siguió Natalia, con temor. ¿Cómo hablarle de su hija a su amante sin que se sintiera ofendido? Temía que Julián acabase odiándola, si no lo hacía ya. Movió las manos, que todavía temblaban, para enseñarle una prueba de lo que aseguraba—. Por ejemplo —dijo—, esta es su última evaluación, donde se le interrogó acerca del *Poema del Cid.* —Julián cogió la hoja y la observó—. Se le preguntaba por la época en que fue compuesto el poema, y ella respondió que durante los años veinte del siglo XIX.

Julián dejó escapar una sonrisa de incredulidad. Cabizbajo y sonriente, a Natalia le pareció tan seductor que volvió a estremecerse.

—Está claro que respondió eso a propósito —siguió ella—. Le puse un dos solo porque escribió algo, pero...

Él alzó la mirada y la interrumpió.

—Pero debió de haber sido un cero —acotó.

Natalia suspiró. Por fin podía mirarlo a los ojos, pero todavía le temblaba la voz.

—Bueno, un uno —replicó en susurros. Se produjo un instante de silencio.

—¿Puedo quedármela? —pidió Julián refiriéndose a la evaluación.

—Sí, claro.

—Perdón por esto —se disculpó él, mostrándole el examen de su hija—. Voy a hablar seriamente con ella para saber qué está pasando y resolverlo.

—Eso sería lo mejor —asintió Natalia cerrando la carpeta.

No podía creer que la reunión, en términos profesionales, hubiera sido tan rápida y productiva. Ojalá todos los padres fueran como Julián.

—Cuenta con ello, y lamento que hayas perdido el tiempo leyendo las tonterías de mi hija —repuso él, y se quedó mirando a Natalia.

Ella se había puesto un vaquero azul oscuro y un pulóver negro que le marcaba las curvas. Llevaba gafas sin montura y el cabello recogido en una coleta, pero aun con esa apariencia de profesora tímida y recatada, le pareció hermosa. No quería perderla, pero presentía lo peor.

—Nati —volvió a nombrarla inclinándose hacia ella.

Ella volvió a sentir temor. Su mundo de fantasía se derrumbaba y ella estaba ahí para recibir todos los escombros. Bajó la mirada húmeda y respiró, agitada.

—No, por favor —suplicó él sin saber cómo volver a tranquilizarla—. ¿A qué hora acabas aquí?

—No sé... —replicó ella con voz trémula—. En media hora, tal vez.

—Te espero en mi casa —dijo Julián. Natalia negó con la cabeza, y él sintió tanto miedo de perderla que no pudo controlarse y le tomó la mano. Temió que ella la apartara, pero le apretó los nudillos. Estaba seguro de que su conciencia le dictaba que lo dejase, pero su cuerpo actuaba por cuenta propia—. Por favor, tenemos que hablar de esto. Dime que vas a venir a mi apartamento —insistió.

Natalia alzó la mirada, dispuesta a decir que no, pero los ojos de Julián expresaban tantos sentimientos, que sintió deseos de besarlo y decirle que ella no podía dejarlo. Calló un momento, pero al instante su conciencia pudo más que el alma y replicó:

—No sé.

Se oyó la puerta. Natalia se echó hacia atrás como si la hubieran pillado teniendo sexo. Julián suspiró mientras se enderezaba en el asiento y apartaba la mano de donde había quedado suspendida.

—Ha llegado la madre de Brenda —anunció la directora, y se les aproximó con una sonrisa y las manos unidas delante—. ¿Todo en orden? —preguntó al notar el ambiente enrarecido que reinaba en la habitación.

Julián sonrió como el hombre más seguro del mundo, y entonces Natalia comprendió en qué radicaba su atractivo ineludible: desprendía una energía magnética, aun sin saberlo.

—No tanto —respondió—. La profesora acaba de mostrarme el desastre que hizo mi hija en una prueba, y me siento avergonzado en lugar de ella. —Y sonrió.

La directora comprendió su sentir y también sonrió.

—Estamos seguros de que con la colaboración de padres y profesores saldrá adelante —aseguró.

Julián asintió y se puso de pie. Natalia miraba el suelo.

—Muchas gracias, señorita Escalante —dijo él—. Señora —se despidió de la directora con una leve inclinación de la cabeza, y salió de la oficina.

Se marchó del instituto fingiéndose seguro y firme, pero su interior no era más que un desastre turbulento.

«Me acuesto con la profesora de mi hija de quince años, veinte años menor que yo —pensó—. Y lo peor es sentir que moriría si la pierdo.»

# 14

Natalia fingió sentirse serena y segura con la madre de Brenda Aguirre y luego soportó los gritos de la de Facundo Martínez. Además de enojarse porque en casa su hijo era el mejor chico del mundo y en el instituto le decían que tenía muy mala conducta, la mujer terminó molestándose porque le habían puesto una marca en el boletín por no llevar la carpeta en tres oportunidades.

Salió de la escuela a las diez y cuarto, triste y agotada. Lejos de Julián, pensaba que todo había acabado; no tenía futuro con él, y en cuanto alguien se enterase de su relación con el padre de una alumna, acabaría perdiendo, además de la honra, el trabajo. ¿Qué iba a pensar la gente de esa relación? ¿Qué iban a decir? ¿Cómo iba a soportar ver a la hija de Julián a diario, si para seguir adelante con él había tenido que ignorarla? No hallaba respuesta para tantos interrogantes, y la inseguridad de no saber lo que iba a suceder la acobardó.

No le gustaba pisar terreno incierto. Quería medir los pasos, conocer el futuro para estar precavida y evitar salir lastimada. Pensó en regresar a su casa y dejar de fingir que podía seguir en una relación como la que había iniciado con Julián. ¿A quién quería engañar? Desde el comienzo el vínculo con él había sido una fantasía, y así debería haber permanecido.

No sabía qué hacer. No podía ir al apartamento de él, no

podía volver a ver a quien iba a terminar hiriéndola. No soportaba compartir al hombre de sus sueños con sus hijos, y mucho menos con su ex mujer, así que lo mejor era despedirse de él.

Tal como cuando había dejado a Gabriel, se convenció de que ella era joven, tenía toda la vida por delante y merecía algo mejor. No le encontró sentido a mantener una relación con un hombre veinte años mayor, cuyo amor tendría que compartir siempre con hijos que no le pertenecían, y que quizás hasta conservaba sentimientos por su ex. Un tipo que de héroe romántico solo tenía el nombre, porque no era más que un ejemplar mundano y singular de hombre al que, como a la mayoría, le gustaba el fútbol, perdía el tiempo con juegos electrónicos, se reunía en un bar con amigos y la llevaba a una clase de baile. Ella siempre había buscado otra cosa, y se la merecía.

Minusvalorando lo que tenía, creyó encontrar sanación. Entonces encendió el motor y puso el estéreo. En cuanto comenzó a sonar la música que había grabado para pensar en Julián todo el tiempo, puso la radio. Ya no quería recordarlo.

Mientras el camino fue único para cualquiera de los destinos que eligiera, su casa o la de Julián, se mantuvo tranquila. Sin embargo, a cincuenta metros del paso a nivel que llevaba al incierto centro de Quilmes o a la calle que conducía a las alas protectoras de su madre, se le revolvió el estómago.

Tragó con fuerza y apretó el volante. Sin darse cuenta, se detuvo en la fila de coches que esperaban para cruzar la barrera, que en ese momento estaba baja. Truco de su inconsciente o del destino, estaba a punto de tomar el camino que la llevaba a Julián, y no tenía fuerzas para evitarlo.

Aparcó en la calle frente a su edificio, delante del restaurante de pastas. Casi corrió a tocar el timbre, antes de arrepentirse de lo que hacía. Si se detenía a pensar, estaba segura de que acabaría huyendo. Oyó el sonido de apertura enseguida y se apresuró a abrir la reja, luego la puerta cristalera y, finalmente, a entrar en el ascensor.

No tuvo que tocar el timbre en el apartamento, pues Julián

156

ya le había abierto la puerta. Pretendió abrazarla, pero ella se lo impidió alzando las manos y dando un paso atrás.

—No. ¡No! —exclamó. Si permitía que él se le acercara, sin duda le resultaría todavía más difícil dejarlo. Se había puesto a sollozar y no se daba cuenta. Tampoco notó que los ojos de Julián se teñían de sufrimiento.

—Por favor, no me hagas esto —suplicó él con voz ahogada; estaba seguro de que Natalia no tenía idea de cuánto le dolía no poder tocarla. Tampoco de cuánto crecía su temor al notar que ella retrocedía y que todo lo que habían avanzado desaparecía.

Dio un paso adelante e intentó llegar a ella de nuevo. Antes de que él pudiera alcanzarla, Natalia se cubrió la cara con las manos y estalló en llanto.

—No llores —le rogó Julián y, buscando consolarla, la estrechó contra su pecho antes de que ella pudiera rechazarlo.

Natalia se ablandó entre sus brazos, porque hasta ese momento su cuerpo estaba como petrificado. Le arrugó la camisa aferrándola y poco a poco, conforme iba mermando su llanto, fue alzando la cabeza hasta encontrarse con la mirada del hombre que, procurando mantenerse sereno, le acariciaba el pelo y le suplicaba en silencio que no llorase.

No podía dejarlo, cuando lo miraba a los ojos sentía que su alma cobraba vida. Le acarició la cara, se puso de puntillas y le rozó los labios con los suyos. Entonces Julián la acercó y la besó con ardor, y el juego de caricias se extendió durante unos segundos eternos.

—¿Podemos sentarnos y hablar? —pidió él secándole las lágrimas con los pulgares. Natalia asintió en silencio.

Estuvo sentada sola, tratando de recobrar la respiración, durante cinco minutos. Después, Julián regresó a la sala y le dio una taza de té con limón.

—Toma esto.

Natalia bebió dos sorbos. A pesar de que sabía muy bien, lo dejó sobre la mesita. Necesitaba explicarse.

—Debes de pensar que estoy loca por reaccionar de esta manera —comenzó, cabizbaja.

—No pienso eso —la interrumpió Julián. Quería dejar claro que jamás la juzgaría por su reacción.

—Pero tienes que saber que no se trata solo del problema que puede causarnos que seas padre de una de mis alumnas —siguió ella. Los ojos volvieron a llenársele de lágrimas; le costaba decir lo demás—. El problema es que venía resistiendo esta relación, o lo que sea que tenemos, en base a ignorar que tienes un pasado y que ese pasado te seguirá toda la vida. —Hizo una pausa para secarse una lágrima—. Ignoré a tus hijos —reconoció finalmente.

—Lo sé —asintió Julián.

—Sé que es mi culpa y que es un problema mío, pero soy celosa y estoy acostumbrada a ser el centro de atención de los que me quieren. Soy hija única —contó un poco más calma.

—Lo imaginaba —dijo él.

Natalia lo miró con los ojos todavía húmedos.

—Ahora me enfrento con que no solo debo aceptar que tienes un pasado y un presente paralelo al nuestro, sino que además tengo que ver ese otro presente a diario en el instituto, y no sé si podré resistirlo.

—Me dolería mucho que no pudieras. —Mientras él decía eso, Natalia se enjugó otra lágrima.

—Es que siento odio y angustia de saber que siempre vas a ser un hombre compartido.

—Eso no es cierto.

—¡Sí que lo es! Tienes dos hijos y una ex mujer con la que vas a estar ligado toda la vida —espetó ella—. Supongamos que se nos ocurriera irnos a vivir a África. Sería imposible, porque estás atado afectivamente a tus hijos; jamás los dejarías, y está perfecto. Yo no pido que actúes de otra manera porque jamás podría ser el tipo de segunda mujer que exige al hombre que abandone a sus hijos para estar con ella... —Se interrumpió para tragar el dolor antes de proseguir—. Mi padre hizo eso conmigo, y me sentiría fatal de hacérselo a otro —acabó admitiendo.

Julián cerró los ojos y volvió a abrirlos enseguida, conmovido por las palabras de Natalia.

—Lo siento mucho —se atrevió a murmurar. Le dolió el pecho al pronunciar esas palabras porque, de haber podido, le habría gustado llevarse el dolor de Natalia a su propio corazón y así liberar el de ella, tan oprimido, pero era imposible.

—Por favor, necesito que comprendas que mientras por un lado siento el odio de saber que de seguir adelante tendré que compartirte siempre, por el otro me siento fatal de ser tan mala y egoísta —explicó ella.

—Claro que te comprendo.

—¡No puedo desear que tu pasado no exista y a la vez sentirme terrible por tener ese deseo!

Julián inspiró profundo y, tras ver que Natalia no seguiría hablando, comenzó él.

—Yo nunca voy a enterrar la parte de mi pasado que corresponde a mis hijos —le hizo saber—. Lamento decirte esto porque sé que te duele mucho, pero yo jamás te mentiré. Quisiera tener una mejor respuesta para darte, una que te hiciera feliz, porque yo quiero darte felicidad, pero no la tengo. Sin embargo, quiero darte todo.

Natalia bajó la cabeza, a la vez con un sentimiento de odio y de culpa. Julián se aproximó a ella y con suavidad le alzó el rostro tomándola de la barbilla.

—No quiero perderte —le dijo con la mirada más sincera que Natalia jamás había visto—. Sin embargo, no puedo pedirte que te quedes conmigo, porque lo que puedo darte no tiene comparación con lo que mereces y podrían darte otros. Solo quiero que sepas que lo que pudiera ofrecerte, sería todo de mí mismo. Aunque frente a lo que pudieran darte los demás sería muy poco, para mí sería todo lo que tengo.

Natalia lo sabía; cada palabra de Julián llenaba su alma de algo inexplicable, mucho más fuerte que la razón. Tuvo una sensación de sueño realizado que anuló su pensamiento y la llevó a inclinarse hacia delante y apoyar la frente en su hombro. Quizás así pudiera descansar y abandonar su temor al futuro. ¿Qué importancia tenía, si lo único real era el presente, y en su presente era feliz con Julián?

Él bajó la cabeza y le rozó la mejilla con los labios mientras le acariciaba el cabello. Natalia giró, dejando el pómulo contrario sobre su hombro y la nariz pegada a su cuello. Le gustaba respirarlo y que él le besara la cara, como estaba haciendo, de forma tan suave y tan lenta que le provocó un cosquilleo en su parte más íntima.

Cerró los ojos para disfrutar de lo que experimentaba. En lo profundo de su corazón, sentía lo mismo que él, solo que no se atrevía a decirlo. No obstante, se permitía ilusionarse y desproteger sus heridas pensando que quizá pudiera resistirlo todo con tal de estar a su lado.

Julián apoyó los dedos de una mano sobre su mejilla. Subieron rumbo al cabello y se enredaron en las hebras castañas hasta que ya no pudieron avanzar. La cabeza cedió ante el suave estímulo y se echó atrás. Entonces los labios se encontraron y se acariciaron lentamente.

—¿Esto es un «lo voy a intentar»? —le preguntó él, susurrando las palabras sin dejar de besarla.

Natalia abrió los ojos para mirarlo.

—Es un «lo voy a intentar con todas mis fuerzas» —respondió desde un lugar tan profundo de sí misma que su voz sonó intensa y urgente.

Julián sonrió sobre sus labios. Llevó la mano a su mejilla y volvió a besarla despacio. Natalia se acomodó en el sillón, apoyó el costado sobre el pecho de él y estiró las piernas hacia el otro lado. De ese modo, la mano libre de Julián alcanzó su espalda y comenzó a recorrerla sobre el pulóver negro. Ella se abrazó a sus hombros, llevó los dedos a su nuca y siguió besándolo. Quería sentir que penetraba en ella, aunque por el momento fuera solo con su lengua.

Él apoyó una mano en su cintura y la hizo darse la vuelta.

Natalia apoyó la cabeza en el apoyabrazos y abrió las piernas. Julián se colocó entre ellas y, sin dejar de besarla, le rodeó el rostro y le apartó el cabello de las mejillas. Natalia empezó a desabrocharle la camisa. Mientras tanto, Julián se apartó de su boca y abrió los ojos para observar los de ella. Estaban pendientes de los ojales que iba liberando.

Él bajó la mirada y disfrutó viendo cómo los largos y delicados dedos de Natalia desprendían otro botón. No pudo resistir la tentación y los atrapó para besarlos. Cada acción que Julián llevaba a cabo, cada intención que Natalia leía en sus ojos y que formaba parte de sus fantasías, la hacían desearlo más. Por eso le rodeó la cadera con una pierna y lo apretó contra su pelvis.

Una mano le rodeó un pecho sobre la ropa y comenzó a estimularlo. El pezón se puso rígido enseguida. Los dos empezaron a respirar con agitación, pero aunque iban muy rápido, pausaron de común acuerdo el final.

Julián se deslizó hacia atrás y se arrodilló, todavía entre sus piernas. Le desprendió el pantalón y se lo quitó junto con las botas. Al instante se ocupó también de la ropa interior, que se alejó de Natalia hasta transformarse en una pequeña mancha azul en la enorme alfombra blanca. Entonces él la miró y le prometió tanto con su silencio, que ella no se atrevió a hablar.

Comenzó besándole la pantorrilla. Subió muy despacio hacia la corva de la rodilla, pasó por el muslo y acabó en la ingle. La sensación de los besos era cálida y sensual, y hacía estremecer a Natalia, que apretaba los dedos de los pies para soportar la intensidad de los estímulos.

Una mano se coló entre su piel y la ropa que todavía tenía puesta. Le acarició los pechos y volvió a bajar hacia el vientre mientras los labios seguían recorriéndole la pierna. Subieron un poco más y le besaron el bajo vientre. Ella tragó con fuerza y apretó los párpados, incluso cuando Julián halló el borde del pulóver negro y se lo quitó junto con la camiseta.

Natalia se quedó con una camiseta que él no le sacó. Tan solo se aproximó a sus labios para besarlos de nuevo mientras le llevaba un brazo detrás de la cabeza. Una vez que la tuvo en la posición deseada, le recorrió la cara posterior del brazo con los dedos, haciéndola estremecer. Su mano siguió bajando hasta bordearle un pecho y detenerse en las costillas. En ese momento, sus labios también se deslizaron y le rozaron una mejilla para quedarse en la comisura de su boca.

Mientras tanto, la mano volvió a ascender y se detuvo en un pecho. Ella entreabrió los labios tratando de respirar, volvió la cabeza hacia un lado y Julián perdió la comisura de sus labios, entonces se ocupó de besarle el cuello. Natalia gimió y bajó el brazo libre en busca del pantalón de él. Lo halló con su ayuda, y para desprendérselo miró hacia abajo. Primero el cinturón, cuya hebilla abrió con facilidad, luego el botón y finalmente la cremallera, elementos que le dieron más trabajo.

Al alzar la mirada de nuevo, encontró que Julián la observaba con tanto deseo, que todo lo que ansió fue rodearlo con sus piernas. Él leyó su mente, porque hizo eco de su anhelo. Se inclinó hacia ella y, mientras volvía a besarla, le rozó la cavidad con su pene turgente.

La respiración de Natalia se agitó. Apretó la cadera de Julián con las rodillas y se movió contra la promesa de obtener todavía más. Volvió a cerrar los ojos cuando Julián abandonó su boca y le besó la mejilla. Ella volvió la cabeza, y él no lo desperdició. Sus labios se deslizaron hacia el lóbulo de la oreja mientras su mano, que había vuelto a detenerse sobre un pecho, subía hacia el cuello y la mejilla. Después, mientras continuaba besándole el pómulo, volvió a bajar.

Natalia volvió la cabeza hacia él y le rodeó la cara con las manos. Le resultaba a la vez increíble y maravilloso que el hombre perfecto se sintiera atraído por ella. Esa sensación de poder le transmitió seguridad, y esta sirvió como liberación. Lo llevó hacia su boca e introdujo su lengua hasta hallar la de él. Dejó los pulgares tan cerca de sus labios que participaron en el beso y acabaron siendo los únicos ocupantes de su boca cuando él la penetró y ella echó la cabeza atrás para dejar escapar un gemido.

Se aferró a sus hombros durante algunas embestidas. Luego deslizó las manos hacia el cuello de Julián, antes de devolverlas al sitio del que habían partido. Volvió la cabeza hacia delante y los labios se encontraron. Muy pronto se abrieron y dieron paso a las lenguas, que se buscaron. El aroma de sus respiraciones convertidas en una los embriagó a tal punto que jadearon al unísono; luego abrieron los ojos y se miraron. Natalia volvió a rodearle el rostro con las manos; el beso se había detenido.

—No puedo más —susurró agitada.

—¿Quieres que pare? —sonrió él contra su boca. Lo excitaban sus mejillas encendidas, su boca entreabierta y sus ojos húmedos de deseo.

—No, por favor. Quiero que sigas —replicó ella entre jadeos.

Natalia acababa de insinuar que el final estaba cerca y, para apresurar su llegada, Julián llevó una mano al borde de su camiseta y tiró hacia arriba. Un pecho se hizo visible y él alcanzó el pezón deslizando un pulgar bajo el sujetador.

Natalia gritó. Su cadera comenzó a moverse contra Julián tan rápido que él estrujó el apoyabrazos del sillón para no acabar antes que ella. Apretó los labios cuando sintió que la vagina de Natalia se contraía, apretando su miembro y torturando su autocontrol. Él no quería cerrar los ojos, quería verla alcanzar el punto culminante del placer, ese instante en que los latidos de su corazón se interrumpían presos del orgasmo.

Ella comenzó a estremecerse un instante antes que él. A Julián le bastó oír el primer gemido de Natalia para liberar su energía contenida y abandonarse a lo inevitable. Se derramó dentro de ella, hundiendo la cara entre sus pechos, besando su piel sensible mientras ella le apretaba la cabeza con las manos para hundirlo más y más en su cuerpo.

Un instante después, cuando ya el furor del clímax se iba aplacando, alzó la cabeza y se apoderó de los labios femeninos, todavía entreabiertos. Natalia respondió al beso, enredando los dedos en su cabello negro y brindándole su boca, tan húmeda y sensible como lo estaba el punto donde aún se hallaban unidos. Él se movió dos veces más muy despacio, como acariciándola del mismo modo en que lo hacían sus labios. Sus lenguas juguetearon un poco más, hasta que la profundidad del beso se trasladó a sus ojos cuando se miraron.

«No puedo decirte cuánto me gusta tu cuerpo —pensó Natalia con ojos expresivos—. Lo que escribo sobre ti, el efecto que causas en mí. Espero que lo sepas, espero hacértelo sentir.»

Se sorprendió cuando Julián le sonrió, como si le hubiera adivinado el pensamiento. Probablemente, no fuese más que una coincidencia, pero se sintió feliz al pensar que quizá con él no estaba obligada a hablar. Sus pulgares le acariciaron las sienes, y ella cerró los ojos cuando él sopló sobre su frente para removerle unos cabellos rebeldes. Al mirarlo de nuevo, vio que todavía sonreía, y en sus ojos se ocultaban tantos sentimientos que ansió asimilarlos en su propio ser. Lo abrazó, lo besó en la mejilla y permaneció quieta y en silencio durante largo rato, hasta que su respiración se serenó y los latidos de su corazón se acompasaron.

Julián no supo cuánto tiempo pasó, pero sintió que, poco a poco, los brazos de Natalia iban resbalando de su cuello. Cuando volvió a mirarla, la vio con los ojos cerrados y la expresión más pura del mundo. Estaba adormecida. Sonrió pensando en los efectos que el sexo parecía tener siempre sobre ella y se retiró hacia un lado. Le dejó la cabeza sobre uno de sus brazos y con el otro recogió la chaqueta de su traje, que descansaba en el respaldo del sofá. Con él le cubrió las piernas desde la cadera hasta la rodilla, y, para que no sintiera frío, la abrazó contra su torso.

Permaneció observándola. No podía creer que una mujer tan joven, bella e inteligente se entregara a él de esa manera, que confiara en que, a pesar de todos los impedimentos, podía hacerla feliz. Temió por lo que pudiera suceder si la relación se hacía pública, pero a la vez se preguntó si tenía sentido dilatar el asunto y ocultarlo a los ojos de los demás. ¿Hasta cuándo? ¿Por qué motivo? Eran felices juntos y no dañaban a nadie siéndolo, entonces ¿por qué debían vivirlo como un pecado?

La besó en la cabeza y, con la intención de alejar el miedo a perderla, recogió el mando a distancia para encender el televisor. Buscó un canal de deportes y se puso a mirar un partido de fútbol en diferido mientras la estrechaba contra su torso y protegía sus brazos desnudos con el suyo. Quitó el audio para no despertarla y, durante el tiempo que permanecieron de ese modo, procuró no quejarse por las decisiones arbitrales ni opinar sobre el juego de los equipos.

Sentía tanta paz que volvió a perder conciencia del tiempo. Por momentos miraba a la mujer que dormía a su lado y pensaba que su paraíso no podía ser a la vez tan simple y tan complejo. Se sorprendió de hallarlo en algo tan cotidiano como ver un partido de fútbol mientras cuidaba de esa persona con la que se sentía vivo. Cuando estaba con Natalia, todo parecía especial.

Volvió a la realidad cuando sintió una vibración. Natalia se removió dormida, porque también percibió que algo incordiaba su sueño, pero Julián se apresuró a terminar con la molestia. Hurgó en el bolsillo de la chaqueta que le había colocado sobre las piernas y cogió su móvil.

—Melisa —dijo.

—¿Estás bien? —le preguntó su secretaria al percibir que él susurraba—. Es mediodía y me preocupaba que no volvieras.

Julián suspiró. No podía creer que el tiempo hubiera transcurrido tan rápido. No quería ir a la fábrica, y mucho menos para resolver los engorrosos problemas que allí surgían.

—Hoy no iré —anunció un instante después de haberlo pensado.

—¿Estás enfermo? —se preocupó Melisa.

—Estoy bien, Meli, pero hoy no iré. ¿Ha ido Fabrizio?

—Llegó a las diez y media, pero ya se fue con sus órdenes de reparto.

—¿Está Claudia ahí todavía? —siguió preguntando Julián. Melisa asintió—. Dile que se ocupe de los trámites urgentes y que se vaya a casa. Mueve mis reuniones de hoy para el lunes.

—Solo tenías que ver a un proveedor a las tres de la tarde. Era importante por el tema de los aumentos.

Julián sabía cuán importante era ver al proveedor, y si bien agradecía a Melisa que cumpliera con su trabajo recordándoselo, no cambió de parecer: esa tarde no iría a la fábrica.

—No es una urgencia que no pueda esperar al lunes —dijo—. Por favor, llámalo y suspende nuestra cita.

—Tus deseos son órdenes —canturreó Melisa con su habitual buen humor, fresco y joven.

—Gracias —replicó Julián, y se despidieron.

# 15

—Nati —susurró junto a su sien. La hubiera dejado dormir, pero había pasado mediodía y quería que almorzara.

Ella se movió entre sus brazos, giró y dejó de darle la espalda para esconder el rostro contra su cuello. Todavía dormida, alzó una mano y la dejó sobre su mentón. Él sonrió viéndola; era tan hermosa, que le parecía mentira que fuera suya. Le dio un beso en la mejilla, y siguió dándole algunos más hasta que Natalia lo abrazó y le brindó los labios. Supo entonces que ya estaba despierta.

—¿Qué te apetece comer? —le preguntó en voz muy baja tras unos instantes.

—Julián a las caricias con salsa de besos —replicó ella con los ojos cerrados, pero un segundo después los abrió. Se había sonrojado—. Estaba dormida, he dicho una estupidez —trató de excusarse, pero Julián ya se estaba riendo y la estrechaba más contra su pecho.

—Ese es el postre —contestó él—. ¿Quieres pasta del restaurante de enfrente, o pedimos una pizza? Otro día puedo hacerte una de las mías, que me salen riquísimas, pero ahora no tengo nada en la nevera. No pensaba estar aquí a estas horas.

—¿Qué hora es? —se preocupó ella.

—La una y media.

Natalia se relajó, era una hora normal, aunque estaba segura de que su madre habría llamado varias veces al móvil, que seguía como en el instituto, en modo vibración.

Los dos se levantaron al mismo tiempo, él en busca del teléfono y ella, de su ropa. Se vistió muy rápido, mientras Julián llamaba al local de comidas rápidas, y luego revisó su bolso en busca del móvil. Tenía un mensaje de su madre y dos llamadas perdidas. Solo respondió el mensaje en que ella le preguntaba si se había quedado en el instituto a cubrir horas de colegas, diciéndole que no la esperase en toda la tarde, y que estaba bien. Poco después, el teléfono comenzó a vibrar. Era Liliana, pero Natalia no quiso atender. Pulsó el botón de apagado y cerró los ojos un momento. Ya no se enteraría si volvían a llamarla.

—Al final he pedido empanadas —dijo Julián sentándose a su lado—. ¿Estás bien? —preguntó rozándole el antebrazo con un dedo.

Natalia suspiró y lo miró con una sonrisa.

—¿Qué vamos a hacer? —Había vuelto a pensar en la realidad a partir de la llamada de su madre. No sabía cuánto tiempo más podría ocultarle que se estaba viendo con un hombre.

Julián entendió su preocupación, porque también era la suya. Había pensado en ello desde que Natalia se había quedado dormida, y creía haber alcanzado una conclusión que dependía de la decisión que ella quisiera tomar.

—Lo he estado pensando, tratando de encontrar algún fallo en lo que estamos haciendo, pero no lo encuentro —dijo—. Nos conocimos, sentimos atracción el uno por el otro, y cuando estamos juntos, no sé lo que sientes tú, pero yo siento que no hay edad. No hay nada más que el bien que me hace que estés conmigo, y espero que para ti tampoco haya nada más que el bien que puedo hacerte. —Ella lo escuchaba en silencio, solo se oía la profundidad de su respiración—. Entiendo que puede ser difícil de aceptar para mucha gente, y que el hecho de que seas la profesora de Camila empeora las cosas, pero no creo que pudiéramos causarles algún mal real con nuestra relación.

Que Julián se refiriera a lo que tenían como una relación,

provocó reacciones variadas en Natalia. Por un lado, la felicidad de sentirse querida; por el otro, el miedo al futuro. Tragó saliva y bajó la mirada, pero siguió escuchando.

—Yo veo tres caminos posibles —explicó Julián ante el silencio de Natalia—. El primero es, si piensas que no resistirás todo lo que puede pasar, dejar de vernos. —Ella alzó los ojos de inmediato y se encontró con los de él. No quería perderlo, y Julián lo entendió sin necesidad de palabras—. El segundo es mantener todo en secreto —continuó—. El problema con esta opción es que no sé si tendría sentido ocultarnos. Tampoco me parece justo perdernos todo lo que podríamos hacer solo porque a los demás no les guste que nos llevemos veinte años. —Sonrió pensando en todas las personas a las que debería enfrentar—. ¿Hasta cuándo podríamos ocultarlo? ¿Por qué tendríamos que vivir como un pecado algo que no es más que felicidad? —Hizo una pausa antes de continuar—. Por último, tenemos la opción más difícil, pero creo que a largo plazo sería la más adecuada: salir al mundo con naturalidad y con la certeza de que estamos haciendo lo correcto. ¿Qué importa lo que piensen o lo que digan a espaldas de nosotros? Si estamos seguros de lo que sentimos, nada de lo que hagan podrá afectarnos. Eso sí, requiere que primero de verdad estemos seguros, y luego que estemos dispuestos a resistirlo todo. No sé cómo lo ves tú, pero yo... —Volvió a sonreír—. No esperan esto de mí, y sé que eso traerá consecuencias.

Natalia no quería pensar en su propia situación, que sería terrible, quizá peor que para Julián. Su madre la agobiaba con que tenía que conseguir novio mientras le generaba culpas y temores para que jamás se fuera de su lado. Por eso estaba segura de que no solo iba a hacer lo imposible para que dejara de verse con Julián, sino que, además, iba a tratar de convencerla por todos los medios de que era viejo y poco merecedor de ella. Que fuera divorciado y tuviera dos hijos serviría como arma para Liliana, y al utilizarla le estaría pegando donde a ella más le dolía, como hacía siempre.

La lista seguía con las personas del instituto, sus ex compañeras de la secundaria y sus alumnos, sobre todo Camila, entre muchas otras personas que en ese momento no recordaba.

—No tienes que responder ahora —agregó Julián, comprensivo—. Prefiero que esto siga siendo secreto antes que perderte, y sé que las opciones uno y tres pueden acabar en una despedida.

Natalia pestañeó varias veces. ¡Le costaba tanto expresarse! Ansiaba decirle que ella tampoco quería perderlo, que se había comprometido a luchar con todas sus fuerzas por seguir a su lado, pero tenía tanto miedo... Se mordió el labio, cabizbaja.

—Podemos seguir así hasta la muerte, Nati —continuó él—, pero aunque la pasión del principio nos hace ignorar que existe el mundo, a la larga ansiaremos tener amigos, salir a cenar con otras personas, compartir cumpleaños de nuestros familiares juntos... No sé, esas cosas simples que tiene la vida y que me parecería injusto no poder compartir contigo, como si no merecieras que te dé esa importancia en mi entorno. Quiero que sepan que eres la compañera que elijo para compartir mi vida.

Natalia alzó la mirada, cargada de un sentimiento peculiar que reflejaban sus ojos. Se parecía al que había manifestado las primeras veces que escribía párrafos inconexos admirando a Julián, pero ahora poseía algo más profundo.

—Quiero que lo intentemos —replicó con tanta seguridad que ella misma se sorprendió. Sin duda era su inconsciente el que dictaba aquellas palabras—. No va a ser fácil, tienes que saber que mi madre hará lo imposible por separarnos y que tiene un poder sobre mí que hasta yo me horrorizo de solo pensarlo —soltó sin medir nada, ansiosa por liberarse.

Con esa confesión, Julián comprendió por qué Natalia le había pedido que apagara el teléfono cuando su madre la había llamado, y tuvo miedo. No había modo de ayudarla a superar eso.

—Mi padre tampoco va a darnos su bendición —añadió ella con una sonrisa irónica—. Él hizo lo que quiso, como engañar a mi madre con su segunda esposa, pero soy yo la que le debe explicaciones.

—¿Ves a tu padre? —interrogó él con el ceño fruncido. Según lo que Natalia le había dicho, el hombre la había ignorado durante mucho tiempo, y no imaginó que se hubieran reencontrado.

—Nunca dejé de verlo, solo que nunca fui una prioridad en su vida, y desde luego jamás estuve a la altura de sus intereses. —Se interrumpió para hacer una aclaración—: Son buenas personas, no creas que no.

—Sé que lo son, porque tú lo eres —asintió Julián—. La mayoría de los padres influyen en los niños moldeando su posterior personalidad de adultos; de modo que, conociendo a sus hijos, los conoces un poco a ellos.

Natalia pensó que, al menos en el caso de Camila, la teoría se había cumplido. Ahora que sabía que era la hija de Julián, no podía creer no haberlos relacionado antes.

—No va a ser fácil, Julián —murmuró para dejar de pensar en Camila—. Sumado a mis propias limitaciones, agregaremos las que me impongan los demás, y aunque estoy segura de lo que siento, me resulta difícil diferenciar mis deseos de los ajenos. A veces me siento perdida, no sé si lo que quiero es lo que estoy haciendo, o si lo hago solo porque no tengo lo que en realidad quiero, que justamente coincide con lo que mi madre, mi padre y la gente del instituto me dice que quiero.

Estaba tan angustiada que los ojos le escocían y podía echarse a llorar en cualquier momento. Julián se dio cuenta y, para calmarla, se acercó y le tomó una mano, enlazando los dedos con los de ella. Natalia no tardó en mirarlo a los ojos, ahora tan cerca que podía percibir su aroma.

—¿Crees que es fácil saber lo que queremos, que eres la única que sufre de inseguridad? —le sonrió mientras le hablaba con calma—. No pienses que es fácil para los demás ser felices con sus elecciones, todos sacrificamos cosas para ganar otras, y después echamos de menos lo que no tenemos —agregó.

Natalia había dejado de respirar con agitación para hacerlo con profundidad. Pestañeó varias veces mientras su mente procesaba las palabras, y decidió que Julián era lo mejor que le había pasado en la vida y que valía la pena luchar por él hasta las últimas consecuencias.

—Puedo contra los deseos ajenos —susurró. Julián le rodeó la cara con las manos y le rozó los labios con los suyos muy despacio—. Puedo contra todos —siguió ella antes de que él repitiera el silencioso beso.

—¿Entonces nos atrevemos? —interrogó mirándola, sin soltarle la cara.

—Nos atrevemos —aceptó Natalia, cada vez más segura. Pero la mirada de Julián había cambiado, en sus ojos se leía miedo y preocupación.

—Es importante que entiendas que a partir de este momento, lo más probable es que seamos dos contra el mundo —le advirtió él—. Pero también es importante que recuerdes que jamás dejaremos de ser dos.

Natalia se sintió tan comprendida y acompañada, que manifestó su emoción dándole otro beso. Duró poco, porque el timbre los interrumpió y él salió a recibir el almuerzo.

Cuando regresó, encontró que Natalia había puesto platos y servilletas de papel en la mesa del comedor. La halló en la cocina, buscando los vasos, y de ese modo le pareció que la confianza entre ellos crecía a pasos agigantados. Se quedó prendado de su estrecha cintura y sus largas piernas, hasta que ella se puso de puntillas para alcanzar los vasos. Entonces él se aproximó, le rodeó la cintura con los brazos y la alzó en el aire. Sorprendida, Natalia se echó a reír mientras cogía los vasos. Luego Julián volvió a posarla en el suelo con suavidad. Después la abrazó por detrás y le besó el cuello entre su cabello.

—Esos hay que lavarlos —le avisó—, nunca los usamos.

Natalia abrió el grifo y enjuagó los vasos, aunque se le dificultó porque Julián seguía besándola. Luego le apartó el pelo y siguió con las caricias de sus labios directamente sobre la piel.

Natalia cerró los ojos, mientras su respiración se agitaba a medida que aumentaba su deseo. Inclinó la cabeza hacia un hombro para facilitarle la llegada a su cuello y se mordió el labio. Llevó una mano a la cabeza de Julián y lo apretó contra ella al tiempo que él la aprisionaba contra la encimera. Había pegado la entrepierna a sus nalgas y al moverse las sobaba con su miembro ya tieso.

Le rodeó la cintura con ambas manos. Después le tocó las costillas y subió un poco más hasta atraparle los pechos y apretarlos por encima del pulóver. Los dos comenzaron a jadear. Natalia se movió contra la entrepierna de Julián y le soltó la cabeza para llevar las manos a su trasero. Quería pegarlo más a ella.

Entonces él le levantó el pulóver hasta quitárselo junto con todo lo demás. Le desprendió el sujetador y lo arrojó junto al horno. Natalia llevó las manos atrás y enredó los dedos en el cabello de Julián, que le lamía el lóbulo de la oreja. Gimió de excitación al sentir que él bajaba por su espalda, pasándole la lengua por la columna hasta el borde del pantalón. En ese momento llevó las manos adelante y le desprendió el botón y el cierre; luego deslizó la prenda por las piernas de Natalia hasta dejarla arrugada en el suelo, junto con su ropa interior.

Se quitó su propia vestimenta muy rápido para volver a abrazarla por la cintura. Entonces Natalia sintió la piel de Julián contra la suya y gimió de deseo. Completamente desnuda, arqueó la columna y echó la cabeza atrás. Él le besó la frente y luego volvió a su cuello al tiempo que su miembro se encajaba entre las nalgas femeninas buscando saciarse.

Julián le atrapó los pezones con los dedos, produciendo en Natalia la necesidad de moverse más contra su pene. Un antebrazo de él cubrió un pecho y los dedos de esa mano siguieron estimulando un pezón mientras su otra mano descendía hasta aquel sitio recóndito que se escondía bajo el borde de la encimera. Finalmente alcanzó el clítoris y lo acarició. Natalia volvió a gemir, agitándose cada vez más, buscando satisfacer una necesidad que solo se llenaba con sexo.

—No aguanto más —se quejó, y volvió la cabeza cogiendo entre los dedos el cabello de Julián. Buscaba sus labios, y él se los brindó de buena gana.

Las bocas se unieron y las lenguas se acariciaron. Entonces él quitó la mano del clítoris para lograr que su miembro penetrara a Natalia; era lo que más deseaba.

Movida por el instinto, ella se inclinó sobre la encimera para que él profundizara la penetración. El pene terminó de invadirla, arrancándole una exclamación, y una mano continuó estimulando sus pezones; la otra, cada centímetro de su sexo.

—Más... —pidió en un susurro—. Más... —repitió, y las embestidas se aceleraron, apretándola contra el borde de la encimera, pero ella no se daba cuenta. Era tanto el placer que sentía que nada más le importaba.

Acabó ella primero, apretando una nalga de Julián con una mano y, con la otra, una servilleta. Después terminó él de manera salvaje y casi temeraria; con tanta fuerza que ella volvió a gemir y tuvo otro orgasmo. Le pareció increíble; cuando se olvidaba de los defectos que creía tener, las caras de tonta que creía poner y las culpas que debía de sentir por lo que estaba haciendo, el sexo era inagotable y maravilloso, como una vida eterna.

Acabó con la cabeza sobre los antebrazos, inclinada sobre la encimera y cubierta por los besos que Julián le daba en la espalda. Respiraba con agitación y sonreía como la mujer más feliz del mundo.

—Eres hermosa, Nati —le susurró él contra la columna, también agitado, todavía dentro de ella—. Te quiero.

—Yo también te quiero —respondió Natalia sin pensarlo siquiera. Las palabras brotaron de su boca como de sus pulmones brotaba el aliento—. Te quiero mucho —añadió mientras en su mente gritaba un sonoro «te amo» que llenó su ser hasta inundarle los ojos de lágrimas.

Él le besó un hombro.

—¿Te asusta si te digo que te amo? —le preguntó adueñándose de una lágrima que resbalaba por la mejilla de Natalia sin

174

que ella se diera cuenta. Él se la llevó a los labios y disfrutó del sabor salado de la emoción y el afecto.

Natalia dejó escapar el aire lentamente. Le temblaban las piernas.

—Te amo —susurró con miedo y regocijo—. Te amo... —repitió, llorando y riendo. Jamás se había sentido tan libre y a la vez tan esclava de un sentimiento.

Julián sonrió mientras volvía a besarle el hombro y la espalda. Después salió de su interior muy despacio y la rodeó con sus brazos. Ella todavía no se había enderezado, seguía inclinada sobre la encimera, sin saber cómo recuperar la energía que el sexo y su confesión le habían arrebatado.

—Te amo, Nati —repitió él junto a su mejilla—. Pase lo que pase, nunca olvides que te amo —insistió, y se apartó para recoger la ropa.

Cuando terminó de ponerse el bóxer y giró hacia Natalia para tenderle su ropa interior, ella lo estaba observando desnuda. Había apoyado las manos y la cadera en el borde de mármol y permanecía muy quieta. Julián bajó la mirada hasta su vientre, donde descubrió una marca roja que le había dejado el borde de la encimera.

—Te he lastimado —murmuró.

Natalia bajó la cabeza buscando lo que Julián veía, porque no le dolía nada, pero apenas divisó la línea, él la cubrió con un beso.

Sorprendida, Natalia se dejó llevar por sus sentimientos. Apoyó una mano en la cabeza de Julián y lo pegó más contra su vientre, convencida de que todo lo que le importaba era la caricia de sus labios. Si alguna vez se había preocupado pensando que jamás albergaría allí un hijo, ahora le importaba muy poco. Quizá nunca le había interesado del todo. No le hacía falta la clase de vida que su círculo social le exigía para sentirse plena y realizada.

Cerró los ojos para disfrutar de las ideas propias que aquel beso despertaba en ella, hasta que Julián se irguió y le dio un abrazo.

—Si no comemos ahora, no lo haremos nunca —dijo.

Natalia estuvo de acuerdo; un instante más de aquellos besos, y habrían acabado haciendo el amor de nuevo.

Se vistieron y calentaron las empanadas, que ya se habían enfriado. Después se sentaron en el comedor y almorzaron mientras hablaban del trabajo y sus familias. Rieron cuando Natalia le contó las ridículas exigencias de las autoridades de la escuela, y se conmovieron cuando Julián le contó sobre su madre. Terminaban de almorzar cuando el timbre volvió a interrumpirlos.

—¿Pediste helado de postre? —bromeó Natalia.

—La mejor heladería del mundo está en la esquina.

—Y la mejor pasta enfrente —se burló ella, recordando lo que él le había dicho.

—Yo elijo muy bien dónde vivir. Te dije que era un hombre privilegiado —le recordó Julián, haciéndola reír—. No pedí helado —añadió mientras se ponía de pie y se dirigía al portero eléctrico.

Un instante después, Natalia lo vio apretar el botón que abría el portal. Presintió que algo sucedía, así que se colocó la máscara de seriedad que siempre la recubría, como si a toda hora del día debiera ser una profesora de imagen intachable, y se enderezó en el asiento. Fue el signo más visible de que acababa de retroceder unos cuantos pasos en su naturalidad. Julián no quería que esos cambios sucedieran, pero comprendió que era inevitable.

—Es mi hermana y está subiendo —anunció—. ¿Estás preparada para conocerla?

Natalia fue a responder que no, pero pensó en la decisión que habían tomado hacía un momento y supo que no tenía sentido dilatar la presentación.

—Sí —soltó, pero se le contrajo el estómago de solo pensar que en un momento más debería enfrentar la mirada reprobatoria de alguien. Julián le leyó la mente, por eso pretendió tranquilizarla.

—No te preocupes, es una buena persona con la que entrenarnos en esto —le aseguró—. Puede que se sorprenda, pero jamás diría algo fuera de lugar ni haría acotaciones innecesarias.

—Está bien —asintió Natalia, aún insegura.

Apenas Julián le sonrió, sonó el timbre. Mientras él iba hacia puerta, Natalia se acomodó el cabello con las manos, suspiró y se cruzó de piernas. Tragó saliva apenas oyó una voz femenina que entraba en el apartamento.

—Melisa me avisó que no ibas a ir a trabajar hoy, y yo me dije: ¿qué le puede pasar al autoexigente y responsable de mi hermanito mayor para que no vaya a la fábrica? ¡Debe de estar muerto y es tan responsable que su fantasma avisa la ausencia, o está muy enfermo! —bromeó Claudia en el recibidor, sin mirar el comedor, que era visible desde la entrada—. Así que te he traído el almuerzo y te cuidaré un rato mientras tú...

Calló de repente, creyendo ver un espejismo. Sobre la mesa del comedor había una caja vacía, migas, platos sucios, servilletas y vasos semivacíos. Y en una silla, una joven de atractivo indiscutible.

—P... pero... —balbuceó Claudia—. Ya has comido —añadió para no preguntar por la chica. ¡Por Dios! ¿Qué hacía su hermano con una mujer tan joven?

—Claudia, ella es Natalia —la presentó Julián—. Natalia, te presento a mi hermana Claudia, la cara detrás de las redes sociales de Tamailén —agregó con tono simpático, pero Natalia estaba tan nerviosa que no pudo ni sonreír.

—Mucho gusto —respondió con timidez. Percibía que la hermana de Julián se había quedado helada, y todo lo que podía pensar era que la mujer estaba suponiendo las peores cosas respecto a ella.

—Qué tal —replicó Claudia, aún atónita. Entregó la bolsa que cargaba a su hermano e inspiró hondo antes de añadir—: Te dejo los ravioles que te traía. Me voy a casa, dejé a Martincito con la doméstica —explicó antes de volver a mirar a Natalia—. Que tengan un buen día —se despidió y medio se volvió para irse, pero Julián la retuvo por el brazo.

—¿No quieres quedarte un rato con nosotros? Íbamos a pedir un poco de helado.

—¿Helado? —Frunció el ceño Claudia—. ¿Con este frío? —Julián sonrió, y ella volvió a suspirar antes de decidir—: No, mejor no. ¿El lunes nos vemos en la fábrica?

—Por supuesto —asintió Julián, y la dejó ir.

Apenas Claudia cerró la puerta tras de sí, Natalia dejó escapar todo el aire que había contenido hasta ese momento. Se encorvó y se humedeció los labios como si acabara de marcharse el mismo diablo. Julián, en cambio, se echó a reír.

—¡Le he quitado veinte años de vida! —bromeó.

—No entiendo... —Natalia estaba demasiado sobrecogida como para captar el chiste.

—¿No viste el susto que se llevó? —siguió riendo él mientras se aproximaba a ella. Percibiendo su estado de ánimo autorrepresivo, la rodeó con los brazos y la apretó contra su cadera. Ella respondió abrazándolo—. Quédate tranquila, ya la tenemos de nuestro lado —aseguró—. Solo está sorprendida, no esperaba verme con una mujer después de dos años de soltería, y menos con una tan joven.

Natalia se zafó de él y alzó la cabeza para mirarlo.

—¿Hace dos años que estás divorciado? —preguntó. Julián asintió—. ¿Y no tuviste otra mujer después de tu esposa? —No podía creerlo: un hombre tan atractivo e inteligente no duraba tanto tiempo solo, excepto que amara a su ex todavía—. ¿Sigues enamorado de ella? —preguntó, llena de miedo, pero se arrepintió al instante—. Perdón —dijo bajando la cara—. No tengo que preguntar esas cosas, yo...

Iba a seguir hablando, pero Julián la obligó a mirarlo tomándola de la barbilla. Quería que sus ojos se encontraran para que ella supiera que no le mentía.

—Borra ya mismo la imagen que acabas de hacerte de mí, esa en la que me ves dos años tirado en una cama, llorando y pensando en Sabrina —pidió, enérgico—. Estuve ocupadísimo y lleno de problemas —contó—, así que ve sustituyendo al amante herido y lloroso por un empresario luchando por mantener a flote una fábrica donde la mitad de los empleados están al borde de la jubilación y donde las máquinas son antiguallas que su padre no quería cambiar. También puedes imaginarte un padre tratando de evitar que su hija adolescente salga mal parada con cualquier peligro de los tantos a que se expone una joven, o educando a su hijo al mismo tiempo que tiene que lidiar con un hermano de treinta años al que mi niño de ocho le gana en responsabilidad y criterio. ¿Ya te has formado la imagen que me corresponde, mi escritora favorita? Si quieres puedo seguir contándote muchas cosas para que sigas imaginándome en estos dos años desde que me divorcié de Sabrina, pero me parece que con eso ya es suficiente; tu mente de escritora puede poner el resto.

Sin quererlo, Natalia acabó riendo.

# 16

Claudia no dejó de pensar en Julián durante todo el fin de semana. Evitó contarle a su marido lo que había visto porque, si la relación entre su hermano y aquella muchacha no perduraba, no quería que él quedara expuesto en vano, pero ya no sabía cómo soportar el miedo y la ansiedad sola. Algo no estaba bien con Julián, estaba segura, y tenía que averiguarlo.

El lunes por la mañana, se encontró con él en la fábrica, pero era tanto el trabajo que tenían por delante que apenas cruzaron unas palabras referidas a mercadería en depósito y, como era habitual, Fabrizio. Melisa tampoco dio lugar a que pudieran siquiera mirarse, porque estuvo casi todo el tiempo en la oficina, ayudando a su jefe con cuentas y llamadas.

Al mediodía, Julián recogió su chaqueta del respaldo de la silla y se encaminó a la puerta.

—¿Almorzamos juntos? —propuso Claudia, buscando un momento a solas con su hermano.

—¿Hoy no tienes que ir a buscar a Martincito al colegio? —le preguntó Julián. Desconocía que Claudia había arreglado todo para estar con él.

—Lo recoge la madre de un amiguito porque va a su casa después de la escuela —explicó.

—Lo siento, yo tengo que ir a buscar a Camila. Pienso llevarla a almorzar a casa. Tenemos mucho de qué hablar —dijo.

—¿Vuelves por la tarde? —interrogó Claudia, tratando de no perder la esperanza de hablar con él.

—Sí, claro —replicó Julián antes de marcharse.

Una vez en la calle del instituto, buscó a Natalia con la mirada, pero no la vio desde la distancia. Ya en la puerta, de pronto vio a Sabrina, quien, al verlo acercarse, sacudió la cabeza de rizos castaños y entreabrió los labios, confundida.

—¡Julián! —exclamó—. No creo haberte pedido que vinieras a buscar a los chicos hoy.

—No me lo pediste. Te llamé todo el fin de semana para comentarte lo que me dijeron en la reunión del viernes, pero no respondías al fijo ni al móvil.

Sabrina no dio explicaciones. Julián tampoco las esperaba, pero le hubiera gustado conversar con ella antes de tomar una decisión sobre Camila.

—A Camila le está yendo mal en el instituto —contó. Sabrina suspiró—. ¿Lo habías notado?

—Ya es grandecita, no puedo andar atrás de todas sus cosas, tiene que aprender a arreglarse sola —repuso la mujer mirando hacia la reja. Habían comenzado a salir algunos alumnos.

Julián no estaba de acuerdo, pero procuró entenderse con ella.

—Quiero llevarla a almorzar conmigo para hablarle —dijo—. Tú puedes llevarte a Tomi y yo me quedo con Camila. ¿Te parece?

Sabrina se encogió de hombros. Le hubiera gustado contradecir a su ex marido, pero le convenía que él se quedara con su hija.

—¿No quieres llevarte a los dos? —propuso.

Julián entornó los ojos. Le habría gustado, pero no podía hablar con Camila en presencia del niño.

—No; tengo que estar a solas con ella.

En ese momento, los gritos de su hijo interrumpieron la conversación. Abrazó a su padre ni bien lo vio. Camila, en cambio, venía detrás, y sus ojos se iluminaron cuando vio que sus padres estaban juntos. Pensó que quizá se habían reconciliado, como siempre había intuido que sucedería, y por primera vez en mucho tiempo les sonrió.

—Tu padre ha venido para llevarte a comer con él —le anunció Sabrina.

—¡¿Vamos a ir a comer?! —se entusiasmó Tomás.

—No, tú vienes a casa conmigo, tu papá quiere estar a solas con tu hermana —aclaró la madre, y Julián deseó asesinarla. ¿Cómo podía elegir tan mal las palabras para explicarle al niño por qué no iban a comer juntos? Además, iba a asustar a Camila.

—Vamos los cuatro —propuso la hija. Tanto Sabrina como Julián la miraron.

—Imposible —replicó la madre—. Vamos, Tomás —dijo tomando al niño de la mano.

Hasta que Camila accedió a irse con su padre, sin su madre y sin su hermano, pasaron unos minutos. Natalia salió del colegio y los vio. Entonces, un nudo de celos y tristeza le contrajo el estómago. Ahí estaba la madre de los hijos de Julián, a quien había visto de pasada alguna vez, y el niño, idéntico a él. Parecían una familia perfecta, y allí ella no era más que una entrometida. Escondió la cara bajando la cabeza, cruzó la calle casi sin mirar y huyó por la acera de enfrente, rogando que no la vieran.

En la hora de clase de cuarto año, no había hecho más que observar a Camila pensando en Julián. No tenía idea de cómo iba a resistir todo lo que su alumna representaba para su relación. Ni siquiera sabía cómo vencería la incomodidad de llamarla a dar lección o ponerle una nota a los padres si no hacía la tarea. Ver a la familia entera a la salida, empeoró la inseguridad que había experimentado a lo largo de la mañana.

Julián nunca se enteró de que Natalia había salido. Caminó con Camila hasta el coche, que había quedado a dos calles, subieron y la llevó a su apartamento, donde pidió pastas al restaurante de enfrente.

—¿Me vas a decir por qué me has traído aquí? —interrogó Camila cuando por fin les trajeron la comida. Ya se lo había preguntado varias veces, pero su padre le daba largas.

Julián no sabía qué hacer primero, si hablar del instituto o de la noticia que, sin duda, sería escandalosa para su hija. Decidió comenzar por el terreno en que se sentía más seguro, el tema de los estudios. Se puso en pie, buscó una carpeta en un cajón y regresó a la mesa.

—El viernes asistí a una reunión en el instituto y me llevé una decepción muy grande —comenzó. Camila lo miraba con expresión fría; se había puesto a la defensiva, y Julián entendió por qué: no quería admitir que se había comportado mal. Abrió la carpeta y le mostró la evaluación—. Dime cuándo se compuso el *Poema del Cid* —pidió.

Camila soltó una risita y se encogió de hombros.

—No tengo idea —respondió fingiendo que no le importaba.

—Yo no tengo la paciencia de tu profesora, no voy a perder el tiempo con burlas —la amonestó muy serio. Camila se sorprendió por su postura inflexible, y su mirada cambió—. Sabes muy bien que escribiste tonterías, lo que quiero saber es por qué.

—No preparé la prueba.

—Eso está claro —replicó Julián ante la concisa respuesta—. Te damos todo: no tienes problemas económicos, no tienes que cuidar a tu hermano, no tienes que hacer nada más que estudiar, así que no voy a admitir otro «no preparé la prueba» nunca más.

—No me gusta esa asignatura —intentó excusarse Camila.

—Dame tu cuaderno de comunicaciones —pidió Julián.

Camila entornó los ojos, tratando de demostrar su rabia. Se moría por decirle que él no tenía derecho a darle órdenes porque no vivía con ella, como hacía siempre, pero presintiendo que en esta ocasión saldría perdiendo, abrió la mochila y entregó el cuaderno.

Julián revisó las notas. Además de muchos comunicados que Sabrina no había firmado, no había más que bajas calificaciones en todas las asignaturas a partir de mayo.

—Al parecer, ninguna asignatura te gusta. ¿Sabes la cantidad de cosas que yo hago y no me gustan? Tener que hablar de esto contigo, por ejemplo, y tener que decirte que, si no cambias de actitud, comenzaré a quitarte beneficios que tu madre y yo te damos.

—¡¿Qué?! —exclamó Camila, irguiéndose en la silla de golpe.

—Voy a dar de baja el contrato de tu móvil, reduciré tus horas de internet, las salidas los fines de semana... —enumeró Julián, pero su hija lo interrumpió.

—¡Qué injusto! Otras compañeras se quedan embarazadas y sus padres no les dicen nada, y yo por una nota baja tengo que aguantar...

—Si no te callas, suspendo tu móvil ahora mismo —la interrumpió Julián en voz baja.

—¡Suspéndelo! —gritó su hija, desafiante—. ¡No me importa, suspéndelo! —Al ver que su padre se ponía de pie y buscaba el teléfono inalámbrico, los ojos se le humedecieron—. ¡No piensas en mí! —lo acusó.

Julián cogió el teléfono y volvió a la mesa. Presionó un botón y comenzó a marcar números, hasta que Camila se rindió.

—¡Está bien! —exclamó—. ¡Me callo, como tú quieres!

Julián entornó los ojos, pensando si cedería aunque su hija no admitiera que se callaría por ella misma y no porque él se lo ordenara, o seguir adelante con la llamada hasta que se callara con obediencia y no con rebeldía. Finalmente, le dio un voto de confianza y colgó.

—Tienes un mes para mejorar tus calificaciones, no solo en Literatura, sino en todas las asignaturas —decretó. Camila no replicó—. No te pido la nota más alta, te pido que apruebes y aprendas. Yo mismo me voy a ocupar de verificar tus notas.

—¡Como a una niña! —se le escapó a Camila.

—Mientras sigas comportándote como una niña, serás tratada como tal —replicó su padre, y ella volvió a llenarse de resentimiento—. ¡Ódiame si quieres! —exclamó Julián al notarlo—. Cuanto más me odies ahora, más me querrás en el futuro. Ahora quiero que me respondas la pregunta inicial: por qué dejaste de estudiar. Sin excusas, quiero la verdad; veo que tus notas bajaron drásticamente a partir de mayo, así que puedo averiguar fácilmente la causa. Espero no tener que hacerlo y que me lo cuentes tú, como corresponde.

Julián deducía una de las razones por las cuales su hija había dejado de estudiar, pero era la que Camila no sabría notar: la desidia de Sabrina. Algo había sucedido y su ex mujer había cambiado, porque jamás había sido tan desaprensiva con sus hijos. Aun así, estaba seguro de que tenía que haber algo más. Camila se lo confirmó bajando la cabeza.

—No tengo ganas de estudiar —argumentó—. Hay un chico...

Dejó la frase en suspenso. No hacía falta que la completara, a Julián se le cayó el mundo sobre los hombros solo con la mención de «un chico». ¡Por Dios, su hija tenía quince años! ¿Cuándo había pasado el tiempo? Suspiró tratando de atajar susceptibilidades y temores, y procuró ser objetivo.

—Un chico —repitió—. ¿Qué chico?

Camila alzó la mirada sin levantar la cabeza. Se veía turbada.

—No voy a hablar de mi chico contigo —espetó.

—¡Oh, sí, claro que lo harás! Vamos a hablar de ese chico. ¿Cómo se llama?

—Lucas —respondió Camila, considerando que eso no la perjudicaba en nada. Por el contrario, amaba pronunciar ese nombre que la hacía soñar.

—¿Cuántos años tiene?

—Diecisiete, es de un curso superior del instituto.

Julián entornó los ojos y recordó al chico lleno de *piercings* que le había mirado el trasero a su hija cuando salía del colegio hacía unas semanas. Ese agujereado no podía ser el novio de su Camila, pero se contuvo. Que tuviera diecisiete años no lo tranquilizaba, y aunque su instinto lo llevara a prohibirle que lo viera, no podía impedir que su hija dejara de ser una niña. Suspiró para no maldecir al tiempo por haber huido tan rápido, y optó por hacer aquello que, de no haberse tratado de su hija, le hubiera parecido mejor: aconsejarla.

—Cami, sé que hay cosas que son...

—¡Vale, papá! —bufó ella, creyendo que él le soltaría un sermón—. ¡No empieces!

—No sabes lo que voy a decir —se defendió Julián, y continuó—. Sé que hay cosas inevitables, pero yo también tuve diecisiete años, y por favor te pido que me creas cuando te digo que a esa edad, todos los hombres nos guiamos por un solo objetivo: el sexo.

—¡Ay, no! —exclamó Camila. Sus mejillas se iban tiñendo de rojo—. ¡No voy a hablar de esto contigo!

—No te pido que hables, te pido que escuches —replicó él, más avergonzado que ella, aunque no lo demostrara—. Quiero que recuerdes algo: no importa lo que los chicos digan, si tú no te sientes segura y él no te espera, no te quiere de verdad y no te merece.

—Papá, por favor... —suplicó Camila, todavía más sonrojada.

—Y si te sientes segura, si de verdad quieres hacerlo, hay dos cosas que tienes que tener tan presentes como tu nombre: anticonceptivos y preservativo.

—¡Por favor! —rio Camila, avergonzada.

—¿Lo vas a recordar? —insistió Julián, tratando de ocultar una súplica—. Dime que lo vas a recordar.

Camila se puso seria de repente.

—¿No me vas a reprender? —preguntó—. ¿No me vas a exigir que no siga viendo a Lucas?

—Lucas... —murmuró él—. Cuéntame algo más de Lucas. ¿Es buen alumno?

Camila se encogió de hombros.

—Es guapo y tiene una banda de rock —contó para desgracia de Julián. Él frunció el ceño pero se contuvo para que ella le siguiera contando cosas.

—¿Y es bueno en lo que hace? —preguntó, ya que la escuela no parecía ser importante para su hija, sino la música.

—¡Es buenísimo! Su banda hace *covers*, pero están pensando en crear sus propias canciones y grabar un disco y dar recitales... ¡Va a dedicarse a la música!

Cada palabra de Camila aumentaba el desasosiego de Julián, que tenía ganas de ordenarle a gritos que no volviera a ver a ese vago agujereado nunca más. No supo cómo, pero se contuvo. Últimamente estaba poniendo a prueba su autocontrol de manera impensada. Volvió a suspirar.

—Cami, yo sé que quizás este chico no sea el definitivo, pero también entiendo que ahora sí lo sientas así —explicó—. Comprenderás que para vivir de la música tienes que sobresalir, y que tener talento no garantiza que sobresalgas; también tienes que tener habilidad. ¿Crees que él tiene la habilidad y que, si consiguiera sus objetivos, te seguiría respetando? Ese ambiente es complicado con las drogas y las relaciones sexuales. Con una mano en el corazón, dime si piensas que sabrá introducirse en los círculos de la música y destacar al punto de vivir de eso que le gusta, o si acabará como dependiente en un supermercado chino. Es un trabajo noble, pero de verdad me gustaría que tu novio tuviera otras aspiraciones: una carrera universitaria, un negocio familiar llevado con ganas, un trabajo de oficina... Ya ves que no te pido un médico o un abogado, solo alguien responsable y con objetivos, algo difícil de encontrar estos días.

Tras su perorata, Julián no esperó que la mirada de su hija delatara confianza ni agradecimiento, pero así fue. Eso le brindó la tranquilidad que tanto necesitaba.

—Es solamente un chico. —Se encogió de hombros Camila.

—Entonces, si es solo un chico para ti, con más razón debes negarte a tener relaciones con él si no te sientes segura —aprovechó a recordarle Julián—. Y si las tienes, cuídate. A los diecisiete años, es probable que un chico no esté pensando en cuidarte, entonces tienes que hacerlo tú. Siempre tienes que hacerlo tú.

—Lo haré —prometió ella, pero al punto se retractó—: Quiero decir... que me voy a cuidar si lo hago alguna vez —aclaró con temor.

Julián sonrió por el acto fallido de su hija.

—Está bien —asintió, todavía sonriente.

Supo entonces que ese no era el momento de contarle a Camila que salía con su profesora de Literatura. Estaba seguro de que su hija no tomaría a bien que saliera con alguien, y mucho menos con una persona tan cercana a ella, de modo que se abstuvo. Hablar habría significado perder su confianza, y al ser adolescente, podía perjudicarse solo por rebelarse en su contra. Tendría que esperar.

Regresó a la fábrica después de dejar a Camila en su casa y, como se había atrasado, se le hicieron las ocho y media de la noche trabajando. Ya estaba oscuro y todos se habían ido, menos Claudia, que había esperado para hablar con él.

—Vete a casa, Clau —le dijo Julián—. Yo puedo terminar con esto.

—Tú siempre puedes con todo, ¿eh? —devolvió ella, con una sonrisa tierna.

Julián percibió el tono de Claudia y alzó la mirada hacia ella, preguntándose qué estaría pensando. La observó coger una silla por el respaldo y acomodarla junto al escritorio. Del mismo modo, se sentó a su lado y suspiró.

—Sé de qué me vas a hablar —soltó Julián cuando vio todo lo que se escondía en la mirada de su hermana. Llevaba interpretándola desde que era una niña y pretendía esconder travesuras.

—Estoy muy preocupada, Juli —respondió ella con sinceridad.

Él sonrió.

—¿Por qué? —interrogó, divertido.

Su hermana hizo un gesto de desconfianza que Julián notó aunque solo los iluminara la lámpara del escritorio.

—Porque tengo miedo. En estos dos años desde que te divorciaste, no supimos que tuvieras pareja. De repente, no solo estás saliendo con alguien, sino que además... —Se interrumpió. Tenía miedo de sonar hiriente o entrometida, y lo que menos deseaba era lastimar a su hermano.

—¿Además se la nota inteligente y hermosa? —completó él, sabiendo que su hermana se atragantaba con un «joven».

Se produjo un instante de silencio antes de que Claudia se atreviera a contestar.

—Quizá buscaste a alguien como ella porque quieres demostrar algo —arriesgó con cuidado. Julián frunció el ceño—. Tal vez todavía estás enamorado de Sabrina y piensas que saliendo con una chica como esa... —Claudia volvió a interrumpir su discurso cuando su hermano rio.

—Eso no es así —se apresuró a aclarar Julián, todavía sonriente—. Te lo juro, nada más lejos de eso.

—En ese caso, más miedo me da —repuso Claudia, y se inclinó hacia delante para continuar—. Es mucho más joven que tú, Juli, y podría tener intereses que...

—¿Tan ingenuo te parezco? —la interrumpió Julián, presintiendo lo que su hermana iba a decir—. Además, todavía no puedo creer que a una mujer como Natalia le interese estar conmigo.

—Me parece que no tienes conciencia de todo lo que una mujer puede apreciar en ti —replicó Claudia negando con la cabeza. No podía creer la baja autoestima que acababa de descubrir en su seguro y autosuficiente hermano.

—Me gusta Natalia —aclaró él antes de que Claudia enumerara todas las cualidades que, según ella, poseía y que él jamás se iba a creer—. Me siento bien con ella, creo que nos entendemos, y cuando estamos juntos, créeme: no existe la edad. Y sé que ella siente lo mismo, estoy seguro —agregó, recordando el modo en que Natalia se liberaba cuando estaba a su lado.

Claudia sonrió. Jamás había escuchado a Julián hablar de esa manera, ni siquiera cuando había conocido a Sabrina. Le tomó la mano y él se la apretó en respuesta.

—En ese caso, me alegro mucho por ti —le dijo—. Te mereces ser feliz.

—Gracias.

—Me gustaría invitarte a ti y a... Natalia, a cenar en casa.

Julián la observó con la misma serenidad de siempre.

—Hecho —aceptó.

# 17

El domingo, cuando Natalia regresó a casa después de haber pasado el viernes y el sábado con Julián, Liliana ya no tuvo dudas de que su hija tenía novio. Y Natalia no se lo negó. Su madre pasó el día entero preguntándole lo mismo.

—¿Es un compañero de trabajo? —preguntó en la puerta de su habitación.

—Ya te dije que no.

Todavía estaba molesta por la escena familiar de Julián que había visto en la puerta del instituto, y no tenía ganas de soportar un interrogatorio. Buscaba en sus recuerdos indicios de que él seguía enamorado de su esposa, y le parecía encontrar miradas y sonrisas que se habían dedicado mutuamente. Eso hizo que sintiese un nudo en el estómago.

—¿Por qué me tratas así? —se enojó Liliana.

Natalia reconoció que acababa de contestar de mal modo a su madre, pero no se debía al interrogatorio, sino a los celos que no sabía controlar. Suspiró e intentó serenarse.

—No es un compañero de trabajo, ¿satisfecha? —replicó.

—¿Es un chico que conociste en tus salidas con Analía? —siguió preguntando Liliana—. ¿Cuándo me lo vas a presentar?

—No te lo voy a presentar. Por el momento, no.

—Pero Natalia, soy tu madre, lo tengo que conocer. Todas las chicas le presentan el novio a su madre.

Natalia no quería escuchar más. Su válvula de escape fue recordar sus planes frustrados del viernes, y entonces decidió recuperarlos. Buscó ropa limpia mientras Liliana seguía haciendo preguntas que ella ya no escuchaba, y se metió en el baño. Se duchó, se vistió y salió de casa antes de que los celos le ganaran la partida. Sus temores le indicaban que tenía que dejar a Julián; en cambio, su pasión la impulsaba a luchar por él.

—Quiero un cambio —dijo frente al espejo de la peluquería. Ya no iría a la señora del barrio que le cortaba las puntas y la hacía sentir menos tonta porque ambas eran mujeres pasadas de moda. Soportaría ser la que no sabía nada de peinados solo por atreverse a más—. ¿Piensas que un flequillo que pueda peinar hacia un costado me quedaría bien? —interrogó, insegura.

—Te quedaría fabuloso —replicó el *coiffeur* agitando una mano.

Entonces ella se atrevió al cambio.

Cuando acabó con la sesión de peluquería, pasó por la depiladora de ingles.

—Piensa en algo bonito —le sugirió la mujer. Se había dado cuenta de que ella estaba temblando y por eso le daba consejos.

Natalia cerró los ojos pensando en que pronto llegaría el primer tirón. ¿Cuánto iba a doler? ¿Por qué tenía que depilarse como una niña solo porque era lo que se llevaba? «¡Machistas! —se rebeló su corazón—. ¡Machista que me vas a hacer el mejor sexo oral de mi vida!» Y sonrió.

Le dolió al punto de que los ojos se le humedecieron, pero era un dolor soportable que luego le traería el beneficio del placer. Había un libro que aseguraba que «lo mejor solo se compra a precio de gran dolor». Era *El pájaro espino*, una historia de amor prohibido entre una muchacha y un cura varios años mayor. De pronto deseó releerla.

Pensó que gracias a su apariencia renovada había superado el recuerdo de Julián con su familia, pero en cuanto se dirigió al coche, volvió a buscar indicios. Estaba segura de que la madre de Camila no dejaba de mirar a Julián mientras él le sonreía, porque tenía que haberle sonreído, ¿no? Suspiró, desolada. Odiaba sentir celos mientras su conciencia le dictaba que debía superarlos. No podía actuar como cuando tenía diecisiete años y se enteró de que Gabriel era amigo de una ex novia.

Regresó a casa cerca de las nueve de la noche. Su madre la esperaba, dispuesta a echarle en cara por qué no le había dicho adónde iba ni a qué hora pensaba volver, pero ni bien Natalia metió el coche en el garaje, el teléfono de la casa comenzó a sonar. Liliana atendió y se puso de palique.

Entretanto, Natalia se miró en el espejo, espió la nueva fisonomía de su intimidad y se puso el pijama. La perspectiva de que a Julián le gustara el cambio la hizo sonreír, y por un instante se sintió reconfortada, como si nada más que ellos dos importara. Encendió el ordenador pensando en proseguir su novela, y justo cuando tecleaba la contraseña del archivo, sonó su móvil.

Era Julián; pero en cuanto vio su número en la pantalla, sus celos, en lugar de desaparecer por completo, resurgieron con más fuerza que antes. Observó el número, inmóvil. Tragó con fuerza, pero el nudo se trasladó de la garganta al estómago. Y lo dejó sonar.

Resultó increíble la claridad con que de pronto comprendió su intención: esperaba que Julián le demostrase cuánto le importaba ella con algo tan tonto como volver a llamar. ¿Qué haría entonces, atender o volver a ignorarlo y repetir la acción hasta el cansancio? Lo peor era saber que haría todo eso para sentirse defraudada cuando él dejara de insistir. Inconscientemente, era lo que esperaba: convencerse de que Julián no era bueno para ella y boicotear la relación.

Esperó dos, tres minutos, con el teléfono sobre la palma de la mano, pero no volvió a sonar. ¡Qué poco insistía Julián cuando se trataba de ella! Seguramente habría insistido a su esposa una y otra vez para que fuera su novia cuando eran niños, o había suplicado seguir adelante con el matrimonio cuando estaban al borde del divorcio. Pero claro, a ella ni siquiera volvía a llamarla.

Con los ojos empañados, dejó el aparato sobre el escritorio y se sentó a escribir una escena en la que Nadia no podía controlar los celos por la ex de Fabián.

Sé que es solo mi imaginación, pero lo veo sonreír a su ex mujer. Lo veo tantas veces en mi fantasía que, como él, se va transformando en realidad, y todo se confunde. ¿Lo vi o lo inventé? ¿Es mentira o es verdad?

Entonces me pregunto cómo le haría el amor. ¿Acaso la trataba con tanta ternura como a mí? ¿La besaba, la acariciaba, le decía que la amaba mientras la penetraba, como a mí? ¿Acaso la miraba con la misma admiración y sus dedos se escurrían por su cabello como lo hacen por el mío?

¿Acaso todavía la ama?

Sé que es solo mi imaginación, pero lo veo llorar. Llora por ella mientras me besa a mí. O peor, mientras piensa en ella, se ríe de mí.

No lo puedo controlar. Lo amo tanto que saber que fue de otra —o que su corazón, quizá, siempre será de otra— me impulsa a dejarlo. Quizá lo haga, porque no puedo soportarlo. Quizás elija volver a mi fantasía donde él me ama, ríe conmigo o llora conmigo, pero jamás lloraría por mí.

Se detuvo. Releyó la última frase y le pareció contradictoria, porque en realidad deseaba que Julián llorase por ella y por nadie más, pero no la retocó. Si era un acto fallido, que viviera en la ficción; de todos modos, no iba a mostrar ese texto vergonzoso a nadie.

La escritura le sirvió como liberación, porque se sintió mejor. Su alma ya no se estremecía de impotencia, y su conciencia estaba más tranquila. En ese momento, el móvil volvió a sonar, y como su madre seguía de cháchara telefónica en la cocina, se atrevió a responder.

—¡Hola! —exclamó Julián, y a ella se le paralizó el corazón—. No sabes cuánto te echo de menos. ¿Cómo estás?

«¿Acaso la trataba con tanto cariño en su voz como a mí? —pensó Natalia en un microsegundo—. ¿La besaba, la acaricia-

ba, le decía que la amaba mientras la penetraba como a mí?»,
recordó haber escrito.

—Bien —mintió de mal talante.

Julián hizo una pausa antes de continuar.

—¿Todo en orden? —preguntó, aunque ya conocía la respuesta—. ¿Quieres que hablemos de algo? —añadió, tratando de fingir que nada había ocurrido, pese a saber que ocurría todo.

—Te vi —soltó Natalia entre dientes—. Te vi con Camila y con tu...

Julián cerró los ojos, pero Natalia jamás lo sabría.

—No sabes lo mucho que lo lamento —dijo él—. De verdad no te vi, pero aunque lo hubiera hecho, no habría podido saludarte. Todavía no le conté a Camila lo nuestro y no quiero que sea un *shock* para ella. Perdón, Nati, te prometo que esto no seguirá así por mucho tiempo —aseguró, pero a cambio solo recibió silencio—. ¿Estás ahí?

Natalia trataba de escucharlo, pero su madre acababa de colgar y estaba segura de que vendría a su habitación en cualquier momento.

—Tengo que dejarte —dijo apresurada.

—No, por favor. Trabajé hasta hace media hora y te echo mucho de menos. ¿Puedo pasar a recogerte?

—¡No! —exclamó Natalia, pensando en su madre, y a continuación susurró—: Es tarde, mañana me levanto a las seis y media.

—Entonces ¿por qué no vienes a dormir conmigo? —insistió él. Necesitaba verla para sentirse más seguro. Dominaba mucho mejor el cara a cara que los artilugios de comunicación—. Te prepararé el desayuno. Prometido.

—¿Te levantarías a las seis de la mañana por mí? —ironizó Natalia, pensando en que él habría hecho todo por su ex, en cambio por ella no había mucho que estuviera dispuesto a hacer.

—Por ti pasaría la noche en vela —aseguró él, sin percatarse de la ironía de ella—. Ya habrá tiempo de demostrártelo.

Julián no imaginaba que Natalia estaba celosa. Solo lamentaba haber sido descortés al ignorarla involuntariamente, al tiempo que lo perturbaba la culpa de saber que, aun de haberla visto, habría tenido que evitarla. Según sus conclusiones, ella tenía todo el derecho a sentirse defraudada por su actitud, y quería remediarlo.

«Por favor —pensó—, no te ciñas al teléfono que eso me impide recompensarte. Ven a verme... ven a verme.»

Por su silenciosa súplica o por casualidad, Natalia acabó aceptando la invitación a toda prisa cuando su madre intentó abrir la puerta de su cuarto. Por suerte, la había trabado con la silla.

—Abre —ordenó Liliana, y Natalia se apresuró a cortar el llamado.

Recogió sus cosas tan rápido como pudo y salió al encuentro de su madre cuando estuvo vestida y ya llevaba entre los brazos sus libros para el instituto al otro día.

—¿Qué haces? —preguntó Liliana.

—Me voy a dormir a lo de Julián —respondió Natalia con naturalidad.

—¿Julián? ¿Así se llama el chico? —No obtuvo respuesta—. ¡Natalia! ¿Cuánto hace que están saliendo? No hace tres meses y ya te quedas a dormir en su casa. ¿Qué van a decir sus padres?

—¿Y cómo sabes que no hace tres meses que salimos? —devolvió su hija encaminándose al garaje.

—Porque hace tres meses no actuabas así, por eso. ¡Ahora hasta te has cambiado el corte de pelo! No me gusta, ese flequillo largo te tapa medio ojo —replicó Liliana, siguiéndola—. Esto no me parece correcto, no quiero que esa familia piense que mi hija es una cualquiera que se queda a dormir en la casa del novio un lunes. ¡Hoy es lunes, Natalia! ¡Mañana tienes que ir a trabajar!

Natalia dejó sus cosas en el asiento del pasajero y giró sobre los talones para mirar a su madre. Apoyó el codo en la puerta del coche y de pronto estalló en risas.

—«Sus padres» —se burló mientras reía, recordando una de

las primeras objeciones que Liliana había hecho sobre su partida—. ¡«Sus padres»! —Siguió riendo.

Su madre la estudiaba como si hubiese perdido el juicio.

—No esperes que te abra el portón —se vengó con voz lastimosa.

Natalia se encogió de hombros.

—Lo abro yo —anunció, y lo hizo.

—Claro, si aparece un ladrón y me apunta con un revólver, tú te vas, total, no te importa que maten a tu madre —se quejó Liliana mientras su hija seguía adelante.

Como fuera, Liliana acabó cerrando el portón en lugar de su hija cuando sacó el coche, para que no tuviera que bajarse a hacerlo ella.

Natalia condujo hasta el edificio de Julián. Aparcó y caminó hasta la puerta. No vio que él la esperaba detrás de la reja abierta hasta que alzó la cabeza en la acera. Entró y cerró la reja a su espalda. En ese momento, un cúmulo de sensaciones contradictorias la abrumó: por un lado, la felicidad de volver a verlo; por otro, los celos que resucitaban con cada respiración. Lo vio abrir los brazos en gesto de bienvenida, y se acordó de su novela.

«¿Será que también era tan demostrativo con su ex?», pensó.

Al notar que la mirada de Natalia se volvía impenetrable, Julián no esperó a que ella se le acercara. Avanzó los pasos que los separaban, la estrechó contra su pecho y le besó el pelo mientras la mecía entre sus brazos.

«¿La acariciaría y la besaría de esta manera?»

—Te he extrañado mucho —le dijo él—. Casi empiezo a pensar que no puedo vivir sin ti.

«¿La amará todavía?»

El silencio de Natalia inquietó a Julián. Pensaba que se había comportado mal con ella, y aunque lo que más lo atormentaba era perderla, a eso debía sumarle la culpa por anteponer sus sentimientos a los que debió de experimentar ella. La había lastimado, y era muy egoísta solo pensar en su necesidad de retenerla.

Como Natalia seguía sin hablar, le cogió las mejillas con las

196

manos y la obligó a mirarlo. Apoyó su frente contra la de ella y la observó atentamente.

—No has olvidado lo que te dije, ¿verdad? —le preguntó—. Sé que voy a cometer mil errores, porque soy un tonto, pero te amo.

Natalia se quedó en blanco. Ya no pensó en los hijos de Julián ni en su ex mujer, solo en que, cuando él le hablaba, ella se sentía especial. Bastaba una mirada para que volviera a entrar en una fantasía de la que no quería salir nunca.

No respondió con palabras, sino colgándose de su cuello y besándolo con ansiedad. Julián volvió a acariciarle el cabello mientras se besaban y después sonrió contra sus labios. Su corazón estallaba de alivio tras percibir que Natalia lo había perdonado.

—Estás muy guapa —le dijo—. Me gusta tu nuevo peinado.

Aunque ella respondió con una sonrisa, igual se sonrojó. Pensaba en la reacción de Julián cuando viera que no solo su cabello tenía un nuevo *look*.

No volvieron a hablar de lo sucedido ese mediodía. Cenaron una de las tartas que la señora de la limpieza había dejado en el congelador, y mientras lo hacían, la conversación giró en torno al trabajo de ambos. Él le contó que estaba cerrando la compra de nueva maquinaria y que, si la inversión no salía bien, podía llevarlos a la quiebra.

—¿Por qué no va a salir bien? —preguntó Natalia con una sonrisa serena.

Julián se encogió de hombros. Temía explicarle por qué sentía tanto miedo al fracaso.

—Porque toda inversión es un riesgo —contestó.

—¿Por eso tu padre no invertía?

—No, no invertía porque quería conservar un negocio familiar pequeño.

—Yo creo que no invertía, en parte, por temor —enfatizó Natalia—. Y el que no arriesga, no gana.

—Pero también puede perder todo.

—Es peor la incertidumbre de nunca haberlo intentado, si tu corazón te dice que lo hagas —volvió a enfatizar—. Es más, hasta hace un rato no lo pensaba así, pero ahora creo que cuando termine mi nueva novela, la voy a mandar a algunos editores —contó con orgullo—. Después de todo, el «es una bazofia» ya lo tengo.

—¡Me gusta eso! —sonrió Julián—. El tuyo se ha convertido en mi libro más esperado, incluso más que *Inferno* de Dan Brown, y eso es mucho decir —contó. Natalia rio—. Por cierto, terminé el libro que me diste.

—¿Tan rápido? —se sorprendió ella. Él asintió—. ¿Y...?

—Me gustó, pero no puede terminar así —se quejó—. ¡Dime que tiene una segunda parte!

—Sí, la estoy leyendo —asintió ella, entusiasmada por el libro.

—¿Me la pasas cuando la acabes? —pidió él.

Natalia sonrió.

—¡Claro que sí! —volvió a asentir, ahora entusiasmada por el interés que Julián manifestaba por la literatura.

Pasaron un instante en silencio. Después, Julián se decidió a preguntar lo que lo había perturbado desde el mediodía.

—Nati, tengo que hacerte una pregunta. —Por su tono, ella supo que se trataba de algo muy serio, al menos para él—. ¿Por casualidad tienes un alumno que se llama Lucas? —Natalia enarcó las cejas; tenía tres Lucas. Julián se dio cuenta, y se corrigió—: Perdón, quiero decir, un Lucas que curse el último año.

—Oh, sí —se apresuró a contestar ella. Tenía un Lucas en sexto B.

Julián pareció entre nervioso y aliviado.

—¿Podrías decirme algo de él? Lo que sea, no quiero ponerte en un aprieto, pero me preocupa. Está... está saliendo con Camila.

—¡Uff! —fue todo lo que ella dejó escapar.

—¡¿«Uff»?! ¿No te enseñaron a no decir «uff» a un padre desesperado?

Natalia rio, pero la pena que Julián le despertó la obligó a recuperar la seriedad.

—¿Es buen alumno? —siguió preguntando él, aunque era evidente que no guardaba muchas esperanzas de obtener una respuesta afirmativa—. ¿Se porta bien, al menos?

—Es un desastre —respondió Natalia con sinceridad abrumadora—. Si tiene un dos como calificación, es mucho. Contesta mal, se lo pasa conversando en clase y tiene la postura de los chicos arrogantes que creen saberlo todo. —Con cada palabra, el ceño de Julián se iba frunciendo más—. La directora ya no sabe cómo hacer para que no vaya a clase luciendo los *piercings* y cita a los padres, pero estos no acuden al instituto. Creo que tiene una banda de rock, o algo por el estilo.

Julián suspiró, contrito. Ese último dato le confirmaba lo que más temía.

—No hay duda de que es él —asumió cabizbajo—. ¿Por qué mi hija se buscó un chico así para salir? —reflexionó, negando con la cabeza—. No entiendo por qué no le gustan los chicos modositos con gafas y bien vestidos; eso me permitiría dormir en paz.

Natalia volvió a reír.

—Yo sí sé por qué —replicó.

Julián la miró.

—Dímelo —la instó, como si creyera que con la respuesta obtendría una solución mágica.

—¡No te hagas el inocente! Tienes camisetas de Los Ramones en tu armario, y ¿crees que tu hija no lo sabe?

—Ahora resulta que es por mi culpa —se lamentó él.

Natalia se encogió de hombros y le acarició el antebrazo.

—Te olvidas de que Camila, como sabe de las camisetas, sabe también de tus otras cualidades —lo consoló—, y yo estoy segura de que va a hacer las cosas bien. No puedes evitar sus errores en la vida, tú seguro que cometiste los tuyos, y si intervienes en los de ella, eso la ahogaría. Déjala ser y confía en todo lo que le enseñaste. Confía en ti mismo.

—Créeme, estoy haciendo un gran esfuerzo por comportarme así. Y gracias por el consejo —agregó, tomándole la mano.

Natalia respondió con una sonrisa que se borró de sus labios a medida que los dedos de Julián se fueron enlazando con los de ella. Las miradas se intensificaron, hablaban junto con sus actos. Julián apoyó los codos sobre las rodillas y ladeó la cabeza. Sus ojos contemplaron la boca de Natalia con deseo, pero no intentó besarla.

Ella también se inclinó hacia delante solo para observarlo. Alzó la mano libre y le acarició una mejilla. Entonces la mirada de Julián se trasladó a sus ojos: reflejaban un interior atormentado por el miedo. No se equivocaba: Natalia pensaba que si en algún momento Sabrina quería volver con Julián, podía perderlo para siempre. Se preguntaba cuán fuerte era el amor que él sentía por ella, y si sería capaz de resistir del modo en que ella esperaba que su amor también soportara todo lo que se agitaba en las sombras.

—¿Por qué no dejamos de pensar? —murmuró Julián acercándose más a su boca—. Dejemos que otro sostenga el mundo por nosotros, aunque sea por un rato.

Natalia se dio cuenta de que se había tensado cuando sus hombros descendieron como si sobre ellos, en efecto, hubiera cargado el mundo. Alzó la otra mano y recorrió las mejillas de Julián, quien había vuelto a mirar su boca. No iba a besarla, esperaba que lo hiciera ella, aunque el deseo encendiera su entrepierna. Hasta él se sorprendía de todo lo que podía sentir solo con mirar los labios de Natalia.

—«Toco tu boca» —susurró Natalia mientras con los pulgares silueteaba los labios de Julián—. «Con un dedo toco el borde de tu boca» —siguió recitando, del capítulo siete de *Rayuela*, pero él decidió adelantar la acción y se hundieron en un beso profundo que los dejó en silencio.

Poco después, todo lo que se oyó fue su respiración acelerada. También se colaron algunos jadeos, sonidos guturales que invadieron el beso, hasta transformarlo en una especie de lucha.

Julián bajó una mano hasta la pantorrilla de Natalia y le arrebató un gemido cuando se coló bajo el vaquero. Le quitó las botas negras sin mirar, y siguió por la cremallera y el botón del pantalón. Ella se puso de pie para dejarlo caer. Lejos de lo tímida e insegura que se había mostrado las primeras veces con él, ahora resplandecía con el poder que le confería el deseo.

Julián deslizó la mirada desde los pies hasta la cadera de Natalia, que se meció cuando ella dio un paso adelante y estiró un brazo para apoyar la mano sobre su frente y echarle la cabeza atrás. Lo miró a los ojos con el brillo peculiar de la excitación y esbozó una sonrisa perezosa.

—¿Soy guapa? —preguntó con voz sensual.

No dio tiempo a que Julián le respondiera porque buscó el borde de su camiseta y se la quitó junto con el pulóver negro que llevaba puesto.

—Eres preciosa —replicó él, con los ojos fijos en el sujetador de encaje color uva que acababa de quedar a la vista. Todavía cubría los pechos de Natalia, haciendo juego con la braga de encaje.

—¿Y piensas que las panteras rosas se llevan bien con los leopardos?

Un poco perdido en la conversación, Julián sonrió.

—Espero ser el leopardo —bromeó. Sabía que era así porque recordaba el apodo que a Natalia le habían puesto sus compañeros de instituto. Sin embargo, presentía que las palabras escondían más, y que no develaría su significado real en mucho tiempo.

Ella comenzó a desabrocharle los botones de la camisa. Julián observó los largos y delicados dedos femeninos, ansiando el momento en que dejarían su pecho al descubierto y se deslizarían por su piel, excitándolo.

El instante llegó cuando Natalia abrió la camisa y se sentó a horcajadas sobre sus piernas para terminar de quitarle la prenda por los brazos. Él no lo resistió y le cogió la cabeza entre las manos para acercarla a su boca y hundir allí su lengua en busca de la de ella, que salió a su encuentro presurosa.

Los dedos de Julián bajaron y se cerraron en torno a la cintura de Natalia, que se movía contra su erección y la presionaba con su pelvis. Presa de la excitación, él la apretó más contra su cuerpo y ella se estremeció. Después, sin darle tiempo a pensar, deslizó las manos hacia su espalda y le desabrochó el sujetador. Se lo quito por los brazos, y ni bien lo arrojó al piso, cerró ambas manos sobre los pechos, abultándolos hacia arriba para facilitarle la llegada a los pezones. Besó uno y luego lo lamió. Natalia echó la cabeza atrás y gimió. Volvió a moverse sobre sus piernas y a presionar su erección.

—Espera —pidió un instante después.

Julián alzó la cabeza, pensando que hablaría acerca del sitio en el que se encontraban o de la luz, pero se equivocó. Ella lo deseaba más que nunca, no se había apartado mental, y mucho menos físicamente, de la situación.

—Tengo algo para ti —anunció.

Se deslizó hacia atrás hasta quedar de pie delante de él. Entonces tomó el borde de la ropa interior que todavía llevaba puesta y comenzó a bajarla. Antes de que se avistara su pelvis, se detuvo. Se sentía insegura; temía que a él no le gustara el cambio, o que se riera de ella. ¿Qué iba a pensar? Le temblaron los labios, pero Julián no lo notó. Pensó que Natalia se hacía desear, y eso aumentó su ansia de conocer el secreto.

—¿Me quieres matar? —le preguntó con agitación.

Ella alzó la mirada hacia él y se dejó llevar por la fantasía que la envolvía cada vez que lo tenía delante. Cuando oía su voz seductora o respiraba su aroma, la imaginación confluía con la realidad.

La prenda cayó a sus pies, dejando su pelvis desnuda. Se mordió el labio esperando la reacción de Julián, pero él no hacía más que mirarla como hipnotizado.

—¿Qué piensas? —le preguntó, temerosa.

Él alzó la mirada de inmediato, pero tardó en hablar.

—Que es tentador —respondió con voz grave. Se veía que trataba de controlar sus impulsos.

Cuando lo vio ponerse de pie, Natalia pensó que se acercaría a ella para arrebatarle un beso, pero no fue así. Él le dio la espalda y se encaminó a un mueble. Ella frunció el ceño y se contentó con admirar su torso desnudo, ya que todo lo que llevaba puesto era el pantalón de vestir negro, hasta que lo vio extraer un caramelo de una fuente de vidrio decorativa.

—¿Qué estás haciendo? —preguntó entre risas.

—Desenvolver un caramelo de menta —respondió él con la simplicidad más honesta del mundo mientras se deshacía del envoltorio. Natalia siguió riendo.

—Me gusta tu sabor —le hizo saber; no quería que la boca se le invadiera con otro gusto que no fuera el suyo. Julián volvió a mirarla con los ojos iluminados.

—Ya lo sé —repuso acercándosele—. Pero te prometo que esto te va a gustar todavía más.

La tomó de la cintura y la estrechó contra su cuerpo. Los pechos de Natalia se abultaron al quedar pegados al torso de Julián y los pezones se irguieron con el contacto. Él se aproximó a su boca y le acarició los labios con los suyos, sin abrirse paso hacia su lengua porque tenía el caramelo. A Natalia le repelió el olor a menta, ansiaba el aroma de Julián, pero era tan fuerte el deseo que siguió besándolo.

Él avanzó y la obligó a dar pasos lentos hacia atrás. La condujo así hasta la habitación, y continuó hasta que las corvas de Natalia rozaron el borde del colchón. Entonces se inclinó sobre ella y la hizo recostarse, de modo que su cabeza se apoyara, cómoda, entre las almohadas. Julián permaneció arrodillado entre sus piernas, desde donde estiró un brazo y deslizó una mano entre los pechos de Natalia y fue bajando hasta el ombligo.

Ella cerró los ojos por instinto, y se quedó así hasta que sintió que Julián se alejaba. Entonces abrió los párpados y alcanzó a ver que él escupía el caramelo en la palma de su mano. Frunció el ceño, sin tener idea de qué pretendía, hasta que Julián se inclinó sobre su pelvis y su boca le atrapó el clítoris. La lengua se entrometió entre sus pliegues vaginales y después se hundió en su cuerpo mientras los labios masculinos seguían acariciándola con el beso íntimo.

Gritó ante la intrusión entre fría y caliente. Echó la cabeza y los brazos atrás; luego los movió, alcanzó el borde de la sábana y lo estrujó hasta quedarse sin fuerzas. Elevó la cadera sin conciencia exacta de lo que hacía, impulsada por la caricia húmeda y envolvente que le hacía temblar las piernas, y entreabrió los labios porque no le alcanzaba el aire. Solo el placer le hizo comprender la razón de la menta, y agradeció que hubiera existido. ¡Todo un truco!

Cuando dos dedos le atraparon un pezón y la mano se cerró en torno a su pecho, se le anuló el pensamiento. Continuaba arqueándose y temblando, mientras la lengua de Julián se aventuraba en cada rincón de su intimidad, provocándole sensaciones que se extendían por todo su cuerpo.

De pronto ya no pudo aguantar, y un río de éxtasis se derramó por sus venas. La recorrió desde la pelvis hasta el corazón, donde se alojó repicando en fuertes latidos que parecían tener eco en su clítoris.

—Te amo —murmuró sonriente, acariciándole el cabello mientras él se alejaba de su zona íntima besándole la pelvis y luego el bajo vientre—. Te amo mucho...

Las palabras despertaron tanto placer en Julián, que sintió un cosquilleo en el corazón. Cuando ella abrió los ojos, lo vio sonreír; estaba esperando que lo mirase para hablar.

—Yo también te amo —dijo.

El caramelo volvió a resonar entre sus dientes, porque lo había devuelto a su boca, y el sonido despertó una idea en Natalia, que se sentó y le tomó la mano.

—Dámelo —pidió, y se aproximó a sus labios.

Aunque Julián frunció el ceño, confundido, no tuvo tiempo para reflexionar. Entre el deseo que latía en su entrepierna y el beso que le dio Natalia, acabó traspasándole el caramelo y dejándose seducir por ella. Bajó la cabeza para ver que las manos femeninas le desprendían el cinturón y luego la cremallera y el botón de los pantalones. Sabía lo que venía, y eso lo hizo jadear.

Natalia se llevó el miembro a la boca, y lo rozó con la lengua y el caramelo. Lo introdujo tanto como pudo muy despacio, para luego dejarlo salir del mismo modo, torturándolo. Repitió el movimiento tres veces hasta que una mano de Julián se enredó en su cabello, pidiéndole más. Natalia alzó la mirada y se percató de que él la observaba con tanto deseo que parecía a punto de estallar en su boca. Entonces se sintió más poderosa y bella, y le dio más ánimos y ganas de ser deseada. Su mirada se llenó de lujuria, despegó la boca del pene para rozarlo con la lengua y rodearlo varias veces con esa caricia que seguía rayando entre el frío de la menta y el calor de la saliva.

Lo hizo delirar y estremecer de gozo. Entonces aceleró las succiones del miembro en su boca. Una y otra vez lo llevó hasta la garganta y lo dejó salir hasta que él la apartó bruscamente echándole la cabeza atrás.

—Dámelo —le exigió ella—. Es para mí —indicó apartándole la mano de su cabello en busca de volver a colocarlo en su boca.

—No —negó Julián, casi sin aire.

Natalia se inclinó y le mordió suavemente la punta del pene.

—Por favor... —suplicó con voz sensual, dejando su aliento sobre la piel sensible del glande.

El estímulo auditivo y la visión de aquel trasero elevado al aire acabaron con el autocontrol de Julián. Pasó las manos por la espalda de Natalia hasta alcanzar su cadera y luego las deslizó hasta sus pechos, que colgaban rozándole las rodillas. Entonces su conciencia se esfumó e, incapaz de medir sus acciones, acabó empujándola hacia atrás para recostarla y la penetró sin contemplaciones. Se derramó dentro de su cuerpo casi en el acto.

Pasó un instante detenido en el tiempo, tratando de volver a respirar. Después miró a Natalia a los ojos. Ella tenía la expresión de una aventurera feliz de haber logrado una osadía.

—Sabes a menta —bromeó con una sonrisa contagiosa.

—Vos también —replicó él. La miraba con la expresión más

seductora que Natalia jamás le había conocido mientras le acariciaba una mejilla.

Después de ducharse juntos y beber entre los dos una botella de agua, se durmieron muy tarde; tanto que les costó despertar por la mañana. Julián lo hizo primero y se ocupó de apagar el despertador para llamar a Natalia con caricias; no quería que despertara con el sobresalto de una alarma. Comenzó besándole la sien y luego apartándole el cabello de la frente con suavidad. Sonrió de verla amanecer a su lado.

—Nati —le susurró al oído—. Es una pena, pero tenemos que ir a trabajar.

Tal como había prometido, mientras ella se peinaba cumplió con prepararle el desayuno, que consistió en té con tostadas. Natalia salió del baño quejándose porque no podía volver a colocar el flequillo como se lo habían dejado en la peluquería.

—Siempre pasa lo mismo —refunfuñó mientras ponía azúcar en la taza—. Sales de la peluquería hecha una reina y amaneces siendo una bruja. Lo peor es que no puedes volver a ser reina si no vas a la peluquería de nuevo.

Julián la observaba con una mano sobre la boca, tratando de disimular la risa y la ternura.

—¿Vas a querer ir a la clase de baile el sábado? —le preguntó para hacerle olvidar el asunto del cabello. Natalia asintió con entusiasmo—. ¿Paso a recogerte con mi coche, pues?

Aunque le llevó un instante responder, ella acabó aceptando. Era hora de que Julián conociera, al menos, la puerta de su casa.

# 18

Parecía hipnotizada. Seguía el avance del segundero en el reloj de pared mientras por dentro trataba de desanudar la soga que le oprimía la garganta. Entre los nervios y la regla, que le había arruinado el día, todo lo que deseaba hacer era arroparse y acurrucarse en una cama. ¿Por qué la regla no había esperado hasta el domingo? No, tenía que llegar el sábado a mediodía, para que desperdiciara la noche.

—¿Lo vas a hacer pasar? —le preguntó Liliana. Se había vestido con un vaquero negro y una camisa, como si de verdad creyera que su hija iba a presentarle a su novio.

—No —respondió Natalia, tratando de aplacar un cosquilleo que le revolvía el estómago.

En lugar de aquietarse, la sensación aumentó en cuanto oyó la bocina del coche de Julián. Eran las ocho en punto. Recogió su bolso, que descansaba sobre la mesa, y fue hacia la puerta. Liliana la siguió.

—No salgas —ordenó Natalia antes de abrir.

—¡Pero quiero conocer a tu novio!

—No. ¿No puedes respetarme, aunque sea por una vez?

Natalia esperaba que su madre se ofendiera, pero Liliana rio.

—¡Ay, Nati, Nati! ¿Por qué te gustan tanto los secretos? ¡Por lo menos, el chico tiene coche y nos puede llevar a pasear!

Natalia entornó los ojos. Ya conocía a su madre; trataba de

congraciarse solo para conseguir lo que quería, y luego llegaría el maremoto. «El chico», repitió en su mente. Buena decepción se iba a llevar su madre si esperaba otro Gabriel.

Dejó de pensar para no acabar con taquicardia. Tomó aire, giró sobre los talones y abrió la puerta.

Los cristales tintados del Vento impedían ver el interior del coche, pero sabía que Liliana no se iba a quedar de brazos cruzados y que el maldito don de la amabilidad de Julián le impediría irse sin haber saludado a la mujer. Lo comprobó cuando, a dos pasos del bordillo, escuchó abrirse la puerta del coche.

Liliana sonrió como esperando ver al presidente del país. Esperaba un Gabriel y se quedó de piedra cuando apareció Julián.

—Hola —la saludó él esbozando una sonrisa compradora, y le tendió la mano.

Con las mejillas rojas y el cuerpo tembloroso, Natalia miró el agua que se escurría por el arroyo de la calle. No podía mirar a Julián, y mucho menos a su madre. Ella no lo sabía porque estaba de espaldas, pero la mujer se esforzaba por mantener la compostura. Liliana rogaba que se tratase del padre o el hermano mayor del novio de su hija, pero por alguna razón se dio cuenta de que no era así. Lo comprobó un instante después, cuando el hombre que le tendía la mano se presentó.

—Soy Julián.

—Liliana —respondió ella, accediendo a darle la mano. Duraron unidas un par de segundos.

Pasada la primera impresión, Liliana forzó una sonrisa. Si Natalia no la hubiera conocido tan bien, nadie habría dicho que no sonreía de verdad.

—¿Por qué no entra y tomamos un café? —ofreció. Necesitaba obtener más información acerca de ese hombre cuanto antes.

Alarmada, Natalia giró sobre los talones y le clavó la mirada a su madre.

—No podemos entrar o llegamos tarde a una clase —espetó.

—Aún tenemos media hora —terció Julián, por no ser descortés con Liliana, a quien miró—. Si no le molesta que la visita sea corta...

—Tengo que pasar por la farmacia —lo intentó Natalia, pero su madre le frustró la intención apelando a la cortesía de quien no la conocía aún.

—¿No tienen media hora para mí? —preguntó con un tono lastimero que Julián no resistió.

—Claro que sí, Nati. Te prometo que pararé en la farmacia igual.

«Maldito, ¡maldito don de la amabilidad!», pensó Natalia por enésima vez. Julián no insistía con entrar a su casa por husmear en su vida privada, y mucho menos por forzarla a presentarle a su madre, sino por no ser descortés con ella. Acabó suspirando en gesto de asentimiento y encaminándose de nuevo adentro. Julián cerró las puertas del coche con el mando a distancia y la siguió.

Resultaba extraño verlo en un espacio que normalmente solo compartía con su madre. La cocina era tan pequeña, que lo hacía parecer inmenso, y además irradiaba un poder que raras veces había percibido, como si su presencia se impusiera sobre ese lugar al que no pertenecía. Era tal el magnetismo que producía, que Natalia no podía dejar de mirarlo mientras su madre preparaba el café.

—¿Adónde van? —interrogó Liliana sin perder detalle del hombre.

—A una clase, ya te lo conté —le recordó Natalia. Liliana rio.

—¡Eso ya lo sé! Me refiero a una clase de qué.

—De baile —respondió Julián con gentileza. Percibía que, ante su madre, Natalia parecía otra persona, pero ella ya le había advertido del poder que Liliana ejercía sobre su temperamento.

—¿Usted baila? —siguió preguntando la mujer.

Julián rio. La última vez que había bailado fuera de la clase, había sido en el cumpleaños de quince de su hija.

—No; solo en casamientos y cumpleaños —replicó. Liliana

le dejó la tacita de café sobre la mesa y él asintió en gesto de agradecimiento.

—No lo tome a mal, pero... ¿es usted soltero? —preguntó Liliana con una sonrisa y la cabeza ladeada.

—Está casado —intervino Natalia, mirando el televisor apagado.

Julián le dirigió una mirada asesina, y luego volvió a sonreír.

—Estoy divorciado —aclaró ante la mirada atónita de la madre de su novia.

—Ah... —dijo Liliana mientras tomaba asiento—. ¿Y tiene hijos?

—Sí, dos. Camila, de quince años, y Tomás, de ocho.

—Ah... —repitió Liliana—. Ocho años... la edad que tenía Natalia cuando su papá nos abandonó.

La hija se mordió el labio para contenerse. Julián no se dio cuenta porque no entendía las intenciones de Liliana, pero había sido una indirecta.

—Lo lamento —contestó él con sinceridad.

Liliana dejó de mostrarse compungida, y recuperó la amabilidad. Estaba claro que requería más información.

—¿Y trabaja? —interrogó con una sonrisa.

—Sí —contestó Julián. La pregunta le recordó que llevaba un alfajor de fruta que pensaba regalar a Natalia, y decidió dárselo a su madre. Lo sacó del bolsillo y lo dejó sobre la mesa—. Para que acompañe el café —sonrió.

—Ay, no, gracias —rehusó Liliana negando con la mano—. Esos alfajores me dan acidez.

Natalia lo cogió de la mesa mientras Julián sonreía con la queja inocente de Liliana, y se lo quedó.

—A mí me encantan —dijo.

—Sí, los pide desde que aprendió a hablar —contó Liliana—. Cuando tenía solo tres años, uno de esos alfajores le provocó una erupción en toda la piel, se llenó de ronchas y el médico le prohibió el chocolate hasta los once años. Pero siguió comiendo.

Julián miraba a Natalia con la sonrisa y la mirada más tiernas del mundo.

—¿Te provoqué alergia? —bromeó buscando sus ojos.

—¿Y de qué trabaja? —intervino Liliana, que no había entendido la alusión y jamás hubiera imaginado su significado.

Julián le devolvió su atención.

—En este momento me gustaría poder decir que planto arroz en China —bromeó—, pero en realidad fabrico esos ácidos y alérgicos alfajores —contó.

Liliana creyó que bromeaba. Natalia se dio cuenta y decidió confirmarlo.

—Es verdad —masculló con la boca llena de Tamailén.

—Ah —dejó escapar Liliana—. Bueno, quizás ahora mejoraron.

—Renovamos la maquinaria, no la fórmula, así que si nuestros alfajores le caían mal hace veinte años, es posible que también le caigan mal ahora —contestó Julián, todavía divertido con la reacción de la mujer y su preocupación por congraciarse de nuevo con él, como si en algún momento lo hubiera ofendido—. No se preocupe —trató de serenarla—, los alfajores son como los libros: a muchos les gustan, otros los pasan de largo y otros los matan con la crítica, pero eso no impide que se sigan vendiendo.

No tenía pensado variar la fórmula de los alfajores, se basaba en una receta creada por su abuelo en Europa y que su padre solo había podido concretar como fábrica en América.

—Yo me dedico a la cocina —explicó Liliana—, y conozco muchos secretos para que el dulce de leche no quede ácido.

—¿El dulce de leche es su especialidad? —inquirió Julián.

—Bueno, en realidad me especializo en comida vegetariana o para dietas especiales. Pero Natalia y yo comemos de todo —aclaró, pensando que quizá tenía alguna importancia.

—¿Vamos a la farmacia? —interrumpió Natalia, tratando de disimular el dolor en el bajo vientre, pero Julián se dio cuenta de que algo no estaba bien por su expresión, así que asintió.

Liliana se despidió de ellos en la puerta.

—Tu madre es muy agradable —juzgó él camino de la farmacia.

Natalia le dedicó una mirada cargada de sentimientos encontrados.

—Ya —dijo—, pero es complicada.

Julián asintió.

—Creo que lo entiendo.

—Con la mitad de las cosas que te preguntó, pretendía encontrarte defectos —siguió explicando ella.

—Lo sé, pero está bien que lo haga. Quizá tú no lo entiendas porque no tienes una hija, pero si Camila tuviera veintiocho años y me presentara un novio de cuarenta y siete... la verdad es que le preguntaría el cuádruple de lo que tu madre me preguntó.

—Tú eres el que no entiende —replicó Natalia, de mal humor. No le gustaba que Julián sintiera que tenía más en común con su madre que con ella, solo por el hecho de que ambos tenían hijos—. No pasa solo por lo que te preguntó, o porque tengas cuarenta y siete años, pasa porque no quiere que yo salga con nadie. Eso lo sé, pero tú no, entonces no terminas de entender sus intenciones.

Julián percibió la tirantez de aquel asunto, y para no convertirlo en una bola de nieve optó por dejarlo pasar. Se ofreció a bajar en la farmacia y comprar el medicamento por Natalia, pero ella se negó. No permitiría que pidiera una medicina para la regla femenina. De todos modos, él bajó con ella y, entendiendo su pudor, le compró una botella de agua en un negocio vecino a la farmacia antes de volver al coche. También le compró un alfajor de su marca.

—Has comprado tu propia mercadería —rio Natalia.

—Cada tanto me gusta hacerlo, ya lo entenderás cuando compres tus propios libros —replicó él. Ella sonrió—. Si no te encuentras bien, podemos dejar la clase para otro día —propuso a continuación mientras Natalia tragaba dos píldoras y un largo sorbo de agua.

—¿De verdad? —respondió ella con los labios húmedos—. Me da lástima, pero sería ideal que fuéramos a cenar por aquí cerca, y que después pudiera acurrucarme en una cama muchas horas.

Julián la miró, sonrió y le acarició una mejilla.

—Entonces voy a tener muchas horas para abrazarte —le anunció.

Ella respondió estirándose hacia él y besándolo en la comisura de los labios.


—¡Ese te queda horrible! —gritó Luna para que su voz se oyera por sobre *Boulevard of broken dreams*, que sonaba a todo volumen en el ordenador.

Camila se miró en el espejo mientras se acomodaba el vaquero negro, moviéndose de un lado a otro para reflejarse en la zona libre de autoadhesivos. La rodeaban los pósters de Green Day, Linkin Park y una marca de ropa para *skaters*.

—Me queda bien —defendió, y se apartó para colocarse unas pulseras.

Mientras tanto, su amiga recogió dos libros que Camila tenía en la mesilla de noche: *Finale* y *Romeo y Julieta*. Estalló en risas.

—¡No me digas que estás leyendo esta basura que mandó la de Literatura! —exclamó.

Camila le arrebató los libros y los arrojó sobre la cama.

—Mi padre me obligó —se excusó. No iba a confesar que el libro le estaba gustando mucho, casi tanto como el que leía por placer—. Tengo que mejorar las notas o me deja sin móvil, sin internet y sin salidas.

Luna volvió a reír.

—¿Y tú te lo crees? —se burló.

Camila terminó de ponerse unos aros blancos que le cubrían todo el lóbulo de la oreja y miró a su compañera de curso con seriedad.

—No sabes cómo es mi padre —dijo—. Si te dice que te va a

regalar el coche más grande del mundo, te lo regala; pero si te dice que te va a sacar todo, también te lo saca. ¿A qué hora tocan? —se apresuró a interrogar para acabar con los cuestionamientos de su amiga.

—A las nueve y media —respondió Luna mientras miraba su móvil.

—Entonces nos conviene ir yendo, no quiero quedar atrás de todo.

Apagó la música y el ordenador, y salió junto con Luna. Su madre le había dicho que salía con una amiga y su hermano dormía en la casa de su tía.

—¡Chicas! —gritó Luna en cuanto llegaron a la esquina en que habían quedado en encontrarse con otras dos amigas.

Las cuatro se saludaron y comenzaron a caminar las calles que las separaban del bar donde tocaba Babel, la banda de Lucas.

—Es un tarado —se quejó una de un chico que había conocido hacía unas semanas.

—Pero ¿cuánto saliste con él? —le preguntó otra.

—No salimos, fueron un par de besos nada más.

De pronto Luna, que venía atrás, se detuvo. Camila avanzó unos metros, hasta que notó la ausencia de su amiga, entonces regresó a buscarla.

—¡Ese es tu padre! —señaló Luna, sin darle tiempo a reaccionar.

Camila miró hacia donde su amiga indicaba. Se trataba de un restaurante por cuyas ventanas se apreciaba el interior iluminado. Cuando logró enfocar la vista, sintió que el mundo se le caía encima.

—¡Y la de Literatura! —exclamó entre risas una de las chicas, que se había vuelto al notar la falta de las otras.

El corazón de Camila se transformó en un puño.

—No, ese no es mi padre —intentó salvarse de la vergüenza, porque la ira ya la consumía por dentro.

—¡Anda ya! Si yo bailé con él en tu fiesta de quince, lo conozco, lo vi de cerca —replicó Luna, tomándola del brazo.

—¡Te he dicho que no es mi padre! —espetó Camila, y se soltó bruscamente.

—Sí que lo es, Camila —intervino la cuarta amiga.

—Entonces deben de estar hablando de algo del instituto —sostuvo, pero ni ella se lo creía. Para peor, justo en ese momento, su padre y la maldita profesora se tomaron de la mano.

—Sí, seguro que están hablando del instituto —se burló Luna, y las otras dos rieron.

Camila las miró con ojos suplicantes.

—Por favor, no digáis nada —murmuró, acongojada.

Todas prometieron silencio, pero a Camila eso no le bastaba. Se alejó de aquel sitio funesto a paso tan rápido que a sus amigas les costó seguirla. Casi corrió las dos calles que la separaban del bar donde tocaba Babel.

—Ahí viene —anunció un amigo al oído de Lucas.

Entonces él se apartó de la chica que tenía abrazada por los hombros y que antes había besado, y le prometió que más tarde la buscaría. Ella sonrió satisfecha.

Se encontró con Camila cerca de la puerta de entrada, entre la multitud de jóvenes que esperaban el espectáculo. Ella, que no veía la hora de refugiarse en alguien que pudiera comprenderla sin saber nada del espinoso asunto, se abrazó a Lucas y escondió el rostro en su pecho. Él le rodeó la cintura con los brazos y buscó su boca. En ese momento, Camila no tenía ganas de besos, sino de ocultarse, porque con eso escondía también su dolor y vergüenza, pero acabó accediendo al deseo de Lucas y se entregó a sus labios.

No le sirvió de consuelo; cuando un compañero de su novio se acercó y le anunció que los reclamaban detrás de escena, él la soltó y se alejó presuroso hacia donde le habían indicado. Camila se quedó entre sus amigas y la gran cantidad de público, consciente de los gritos y la música que sonaba en el ambiente, pero sumida en sus propios pensamientos.

Su profesora había engañado a su padre para que saliera con ella, estaba segura, lo que no sabía era por qué. No podía permitir que una tonta de humor cambiante le robara su familia, porque por culpa de esa mujer su padre se alejaría de su madre y jamás volverían a estar juntos. Siempre había querido que Sabrina y Julián se reconciliaran, e iba a conseguirlo, ahora más que nunca. No permitiría que una idiota le arrebatara su vida.

Casi no prestó atención al recital por pensar en su padre y su profesora. Se preguntaba cómo se habrían conocido, si Natalia Escalante lo habría provocado en el instituto o en la calle, y planeaba convencer a su padre de que ella lo había conquistado mediante mentiras y estrategias. La imaginaba tratando de caer en gracia a su padre con esa expresión desabrida que la caracterizaba, y se le fruncía el ceño de la impotencia. Estuvo tan concentrada en lo suyo que el recital pasó muy rápido.

—¡Lucas! —llamó una de las amigas de Camila en cuanto él bajó del escenario—. Has estado muy bien —le dijo, zalamera. Él sonrió, sabedor de que ella le iba detrás—. ¡No sabes lo que pasó! Cuando veníamos para aquí vimos al padre de Camila en un restaurante.

Lucas se encogió de hombros, sin entender lo interesante del chisme, hasta que la chica continuó entre risas.

—¡Espera que falta lo mejor! ¿Sabes con quién estaba? ¡Con la de Literatura!

—¡¿Me tomas el pelo o qué?! —exclamó Lucas, sorprendido.

Pero la chica se esforzó por convencerlo.

—No pienses que te lo cuento por malicia, ¿eh? Te lo digo porque si ves malhumorada a Camila, esa es la razón. —Volvió a reír con desenfado—. ¡Imagínate ver que tu padre anda con esa idiota!

Lucas soltó una carcajada, pero entonces uno de sus amigos lo empujó para llevarlo hacia los admiradores que lo esperaban a unos pasos del escenario. Allí volvió a ver a la chica de antes, pero la esquivó para no ponerse en evidencia. Temía que Camila los viera juntos.

Quince minutos después, él se acercó por detrás a Camila y le dio un buen susto. Ella, que estaba absorta en sus pensamientos, dio un respingo. Lucas no le dio tiempo a nada más, se colocó frente a ella, le cogió la cara entre las manos y le plantó un beso húmedo y caliente. Pero mientras su lengua se hundía en la boca de Camila, sus ojos permanecían abiertos, vigilando que no lo descubriera su otra amiga.

Un rato después, cuando los labios de Camila ardían de tanto que Lucas la había besado, él la tomó de la mano y la llevó al cuarto que la banda había usado de camerino. Allí no quedaban más que los instrumentos y algunos objetos tirados.

Cerró la puerta y se pegó a ella para continuar besándola. La bragueta de su pantalón rozó el de Camila mientras sus manos le recorrían los brazos, apartándole la cazadora que llevaba puesta. Camila suspiró, cabizbaja.

—Me siento mal —se atrevió a confesar. Sentía que podía echarse a llorar en cualquier momento, era todo lo que deseaba hacer.

Lucas no hizo caso del estado de ánimo de Camila. Le besó una mejilla al tiempo que, con una mano, le apartaba el cabello para recorrer su cuello y volvía a pegarse a su pantalón. Le restregó su erección por la pierna.

—Lucas —se quejó ella.

Una mano se coló por uno de sus pechos y Camila tembló. Negó con la cabeza e intentó apartarse, pero Lucas no se lo permitió.

—No quiero —susurró ella—. Hoy no.

—Me prometiste que hoy me ibas a dejar —le recordó él, buscando su cuello para besárselo y sin quitar los dedos de su sujetador.

Camila apoyó ambas manos sobre su pecho e intentó echarlo hacia atrás, pero no pudo con su peso.

—Ya sé, pero hoy no quiero —repitió—. Estoy triste, no puedo.

Lucas dio dos pasos atrás, meciéndose como si estuviera ebrio. Un poco cabizbajo, esbozó una sonrisa ladina que pronto se transformó en una carcajada.

—La hijastra de la de Literatura es otra idiota como ella —se burló.

Camila sintió que le clavaban una espada en el pecho, como Romeo a Teobaldo en la obra de teatro.

—¿Qué dices, gilipollas? —se ofendió, y lo golpeó en el hombro.

Lucas volvió a reír.

—Que hasta aquí llegamos —sentenció él, y pretendió ir hacia la puerta. Quizá todavía podría encontrar a su otra amiga para no desperdiciar la noche.

Camila se lo impidió.

—¡Espera! —le dijo tomándolo del brazo. Lucas se soltó bruscamente—. ¡Escúchame! —insistió ella, pero él no le prestó atención. Abrió la puerta y se dirigió al gentío.

Cuando Camila logró encontrar a sus amigas, ya estaba bañada en llanto. Gruesas lágrimas negras resbalaban hasta su boca, enrojecida por los besos y la tristeza.

—¿Qué te pasa? —se preocupó Luna, tomándola de los brazos.

—¡Sois todas unas estúpidas! —se quejó Camila, soltándose de su compañera. Ya no podía considerarla su amiga—. ¿Quién le sopló a Lucas lo de mi padre y la de Literatura? —bramó.

—¡Nadie! —replicó Luna.

—Se debe de haber enterado por otra fuente —acotó la soplona.

—Idos a la mierda —replicó Camila, y salió del bar abriéndose paso a codazos entre la gente.

Pensó en caminar sola hasta su casa en medio de la madrugada, tentando la suerte, pero se acordó de los consejos de su padre. Temió que algo serio le ocurriera y acabó llamando un taxi.

Al llegar a su habitación, todo lo que hizo fue echarse sobre la cama y llorar.

# 19

Los despertó el teléfono móvil de Julián, que comenzó a sonar con una canción de A-ha. Tal como había prometido, él había cumplido con abrazar a Natalia largas horas, y solo la soltó para responder la llamada, ya que era de su hija. El despertador marcaba las diez de la mañana.

Natalia despertó al notar que Julián abandonaba la cama. Apareció en el comedor envuelta en una bata, y cuando llegó, solo alcanzó a escuchar que él susurraba al teléfono: «Prométeme que no vas a llegar llorando. Te espero, te quiero.»

Se cruzó de brazos porque de pronto sintió un frío helador. Era su cuerpo, que reaccionaba ante aquellas palabras. Julián la miró desde donde se hallaba sentado y arrojó el móvil al sillón. Suspiró sin saber cómo empezar.

—Perdón, Nati, pero Camila viene hacia aquí —contó sin atreverse a pedirle con claridad que se fuera. Esperaba que Natalia lo comprendiese, y al ver la desilusión en su rostro supo que así era—. Esto no es normal, nos hemos visto algunos días de la semana, pero estaba llorando muy angustiada y quiere hablar conmigo. No puedo dejarla en la estacada si me necesita. De verdad te pido que me perdones, pero ella todavía no sabe nada de lo nuestro y no quisiera añadirle más angustia a la que ya tiene.

Pero Natalia seguía sin comprender. Aunque se esforzaba y

en su conciencia sabía que Julián estaba haciendo lo correcto, sus labios dejaron escapar palabras amargas.

—De haberlo sabido, habría traído mi coche. Pídeme un taxi. —Giró sobre los talones para volver a la habitación, pero se detuvo cuando Julián le habló.

—Te llevo a tu casa —anunció.

Ella sonrió con ironía.

—¿Y si Camila llega mientras no estás? No vas a dejarla esperando por llevarme a mí.

Se hizo un profundo silencio que acabó rompiendo él.

—Nati... —susurró como una súplica.

Ella no respondió. Fue a la habitación, recogió su ropa y se encerró en el baño en suite. Al salir, Julián también se había vestido y la esperaba sentado en el borde de la cama.

—Esto no será siempre así —sintió la necesidad de prometer él.

Natalia no contestó. Salió de la habitación, cruzó la sala y lo esperó junto a la puerta del apartamento.

El trayecto hasta su casa transcurrió en silencio. Durante ese tiempo, Natalia trató de poner en orden sus sentimientos y se esforzó porque su primera reacción de mujer celosa diera paso a una más comprensiva. ¿Qué podía hacer Julián? ¿Qué hubiera hecho ella en su lugar? Se veía triste y avergonzado por haberle pedido que se fuera, como si se hallara con una amante estando casado. Además, creía que la preocupación de él se acrecentaba porque ella ya le había presentado a su madre, mientras que por su parte solo conocía a su hermana.

Por esa razón, cuando Julián se detuvo frente a su casa y volvió a mirarla con expresión culpable, ella ya no se mostró fría e irónica.

—Me siento muy mal —comenzó a explicar él, pero Natalia lo interrumpió para acariciarle una mejilla.

—Está bien —susurró. Luego se estiró y le dio un sentido beso en la comisura de los labios.

Julián suspiró aliviado y respondió acariciándole el cabello.

Al mismo tiempo volvió la cabeza y la besó en la boca con suavidad.

—Te amo —le dijo mirándola a los ojos.

—Yo también.

—Te llamo más tarde.

Natalia asintió con una sonrisa tímida y bajó del coche. Antes de alejarse hacia su casa, se asomó por la ventanilla de Julián y le dijo:

—Espero que lo de Camila no sea nada serio.

Julián asintió.

—Gracias —dijo, y esperó a que entrara antes de irse.

Una vez dentro, Natalia se dio cuenta de que allí la esperaba otra batalla. Ya no contra sus celos y su exigencia de exclusividad, sino contra su madre. Respiró hondo antes de avanzar, se dio ánimo mentalmente e intentó fortalecer su espíritu para que Liliana no pudiera vapulearla y someterla a su voluntad, como hacía siempre.

No bien puso un pie en la cocina, su madre sonrió y lanzó la primera pregunta.

—¿Cómo te fue? ¿Qué tal la clase de baile?

Hablaba con un tono inofensivo, pero Natalia sabía que no se trataba más que de una máscara con la que pretendía ocultar sus verdaderos sentimientos: el miedo al abandono, la soledad y el olvido.

—No fuimos a la clase —respondió un poco más serena. Haberse alejado de su madre le permitía comprender mejor sus acciones y sus pensamientos. El problema sería hacerle comprender que ahora ella tenía los suyos propios.

—¿No? ¿Y adónde fuisteis?

—Fuimos a cenar por aquí cerca y después dormí en su apartamento.

Entonces la mirada de Liliana cambió por completo. Ahora venía lo más duro.

—Siéntate, Nati, por favor —pidió.

En otra circunstancia, Natalia le habría dado la espalda y se habría metido en su habitación, pero comprendió que ya no tenía sentido hacerlo. Si de verdad había logrado pensar por sí misma, entonces los argumentos de su madre no le harían mella. Podía escucharlos y contradecirlos sin cambiar por eso su postura, de modo que se sentó y se dispuso a oírla.

—No voy a negar que es muy atractivo —comenzó Liliana, que también se sentó—, pero ¿crees que es hombre para ti?

«Vaya pregunta», pensó Natalia. No era fácil responderla; a esa altura de la vida ya debía saber que su madre siempre pegaba donde más dolía, pero no era fácil recordarlo. Se encogió de hombros.

—Evito preguntarme si es hombre para mí o no —dijo—. Me siento bien con él, y eso me basta.

—Ese es el problema, Nati, que no piensas. Si te detuvieras un instante a reflexionarlo, te darías cuenta de que esa relación no tiene futuro.

A Natalia se le escapó una risita desconfiada.

—¿Y tú qué sabes si tiene futuro o no?

—Porque eres joven, pero yo ya viví mucho más y me doy perfecta cuenta de que ese no es hombre para ti. ¿Cuántos años tiene?

—Cuarenta y siete.

—¡¿Cuarenta y siete?! —exclamó Liliana como si acabaran de decirle ciento ocho—. Pensé que tenía menos, aparenta menos. Con más razón pues, te mereces algo mejor.

Natalia volvió a sonreír.

—¿Otro Gabriel? —preguntó.

—¿Ves? Gabriel sí era un chico para ti.

—¿Que era un chico para mí? —replicó, molesta—. Cuando salía con él me decías que era un conformista que nunca llegaría a tener nada, que era indeciso, poco caballero y otras lindezas, y ahora de repente resulta que es el hombre perfecto.

—Por lo menos era soltero y con él no eras la segunda.

—Yo no soy la segunda.

Liliana sonrió, irónica.

—Pero tiene ex mujer y dos hijos, eso te convierte en la tercera, peor que la segunda.

Natalia acusó la primera puñalada directa al pecho, porque acababa de afrontar una situación que involucraba ese concepto que su madre interpolaba.

—Es divorciado —siguió metiendo cizaña Liliana—. Abandonó a su mujer y a sus hijos.

—Él no los abandonó —lo defendió Natalia.

Su madre sonrió con pena.

—¿Acaso sabes por qué se separó? —Ante el silencio de la hija, la madre arremetió—. No lo sabes. Apuesto a que los abandonó, y ahora tú vas a ser el premio por eso.

—Eso no es verdad.

—¿Quieres convertirte en una mujer como la que se llevó a tu padre de casa?

—Esto es diferente.

Hubo un momento de silencio, hasta que Liliana volvió a acometer.

—Dime, ¿ya no quieres ir a una iglesia vestida de blanco, cumplir tu sueño de casarte y tener hijos?

—No sé si ese es mi sueño —replicó Natalia con voz dura, sin mirarla a los ojos.

—¿Cómo que no lo sabes? ¿Te olvidas de la lista que redactaste cuando eras pequeña, donde anotaste lo que querías hacer en tu vida y luego me la mostraste? Siempre me acuerdo de que querías casarte a los veintidós años, tener tu primer hijo a los veinticuatro...

—¡Por favor! Eso lo escribí cuando tenía doce años. En ese entonces, una mujer de veinte me parecía una vieja.

—¡Pero ese hombre quizá ni siquiera desee darte hijos!

—¡No me importa! —exclamó Natalia—. Me siento bien con él, protegida, y siento que me ama, que me desea y que siempre podré contar con él, no importa lo que pase. Siento que nunca me fallará, ¿entiendes lo que significa eso? ¿Lo sentiste alguna vez con alguien?

—Piénsalo, por favor... —aconsejó Liliana, cambiando de rumbo—, o acabarás sola. Cuando tengas mi edad, él ya estará muerto.

—¡¿Cómo puedes decirme eso?! —se enfureció Natalia, incapaz de soportar semejante argumento. Al contrario de lo que siempre había sucedido, con cada objeción de su madre, sentía que su deseo por conservar su relación con Julián se hacía más fuerte, hasta convertirla en alguien capaz de luchar por él en contra del mundo—. ¿Sabes qué? —continuó, más tranquila—. No me importa. Prefiero pasar veinte años con la persona correcta, antes que cincuenta con la equivocada. Estoy segura de que los veinte o treinta años que voy a pasar con Julián valdrán más que toda mi vida.

Se puso en pie y se dirigió a su habitación, donde se encerró. Oyó pasos que se detuvieron delante de la puerta, pero no se movió para abrirla. Su madre tampoco se lo pidió.

—Tendré que hablar con tu padre —masculló Liliana del otro lado.

Natalia sonrió mientras se quitaba las botas.

—Haz lo que quieras —contestó—. No tengo diez años, tú y él podéis ordenarme lo que queráis, pero no esperéis que os haga caso.

—Pareces una adolescente caprichosa —replicó la madre.

—Gracias.

Luego de eso, se hizo el silencio.

Natalia terminó de quitarse las botas y se reclinó en la silla, con mirada ausente. Se había mostrado fuerte y decidida delante de su madre, pero no podía negar que el sentimiento se batía a duelo con la razón. Amaba a Julián, pero también era cierto que sabía muy poco de su pasado, y que sus propias experiencias de vida le impedían ciertas cosas. Por ejemplo, ser lo último en la lista de prioridades de su pareja, o arruinarles la infancia y la adolescencia a dos chicos, como se la habían arruinado a ella.

Se sintió tan confundida, que se tomó la cabeza entre las manos y se dobló en dos. Luchaba por diferenciar sus pensamientos de los que, aunque se hubiera esforzado, su madre había logrado imbuir en su mente.

Pasó el domingo escribiendo su novela y resolviendo en ella lo que no era tan fácil de resolver en la realidad. Escribir la ayudaba a comprender y evaluar posibilidades.


El timbre sonó poco después de que Julián llegara a su casa. Abrió por el portero eléctrico y esperó a Camila en el pasillo que conducía a su apartamento. Ella llegó con los ojos secos, pero ni bien vio a su padre, se echó a llorar.

—¡Cami! —exclamó él, y se acercó para abrazarla. Llegó a rodearle los hombros, pero Camila se apartó y entró en el apartamento.

Como cada vez que se veían, Julián le ofreció leche y galletas, pero Camila rehusó sus atenciones. Sin hacerle caso, Julián le dejó las galletas y un vaso de zumo antes de sentarse frente a ella, por si después se arrepentía.

—¿Me vas a contar qué te pasa? —le pidió.

No soportaba verla llorar, solo deseaba hacerla sonreír. La hubiera protegido de todo y de todos con tal de que jamás derramase una sola lágrima. Sin embargo, tal como Natalia le había dicho, no podía evitar que cometiera errores, y tampoco podía impedir sus sufrimientos. Después de todo, el dolor ayudaba a madurar y formaba parte del crecimiento.

Camila alzó la mirada húmeda buscando sus ojos.

—Papá... ella te está mintiendo —dijo.

Julián frunció el ceño, sin entender, aunque en su corazón lo intuía.

—No te entiendo —repuso.

—¡Anoche estabas en un restaurante con... mi profesora! —exclamó Camila, tratando de controlarse.

Tal como Julián se temía, el destino se volvía en su contra. Después de haber tratado de evitar el *shock* a Camila, ella aca-

225

baba enterándose de la noticia del peor modo posible. La muchacha no solo tendría que asimilar que él tenía una nueva pareja, sino además que era su profesora, y él ni siquiera había podido preparar un ambiente propicio para eso.

—Seguro que fue una casualidad, pero estabas con ella en el restaurante ese que hay en la esquina de...

—No fue ninguna casualidad —la interrumpió él. Trataría de evitarle futuras desilusiones, no quería que continuara albergando ideas que lo vincularan con Sabrina, y los dos sabían que Camila estaba tratando de ocultar el sol con un dedo.

Los bellos ojos de ella se abrieron tanto que le ardieron.

—Entonces admites que estabas con ella —susurró decepcionada—. No entiendo... —siguió murmurando, cabizbaja—. No entiendo qué le ves a una...

—A una persona que a ti no te corresponde juzgar —la interrumpió su padre—. No voy a permitir que hables mal de ella.

—¡Pero es una estúpida! —bramó Camila, fuera de sí.

—Cierra la boca a tiempo —la regañó Julián en voz muy baja—. Tú la conoces como profesora y la juzgas porque tus compañeros se burlan de cualquier adulto que quiera imponerles un límite, o porque te pone una mala nota cuando respondes tonterías en una prueba. Eso no hace estúpido a alguien, lo hace un adulto cumpliendo con su trabajo.

—¡La defiendes! —gritó Camila—. ¡La prefieres antes que a mí, que soy tu hija!

—No se puede hablar en estos términos —negó Julián, reclinándose en la silla.

—No quiero que salgas con ella, es mi profesora —espetó Camila.

—Parte de ser adulto consiste en poder hacer lo que uno quiera, así que no me importa tu opinión. No la voy a dejar por un capricho tuyo.

—¡No te importa arruinarme la vida! —gritó entonces la hija, cada vez más decepcionada con su padre—. No te importa herirme a mí, a Tomás y a mamá.

—No estoy hiriendo a nadie —repuso Julián con voz serena y segura.

—¡Mamá te ama y tú le pagas de esta manera! —sollozó la chica.

—Tu madre no me ama, Camila.

—¿Y cómo lo sabes? ¡Mamá te está esperando! —insistió.

—No, tu madre no me está esperando. Eres tú la que espera que volvamos a estar juntos, y por tu bien tienes que aceptar que eso jamás va a suceder. No va a pasar, Camila.

—¡¿Por qué?! —gritó ella, desesperada—. ¿Por qué nos abandonaste?

—Yo no os abandoné.

—Entonces ¿por qué te fuiste de casa?

—Ya hablamos de eso y no habrá otra respuesta que no sea la que ya te di: no te corresponde saber los pormenores de mi relación con tu madre. Somos adultos, y esas cosas no incumben a los hijos. Es nuestra intimidad, y deberías respetarla como yo intento respetar la tuya. Quizá podrías volver a la psicóloga, eso te hizo bien cuando tu madre y yo nos divorciamos.

—¡No quiero ir a ninguna parte! —espetó ella con un nuevo arrebato de llanto—. No puedes ser tan malo, nadie me quiere por culpa tuya. ¡Lucas me dejó porque tú sales con esa tipa! ¡Me peleé con todas mis amigas y ahora estoy sola!

—¿Te dejó? —preguntó Julián. Su hija se mantuvo en silencio—. ¿Lucas te dejó?

Camila asintió, cabizbaja.

—Sí, porque sales con la profe de Literatura.

—¡Pero bueno! ¡Está claro que no te dejó por eso! Y tú lo sabes.

De pronto, Camila dejó de llorar. Se mostró fuerte y segura.

—Quiero que la dejes —sentenció.

—Eso no va a pasar.

—¡Pero necesito que la dejes! —gritó ella, al borde de las lágrimas de nuevo.

Su padre, en cambio, se mostró más templado.

—Camila, puedes pasar la vida fundando tu felicidad sobre la infelicidad ajena, pero eso solo te hará infeliz. ¿Sabes por qué? Porque los demás nunca hacen lo que uno quiere. Entonces, si nos pasamos la vida esperando que los otros hagan cosas que nunca harán, siempre acabaremos decepcionados. Tu felicidad solo depende de ti.

Como por ensalmo, Camila dejó de llorar y discutir. Con sus palabras, Julián se refería a que debía aceptar la realidad y fundar su felicidad fuera de la fantasía, pero su hija no lo entendió así. Camila rescató como enseñanza lo que ya tenía planeado: luchar para que las cosas fueran como ella deseaba y no como su padre dispusiera. Porque estaba segura de que había una felicidad que los abarcaba a todos como familia: que sus padres volvieran a estar juntos.

# 20

El lunes, el instituto se convirtió en un torbellino.

—¡Kari! —llamó una chica. Corría hacia su compañera de curso mientras reía haciendo escándalo—. ¡A que no sabes lo que pasó! Descubrieron que la de Literatura sale con el padre de Camila Aráoz Viera.

Poco después, Karina también hablaba con alguien.

—¡Pablo, no te imaginas! ¿Has visto a Camila de cuarto B? —Él asintió con la cabeza. Sus amigos, formados en círculo a su alrededor, también prestaron atención—. ¡Pues su padre sale con Natalia Escalante!

—¡Pero si es un viejo!

—Tiene cuarenta —aportó uno de los chicos.

—No, capullo, tiene más de sesenta —lo corrigió otro.

—¿Natalia Escalante? —preguntó Pablo.

—El padre de Camila Aráoz —aclaró el que había corregido al primero.

Cuando Natalia entró en el aula de sexto B, despertó risitas y conversaciones susurradas. Julián ya le había avisado por teléfono que Camila los había visto en el restaurante, por lo tanto esperaba que también lo supieran otros alumnos. Si algo no había supuesto, era que despertaría burlas. No entendía por qué los chicos se sentían con derecho a juzgar su vida privada solo porque era su profesora.

—Hoy vamos a hablar de *La Malasangre* —indicó.

Un alumno estornudó y los demás rieron. Estaba claro que había murmurado algo mientras fingía el estornudo. El chico volvió a hacer lo mismo, y Natalia podía jurar que entre dientes había dicho «guarra».

—¿Necesita un pañuelo, Ledesma? —le preguntó en voz alta. No obtuvo respuesta, pero acabó con las bromas, y eso era lo que le interesaba.

En cuarto B, el ambiente fue peor. Los chicos la miraban, se susurraban cosas al oído, aguantaban risitas. Solo Camila la observaba cruzada de brazos, con los ojos entornados y expresión asesina.

—Vamos a hablar de *Romeo y Julieta* —indicó Natalia sin prestar atención a nada, y comenzó con su clase.

Media hora después, había puesto una tarea y recorría los bancos para controlar que los alumnos la estuvieran haciendo.

—¿Qué le vio tu padre? —susurró una compañera al oído de Camila mientras observaba a Natalia, que estaba inclinada sobre un banco para ayudar a otro alumno.

—Debe de ser medio tonto para no darse cuenta de que es una tonta —bromeó otra chica.

Camila se volvió hacia ella y la miró, iracunda.

—Mi padre es el hombre más inteligente del mundo —lo defendió. Que ella pensara cosas horribles acerca de su padre no daba derecho a las demás a hacer lo mismo. Defendería a su padre con uñas y dientes.

Luna, que se sentaba con ella, también se dio la vuelta.

—Basta, Estefi —dijo a la de atrás. Pero esta siguió:

—Será muy inteligente, pero no sabe matemáticas. De veintiocho a cuarenta y siete hay... —Fingió que calculaba.

Natalia advirtió que en la otra punta del salón ocurría un problema cuando oyó que una silla se volcaba con estrépito. Se dio la vuelta y alcanzó a ver a Camila Aráoz empujando a Estefanía González al tiempo que le espetaba un insulto. La otra cayó y se quejó de que su compañera la había agredido.

Natalia corrió hacia ellas. Cuando llegó, Estefanía ya se había puesto de pie y Camila temblaba de ira.

—¡Me ha pegado! —acusó la afectada.

Camila se dirigió a Natalia:

—¡Es tu culpa! —gritó—. ¡Todo es por tu culpa!

Natalia inspiró profundo; no podía permitir semejante conducta en Camila, pero a la vez sabía que Estefanía debía de haberla provocado.

—Ve a la dirección —ordenó a Camila, solo pensando en que era su alumna y había maltratado a una compañera.

No podía evitar llamarle la atención solo porque era la hija de Julián o porque sabía que se había peleado con su compañera por la situación personal que estaba viviendo.

Estefanía hizo un gesto de triunfo, pero la profesora se lo borró de la cara al añadir:

—Y tú también.

—¿Yo? —se ofendió Estefanía—. ¿Por qué?

—A la dirección —repitió Natalia, y esperó a que ambas chicas se encaminaran a la puerta para seguirlas. Desde la entrada del salón las observó bajar la escalera a prudente distancia la una de la otra.

El lunes pasó sin otros sobresaltos. Ambas adolescentes regresaron al aula quince minutos después de su pelea y se sumieron en las tareas de la clase.

El martes, Natalia dio clases como cualquier otro día. Sin embargo, todavía se preguntaba si debía contar a Julián lo ocurrido con su hija. Habían acordado no mezclar vida laboral y vida privada, pero lo ocurrido de alguna manera los obligaba a revisar esa decisión.

A la hora de irse, pasó por la sala de profesores para dejar su carpeta de calificaciones, y allí estaba la directora.

—Natalia, la representante legal necesita hablar contigo —le anunció—. ¿Puedes pasar por su oficina?

Natalia no pensó en lo que ocurriría. Abrazó la carpeta que llevaba desde que había abandonado el viejo portafolio, y se encaminó por el largo pasillo de administración. Era una zona tranquila del instituto donde no había alumnos, solo algunas mesas con plantas y varias puertas que correspondían a las oficinas de las monjas. La representante legal era laica, pero llevaba tantos años allí que podía confundírsela con parte del edificio.

Llamó a la puerta y oyó un «adelante» un tanto rudo. Entró con cautela y enseguida notó la mirada acusatoria de la mujer.

—Natalia —comenzó—, nos llegó una información delicada. Sin embargo, me pareció que no podía referirse a ti, y pensé: ¿cómo se rumorea esto de Natalia, una profesora intachable? No me lo podía creer.

En ese momento, Natalia supo lo que seguiría, pero guardó silencio. No quería responder, no entendía por qué tenía que dar explicaciones a todo el mundo, y se estaba hartando de hacerlo.

—Me dijeron que tienes una relación con el padre de una alumna —continuó la mujer ante la falta de reacción de su profesora—, un hombre mucho mayor que tú, y te imaginarás que no podemos aprobar semejante situación.

Las cejas de Natalia se alzaron en gesto de sorpresa. ¿«Semejante situación»? ¡Ni que estuviera saliendo con un alumno!

—Creo que estás perdiendo el rumbo, que te estás apartando del camino que Dios te tiene preparado —siguió la mujer, ya que Natalia continuaba muda—. Y no solo lo digo por el tema de este padre. Desde hace un tiempo, además, notamos que tu forma de ser ha cambiado mucho.

En ese punto, Natalia ya no se contuvo. La sorpresa del principio dio paso a una furia incontenible que le brotó desde lo más profundo.

—¿Porque ya no trabajo de más ni me ocupo de cosas que no me corresponden? —espetó esbozando una sonrisa irónica.

—Basta con ver tu cambio de vestuario, el corte de pelo o el color que llevas en las uñas —replicó la mujer con voz condenatoria.

Natalia bajó la mirada. Observó sus uñas en tono lila y el *jum-*

*per* gris que llevaba puesto. Debajo tenía una camisa violeta, y en las piernas, medias gruesas al tono. Reconoció que se trataba de un atuendo peculiar, pero no impropio de un instituto. El problema no era la ropa, el cabello ni las uñas, sino la belleza y lo segura de sí misma que se sintiera. Entonces sonrió.

—No veo cuál es el problema con mi apariencia —dijo.

—¿En serio no ves el problema? —replicó la mujer con incredulidad—. Esto es una institución de enseñanza, no una pasarela de modas. No queremos que los profesores se preocupen por cosas superficiales, eso hace que desatiendan su espíritu.

Natalia volvió a sonreír con infinito placer. Cuanto más viento en contra le imponían, mayor era su rebeldía y el deseo de oponerse a todo.

—No se preocupe, mi espíritu está mejor atendido que nunca, porque este es un cambio que parte de adentro hacia afuera —replicó muy segura—. Me siento bien conmigo misma. Cuando una se siente bonita, es más feliz, y la felicidad nos hace ser mejores en todo, incluso en el trabajo.

La mujer la miró con perplejidad. Desde luego se sentía superior a Natalia, como si ella portara una verdad absoluta y su profesora no fuera más que una pobre ingenua necesitada de que le abrieran los ojos.

—¿Escuchas lo que estás diciendo? Esas son tonterías que venden los libros de autoayuda, la única felicidad está en el Señor.

—¿Será entonces que la religión quiere personas que se sientan feas e inseguras para dominarlas mejor? —replicó Natalia, y la boca de la representante legal se abrió como una enorme O.

—Consideraré que no sabes lo que dices. ¿Lo conociste aquí? —interrogó, casi con desesperación—. ¿Saben otros padres de esta relación?

Natalia volvió a reír, pero de incredulidad.

—Yo no tengo por qué confesarme con usted como si fuera un cura —replicó—. No tengo por qué contarle dónde lo conocí ni cómo me hace el amor, porque a mí no me importa cómo le hace el amor su marido a usted, si es que tiene uno. Así que, por favor, no me interrogue acerca de mi vida privada.

—Tu vida privada afecta a esta institución, y si hay problemas a raíz de lo que se vivió ayer con Camila Aráoz, o cualquier otro inconveniente, mantendremos otro tipo de conversación.

—Cuando quiera —contestó Natalia, sin temor a represalias—. Si quiere, también puede despedirme y pagarme el finiquito. Con ese dinero, correría a comprarme más ropa, porque estoy segura de que conseguiré trabajo muy rápido; los que no encontrarán a otra como yo tan fácilmente, serán ustedes. Soy buena en lo que hago, soy buena profesora, y eso es lo único que debería importarle a un instituto.

La mujer negó con la cabeza.

—De verdad no puedo creer lo que oigo —lamentó—. Sin duda esto que estás haciendo no es lo que Dios quiere que hagas.

Natalia se puso en pie y apoyó los puños sobre el escritorio.

—Si esto no es lo que Dios quiere para mí, entonces deje que Él me juzgue sin intermediarios —espetó—. Ahora, si me disculpa, no tengo más tiempo que perder. Buenas tardes.

Sin atender más reclamos, giró sobre los talones y salió de la habitación con una sola necesidad: ver a Julián. No podía hablar con su madre acerca de lo sucedido en el instituto porque se pondría de parte de ellos y acabaría presionándola también. En ese momento, necesitaba estar con alguien que la apoyara en sus decisiones y que le diera fuerzas para seguir actuando por sí misma.

Él no respondió la primera llamada. La segunda, en cambio, la atendió muy rápido, pero con una voz que no parecía suya. Aunque Natalia se dio cuenta de que algo no estaba bien, le preguntó si tenía tiempo para almorzar. Tal como esperaba, Julián le dijo que no con pesar.

—Estoy en medio de un problema de la fábrica que me va a llevar horas —le explicó—. Perdóname.

—No te preocupes —aceptó Natalia sin demasiadas vueltas—. Mi más sentido pésame.

Aunque no tenía ánimos, Julián rio.

Natalia acabó en casa, comiendo un sándwich y pensando en todo lo que había sucedido desde que la gente sabía de su vínculo con Julián. Parecía increíble, pero cada vez que alguien se oponía a su relación, ella cobraba más fuerzas para seguir adelante. Las negativas de la gente funcionaban como un motor que aceleraba sus impulsos; sin embargo, sola con su inconsciente, no podía negar que todavía sentía miedo, sobre todo de sí misma.

Su madre llegó antes de que acabara su rápido almuerzo. Se puso a acomodar cosas sobre la encimera y fingió concentrarse en ello, pero Natalia sabía que la estaba observando con el rabillo del ojo.

—¿Ya has decidido qué vas a hacer con ese hombre? —soltó de pronto.

Natalia la miró con el ceño fruncido, pensando en responder una barbaridad. «Sí, claro que ya decidí lo que voy a hacer con él: chupársela hasta dejarlo inconsciente.» Por supuesto, no lo dijo. A cambio, se encogió de hombros.

—No tengo nada que decidir —respondió.

—Ajá. No tienes nada que decidir. No te importa ser la mujer que rompa una familia como rompieron la tuya.

Natalia suspiró, se puso en pie sin acabarse el vaso de refresco y se encerró en su cuarto. Corrigió exámenes y tareas de sus alumnos hasta las ocho de la noche, hora en que se dio una ducha. Al regresar a su habitación, encontró en su móvil una llamada perdida de Julián. La devolvió enseguida. Cuando él respondió, otra vez no parecía su voz.

—¿Estás enfermo? —le preguntó, preocupada. Lo oyó suspirar.

—Supongo que sería mejor una enfermedad —replicó él—. Una curable —agregó. Natalia rio—. Necesito verte. ¿Puedes?

Media hora después, cenaban en el apartamento de Julián, pero él no parecía el mismo. Se veía agotado y triste.

—¿Qué te pasa? —le preguntó Natalia. Se sentía incapaz de

soltar una palabra acerca de su entrevista con la representante legal del instituto o de lo ocurrido entre Camila y su compañera sin saber antes qué tenía a Julián tan decaído.

—Estoy cansado —contestó él. Ella pestañeó ante el silencio que siguió; se hacía evidente que esperaba una explicación—. Estoy cansado de todo.

Algo se sacudió dentro de Natalia. Jamás había visto a Julián de mal humor, o a punto de bajar los brazos, y no sabía cómo actuar frente a eso. Se humedeció los labios y tomó aire antes de contestar. Esperaba dar con alguna palabra alentadora, pero era difícil de encontrar.

—¿Y qué te provocó ese sentimiento? —acabó preguntando. Nada que ayudara, pensó, y se maldijo por ser tan inútil cuando se trataba de arropar a alguien. A Julián no pareció afectarle la pregunta, porque no esperaba otro apoyo que no fuera ese: interés genuino en lo que le pasaba.

—Hace tiempo te conté parte de mis expectativas para Tamailén —explicó. Natalia asintió—. Invertí en máquinas de mayor envergadura para aumentar y mejorar la producción. Eran usadas, no podía darme el lujo de comprar maquinaria nueva. Las probé durante una semana antes de comprarlas, y funcionaban de maravilla. —Hubo un nuevo silencio. Luego continuó—. Hoy pasé la tarde debajo de una, tratando de hacerla funcionar. —Natalia suspiró, presintiendo la gravedad del problema. De todos modos, Julián se lo dijo con todas las letras—: Fue una inversión muy grande y si esas máquinas no funcionan, podría decirse que he llevado la fábrica a la quiebra.

—Eso no va a pasar —se apresuró a animarlo ella.

—Una vez llevé un negocio a la ruina, así que puedo hacerlo dos, tres y hasta cien veces, hasta que aprenda que no sirvo para esto.

Natalia no necesitó saber a qué se refería Julián para conmoverse. Le bastó con percibir la mezcla de emociones con las que él pronunciaba esas palabras. Allí se ocultaban resentimiento y enojo, pero sobre todo había un profundo dolor.

—No tiene por qué pasar otra vez —insistió—. Lo que te hace decaer es el miedo al fracaso.

—No puedo no sentirlo —se lamentó Julián, mirándola a los ojos. Los de él se habían oscurecido—. Cuando un hombre fracasa en un negocio, todo su mundo se derrumba.

Natalia dejó escapar una risa tan sombría como los ojos de él.

—Me parece estar escuchando a mi madre —dijo—. No puedo creer que tú estés diciendo algo tan... machista.

—No es machismo, es experiencia —la contradijo él con serenidad—. Empecé a trabajar con mi padre a los quince años. Iba al colegio por la mañana, y pasaba las tardes en la fábrica. A los dieciocho, cuando terminé la secundaria, empecé a hacer el reparto. Como te conté, mi padre quería que la empresa fuera familiar, por eso todos teníamos algo que hacer ahí: yo repartía y mamá era su secretaria; luego Claudia se ocupó de tareas administrativas y por último se sumó mi hermano, Fabrizio, para hacer de comodín. Hasta los empleados eran como parientes, recibíamos el Año Nuevo juntos, todos en la fábrica, ellos con sus familias, y nosotros. No nos faltaba nada: éramos felices, tuve la mejor infancia y adolescencia del mundo. Después conocí a Sabrina, me casé, tuvimos hijos... Hasta que cumplí los cuarenta. Entonces, la vida perfecta me pareció una ilusión; sentí que había pasado la mitad de mi existencia trabajando para mi padre en una fábrica estancada en el tiempo, y que no había conseguido nada por mí mismo. Hablé con mi padre para que me permitiera hacer crecer la fábrica, pero no me dejó. Era el hombre más bueno del mundo, pero también el más terco, como muchos europeos inmigrantes. Finalmente, decidí seguir mi propio camino, e invertí los ahorros familiares en una distribuidora —sonrió cabizbajo—. Sabrina quería que con ese dinero hiciéramos un viaje al Caribe los cuatro, y yo le prometí que con la distribuidora nos iba a ir tan bien que la iba a llevar más lejos. Tenía mucha confianza en mí mismo, y mi padre me apoyó, pero ella no confiaba en mí, o eso sentí yo, porque todo el tiempo trató de disuadirme de la idea de dejar de trabajar para

Tamailén. Tuvo razón. Pude mantener mi negocio unos dos años, hasta que acabé en la ruina. No habría Caribe, ni mucho menos ese sitio más lejos que le había prometido. Casi no hubo siquiera escuela privada para mis hijos, ni casa tan grande, ni coche tan bonito. Entonces vinieron los problemas: Sabrina había perdido su admiración por mí, yo me convertí en un perdedor, en un fracasado que a los cuarenta y cuatro años tenía que volver a repartir alfajores para la fábrica de su padre. —Volvió a sonreír con melancolía—. ¿Sabes lo que significa para un hombre en la mitad de su vida volver a los quince años? Que su mujer le diga que es un inútil, ¡sentir que no puede darle nada! Poco después, estábamos divorciados. Es verdad que la relación había ido en picado desde hacía varios años, pero mi fracaso aceleró el proceso.

—No lo llames así —intervino Natalia.

Julián la miró, alertado por su voz.

—¿Por qué estás llorando? —Las lágrimas resbalaban por las mejillas femeninas.

—No lo llames tu fracaso, no lo fue; fue algo que tenía que pasar, porque le pasa a mucha gente.

—Vaya, ahora lloras porque te doy lástima.

—Lloro porque si tu negocio fracasara de nuevo, pensarías que yo te lo reprocharía. Creerías que te miro pensando que eres un inútil y un fracasado, y entonces me dejarías. Lo peor es que jamás te darías cuenta de que estabas equivocado. Si supieras lo que yo pienso de ti, el modo en que te miro... Mis ojos no saben transmitirlo, porque soy fría y vergonzosa, pero mi alma te mira de una manera en la que tú jamás te mirarías, porque cuando te ves, solo ves un inútil y un fracasado.

Julián pestañeó varias veces, tratando de controlar sus emociones.

—Veo a alguien agobiado de problemas y lleno de miedo al fracaso —confesó.

—Sí —asintió ella, inclinándose para acariciarle una mejilla; sus ojos quedaron atrapados en su mirada—, pero aun así, y todavía no sé cómo ni por qué, para mí eres como una fantasía. ¿Qué valor tiene cuando se ama lo perfecto? Eso es fácil, lo verdaderamente valioso es amar lo imperfecto. Quererte a ti, con todos tus problemas y tu miedo al fracaso y tu pasado. Que tú me quieras a mí, con mi incapacidad para demostrar mis sentimientos, con mis complejos y mis estados de ánimo ciclotímicos. Eso es la perfección.

Julián le rodeó el rostro con las manos. Se llevó sus lágrimas con los pulgares y la humedad con sus labios al darle un beso junto a la boca.

—No hay manera de que no esté enamorado de ti —dijo con mirada intensa y la voz transformada por el cariño.

Cuando estaba con Natalia, se sentía tan completo y feliz que los muros parecían desaparecer. Quizá por primera vez en su vida se sentía aceptado y comprendido por una mujer que estaba a su lado por lo que él podía dar y no por lo que esperaba recibir, o tal vez él daba por naturaleza lo que ella necesitaba obtener.

Natalia se aproximó a sus labios y los rozó con los suyos. Su respiración se interrumpía cada vez que lo tenía cerca, y se reanudaba cuando él comenzaba a besarla, siempre de esa manera suave e intensa que le producía un cosquilleo en su parte más íntima. Se entregó a la lengua que dibujó garabatos lentos en su boca, y dibujó también ella.

«Esa relación no tiene ningún sentido», «Ese no es hombre para vos», «Cuando tengas mi edad, él ya estará muerto», le había dicho su madre. Ese último recuerdo la hizo llorar otra vez.

—Nati —dijo Julián sin dejar de acariciarle las mejillas, presintiendo que ella se había apartado del momento.

—Mi madre y la representante legal del instituto me volvieron loca —le contó—. Pero todo lo que consiguieron fue hacerme más rebelde contra sus exigencias, pero hay algo que mi madre dijo, y creo que es en lo único que tiene razón. —Volvió a llorar—. ¡Y es que no quiero perderte!

Julián frunció el ceño y sonrió.

—No entiendo por qué podrías... perderme. —No le agradaba el término, pero eso había dicho ella.

—Tenemos veinte años de desventaja —aclaró Natalia, haciendo de la muerte un eufemismo.

En lugar de entristecerse, Julián rio como jamás pensó que podría hacerlo en un día tan difícil.

—¿Por qué te preocupas por algo que puede pasar de aquí a treinta años? —preguntó—. Además, te prometo que para el día en que me muera, te voy a tener tan harta que desearás verme muerto.

Todavía con lágrimas en los ojos y labios temblorosos, Natalia también rio.

—¡No seas tonto! —exclamó golpeándole el brazo.

Julián siguió riendo mientras la abrazaba por la cintura y se llevaba con un beso las lágrimas que habían alcanzado su boca.

—Ahora te mostraré lo que es la muerte —le prometió alzándola en el aire. Y con el mismo movimiento rápido y suave, la sentó sobre una zona libre de la mesa.

Natalia abrió las piernas y atrajo con el pie a Julián para que se acercara a ella. Él chocó contra su pelvis, y casi al mismo tiempo se inclinó hacia delante en busca de los labios que lo esperaban entreabiertos. Natalia aceptó el nuevo beso rodeándole el cuello con los brazos y apretando su cabeza para que se hundiera dentro de su boca, donde podría hallar la paz que tanto necesitaba.

No iba a renunciar a Julián por nada. Cuanto más se opusieran a su relación, más se nutriría su ánimo de continuarla y más crecería su admiración por el hombre que amaba. Manifestó esa sed de permanecer a su lado acariciándole los brazos, una y otra vez, de arriba hacia abajo y viceversa, hasta que el roce con la tela de la camisa le hizo arder las manos. Entonces los dedos se escurrieron hacia los botones y comenzaron a desabrocharlos, mientras los ojos esperaban ver lo que allí se escondía.

Detuvo sus movimientos cuando sus pezones respondieron ante un estímulo brusco. Julián le sobaba los pechos sobre el *jum-*

*per*, y la imagen le resultó tan tentadora, que alzó los brazos para que le quitara la ropa. Pero él quería dejársela puesta para admirar el modo en que se ceñía a sus curvas y lo bien que le sentaba en el cuerpo.

—Me encanta tu ropa —le dijo admirándola, y Natalia volvió a sentirse hermosa, segura de sí misma, deseosa de dar y recibir placer.

Julián la rodeó con un brazo y le aflojó la cremallera del *jumper*. Luego introdujo la mano dentro de la blusa y extrajo un pecho. Natalia bajó la cabeza y se vio semidesnuda. La contemplación de su pecho al descubierto le resecó los labios, y el deseo se acrecentó cuando Julián se inclinó y le atrapó el pezón con los labios.

Ella elevó la cadera, presa de una sensación que le hacía temblar el cuerpo. Apoyó los pies en las sillas y continuó alzándose hasta chocar con el vientre del hombre, y luego dejándose caer. Apretó la cara de Julián contra su piel mientras la lengua y los labios continuaban estremeciéndola. Lo besó en la frente y bajó las manos hacia su camisa; necesitaba quitársela de una vez. La arrancó de dentro del pantalón y solo lamentó que él tuvo que interrumpir el beso que daba a su pezón para que ella se la quitara.

Tan rápido como la primera prenda se apartó de su cuerpo, él se abrió el pantalón, que cayó hasta las rodillas. Lo mismo hizo con su bóxer, y pretendió hacerlo con la ropa interior de Natalia, pero en ese momento ella se acordó de algo.

—¡No puedo! —exclamó—. Todavía estoy... estoy un poco...

—Estás un poco excitada —susurró Julián con mirada ávida. Mientras tanto, sin apartar los ojos de ella, iba bajando su ropa despacio—. Muy excitada —precisó al oírla jadear. Sabía que Natalia imaginaba lo que seguiría, y que la proximidad de una fantasía hecha realidad consumía su paciencia.

Evitó mirar hacia abajo mientras desnudaba su intimidad para no incomodarla, y una vez que logró dejar la ropa interior colgando de uno de sus pies, la tomó de las nalgas para acercarla al borde de la mesa. El pecho libre se agitó con el movimiento y atrajo la atención de Julián, pero pronto volvió a los ojos de Natalia. Era hermoso mirarla mientras lo deseaba y se debatía entre la realidad y el sueño.

Llevó una mano a su cabello y tiró suavemente de él, inclinándole la cabeza hacia atrás. Le besó el mentón y luego el cuello, donde su respiración dejó estelas de calor y sensibilizó la piel. Natalia se aferró más a sus hombros, buscando tomar contacto con su miembro, lo cual no consiguió hasta que él se adelantó y se lo ofreció por entero. Sin embargo, no la penetró, solo la rozó, y Natalia siguió buscando sus íntimas caricias moviéndose contra él. Julián le besó el cuello y subió hasta la mejilla. Natalia volvió la cabeza bruscamente e introdujo la lengua en su boca. Los labios se encontraron, las respiraciones se agitaron, y del mismo modo en que la lengua de Julián entraba en la boca de Natalia para volverla loca, su pene tieso invadió la cavidad femenina a un ritmo lento y tortuoso que contrastaba con la intensidad del beso.

Comenzó entrando y saliendo despacio, dejándola vacía cuando se alejaba y llena de sueños cuando volvía a penetrarla.

—¿Entiendes por qué esto se parece a la muerte? —le preguntó agitado, introduciendo el dedo índice en su boca mientras le rozaba los labios con el pulgar. La lengua de Natalia le rozó el dedo mientras sus ojos se consumían en deseo. Liberó su boca para oír la respuesta.

—Porque es el paraíso —replicó Natalia, moviéndose contra él.

«Tienes una relación con el padre de una alumna», «No podemos aprobar semejante situación», «No te importa ser la mujer que rompa una familia como rompieron la tuya», recordó. Y eso la hizo agitarse convulsivamente, mucho más rápido, presa de las sensaciones más fuertes que jamás había experimentado.

—¡Te amo! —gritó, jadeando. Cuanto la gente más se oponía a su relación, más amaba a Julián. Ellos eran su alimento.

—Te amo —susurró él contra su mentón antes de besarlo.

La voz de Natalia, su respiración y sus gemidos lo excitaban. Tocarla lo enloquecía; besarla lo llenaba interiormente. Deslizó los labios por sus mejillas, embistiéndola con tanta energía que la mesa se movía al mismo ritmo que ellos.

«Fóllame —pensó Natalia con lujuria—. Fóllame...»

—Fóllame —dejó escapar. Y descubrió que le gustaba, que esa palabra a él lo excitaba más, y también a ella misma.

Tomó el rostro de Julián entre las manos y pegó su frente a la de él. Julián abrió los ojos y su mirada se prendó de la de ella, conjugándose ambos en una sublime combinación de amor y placer.

Sus cuerpos se convulsionaron con el orgasmo, pero jamás dejaron de observarse. El éxtasis duró un momento, y luego, poco a poco, los fue invadiendo una grata sensación de plenitud. Los párpados de Julián se entornaron, y Natalia naufragó en sus pupilas inundadas de satisfacción. Todavía con él dentro, le rodeó el cuello con los brazos y lo besó en la boca. Parecía que todo volvía a empezar, y todavía ni siquiera había acabado. Instantes después, volvieron a abrir los ojos, pero sin despegar los labios, y se miraron mientras se respiraban. Julián sonrió y le apartó el cabello que le cubría un ojo.

—Eres hermosa —le recordó, y aunque ella se mordió el labio avergonzada, no lo contradijo.

La voz de él era tan intensa que le provocó un hormigueo en el estómago. Nunca había experimentado algo tan profundo como el sentimiento que la aquejaba en ese momento: una especie de miedo a no saber continuar sin Julián. Sentía que su alma se elevaba con él y que no podría vivir sin esa sensación.

—No te he dejado cenar —murmuró Julián cabizbajo.

—Solo tengo hambre de ti —respondió Natalia buscando su mirada, que él le entregó junto con un nuevo beso. Pretendía que ambos se distrajeran mientras sus cuerpos se separaban, para sentir menos la falta.

Media hora después, estaban en la cama, mirándose a los ojos a la luz de la lámpara. Julián estiró un brazo y volvió a apartar el cabello del ojo de Natalia. Después se quedó acariciándole una mejilla mientras ella hacía lo mismo con la suya.

—Gracias —le dijo él, dejando entrever una sonrisa.

Su humor había cambiado por completo: Natalia había conseguido que, de hallarse temeroso y frustrado, se sintiera seguro de sí mismo y con energías renovadas para superar cualquier adversidad. Por ese motivo, no se atrevió a contarle lo que había ocurrido con Camila. Esperaba que el suceso no trajera consecuencias, que pasara inadvertido. Sin embargo, no fue así.

El miércoles, la directora la apartó de los demás profesores en el recreo.

—Natalia, acabo de recibir a la madre de Estefanía González —le comentó—. Estaba muy enojada por lo que pasó con Camila Aráoz, así que no vamos a poder dejar el tema en la nada. Estoy a punto de poner una nota en el cuaderno de Camila para que el viernes se presenten sus padres —sonrió, y Natalia leyó falsedad y triunfo en esa sonrisa—. Los dos —aclaró—. Y quiero que tú estés presente, ya que el problema ocurrió en tu clase.

El pecho de Natalia ardió. «Hija de puta, vieja hija de puta», pensó.

—No hay problema —respondió, también sonriente—. Voy a tomar algo antes de que termine el recreo —agregó para escapar. Y lo consiguió.

Las horas restantes, se debatió entre avisar a Julián lo que sucedería o no. Concluyó en que debía advertirle que tendrían que enfrentarse cara a cara con su ex mujer, y quizá también con Camila.

Lo llamó por teléfono después del mediodía. Él la atendió debajo de la máquina que todavía no había podido reparar, ni siquiera con ayuda del técnico.

—Tenía que llamarte —le dijo él—, pero todavía no había podido hacerlo. Hace media hora me avisó Sabrina que el viernes tenemos que presentarnos los dos en el instituto. No quería que nos vieses y pensaras que...

—Ya lo sabía —lo interrumpió Natalia, temerosa del modo en que él pudiera reaccionar cuando se enterase de que ella no le había contado el problema antes—. Es porque el lunes, en mi hora de clase, Camila se peleó con una compañera. Quieren que yo también esté en la reunión del viernes, y sé que lo están haciendo a propósito.

Los dos se quedaron callados. Natalia pensó que Julián se había enojado, y los segundos de silencio se le hicieron eternos.

—¿Y cómo te sientes respecto a eso? —oyó en lugar de una queja, y eso la estremeció. Julián se preocupaba por ella y no porque debía haberle advertido del problema antes.

—Me siento muy mal —reconoció Natalia, apenada—. Camila se peleó con esa compañera por nosotros. No quiero enfrentarme a tu ex mujer, no quiero que haya un escándalo donde yo parezca la furcia que le robó a su marido y que...

—¡Para! —intervino Julián—. Nadie va a pensar eso. Primero, porque no eres eso que acabas de decir. Segundo, porque yo no soy su marido. Y tercero, Sabrina no sabe que estamos juntos.

—¿Piensas que Camila no se lo dijo? —No creía que la ex de Julián no estuviera al tanto de la situación.

—Estoy seguro de que no se lo dijo —replicó él—. Camila piensa que su madre y yo tenemos que recomponer nuestro matrimonio, por eso sé que no le diría nada que pudiera separarnos todavía más.

Natalia enarcó las cejas. Era peor el remedio que la enfermedad: si Camila pensaba que sus padres tenían que estar juntos, estaba perdida.

—Voy a hacer todo lo que esté a mi alcance para que superemos el trance del modo más profesional posible —siguió él, preocupado por ella—. Tal como hicimos la otra vez, ¿recuerdas? —Natalia se mantuvo en silencio—. Vamos, Nati, tenemos que poder con esto, en algún momento iba a pasar, pero para eso necesito que estés conmigo. ¿Lo estás?

Después de suspirar y meditar, Natalia acabó asintiendo.

# 21

Descargó sus temores escribiendo. Había escrito toda la semana, páginas y páginas en las que plasmaba su interior lleno de amor, confusión y miedo. Por alguna razón se acordó de su pasado, y también lo redactó, como un *flashback* que justificaba el temor que Nadia sentía por el futuro y las relaciones estables. El origen de su ser reprimido, el boicot a todos sus vínculos con hombres y la dificultad para marcar diferencias entre sus deseos y los ajenos. Así consiguió llegar al viernes con algo de paz.

A las nueve y media acompañó a la directora al vestíbulo del instituto. Desde lejos divisó a Julián sentado junto a su mujer. Ella manipulaba su móvil y lucía radiante, era bella y juvenil, muy parecida a su hija.

—Familia Aráoz —llamó la directora para que notaran su llegada.

«Familia», resonó en la mente de Natalia, sabiendo que la mujer los llamaba así a propósito. Su inconsciente erigió una barrera contra el término.

Julián fue el primero en ponerse de pie. A Sabrina le llevó un instante guardar el teléfono y dejar de sonreír al aparato para poner expresión severa ante las autoridades del colegio. Natalia tembló por dentro; en su mente se agolpaban imágenes de esa mujer con Julián, cosas que jamás había visto, pero que suponía. Besos, palabras, caricias...

—Le presento a Natalia Escalante, la profesora de Literatura —indicó la directora dirigiéndose a Sabrina.

La mujer solo hizo un gesto con la cabeza como saludo, respetuoso pero distante. Estaba claro que ignoraba lo que sucedía entre la profesora y su ex marido, pero eso no aportó serenidad a Natalia, sino más celos. Para su pesar, mientras se ubicaban en distintos asientos en la oficina, llegó la preceptora con Camila.

—Siéntate, Camila —pidió la directora. Después agradeció a la celadora por haber conducido a la alumna hasta allí, y la chica se retiró.

Camila no entendía lo que pasaba, pero lo imaginó. Se sentó donde le indicaron y permaneció cabizbaja y en silencio mientras los adultos daban inicio a la conversación.

—Los citamos porque Camila tuvo el lunes una actitud sumamente inapropiada —comenzó la directora—. Como saben, uno de los objetivos de nuestra institución es la convivencia armoniosa entre todos los miembros de la comunidad educativa. Por tanto, no podemos dejar pasar que una alumna, en este caso Camila, golpee e insulte a una compañera en medio de una clase.

Sabrina sonrió.

—¿Está segura de que fue mi hija? —soltó.

Natalia alzó la cabeza de repente, alertada por el tono de la mujer. Así que la ex de Julián era una de esas madres que defendían a sus hijos de lo indefendible y ponían en duda la autoridad escolar.

—Por eso quisimos que Camila presenciara esta reunión —respondió la directora—. Seguramente ella pueda explicarnos lo que pasó. ¿Es cierto lo que estamos diciendo, Camila?

La adolescente alzó la mirada, pero solo hacia su padre, que hasta el momento se mantenía en silencio.

—Sí —respondió.

—¿Y por qué hiciste eso? —siguió preguntando la directora.

Natalia tembló otra vez. Sabía por qué lo preguntaba, y no

podía creer que estuviera utilizando la situación para influir psicológicamente en todos los presentes.

Camila bajó la mirada. Suspiró, confundida. No iba a decir la verdad, no la había dicho cuando le habían preguntado los motivos de la pelea el lunes, ni lo había hecho Estefanía, porque no le convenía, de modo que tampoco lo haría ella. Si la directora sabía lo que Natalia Escalante estaba tratando de hacer con su padre, era por cotilleos de otros alumnos. Juzgó mejor que su madre no supiera lo que ocurría entre su padre y su profesora, porque estaba dispuesta a que pronto dejara de ocurrir. Miró a la directora y se mostró infantil, como creía que eran muchas de sus compañeras.

—Me dijo que Green Day no era una buena banda y que Justin Bieber era mejor —contestó—. ¿Qué sabe ella de música?

La directora fingió una sonrisa, pero lo que sentía era cólera porque su plan estaba fracasando.

—Me parece que el objetivo de esta reunión ya está cumplido —terció Julián—. Camila reconoció lo que hizo, vamos a hablar con ella para que no vuelva a ocurrir, y estaré de acuerdo con la sanción que consideren necesario imponerle.

—¡Claro que no! —saltó Sabrina—. Mi hija tuvo razones para hacer lo que hizo y no aceptaré ninguna sanción para ella.

—No importa la razón, no puede insultar y golpear a una compañera; tiene que afrontar las consecuencias de sus acciones. Eso le enseñará que todo lo que hacemos en la vida trae cola —replicó Julián, y miró a la directora—. Por favor, sanciónela.

Sabrina negaba con la cabeza, y así la malicia de la directora encontró un hueco para renacer.

—¿Por qué no dejamos la decisión en manos de Natalia, ya que el hecho ocurrió en su clase? —propuso.

Natalia alzó la cabeza cuando todas las miradas se concentraron en ella. Menudo y artero aprieto: si no sancionaba a Camila, se opondría a Julián, y si la sancionaba, se enfrentaría a la madre y a la hija. De todos modos, aunque la sancionara para quedar bien con él, la directora sabría que acababa de actuar en contra de la hija de su novio, y buscaría el modo de hacerla quedar mal también por eso.

Tenía que apartarse de todo y regirse solo por sus ideas. Suspiró; ella jamás había creído en la pedagogía de recompensas y castigos, del palo y la zanahoria, de modo que se obligó a ser ella misma, a descubrir su parecer y relegar el de otros.

—¿La sancionas, Natalia? —insistió la mujer, ante lo que ella respondió:

—No.

También quedaría mal por haber dado esa respuesta, lo sabía: la directora le diría que no había sancionado a la alumna porque sentía preferencia por ella, pero no le importó. Se sentía bien con lo que había respondido porque era su parecer, y nada ni nadie había intervenido en su decisión. Si algo la atemorizaba era que Julián tomara a mal que no le diera la razón, pero eso no sucedió. Él no se entrometió, y eso la tranquilizó.

—¿Ya está? —preguntó Sabrina con gesto triunfal.

Muy a su pesar, la directora tuvo que asentir. Todos se pusieron de pie y salieron de la habitación.

—Mintió —susurró Natalia cuando Julián pasó por su lado. Se refería a Camila.

—Lo sé —replicó él sin detenerse.

Una vez fuera del instituto, acompañó a Sabrina hasta la esquina. Ella había vuelto a su teléfono móvil.

—Si por lo menos pudiéramos hablar, evitaríamos contradecirnos delante de los chicos, pero últimamente hemos perdido toda capacidad de comunicación —le dijo a su espalda, ya que ella aceleraba el paso para evitarlo.

Sabrina se volvió y lo miró con la cabeza ladeada.

—Es que no me interesa hablar contigo —contestó.

—A mí tampoco hablar contigo —replicó Julián—. Lo único que me importa es que nuestros hijos no reciban dobles mensajes todo el tiempo y que vean que sus padres se pueden llevar bien, aunque no sean un matrimonio. ¿Podemos intentarlo?

—Mis hijos están muy bien —replicó Sabrina, concentrando su atención otra vez en el móvil.

—No es verdad —contestó Julián.

Sabrina alzó la mirada hacia él. Esbozaba una sonrisa soberbia.

—Tú vives en otra parte, ni siquiera los conoces, estás muy apartado de lo que piensan o sienten.

—Yo no lo siento así —contestó Julián. No podía creer que los mismos ojos que alguna vez lo habían mirado con admiración y cariño, ahora solo le transmitieran desprecio. Para colmo, la mirada se completó con un suspiro que reflejaba agotamiento.

—¿Piensas seguirme hasta el coche? —replicó Sabrina con sorna.

Julián negó con la cabeza.

—¿Por qué me odias? —preguntó.

Ella rio.

—¡Por favor! —replicó—. ¿Cómo puedes creerte tan importante para mí como para que te odie?

—Nos divorciamos para llevarnos bien y lo conseguimos, no entiendo por qué desde hace un tiempo eso ha cambiado —insistió él.

En ese momento, el teléfono de Sabrina sonó y ella respondió rápidamente.

—Perdóname, amor, estoy tratando de sacarme un pesado de encima —dijo—. No, no hace falta que vengas, tranquilo. ¿Estás en la audiencia? Ya voy.

En un primer momento, Julián solo pestañeó. Cuando ella colgó, se echó a reír. Comprendió todo tan rápido que no pudo creer que alguna vez se hubiera casado con una mujer que por tener una nueva pareja pensaba que era una reina y que debía llevarse mal con su ex. Nada quedaba de la Sabrina que alguna vez lo había enamorado con su sonrisa sincera y sus palabras inteligentes. Parecía otra persona, la adolescente que tal vez no había sido y pretendía ser.

—Sabes que estoy trabajando para un estudio de abogados, ¿no? —dijo ella sin tener en cuenta que él reía—. En este momento debería estar en una audiencia asistiendo al letrado, así que no puedo seguir perdiendo el tiempo. Que te vaya bien.

Sabrina le dio la espalda y echó a andar con seguridad arrolladora. Los tacones le hacían menear las caderas, enfundadas en unos pantalones ajustados color uva. Era una mujer atractiva y bella, con una imagen social delicada y moderna, pero para él solo era la madre de sus hijos. No estaba enamorado de ella ni añoraba el pasado que habían compartido; solo al principio, recién separados, se había lamentado por lo que eso significaba: un nuevo fracaso.

No hizo esfuerzo alguno por detenerla. Ahora comprendía que ya no contaría con ella para aliviar la pena de sus hijos, de modo que debería idear otro plan.

Llegó tarde a la reunión con sus amigos, que lo esperaban bebiendo café en el bar. Esa semana había sido agotadora, y lo comentó: les explicó cómo había reparado la máquina que fallaba y rogó que no volviera a romperse. Como siempre, después de hablar de problemas y anécdotas laborales, discutieron sobre fútbol, y con eso volvieron a reír y evadirse de su cotidianidad, como si desde la mesa de un bar pudieran cambiar el destino de clubes y futbolistas.

—¿Organizamos un partido el domingo? —propuso Cristian—. Vamos al campo de la granja, jugamos y seguro que nos ofrecen un mejor contrato que a Riquelme —bromeó.

Tenían por costumbre reunirse algunos domingos en la granja que Cristian tenía cerca de la ciudad. Cada uno iba con su esposa e hijos; a veces hasta concurrían suegros y hermanos. Jugaban toda la mañana, hacían un asado, y otra vez pasaban la tarde dejándose el alma en el campo mientras las mujeres conversaban y los viejos jugaban a las cartas.

Planearon invitar a otros amigos para armar los equipos, y hablaron acerca de cuántas personas llevaría cada uno para saber cuánta carne comprar.

—Podemos ser dos o cuatro —replicó Julián cuando le tocó responder.

—¿Cuatro? —Alzó la mirada Jorge, que estaba enviando SMS a los demás invitados para que confirmaran su asistencia y número de acompañantes.

—Voy con los chicos y con otra persona... se llama Natalia.

—¡Uau, Natalia! —exclamó Jorge tras un instante de silencio—. Eso no lo sabíamos. ¿Empezó hace mucho?

—Unos meses.

—¡Felicidades! —intervino Cristian—. Ya queremos conocerla. ¿Dónde la conociste?

—Aquí.

—¿Aquí? —se sorprendió Jorge.

—En aquella mesa —señaló Julián.

Sus amigos rieron, todavía sorprendidos por la noticia y más intrigados que nunca por conocer a la tal Natalia, después de saber que había salido del mismo bar al que iban todos los viernes y que jamás la habían notado. Contarían las horas hasta el domingo.

Después de sacar el coche del aparcamiento y recorrer unas calles, Julián se detuvo en una zona casi sin tráfico y llamó a Natalia. Ya era mediodía y aún no había podido preguntarle cómo se encontraba después de la incómoda reunión.

Natalia se alegró de escuchar su voz, y le aseguró que estaba bien. A pesar de que se sentía celosa y molesta, no permitiría que su inseguridad generara peleas, como le había sucedido con Gabriel, mucho menos que arruinara la relación, de modo que estaba siempre dispuesta a ocultar y vencer. Había aprendido de los errores, o lo haría por la fuerza de las circunstancias.

—El domingo vamos a la granja de uno de mis amigos —le contó Julián, después de haber terminado con el tema de su hija y su ex mujer—. ¿Te parece bien?

Natalia respiró hondo. De pronto, se puso nerviosa.

—¿Van a estar tus amigos allí? —preguntó.

—La mayoría de ellos, sí. Además, hay algo que debo respetar. Siempre que he ido, he llevado a Tomás y Camila. No puedo dejarlos ahora, así que, si estás de acuerdo, vamos a compartir el domingo.

«¡No, no, no! —gritó el corazón de Natalia—. No quiero compartirte con nadie que no haya salido de ti y de mí, quiero que seas mío.» Pero no lo verbalizó.

—Si te parece conveniente enfrentarnos a Camila y a mí... —dejó escapar.

—No es un enfrentamiento, Nati. Tú me acompañas, pero no puedo dejar a mi hija fuera. Si no quiere venir, es su problema, pero tengo que invitarla. Siempre ha sido así. Lo siento.

Natalia temblaba. Julián pretendía arreglar todo con una disculpa, pero no dejaba de dañarla. A la vez entendía que era ella la que estaba de más, la nueva, la que tenía que ganarse un lugar.

—Ve con tus hijos —contestó.

—Por favor, no me hagas esto. Ellos son niños, pero nosotros somos adultos, y tenemos que manejar la situación. ¿Cuento contigo?

—No insinúes que no soy adulta porque... —comenzó ella, enojada.

—Por favor, no discutamos por esto, y menos por teléfono —la interrumpió Julián.

Se produjo un instante de silencio.

—¿Arreglaste la máquina? —soltó Natalia de pronto. No quería pelear, pero todavía le temblaba el cuerpo de indignación. No lo podía controlar.

—Sí. ¿Vamos el domingo, pues?

Otro instante de silencio.

—Vale.


—¡Si va ella, yo no voy! —gritó Camila al teléfono.

—Pues no vengas —respondió Julián al otro lado de la línea, con voz imperturbable.

—¡La prefieres a ella antes que a mí! —chilló la hija ante la indiferencia del padre, pero tampoco así obtuvo lo que quería.

—Piensa lo que quieras, pero en tu corazón sabes que no es así.

Los dos permanecieron en silencio hasta que Camila dejó de respirar como si la persiguiera alguien y habló más serena.

—Está bien —acabó aceptando. Era mejor ir que dejar el camino libre a su profesora—. Puedes pasarme a buscar a la hora de siempre por casa de la tía Mara.

Julián accedió sin preguntar por qué pasaba los fines de semana en una casa ajena. Estaba claro que Sabrina vivía más tiempo con el abogado que con sus hijos, y no podía culparla por eso, pero no justificaba el descuido. También dedujo que Camila no sabía que su madre había formado pareja, ni se sintió con derecho a decírselo. Solo esperaba que su ex, como él, fuera precavida y pensara en Tomás y en Camila antes que en ella misma.

De hecho, Camila no estaba al tanto de lo que su madre hacía de su vida. Se había convencido de que, como había empezado a trabajar, tenía muchos compromisos en el bufete de abogados y que por eso viajaba muchos fines de semana a atender casos en las provincias. Sabrina era abogada, pero había dejado de ejercer cuando nació su hija, y había regresado a la profesión después del divorcio. Nadie le había pedido que dejara el trabajo, pero deseó probar la vida de ama de casa, y así lo hizo. Le resultó aburrida, y en parte esa había sido una de las causas de su separación, pero jamás lo reconocería mientras hubiera otros depositarios de culpa.

# 22

Julián se presentó en casa de Mara el domingo a las nueve en punto. Camila se abalanzó sobre la puerta del pasajero, pero estaba cerrada, así que tuvo que sentarse atrás.

—Yo quiero ir delante, como siempre —exigió.

—Hola —la saludó su padre tras besar a Tomás—. Estoy cansado de que te quejes y de que nunca saludes cuando nos encontramos. Yo no te eduqué de esa manera, así que no actúes así con nadie, por favor. Es desagradable. Hola —repitió.

—Hola —contestó Camila de mala gana, pero al menos no discutió.

Prestó atención a las calles que recorrían hasta que llegaron a un barrio que jamás había frecuentado. Acabaron deteniéndose en una esquina, desde donde su padre envió un SMS. Poco después, vio aparecer a su profesora con un vaquero ajustado, una cazadora de cuero con corderito negro y botas del mismo estilo. Su forma de vestir había cambiado desde hacía cierto tiempo, y Camila lo había notado, pero jamás hubiera pensado que podía deberse a su padre. ¿Él le compraría la ropa? ¿Él le habría hecho descartar los pantalones holgados y los pulóveres de vieja que usaba? Entornó los ojos con fastidio.

Natalia suspiró delante del coche; temblaba de nervios. Iba a abrir, pero Julián lo hizo por ella. Subió con las manos húmedas de un sudor frío que acompañó el nudo que se le había formado en el estómago.

—Hola —dijo con timidez.

—¡Hola! —exclamó una vocecita desde el asiento trasero.

Giró para ver a quién hablaba, y descubrió que, de cerca, Tomás era el calco de su padre: igual de guapo, e igual de encantador.

—No he escuchado tu voz —oyó Natalia a Julián, que miraba por el retrovisor; el objetivo de su reclamo era Camila.

—Hola —soltó la chica, otra vez de mala gana.

Natalia respondió con la misma palabra, curvó los labios en gesto amable y se colocó el cinturón de seguridad.

Volvió a mirar al frente sin atreverse a saludar a Julián. Se moriría de vergüenza si tenía que besarlo delante de su alumna y del niño, ya que no sabía si él lo había preparado para recibir la noticia. Julián había hablado con la psicóloga de Tomás para que lo ayudara con eso, pero Natalia no lo sabía.

—¿Eres la novia de papá? —preguntó el niño.

Natalia se sonrojó. Camila lo fulminó con la mirada.

—Es mi profesora de Literatura —se apresuró a aclarar.

—Sí, es la persona de la que tu psicóloga y yo te hablamos —repuso Julián—. Ella es Natalia.

—Eres muy guapa —soltó el chico, y la que se sonrojó esta vez fue su hermana, pero de ira.

Natalia dejó escapar una risita, se sentía incómoda pero agradecida. Si hubiera existido alguna duda de que el niño era idéntico a su padre, habría quedado saldada solo con ese comentario.

—¿Por qué no te ocupas de contar que te fue mal en Matemáticas? —rugió Camila.

—¡No me fue mal! —exclamó Tomás, ofendido—. Saqué un satisfactorio.

—Para el mejor alumno de la clase, esa es una mala nota, tienes que sacar muy satisfactorio —replicó su hermana.

—¿Aprendiste? —interrumpió Julián, mirándolo por el espejo retrovisor—. ¿Entendiste el tema?

Tomás permaneció un momento en silencio.

—Muy poquito —respondió al fin haciendo un gesto con el índice y el pulgar.

—Eso es lo que me preocupa —contestó su padre.

Natalia lo miró, llena de admiración.

—¡Pon la canción del *cuiqui*! —pidió el niño de pronto.

Natalia frunció el ceño y Julián rio.

—Es una canción de The Smiths, pero jugamos a cambiar letras —explicó—. Esa es una de nuestras favoritas. Dice así... —Y cantó con su hijo—: «Oooh, *cuiqui. Cuiqui* te da cuando hay examen en el cole.»

Natalia rio y, como conocía el ritmo de *Bigmouth strikes again*, siguió:

—«Pero es fácil y te va bien.»

—«Ahora quiero los jueguitos —continuó Tomás—. Quiero, quiero los jueguitos.»

—«Pero la Play está rota, vas a tener que salir a jugar» —completó Julián, ante lo que su hijo gritó entre risas, cubriéndose la cara:

—¡Nooo!

Todos rieron, excepto Camila, que resopló y se apretó los auriculares en los oídos. Como con ello no consiguió apagar las voces que la rodeaban, subió el volumen de la música en su móvil. Los demás siguieron entonando canciones con letras inventadas y riendo.

Pocos kilómetros después de haber abandonado la autopista, se adentraron en un corto camino de tierra que conducía a una cerca blanca. Como se encontraba abierta, Julián entró con el coche hasta un sector donde había otros vehículos estacionados y se detuvo allí.

Camila fue la primera en bajar. Mientras lo hacía el resto, apagó el teléfono y se quitó los auriculares.

Al pisar el césped, Natalia respiró el aire limpio de las afueras de la ciudad. La maleza crecía en los alrededores sin intervención alguna del hombre, pero la zona que rodeaba la casa estaba bien mantenida. Se notaba que era una granja familiar que solo se utilizaba los fines de semana, porque no parecía habitada. La casa se hallaba ubicada cerca del camino de entrada, era de paredes blancas y techo a dos aguas. Las ventanas no tenían rejas ni cortinas, y a través de algunas de ellas se atisbaba un enorme salón donde habían montado una mesa con tablas y caballetes.

Había algo especial en la gente que apareció por una de las puertas. Al aproximarse a ellos con tanta confianza, Natalia dedujo que eran los dueños de la granja. Reconoció al hombre corpulento que llevaba una mano sobre el hombro de una bella mujer de cabello castaño y mejillas sonrosadas: era uno de los amigos del bar que siempre acompañaban a Julián. Junto a ellos venían dos jóvenes, un varón y una chica que no pasarían los diecisiete años, sin duda sus hijos.

—Hola —los saludó Julián.

Natalia se puso rígida cuando él, a imitación de su amigo, también apoyó una mano sobre su hombro.

—Natalia, estos son Cristian y su esposa Rosana —indicó.

La mujer sonrió, y a Natalia le pareció que lo hacía de una manera luminosa. Supo enseguida que era amable y simpática, aunque en su marido se reflejó un gesto de sorpresa que no pasó inadvertido. Tendió la mano a Natalia y ella la estrechó, todavía un poco intimidada por las miradas que se habían posado sobre su figura. Nunca le había resultado fácil establecer relaciones con gente desconocida, le costaba tomar confianza y sentirse a gusto con el ambiente.

—Encantada de conocerte, Natalia —dijo la mujer de voz melodiosa. Tenía un tono tan fresco y claro que Natalia hubiera jurado que era cantante. En el transcurso del día se enteraría de que era psicóloga, y su esposo, contable.

Natalia sonrió con timidez.

—Gracias, igualmente —respondió.

Camila quiso escapar, pero no tuvo más remedio que saludar. Incluso a Octavio, el hijo de Cristian y Rosana al que nunca había soportado. Tenía dieciséis años y participaba en las Olimpíadas de Economía de la Universidad de Empresariales, razón suficiente para que, en comparación con los chicos que tenían bandas de rock, le resultara aburrido y pesado. Luisina, la hija del matrimonio, también la saludó. Tenía catorce años y la misma expresión inteligente de su hermano.

—Ya llegaron Jorge, Mauro, Patricio, Guillermo y Gustavo —comentó Cristian, que no podía apartar los ojos de Natalia, sin duda sorprendido por su juventud. Ella se daba cuenta y miraba hacia otro lado.

Hizo cálculos mentales. Si esa familia ya contaba con cuatro integrantes, no quería imaginar la cantidad de gente nueva que le faltaba conocer ni las miradas de sorpresa que debería afrentar. Nadie esperaba una mujer tan joven.

Dentro de la casa, las demás miradas no se hicieron esperar. Reconoció a otro de los amigos de Julián, Jorge, un atractivo hombre de cabello negro y ojos penetrantes que combinaba su cabello entrecano con un rastro de barba. Su esposa se llamaba Pamela, y fue la única de las mujeres, además de Rosana, que no la miró con el ceño fruncido.

Pamela era una mujer de cabello negro y lacio, y tenía los ojos más alegres que Natalia había visto nunca. Sonreía mucho y le gustaban los accesorios, porque llevaba aros de colores, un colgante en el cuello y algunos anillos plateados que completaban su imagen casual y divertida. Natalia supo casi al instante quién podía ser su hijo: de entre todos los niños y adolescentes que poblaban el parque y la casa, uno era el más terrible, el tipo de niño que ponía la zancadilla a sus compañeros en el recreo o regresaba caminando a casa para hacer travesuras. Se llamaba Ignacio, tenía diez años, y en ese momento intentaba volcar un vaso de Coca-Cola dentro de una maceta con un cactus.

—¡Nacho! —gritó su madre, y corrió hacia él.

Nada más típico que un asado entre amigos, pensó Natalia. Solo que ella se sentía como «la mosca blanca». Para empezar, siempre había sido una persona solitaria, y como en su casa solo vivían su madre y ella, no estaba acostumbrada a grandes reuniones. Además, de no haber sido por los niños y adolescentes, habría sido la invitada más joven. Y, por supuesto, en su situación, generaba miradas de reojo y comentarios por lo bajo.

—¿Y si vamos precalentando? —propuso Jorge frotándose las manos. Ya llevaba puesto el pantalón corto deportivo y una camiseta de Independiente.

—¿Tan temprano? ¡Si todavía no forman ni un equipo! —se ofuscó Pamela, pero después de sacudir un poco a su hijo para que dejara de hacer travesuras, se aproximó a su marido y lo abrazó por la cadera. Él respondió colocando una mano sobre su hombro.

—Los mejores nos entrenamos desde temprano —contestó, y rieron. Jorge quería pasar la vida jugando al fútbol.

Todos los hombres salieron de la casa rumbo a la tienda precaria que utilizaban como vestuario. Julián apartó a Natalia del resto de la gente y le habló sin que los demás escucharan.

—¿Estás bien? —le preguntó.

—Me cuesta adaptarme a los ambientes nuevos —explicó ella—. Pero aunque me veas callada o confundida, no me siento mal. De verdad. Solo estoy tratando de entrar en confianza.

Él sonrió y, por primera vez desde que se habían visto ese día, le rodeó la cara con las manos y le dio un tierno beso en la boca.

Camila, que los vio desde el otro lado de una ventana, tembló de impotencia. Odió tanto ese beso, que corrió lo más lejos posible de la casa y se sentó junto a un árbol con el móvil en la mano.

Mientras los hombres emulaban a Maradona, Pelé y Messi, Natalia fue al salón, donde las mujeres no dejaban de hablar. Se sentó en un sector apartado de la mesa y estudió el ambiente. Ya habían puesto manteles y Rosana iba y venía trayendo frutas, verduras y recipientes, seguro que para ir preparando las ensaladas.

—¿Así que eres escritora? —le preguntó Pamela de repente, y a Natalia casi le da un infarto.

—¿Yo? ¿Quién te dijo eso?

—Mi marido —respondió Pamela—. Yo soy productora de radio, algún día podemos hacer algo para promocionarte. ¿Quieres que te invitemos a algún programa?

—¡Nunca! —replicó Natalia, como si le hubieran ofrecido dinero por asesinar a una abuelita.

Pamela rio por la reacción incomprensible de la invitada, pero, expeditiva como era, pronto dedicó su atención a otra cosa, y Natalia pudo respirar en paz. Rogaba en silencio que nadie más le hablase.

—¿Quieres tomar algo? —le ofreció Rosana un momento después. Se la notaba serena y segura, y Natalia deseó sentirse así también, pero no lo consiguió.

—No, gracias —replicó con una sonrisa tímida. Las demás mujeres se habían callado y la observaban, recelosas.

Una de ellas se acercó y le entregó zanahorias, un bol y un rallador. Estaba claro que todas debían colaborar con el almuerzo, así que Natalia se entretuvo un rato con eso. Era tan inútil para la cocina que se raspó los dedos varias veces, pero evitó hacer cualquier mueca de desencanto. Allí todas parecían excelsas cocineras, y no quería dar una imagen de marciana.

Almorzaron cerca de las dos de la tarde. En total habían superado las cincuenta personas, y eran tantas las conversaciones que se desarrollaban a la vez, que Natalia no sabía hacia qué lado mirar para no poner en evidencia que ella no participaba de ninguna. Para colmo, las únicas mujeres que le despertaban algo de cercanía, Rosana y Pamela, habían quedado muy lejos, y percibía que todavía algunos hombres la observaban de a ratos.

Tras comer y hacer sobremesa, se hicieron las cuatro y media de la tarde. Entonces se dio inicio al verdadero partido de fútbol, mientras los niños corrían de un lado a otro inventando juegos y los adolescentes se reunían para conversar.

Natalia ayudó a secar la vajilla recién lavada y después huyó a sentarse en una mesa colocada junto al campo de fútbol, antes de que alguna mujer volviera a lanzarle preguntas embarazosas.

Sonrió a Julián cuando él la miró y después apoyó los codos sobre las rodillas y el mentón en las manos para disfrutar del fútbol. Nunca le había gustado ese deporte; odiaba las voces de los relatores, la imagen que la televisión proyectaba de los estadios y la manera en que los hombres se embobaban, gritaban o insultaban por el simple hecho de que veintidós tontos corrían detrás de una pelota. Sin embargo, ahora se dejó seducir por la fuerza de los hombres que competían por ganar el partido, por el sentimiento que emanaba de esas camisetas, cada una de un equipo distinto, y por la pasión que desbordaba esa cancha de hierba y líneas sin demarcar.

Se dejó cautivar por las piernas de Julián, que se veían firmes y robustas cuando corrían detrás de la pelota; por sus músculos, que en plena acción lucían todavía más fuertes; por el sudor que empapaba su camiseta y la pasión con que defendía la idea de que su equipo era el mejor. Le pareció seductor y fascinante, como si en lugar de leer acerca de guerreros medievales los estuviera viendo. Hasta que de pronto, Julián cayó en la batalla. Por arrebatarle la pelota a un contrincante, se arrojó de tal manera al suelo que se deslizó al menos un metro por la hierba hasta quedar tendido de espaldas. Se había raspado el muslo y le salía sangre. Se llevó las manos a la cabeza y gritó, no de dolor, sino porque rebosaba de energía. Y eso a Natalia le pareció glorioso.

Lo miró levantarse con la respiración agitada. Cristian le había ofrecido la mano para que se impulsara hacia arriba, y él la había aceptado. Después se encaminó cojeando a la mesa donde ella se encontraba. Estaba bañado en sudor y tan agitado que le costaba hablar, pero sonreía. Se notaba que era feliz, y eso hizo que Natalia sonriera también.

—¿Lo estás pasando bien? —le preguntó él secándose la cara con el dorso de la mano.

—Mejor que nunca —respondió Natalia.

Julián intentó dar un paso adelante, pero acabó haciendo una ligera mueca de dolor.

—¿Puedo pedirte un favor? —continuó—. ¿Me traerías un poco de hielo de la cocina?

Natalia asintió y se encaminó a la casa. Mientras tanto, él se apoyó en la mesa y estudió el raspón de la pierna. También se había golpeado la rodilla, y si no se ponía hielo, pronto se le hincharía.

—Eres un crack —le dijo Cristian al tiempo que le palmeaba la espalda.

Julián se irguió y entonces se dio cuenta de que lo rodeaban, además de Cristian, Jorge y otros dos amigos.

—Te tomaste dos años para elegir, pero no te agarraste a cualquiera —intervino Jorge señalando en dirección a Natalia, que ya se hallaba bastante lejos—. Qué guapa es.

—Es divina —comentó otro amigo—. ¿Cómo hiciste para enganchar una chica tan joven? Debe de ser una bomba en la cama, no me digas que no —rio.

—Quién lo iba a decir de Juliancito, ¿eh? —bromeó Cristian, otra vez palmeándole la espalda—. ¡Qué crack! ¡Qué maestro!

Julián se limitó a sonreír por compromiso.

En la entrada de la cocina, Natalia se detuvo. Oyó las voces de las mujeres, y por intuición supo que hablaban de ella.

—Tiene lo suyo... —decía una—. Es atractivo.

—Muy atractivo —destacó otra.

—Y sobre todo —completó la anterior—, no vamos a negar que tiene un buen pasar.

—¡Uff! —intervino una tercera—. ¡Si habré conocido mujeres que se casan con hombres mayores por la herencia!

—Sin duda lo económico pesa mucho —acotó otra, pensando que el hecho de que Julián saliera con una mujer más joven podía contagiar a su marido de la misma enfermedad.

—Yo no creo que sea necesariamente así —terció la inconfundible voz de Rosana—. Las razones por las que la gente se une en pareja pueden ser tantas como la gente misma.

—Yo pienso igual —coincidió Pamela.

—¿Os acordáis de Rocío Aranda? —intervino otra.

—¡Sí! Era bellísima, ¡pero cómo lo usó al pobre Horacio!

Divertida y a la vez sorprendida con lo que escuchaba, Natalia avanzó y llamó a la puerta, aunque estaba abierta. Todas callaron y la observaron con atención.

—Perdón —se excusó ella, bastante más segura que en las horas anteriores. Comprobaba una vez más que los caprichos de la gente alimentaban su rebeldía—. Necesito un poco de hielo.

—¿Qué ha pasado? —se preocupó Rosana dirigiéndose al congelador. Natalia se encogió de hombros con indiferencia; buscaba tranquilizarla.

—Nada grave —respondió—. Mi guerrero posmoderno se ha caído de su caballo imaginario —explicó, pero nadie entendió una palabra. Tampoco le importó.

Se llevó el hielo y regresó junto a Julián. Los hombres que hasta ese momento lo rodeaban se alejaron unos pasos para hacerle sitio.

—¿Quién ganó? —preguntó ella mientras Julián se sentaba en el banco para tratarse la rodilla.

—Nosotros, por supuesto —respondió Jorge con gesto orgulloso.

—¿Hay más heridos en la batalla? —siguió preguntando ella. A diferencia de las mujeres, los hombres sí comprendieron la broma y rieron.

—Hay dos o tres bajas, sí —replicó Cristian entre risas.

Los cuatro se alejaron cuando otro los llamó desde la distancia. Entonces Natalia se sentó junto a Julián y observó los raspones de su pierna.

—Se ve mal —concluyó. Él sonrió.

—Esto no es nada, he tenido épocas peores, créeme —replicó.

—¿Como cuáles?

—Cuando era chico, alguna fractura. Siendo grande, hemorragia nasal, golpes en la cabeza...

Natalia sofocó una risa.

—¿Tanto vale la pena el fútbol? —preguntó.

Él lo meditó un momento.

—Creo que lo que vale la pena es el placer que proporciona jugar al fútbol.

Natalia asintió en silencio, comprensiva. Un instante después, bajó la cabeza y volvió a sonreír.

—¿Te molesta si saco una foto de nosotros y la uso en mi perfil de Facebook? —preguntó—. ¿Tú no utilizas las redes sociales?

—No, no me gustan, pero me encantaría que pongas nuestra foto. —Miró su camiseta y el pantalón sucios de tierra, y añadió—: Una que saquemos cuando esté más presentable, claro. No voy a ponerla en mis redes sociales porque no tengo ninguna, pero la quiero sobre mi escritorio.

Con esa promesa nacida del corazón de Julián, Natalia sonrió.


Escondida entre unos arbustos, Camila intentaba ignorar que su padre y su profesora se hallaban a unos metros, sentados junto al campo de fútbol. Para empeorar su enojo y su mala suerte, la señal de internet se había esfumado, y había agotado hasta el crédito de emergencia enviando SMS a Luna contándole lo que sucedía minuto a minuto. Solo le quedaban la música y los vanos intentos por obtener crédito donde no había más que sequía.

Pensó que las cosas no podían ir peor hasta que algo la hizo cambiar de opinión. Octavio se acercaba por el sendero de tierra, y como parecía dispuesto a hablarle, ella no tuvo más opción que quitarse los auriculares y escucharlo.

—Vamos a merendar —anunció él—. ¿Quieres venir?

—No, gracias —repuso Camila.

Octavio iba a retirarse, pero ella hizo una mueca de disgusto y entonces él permaneció inmóvil.

—¿Necesitas algo? —interrogó.

Camila volvió a mirarlo. Aunque se preguntó qué le importaba a Octavio si ella necesitaba algo, decidió explicarse.

—Estoy incomunicada —se quejó—. No funciona internet y me he quedado sin crédito.

—¿Quieres que te pase un poco del mío? —ofreció él enarcando sus cejas oscuras—. No uso mucho el móvil, siempre me sobra crédito —explicó mientras rebuscaba su teléfono en el bolsillo.

Camila entreabrió los labios y pestañeó varias veces, incapaz de creer lo que oía. Jamás un chico había sido tan amable con ella, y eso llamó su atención. Por primera vez notó que los ojos oscuros de Octavio eran profundos y expresivos, y que su cabello negro tomaba reflejos azulados con el brillo del sol. Entonces la expresión inteligente del chico dejó de parecerle tonta y le resultó amigable y segura. Le pareció más maduro que el resto de los jóvenes que conocía, y se dio cuenta de que, tal vez, ella también lo era en algún punto, o había comenzado a serlo.

—Gracias —susurró cuando su teléfono vibró anunciándole que acababa de llegarle el crédito. Octavio sonrió.

—De nada —contestó, y giró sobre los talones para volver a la casa.

Camila suspiró en busca de recuperar el aliento. Se había puesto nerviosa como si fuera a dar lección, parecía que estaba frente a toda la clase o... frente al chico que le gustaba.

—Octavio —se oyó decir, y cuando él se dio la vuelta para responder, ella tembló—. ¿Quieres sentarte a escuchar música conmigo? —se atrevió a ofrecer. Él sonrió.

—¿Qué estás escuchando?

—En este momento, Linkin Park —respondió ella, y la sonrisa de Octavio se ensanchó.

Pasaron largo rato callados, acompañados solo por la música que compartían. De a ratos, Camila miraba a Octavio de reojo, y luego apartaba la vista enseguida, temiendo haber demostrado con algún gesto que su energía la desbordaba. Se sentía tan extraña, que hasta había olvidado responder el mensaje a Luna. Se dio cuenta de ello cuando recibió un «¡Contéstame!» en su teléfono.

—Hoy no estás como siempre —comentó Octavio—. ¿Es porque ha venido la novia de tu padre?

—Esa no es la novia de mi padre —contestó Camila, olvidándose del mensaje—. Es mi profesora de Literatura —aclaró cabizbaja

En su interior se debatían sentimientos contradictorios: por un lado, la tristeza de que todos relacionaran a Natalia Escalante con su padre. Por el otro, la dicha de pensar que jamás ningún chico se había preocupado por lo que ella sentía. Al parecer, Octavio la conocía mejor que otros, y ella no se había dado cuenta.

—Vaya —masculló él, y enseguida recobró su talante sensato—. Eso no debe de ser fácil, pero siempre tenemos que tratar de sacar lo positivo de todo.

—No me va a aprobar por ser la hija de Julián Aráoz —replicó Camila encogiéndose de hombros.

Octavio rio.

—No estoy hablando de que te beneficie en la escuela.

—Entonces no le veo nada bueno a que esa estúpida pretenda enredar a mi padre —refunfuñó Camila.

Octavio asintió muy serio.

—Pon *Numb* —pidió, refiriéndose a las canciones. Camila lo hizo. Unos segundos después, él continuó—: ¿Sabes lo que dice la letra? —Ella asintió—. Pienso que nuestros padres a veces tampoco saben qué estamos esperando de ellos, y que se cansan de caminar en los zapatos de alguien más, como nosotros nos cansamos de ellos. ¿Nunca lo pensaste? —Camila negó con la cabeza—. Quizás a él le hace bien salir con tu profesora. Yo no me preocuparía.

—No entiendes nada —espetó Camila—. Mis padres todavía se aman. —Un silencio—. Por eso voy a conseguir que vuelvan a estar juntos. Ya lo verás.

# 23

Llegaron al apartamento de Julián cerca de las nueve. Mientras él se duchaba, Camila se encerró en la que era su habitación en casa de su padre y Natalia quedó sentada con Tomás en la sala. El silencio era incómodo para ella, sobre todo porque percibía la mirada del niño clavada en su rostro. Se volvió hacia él y le sonrió.

—¿A qué curso vas? —le preguntó.

—A tercero —contestó Tomás con una sonrisa.

—¿Cuál es tu asignatura preferida?

—Me gusta Naturales. ¿Y a ti?

—Literatura. ¿Te gusta leer?

—¡Sí! —exclamó el niño—. Mis libros preferidos son los de Narnia; mi papá y yo los leemos juntos. ¿Y los tuyos?

Pasaron un rato hablando de lecturas, la escuela y los amigos, hasta que Julián salió del baño con aire renovado. Su perfume invadió la sala, y su presencia iluminó la mirada de Natalia. Tomás se puso de pie para que él lo abrazara, y así sucedió.

—¿Estás lista para probar mis pizzas? —preguntó Julián a Natalia.

Ella se limitó a sonreír en gesto de asentimiento. No podía apartar la mirada del abrazo que Tomás y Julián se daban, mientras una infinidad de pensamientos surcaba su conciencia. Recordó que ella jamás había tenido ese tipo de relación con su padre y descubrió que admiraba a Julián y a Tomás por tenerla, pero además se preguntó si acaso ella no deseaba compartir con él un lazo tan fuerte como lo era un hijo. Julián lo compartía con otra, y eso la llevó a preguntarse si, en caso de que tuviera un hijo con ella, se comportaría de la forma en que lo hacía con Tomás, o si podría ser feliz sin hacerle sentir a él lo mismo que ella sentía, compartiendo ese lazo con otro hombre. Era un pensamiento injusto que no pudo evitar y que hizo que cambiase la expresión de su rostro.

Podía buscar a alguien que no tuviera un pasado. Enamorarse de una persona que, como ella, viviera todas esas experiencias por primera vez: convivir en pareja, construir proyectos comunes, tener un hijo. ¿Qué podían tener esos momentos de especiales para él con ella, si ya los había vivido con otra? Se sintió en desventaja, y eso le produjo una sensación de impotencia que se manifestó en su rostro. Parecía molesta.

—¿Juegas? —le preguntó Tomás ofreciéndole un joystick. Había encendido el televisor y la PlayStation, aunque ya les llegaba el aroma a pizza casera desde la cocina. Natalia negó con la cabeza.

Julián se acercó a la sala de nuevo.

—En quince minutos, más o menos, me vas a sugerir que ponga una pizzería si me va mal con los alfajores —bromeó, pero Natalia solo sonrió, procurando ocultar lo que sentía.

Fue inútil, no servía para fingir. Julián se dio cuenta de que algo no iba bien, entonces, aprovechando que Tomás estaba entretenido con el juego, la abrazó por detrás y le habló al oído.

—Después de cenar, los voy a llevar a su casa. Podemos hablar de lo que necesites cuando estemos solos.

«Todo lo que necesito es que este sentimiento horrible desaparezca de mí», pensó Natalia, y casi se echó a llorar al descubrir que no podía controlar sus emociones.

—Tomás —continuó él, dirigiéndose a su hijo—. ¿Nos sacas una foto? —pidió.

El niño pausó el juego y accedió contento. Natalia no estaba segura de sacarse una foto cuando en su mente solo se agolpaban pensamientos tristes, pero en la imagen no se notó. Julián se sentó con ella en la sala y la abrazó. Los dos sonrieron, aunque en su interior no todo fuera sonrisas.

De no haber sido porque la pizza era, en efecto, deliciosa, y porque Tomás y Julián amenizaban el ambiente con sus risas y conversaciones, la cena habría resultado bastante incómoda. Camila pasaba todo el tiempo cabizbaja, y cuando levantaba los ojos, era solo para fulminar a Natalia. Por eso ella no se atrevió a decir nada, temía que cualquier frase alterara la precaria armonía que creaban los varones.

Julián les ofreció ir a tomar un helado a la esquina, pero Natalia decidió no acompañarlos. Aunque Julián no quería ir sin ella, acabó accediendo porque ya había instalado el deseo en sus hijos, de modo que los llevó a ambos allí antes de llevarlos a su casa.

Nadie obligó a Camila a despedirse de Natalia con un beso, pero sí tuvo que saludarla desde la puerta. Tras el incómodo momento, Natalia fue a lavar los platos en la cocina, a solas con sus pensamientos.

No podía culpar a Julián por las actitudes de su hija, ni enojarse con él porque hubiera tenido una vida previa. Dependía de ella seguir en la relación o abandonarla, si no podía resistir. Ese maldito deseo de exclusividad que había tenido desde pequeña y la idea de que siempre merecía algo mejor la fastidiaban, pero no sabía luchar contra ellos. Apenas si podía contra el juicio de la gente, porque en el fondo debía reconocer que le gustaba llevarles la contraria.

Después de terminar con la cocina, se dirigió a la habitación de Camila y espió el interior, aprovechando que la puerta se hallaba abierta. Las paredes estaban pintadas de violeta, color que combinaba con las cortinas y los cobertores de las camas. De un lado había un placard y, del otro, una enorme biblioteca. Con que ahí atesoraba Julián sus libros. No se atrevió a entrar porque hubiera invadido la privacidad de quienes solían ocupar ese cuarto, pero reconoció algunos títulos desde la puerta y sonrió.

Julián regresó cuarenta y cinco minutos después. La halló leyendo el libro que había dejado sobre la mesita de la sala, con las piernas estiradas sobre el sofá y la espalda recostada en el apoyabrazos. Disfrutó con su imagen; habían pasado el día tan lejos el uno del otro que la deseaba con solo saber que compartían el mismo ambiente.

—¿Ya terminaste el segundo libro que te presté? —le preguntó ella.

—Por supuesto, y estoy esperando el tercero. Hay un tercero, ¿no?

—Estoy en el final. Es el último, y está muy bien.

—No me digas eso, que no aguanto la ansiedad por leerlo —contestó Julián quitándose los zapatos.

Natalia dejó el libro a un lado y se puso en pie. De pronto se olvidó de todo lo que había pensado en esas horas, ahora solo podía concentrarse en él. El deseo se apoderó hasta del aire; estando solos, no existía nada más que el presente. Ella entreabrió los labios y luego se mordió el inferior; respiraba con agitación y su entrepierna palpitaba como si allí escondiera su corazón latiente.

Julián se hallaba en un estado similar. Después de quitarse los calcetines y arrojarlos a un lado, alzó la cabeza y observó la figura alta y delgada que robaba su concentración. Esbozó una sonrisa astuta.

—Mis amigos piensan que salgo contigo porque eres joven y hermosa —dijo, con la voz ahogada por el deseo.

Natalia sofocó una risa ansiosa.

—¿Y es cierto? —preguntó, quitándose las botas. Julián comenzó a desprenderse los botones de la camisa.

—Por supuesto que sí —bromeó—. En cuanto te arrugues, te dejo en la primera esquina como a un perro viejo.

Natalia sonrió y empezó a quitarse la blusa. Se quedó solo con el vaquero y el sujetador.

—Siempre dije que las mujeres somos más inteligentes que los hombres —replicó mientras él se quitaba el pantalón.

—¿Ah, sí? ¿Y por qué piensan que estás conmigo?

—Por algo que corre menos riesgo de esfumarse que la belleza, ya que lo bonito se va con los años, en cambio lo otro, puede que dure para siempre —contestó Natalia, deshaciéndose también de su pantalón y de las medias. Una vez que se halló solo con la lencería, se irguió y continuó—: Piensan que me interesa tu dinero.

Julián, que también se hallaba semidesnudo, volvió a sonreír.

—¿Y es eso cierto? —preguntó.

—Claro que es cierto, Bill Gates, ¿qué te pensabas? No salgo con tipos que tengan menos que un Bora, y tú tienes un Vento.

En lugar de reír, Julián se dejó llevar por un deseo todavía más profundo, uno que había contenido durante mucho tiempo.

Se aproximó a Natalia muy rápido y la tomó por la cintura con una suavidad que contrastó con la velocidad anterior. La llevó hasta la pared más cercana, donde le apoyó la espalda y la elevó hasta que la cabeza de ella sobrepasó la de él. Natalia aprovechó el empujón para enredar las piernas alrededor de su cadera. Al levantarlas, un pie rozó el raspón que él tenía en el muslo, y aunque le ardió, Julián no dio muestras de ello. Después de todo, la rodilla golpeada le dolía todavía más por el peso que cargaba, pero el deseo le hacía superar cualquier molestia.

Natalia cruzó los antebrazos detrás de su cabeza y se aproximó a sus labios. Una electricidad le recorrió el cuerpo, ansioso y sediento, al igual que fluyó por las venas de Julián. Él se apoderó de su lengua internando la propia en aquella boca roja, y la recorrió con lentitud mientras respiraba el perfume de su piel. Olía a flores y frutas, como a sexo y placer.

Se despegó de la boca femenina para recorrerle el mentón. Ella frotó una mejilla contra el rostro de Julián, mientras su cadera se movía pegada a su entrepierna. Él apoyó una mano en la pared, y con la otra acomodó a Natalia tomándola del trasero. Luego bajó la mano que tenía en la pared y le rodeó un pecho sobre el sujetador, luego el otro y, finalmente, con el antebrazo alzó y cubrió los dos. Ella elevó la cabeza con los ojos cerrados, disfrutando de la caricia. De pronto notó que un pezón quedaba al descubierto un instante, y luego que volvía a resguardarse, pero ya no bajo la tela, sino bajo la lengua de Julián y su boca, que lo succionó con avidez.

Natalia gimió mientras se estremecía. Al bajar la cabeza y abrir los ojos, se encontró con sus pechos y con la lengua de Julián, que recorría sus pezones erectos. Dedicó breves instantes a cada uno hasta que ella le tomó el rostro entre las manos y lo obligó a mirarla.

Natalia tenía los labios rojos y entreabiertos, y su mirada expresaba lujuria. Le temblaban las piernas de rodear a Julián con ellas para permanecer sobre su cadera y sentía que la respiración se le agitaba más con cada caricia. Enceguecido por las reacciones que era capaz de provocar en ella, él se bajó un poco el bóxer y buscó a tientas la braga femenina con una sola mano. La apartó hacia un lado, pensando en penetrarla sin quitársela.

Cuando halló el hueco que buscaba, introdujo un dedo. Se deslizó lentamente, haciéndole cosquillas, y la humedad lo estimuló. Natalia se quejó y se movió contra él con exigencia. Sus párpados bajaron unos milímetros, pero se esforzaba por seguir mirando. El dedo se deslizaba dentro y fuera de ella, haciéndola jadear. Comenzó a apretarse contra el vientre de Julián. Después inclinó la cabeza hacia delante y volvió a besarlo en los labios mientras le revolvía el cabello con las manos.

Entonces Julián apartó el dedo y la penetró con fuerza, haciendo uso de su miembro, tan hinchado que ya no aguantaba más sin ella. Natalia gritó. Apretó las piernas alrededor de él para deslizarse abajo y arriba, y Julián la ayudó con sus movimientos. La sostuvo por las nalgas y se las apretó, incapaz de serenar su respiración turbulenta. Tampoco podía controlar los impulsos bruscos que dominaban sus embestidas; una y otra vez hacía rebotar a Natalia sobre su cadera mientras ella se aferraba a sus hombros y echaba la cabeza atrás con los labios entreabiertos.

Natalia adoraba aquella violencia dulce que tenía el sexo con

Julián. Poblaba su fantasía y las páginas de su libro como fiel reflejo de la realidad que jamás había pensado vivir.

—Quiero tu boca —le dijo él, agitado—. Quiero tu descontrol.

Y Natalia se lo dio.

Inclinó el rostro y lo besó con avidez de un orgasmo devastador. Pero él no solo quería sus labios, sino también su autocontrol, de modo que se lo entregó. Comenzó a frotar sus senos por el pecho del hombre, piel contra piel, pasión contra pasión, y se agitó convulsivamente, olvidándose de todo lo que no fueran ellos dos. Jamás se había sentido tan atraída por alguien, y solo deseaba que ese sentimiento de fantasía y amor fuera capaz de perdurar siempre.

Cuando un sonido áspero y profundo escapó de la garganta de Julián, Natalia supo que se acercaba el final. En ese breve instante, sus sentidos se concentraron en su vagina, desde donde partía un fuego que inundaba su cuerpo frágil y tembloroso. Se veía tan hermosa, tan llena de luz, que Julián también se estremeció y, sin dejar de besarla, gritó al derramarse en su interior. Natalia salió al encuentro de su lengua con la propia y los labios se acariciaron mientras ella también gritaba y se retorcía, presa de aquel orgasmo que tanto había deseado y tan poco le había costado encontrar.

Un momento después, él la miró con una leve sonrisa en los labios, y ella respondió con otro beso. Como todavía no se había bajado de su cadera, le apretó las mejillas y lo miró a los ojos desde unos centímetros más arriba.

—Me gusta cuando eres libre —le hizo saber él.

—Me siento libre cuando estoy contigo —respondió ella. Julián sonrió.

—¿Quieres que te libere un poco más? —ofreció.

Natalia respondió con otra sonrisa.

Julián la llevó hasta la habitación y la dejó sobre la cama. Se alejó mientras ella se acomodaba la ropa interior, y regresó un momento después, con el bóxer puesto y el móvil de ella en la mano.

—He tenido que abrir tu bolso —anunció encendiendo el aparato.

Natalia rio.

—¿Nos vamos a filmar de nuevo? —preguntó—. Se nos va a hacer costumbre —bromeó sentada sobre el acolchado con las piernas abiertas en gesto provocativo.

Se oyeron varios mensajes de texto, dos de llamadas perdidas y tres de Liliana haciendo alguna pregunta. Julián no los leyó ni ofreció a Natalia el teléfono para que lo hiciera. Ella tampoco se lo pidió. Esperó hasta que él alzó el móvil.

—Sé libre —pidió.

Natalia bajó la cabeza y rio, creyendo que la filmaba, pero en ese momento la iluminó el flash y escuchó el *clic* que indicaba que acababa de tomar una foto.

Alzó la mirada, sensual.

—Ya entiendo —admitió.

Para su sorpresa, la idea la entusiasmó.

Comenzó abriendo más las piernas y colocando las manos sobre las rodillas al tiempo que inclinaba la cabeza hacia abajo mirando la cámara. Se pasó la lengua por los dientes.

—¿Así? —preguntó. En ese momento, él tomó la segunda foto.

—Al natural es mejor. Eres sensual y erótica aunque no te lo propongas. Eres atractiva siempre.

Natalia intentó ocultar la sorpresa que le provocaron esas palabras, pero se reflejó en sus ojos, y entonces Julián tomó la tercera foto.

—Hermosa —la juzgó.

Ella dudó por un momento, y esa expresión también fue retratada.

—Falsamente tímida —la interpretó Julián con una sonrisa, y eso la hizo sonreír a ella también.

Se humedeció los labios, un poco más cómoda. Se pasó un dedo por el inferior y lo dejó caer. Quedó mirando de frente a la cámara, con el cabello cubriéndole la mitad de la frente y escabulléndose hacia un lado. El lápiz delineador se había extendido por debajo de la línea de sus ojos y su boca todavía mostraba la irritación de los besos, húmeda y enrojecida. Sus ojos castaños destacaban por la luz de la lámpara, y así quedaron retratados en la siguiente foto.

Se puso de pie sobre la cama y caminó hacia atrás hasta tocar las almohadas con los pies. Entonces se dio la vuelta y apoyó ambas manos en la pared. Abrió las piernas y tensó los glúteos. La puntilla del borde de la braga negra contrastaba con su piel blanca aterciopelada. Julián se excitó con la imagen, pero no tomó la foto hasta que ella volvió la cabeza y lo miró con expresión seductora.

—Casi tan sexy como cuando te hago el amor —juzgó Julián viendo la imagen que acababa de captar, y esperó.

Natalia volvió a girar hacia él y se arrodilló en la cama. Las tiras del sujetador le marcaron los hombros y su mirada se tornó posesiva. Entonces, Julián tomó la siguiente foto. Se había excitado aún más al percibir que a ella también la sesión le estaba haciendo efecto.

Una mano se coló por debajo de la cámara y le atrapó el miembro por sobre el bóxer. Miró hacia allí en un acto reflejo y se olvidó por completo del móvil. Natalia lo apretó y después introdujo dos dedos. Él jadeó, y ella dejó el pene al descubierto.

—¿Por qué no le sacas una foto a esto? —propuso, y se inclinó sobre el miembro para metérselo en la boca hasta la garganta.

Julián arrojó el teléfono a un lado de la cama y la alejó tomándola del cabello. La recostó sobre las almohadas y le arrancó la braga en un movimiento brusco.

—¿Te gusta mi boca? —le preguntó Natalia con voz y cara de lascivia—. A mí me gusta la tuya —aseguró elevando la cadera hacia él, ofreciéndole su vagina. Y Julián se la besó—. Penétrame con tu lengua —pidió ella, gozando de las caricias de sus labios sobre el clítoris, y él obedeció—. Hazlo hasta que pierda la conciencia —pidió, y Julián así lo hizo.

Se tendió sobre su cuerpo y la besó en los labios, compartiendo el sabor de su intimidad con ella. Después la miró a los ojos y le prometió algo más significativo.

—Te voy amar hasta que mueras —le dijo, y el susurro de su boca murió en la de ella.

La penetró con tanta fuerza que se desplazaron unos centímetros por el edredón, que comenzó a arrugarse alrededor de ellos con cada embestida. Natalia estiró los brazos hacia atrás y cerró las piernas en torno a la cadera de Julián mientras él la embestía con ardor.

Le desprendió el sujetador con desesperación, lo apartó tan rápido que ella casi no se dio cuenta y le lamió los pezones con avidez desaforada. Los dos gemían y respiraban tan fuerte que el cuarto se llenó con sus sonidos, acompañados de los crujidos de la cama, que no soportaba más presión.

Natalia bajó los brazos y le arañó los muslos, la cadera y la espalda. Lo mismo hizo con los brazos fuertes y seguros que la aprisionaban, y le mordió los labios. Las lenguas volvieron a encontrarse, los gemidos se hicieron uno, y entonces estallaron los dos en el mismo grito de lujuria y placer.

Les llevó mucho tiempo tomar conciencia del lugar donde se encontraban; la habitación había desaparecido. Julián recuperó algo de energía y besó las mejillas de Natalia, una y otra vez mientras ella se reponía. No le extrañó que se adormeciera aunque él no hubiera salido de ella todavía. Le acarició las sienes con los pulgares y la observó, bella y relajada, con una sonrisa. Después se deslizó hacia un lado y la estrechó contra su pecho para brindarle calor. Elevó la pierna para cubrir las de ella y permaneció así un tiempo indeterminado hasta que el cansancio lo venció y, sin saber cuándo ni cómo, se quedó dormido.

Despertó al oír una música desconocida. Descubrió que se trataba del móvil de Natalia, que había quedado en el borde de la cama, entonces se estiró y lo cogió. Vio que eran las tres de la madrugada; la luz había quedado encendida y quien llamaba era Liliana.

—Nati —la llamó con voz suave. Se inclinó sobre ella y le besó la cadera. Estaba muy fría, se había dormido sin taparla con el cubrecama—. Nati, teléfono.

Ella se removió, molesta. Aun así, abrió los ojos y consiguió focalizar a Julián. Estaba tan cansada que podría dormir tres días seguidos.

—Teléfono —repitió él mostrándole el móvil.

Entonces ella también vio que eran las tres de la madrugada, y se incorporó de un salto.

—¡Me quedé dormida! —exclamó—. Mañana tengo que trabajar y no traje nada para ir desde aquí. Tengo que ir a casa.

—Tranquila —intentó serenarla Julián, pero ella no le prestó atención.

Recogió la ropa que había quedado por la habitación y la sala y se vistió a la velocidad de la luz. Regresó para llevarse su teléfono y vio que Julián también se había vestido.

—¿Podemos sentarnos un momento? —pidió. Natalia suspiró con impaciencia, pero se dejó caer en el borde de la cama. Él hizo lo mismo a su lado y le tomó una mano—. Te prometí que íbamos a hablar. No es necesario que lo hagamos ahora, pero quiero que sepas que no me olvido de eso, y que puedes preguntarme o decirme lo que quieras. Me gustaría que tengamos una relación abierta, de confianza mutua.

Natalia no quería recordar los sentimientos que la habían aquejado ese día. Prefería quedarse con el alimento que la gente le brindaba con sus críticas y tratar de superar lo demás sola.

—Gracias —se limitó a responder.

Aunque Julián no insistió, percibió todo lo que Natalia pretendía ocultarle. Temía que, en algún momento, esos sentimientos no resueltos acabaran con su relación, pero no podía obligarla a sincerarse.

La llevó a su casa y se despidió de ella en la puerta. Aguardó a que entrara y se fue.

Dentro, Liliana la esperaba hecha una tromba.

—¿Es tan egoísta que no sabe que mañana trabajas y tienes

que dormir en tu casa? —espetó a su hija—. ¿Cómo te vas a levantar?

Natalia se encerró en su cuarto, preparó la carpeta y su ropa para el instituto y encendió el ordenador. Se le había ido el sueño y sabía que le costaría recuperarlo.

Bajó las fotos de su cámara y cumplió con lo que había prometido: puso la imagen de ellos en su perfil de Facebook. Como le gustó tanto, también se la mandó a él por e-mail para que pudiera imprimirla y ponerla en su escritorio, como había prometido. La observó un rato, la acarició en silencio, y cuando notó que los ojos se le cerraban, volvió a la cama. Eran las cinco.

# 24

Sentía que se caía. Entró al aula de cuarto año con tanto sueño que casi olvidó que había pedido un trabajo escrito con exposición oral para ese día.

—Profe, ¿va a pedir el trabajo? —le preguntó un alumno ejemplar, y la mayoría de la clase lo miró con ganas de asesinarlo.

—S... sí —titubeó ella. Le llevó un momento recordar que había pedido una intertextualidad con *Romeo y Julieta*.

Abrió la carpeta de calificaciones y llamó a uno de los que necesitaba obtener buenas notas para aprobar el trimestre. El alumno respondió que no había hecho la tarea. Luego llamó a dos más que tampoco habían hecho nada, hasta que dio con una que sí había confeccionado el trabajo. La joven pasó al frente y comentó las relaciones que había establecido entre la obra de Shakespeare y la película *Titanic*.

—Está bien —contestó Natalia una vez que la alumna hubo terminado—. Me gusta que hayas buscado detalles del libro y la película, no has hecho solo una relación general, y eso te da puntos extras.

Puso un nueve como nota al trabajo escrito y lo guardó en su carpeta. No devolvería las hojas con las calificaciones hasta que todos hubieran dado lección.

Ni bien la chica tomó asiento, Camila levantó la mano.

—¿Puedo pasar yo? —pidió—. Quiero recuperar nota.

Natalia consultó su carpeta, aunque sabía que era cierto: Camila Aráoz Viera también necesitaba una buena calificación. Y aunque percibió que algo más se escondía tras el pedido de su alumna, no pudo decirle que no.

Camila se aproximó al frente con tanta seguridad que parecía llevarse el mundo por delante. Se paró delante del pizarrón y entregó su trabajo escrito a la profesora. Ella se quedó con una copia como guía.

—Yo sé que mis compañeros relacionaron el libro con películas y telenovelas, pero como usted pidió que hiciéramos una relación con una historia que conozcamos sin aclarar a qué tipo de historia se refería, me he basado en una historia real —explicó. Gozosa, agregó—: Relacioné *Romeo y Julieta* con la historia de amor de mis padres.

Algunos alumnos se miraron entre sí. Otros, cómplices de la idea, sonrieron junto con Camila. Natalia tragó saliva y apretó los puños bajo el escritorio. Notó que la respiración le faltaba y que le ardían los ojos. Se humedeció los labios resecos y asintió con la cabeza. No podía negarse a escucharla; en el terreno pedagógico, lo que la alumna proponía era bueno e interesante.

Camila no esperó a que ella la autorizara a comenzar. Temía que se negara, y no le convenía. Revisó algunas hojas que tenía en la mano y comenzó a leer:

—Mi madre siempre fue una mujer hermosa. Cuando tenía veinte años, estudiaba Derecho en la Facultad de Buenos Aires, y siempre se reunía con sus amigas en una plaza antes de clases para estudiar. Un día, ellas le fallaron, pero ella se quedó sola en un banco leyendo unos apuntes. De repente, alguien se sentó a su lado y la desconcentró. «Tienes una mirada hermosa», le dijo el desconocido, y ella se rio. Era mi padre, que por entonces hacía el reparto de la fábrica de alfajores de su propio padre. Esto se relaciona con *Romeo y Julieta* porque los padres de mi madre no querían que ella, que iba a ser abogada, como ellos, saliera con el chico del reparto. Pero, igual que Romeo y Julieta, el amor de mis padres siempre fue tan fuerte que luchó contra todo, y seguro que, como Romeo y Julieta, después de la muerte van a seguir juntos, sin importar todos los que traten de separarlos.

»Cuando conocemos a alguien, todos usamos máscaras, como Romeo en la fiesta de los Capuleto. Según se dijo en clase, las máscaras representan un ocultamiento, y caen cuando somos nosotros mismos, cuando nos encontramos con el otro que puede hacer que esas máscaras caigan. Mis padres se encontraron. La luz que se ve en la fiesta cuando aparece Julieta, como si ella fuera a sacar a Romeo de su oscuridad, es la misma que mi madre significó para mi padre, porque él solo vive por ella; todo lo que hace, en realidad, es por ella.

Y así prosiguió leyendo su trabajo hasta la última página. Eran dos hojas. Al finalizar, sonrió y miró a la profesora.

—¿Está bien? —preguntó—. ¿Puedo sentarme?

Estaba muy bien, pero a Natalia le había partido el alma.

—Sí, está muy bien —se obligó a decir—, aunque me hubiera gustado que lo contaras sin leer todo el tiempo tus apuntes. Igual se nota que lo hiciste tú, y las relaciones que has establecido con el libro son correctas. Puedes volver a tu asiento.

Le puso un ocho y llamó a otro alumno.

No volvió a sentirse bien en toda la mañana, estaba mareada y triste. Lo atribuyó a lo mal que había dormido, pero no podía negar que, además, había una cuota de celos extremos, miedo y desilusión, que le anudaba la garganta.

«Necesito que hablemos», escribió a Julián en un SMS ni bien subió al coche.

«¡Hola! ¿Quieres pasar por la fábrica y vamos a almorzar a algún lado?», le ofreció él.

«Voy a tu casa», contestó ella, y puso en marcha el coche.

Esperó en la puerta del edificio un rato hasta que Julián apareció. Él aparcó el coche y llegó junto a Natalia muy rápido. Aunque la notó seria y escurridiza, igual la abrazó y le dio un beso en los labios.

—¿Compro pastas enfrente? —ofreció.

—No tengo hambre. Compra para ti, si quieres.

Julián le pidió que lo esperara dentro. Le dio las llaves del apartamento y cruzó la calle en busca del almuerzo. Regresó con un plato para él y otro para ella, pero Natalia, que se había ubicado en el sillón, rehusó sentarse a la mesa.

—Te dije que no tenía hambre —se excusó.

Él se sentó a su lado sin prestar atención a los papeles que ella sostenía, aunque sabía que estaban allí. Le acarició el antebrazo cubierto por una blusa ajustada violeta y la miró con expresión serena.

—Esto presentó hoy Camila como trabajo escrito —le contó ella, y le tendió los papeles.

Julián leyó muy rápido los dos primeros párrafos.

—¿Le pusiste un ocho? —se quejó—. Cometió dos faltas de ortografía, ponle un seis —pidió.

Natalia lo miró, molesta.

—Hay otras formas de que tu hija aprenda ortografía, si la idea del trabajo está bien —dijo.

—Perdón —se excusó Julián, reconociendo que acababa de adentrarse en un terreno que no le concernía—. Tú de eso sabes mucho más que yo —admitió. Después de un momento de silencio, agregó—: En cuanto a esto —indicó los papeles—, no voy a permitir que se repita, te lo prometo.

Natalia esbozó una sonrisa irónica.

—¿Tú hablando de repetición?

Julián frunció el ceño. Entendía que Natalia se hallase molesta por la actitud de Camila, pero no el tono que utilizaba con él.

—Lo lamento mucho. Voy a hablar con Camila, porque esto es injusto y no tienes por qué soportarlo. —Como Natalia seguía mirándolo con expresión desconcertante, Julián añadió—: Ella no está dentro de mí, Nati, supone la mitad de las cosas que escribió.

—¿Ah, sí? —se ofendió ella—. ¿También supone que conociste a Sabrina de la manera que cuenta?

—Eso se lo debe de haber contado su madre, pero los sentimientos actuales de los que habla, son imaginaciones de Camila.

283

Natalia esbozó otra sonrisa irónica. Con cada palabra de Julián, el pecho se le iba cerrando más y más.

—Entonces seguro que inventó también esa parte en la que le dijiste a Sabrina que tenía una mirada hermosa. «Tienes una mirada hermosa» —repitió la frase de Camila—, muy parecido a «tienes una hermosa sonrisa». —Era la frase que él había utilizado cuando la conoció a ella—. ¿No crees?

Julián comprendió todo tan rápido que también se sintió ofendido.

Respiró hondo para controlarse, pero como no fue suficiente, se puso de pie y se acercó a la ventana. Miró el exterior con los puños apretados, y al contemplarlo de espaldas, los ojos de Natalia se llenaron de lágrimas. Estaba siendo injusta con él, y lo sabía, pero no podía controlarlo.

—Lo siento —gimió poniéndose de pie. Dio dos pasos adelante y se detuvo, presa de una dura confesión—. Sé que soy celosa, que tengo una relación simbiótica con mi madre y un trauma terrible con mi padre, y créeme que estoy tratando de superarlo, pero cosas como este trabajo de tu hija... —Se detuvo para tomar aire, sentía que se ahogaba—. Cosas así no me ayudan para nada —completó sollozando.

Julián se dio la vuelta y la observó, todavía dolido.

—Mi hija tiene quince años y cabe que haga cosas así —replicó—. Pero tú eres adulta, no actúes como ella.

Para Natalia, esas palabras fueron como un golpe que le dio de lleno en el alma. No esperaba que Julián reaccionase de ese modo, y lo manifestó temblando. Giró sobre los talones, recogió los papeles de Camila, su carpeta y su bolso, y avanzó hacia la puerta.

Julián negó con la cabeza, sorprendido por su propia sinceridad. Sabía que había herido a Natalia y eso lo hizo sentir despiadado. En dos pasos estuvo detrás de ella y la abrazó por la espalda, atrapándole los brazos.

—¡No! —gritó ella, retorciéndose. Lloraba—. ¡Déjame!

—Perdóname —le susurró él al oído—. Por favor, perdóname. Te amo.

—¡No quiero! ¡Déjame! —gritó Natalia retorciéndose de nuevo, pero Julián no la soltó ni varió su tono, sereno pero triste.

—Por favor, escúchame un segundo —pidió. Natalia temblaba y respiraba con tanta agitación que le provocó un nudo en el pecho—. ¿De verdad has querido decir que soy un estúpido que anda conquistando mujeres siempre con la misma historia? —preguntó. Tras un instante de silencio, y ya que había aceptado la tregua, ella negó con la cabeza. Julián suspiró con cierto alivio, sintiéndose menos cruel—. Entonces puedes entender que no he querido decir que tienes quince años. ¿Podemos empezar de nuevo? —propuso entonces—. Como si no hubieras dicho eso de las frases, y como si yo no me hubiera comportado como un insensible contigo.

Ella seguía en silencio. Él le apartó el cabello de la cara, le besó la mejilla húmeda y rogó:

—Por favor. —Volvió a acariciarla—. Por favor... —repitió junto a su boca.

Natalia se volvió hacia él, pero no lo miró.

—Me voy —dijo, más serena pero incapaz todavía de ceder del todo.

Julián cerró los ojos con fuerza y luego los abrió, aunque le ardieran.

—¿Por qué no almorzamos, fingimos que nada de esto pasó y lo hablamos cuando los dos estemos más tranquilos? —propuso.

—Tengo que irme —repitió Natalia, y movió los hombros en gesto de reclamo.

Julián no tuvo más opción que soltarle los hombros, sobre los que había apoyado las manos, y seguirla hasta el ascensor. Bajaron en silencio; del mismo modo le abrió la puerta y la acompañó al exterior. Antes de que atravesara la reja, la obligó a girar hacia él y le cogió el rostro con ambas manos. La besó en los labios muy despacio.

—Te amo —le recordó—. Ya te advertí que soy un tonto y que voy a hacer mal muchas cosas, pero créeme que trato de hacerlas bien. Te lo juro.

—Ya lo sé. Ahora necesito estar sola. —Por las palabras de Julián, entendió que él se sentía culpable, pero ella sabía que en realidad no tenía la culpa de las acciones de su hija.

Julián suspiró. Se hacía difícil comprender a Natalia si ella no expresaba sus sentimientos, y acabó aceptando su partida, confiado en que le decía la verdad. Volvió a besarla despacio y la dejó ir a pesar del miedo atroz que sentía de perderla. Vio el automóvil alejarse hasta que dobló la esquina, y entonces regresó a su casa.

Natalia condujo pensando en lo que acababa de suceder. Si la reacción de Julián la había afectado tanto, era porque en el fondo sabía que él decía la verdad. Una verdad tan profunda que la hería. Siguió dándole vueltas al asunto hasta que sonó el móvil. No quería atenderlo, segura de que era su madre tras notar que ella no estaba en casa, y lo que menos necesitaba en ese momento era que alguien le agotara la paciencia. La llamada acabó, pero unos segundos después, el móvil volvió a sonar.

Se detuvo junto al bordillo de una calle para apagarlo. Abrió el bolso y buscó el aparato, pero una vez que lo tuvo en la mano, no se atrevió a desconectarlo. En la pantalla no aparecía el número de su madre, sino uno desconocido, y le intrigó saber quién era.

—¿Sí? —respondió.

—Hola —contestó un hombre—. ¿Natalia?

Ella frunció el ceño. Si quien le hablaba era algún conocido, seguro que pensaba que no se trataba de ella, porque el llanto le había cambiado la voz. Y aunque a ella la voz le sonó demasiado conocida, le pareció imposible que se tratase de él.

—S... sí —balbuceó—. ¿Quién habla?

—¿Ya no me reconoces? —replicó su interlocutor con una risita—. Soy yo, Gabriel.

Las manos de Natalia temblaron, todo su cuerpo se estremeció. Entreabrió los labios en busca de aire y notó los latidos desbocados de su corazón.

¿Qué era ese cosquilleo que sentía en la boca del estómago? ¿Por qué, si en ese último tiempo había olvidado a Gabriel, de pronto los años que había pasado a su lado, su tierna juventud y su adorada inocencia, resurgían en su memoria con más fuerza que nunca? Le pareció verlo en la discoteca donde lo había conocido, acercándose a ella para invitarla a bailar. Le pareció verlo en su primera cita, en la esquina donde se habían dado su primer beso, en la cama la primera vez que habían hecho el amor. Él había sido su primer hombre, y la reaparición de aquel pasado la tomó por sorpresa.

—¿Sigues ahí? —preguntó su ex novio, y volvió a temblar de incertidumbre. Pestañeó varias veces antes de responder.

—Sí, sigo aquí —dijo con un tono entre tierno y juvenil.

—Me alegra eso. Sé que ha pasado mucho tiempo, pero me gustaría que pudiéramos vernos. ¿Aceptas que te invite a tomar algo?

Aunque la sangre borboteaba en sus venas, solo pudo pensar en Julián. Apretó el teléfono y se mordió el labio, incapaz de decidir. ¿Acaso lo traicionaría con solo aceptar una salida con Gabriel? Quizá la intención de su ex era convertirse en su amigo, como le había propuesto ella cuando lo había dejado, y no volver a estar juntos. En ese caso, ¿por qué debía negarse, si Julián por siempre estaría ligado a su ex mujer? Tendría que comprender que ella fuera amiga de Gabriel, y si no lo hacía sería egoísta e injusto. ¿Por qué tenía que ser ella la única que soportara hijos y una ex?

—De acuerdo —aceptó.

—¿Te parece bien esta tarde? —propuso Gabriel. Se lo notaba aliviado—. Podemos vernos en el *drugstore* al que íbamos siempre.

Combinaron el horario y se despidieron.

Natalia guardó el teléfono, todavía sin creer del todo lo que acababa de suceder. Pensaba que un encuentro con su ex novio no significaba engañar a Julián, pero en el fondo se sentía culpable. Había suplicado que Gabriel volviera a ella durante tanto tiempo, que rechazarlo ahora le pareció un desperdicio. Lo había añorado, había padecido su lejanía, y aunque desde que salía con Julián se había olvidado por completo de él, de pronto el pasado cobraba nueva vida, y no podía ignorarlo. No quería dudas, y tenía que reencontrarse con Gabriel para extirparlas, o pasaría la vida pensando qué habría sido de ella si hubiera aceptado reencontrarse con él.

Llegó a casa y prácticamente no comió nada. Estaba tan tensa, que tenía el estómago cerrado. Además, todavía perduraban los malestares que la habían aquejado desde la mañana, y no quería agravarlos si le caía mal la comida por los nervios.

A las cuatro se duchó y se vistió con un vaquero, botas de caña alta y la cazadora de cuero.

—¿Vas a salir de nuevo? —interrogó Liliana—. ¿Pasáis tanto tiempo juntos? —Se refería a ella y a Julián—. ¿Sabías que pasar tanto tiempo con alguien antes de casarte desgasta la relación?

Natalia no le contó que iba a encontrarse con Gabriel, ni la sacó de su error de pensar que estaría con Julián. Subió al coche y condujo hasta el *drugstore* con el corazón a punto de salírsele del pecho. Tenía las manos húmedas y la respiración agitada.

Aparcó a varias calles de distancia, y aunque pensó en caminar despacio para no agitarse más de lo que ya estaba, lo hizo muy rápido. Si bien llegó diez minutos antes a la cita, a cincuenta metros divisó a Gabriel esperándola.

El tiempo no parecía haber pasado para él, se veía como la última vez que lo había abrazado, en la despedida. Vestía zapatos deportivos, un vaquero y una cazadora negra con detalles de aviación. Era alto, de cabello negro y ojos oscuros. Su piel trigueña, junto con un rastro de barba afeitada, le otorgaba un matiz atractivo.

Gabriel se llevó una sorpresa aún más grande. Natalia no solo se veía joven y bonita como la recordaba, sino además renovada. Su ropa no era la misma, ni su peinado, ni siquiera su piel.

Se saludaron con un beso en la mejilla típico de amigos, que removió en Natalia un torrente de emociones. Mientras la besaba, él le apoyó una mano en la cintura, y al apartarse de ella

288

aprovechó para acariciarla. Natalia se sintió incómoda, pero las mariposas que todavía revoloteaban en su pecho le impidieron rechazar por completo a Gabriel.

Eligieron lo que iban a tomar y se sentaron a la mesa de siempre, esa que había sido testigo de sus risas y sus discusiones juveniles.

—¿Sigues en aquel instituto religioso? —le preguntó Gabriel.

—Sí. ¿Y tú en la oficina de la capital?

—Sí.

—¿Terminaste tus estudios universitarios?

—Estoy en eso.

No se atrevía a preguntarle sobre su novia y su hijo. Tampoco sabría hacerlo sin revelar que había pasado dos años viendo su perfil de Facebook.

—Yo intenté sacarme la licenciatura en Educación, pero no me gustó y la dejé —contó Natalia—. Quizás algún día haga el profesorado de Inglés, por ahora solo sigo como profesora de Literatura.

—Los chicos están complicados, ¿no?

—¡Uff! Ni te imaginas.

—Te veo muy bien —sonrió él de repente—. Estás muy guapa con ese corte de pelo, y tu piel se ve muy... lozana.

Natalia sonrió con timidez. No había seguido ningún tratamiento en la piel, lo que había mejorado su aspecto era la pasión que experimentaba con Julián. Julián... se acordó de él y dejó de sonreír.

—No sé si sabes, pero estuve viviendo un año y medio con una chica —siguió contando Gabriel.

Natalia esperó sentir el aguijón de los celos que la atormentaba cada vez que siquiera pensaba en que Julián tenía una ex mujer, pero, para su grata sorpresa, no sintió nada.

—Sí, lo sabía —admitió—. También lo de tu... bebé.

—¡¿Mi qué?! —exclamó Gabriel casi con horror, aunque sonreía.

—Tu bebé. Tu hijo.

—¿Qué hijo?

Los labios de Natalia se entreabrieron. Si el bebé que había visto no era el hijo de Gabriel, ¿entonces quién era?

—El bebé de tu portada de Facebook —explicó, ya sin importarle si él comprendía que ella lo había estado espiando.

—¡Ah! —exclamó Gabriel, echándose atrás en el asiento—. Es mi sobrino. Mi hermano dejó embarazada a una chica.

«Oh, Dios. Dios, Dios, Dios», pensó Natalia.

—Tu... sobrino —repitió mientras por dentro maldecía las noches que había pasado llorando por aquella foto que había disparado conclusiones erróneas. El hijo de Gabriel y lo perfecto que encajaban él y su novia no habían sido más que fantasías tejidas por su mente de escritora.

—Al principio me costó aceptarlo, pero mi madre se puso bastante contenta —siguió Gabriel—. Es decir, lo acepté, claro, pero me parecía que mi hermano se había arruinado la vida. ¡Iba a ser padre y ni siquiera había terminado la secundaria! Pero bueno, ya terminó y ahora está buscando trabajo para irse a vivir con la chica.

Natalia asentía, incapaz de hilar sus pensamientos, que corrían en todas direcciones. Sin querer, Gabriel había vuelto a ser el hombre perfecto: libre, sin pasado y con un futuro que podía escribir junto con ella. Era el hombre que abrazaría gozoso todas las experiencias, porque nunca se había casado ni tenido hijos, de modo que el matrimonio con ella y los niños que tuvieran serían la primera vez para ambos, como alguna vez también habían perdido la virginidad juntos.

Sin embargo, por mucho que le pesara, teniendo enfrente a Gabriel, no sentía un ápice de lo que experimentaba con solo pensar en Julián. No podía desear sexualmente a su ex, aunque para las mujeres de su edad quizá fuera más guapo que su novio, ni siquiera porque tuviera todas las hojas de su vida futura en blanco, listas para ser escritas con ella. Podía ser más joven, pero no era ni la mitad de seductor y atractivo de lo que era su pareja actual. Sintió que amaba a Julián como a nadie en el mundo, y que sin él se sentía muerta.

—Pero no te cité para hablar de mi hermano —continuó Gabriel—. Como te decía, viví con una chica un tiempo, pero no dio resultado. Me parece que no luché por ti en su momento, y eso siempre me dejó intranquilo, por eso me gustaría saber si te interesa que volvamos a intentarlo. Me gustaría que volviéramos a empezar, los dos tal como somos ahora, porque en el pasado no funcionamos, pero presiento que con las experiencias que hemos vivido, y por el hecho de que seguramente hemos cambiado, podríamos enamorarnos. No sé, te percibo distinta.

¡Vaya sí había cambiado! De volver con Gabriel, ya no le exigiría nada, no lo criticaría tras escuchar las opiniones de su madre, ni le reprocharía ser un hombre sin iniciativas. No esperaría que él supiera desenvolverse en situaciones difíciles, ni que fuese quien resolviera los problemas, porque Gabriel nunca había servido para eso. En cambio, Julián tenía tanta experiencia de vida que ella misma se sentía una principiante; Julián podía sostener el mundo sobre sus hombros y nunca se rendía. Con Julián se sentía segura y protegida, y aunque se arrepintió de compararlos, no pudo evitar que derrotara a Gabriel en todos los aspectos.

Miró el chocolate que no había tocado y sonrió con melancolía. No era fácil dejar ir el pasado a cambio de un presente que estaba lejos de ser perfecto.

—En este momento estoy saliendo con alguien —respondió.

Gabriel enarcó las cejas, aunque no se sorprendió. Lo había sospechado.

—¿Con el hombre de la foto de tu perfil de Facebook?

—Sí, con él —admitió Natalia.

—Ah —rio el chico y se rascó una ceja—. Pensé que era un tío tuyo o algo por el estilo.

Natalia entornó los ojos como única muestra de que el comentario la había molestado. Podría haberse vengado del tono burlón de Gabriel haciéndole una lista de las cualidades que hacían de Julián un hombre mejor que él, pero sería un gesto infantil. No valía la pena porque no necesitaba vanagloriarse de Julián para reafirmar sus sentimientos hacia él, ya lo había hecho involuntariamente a raíz de la propuesta de Gabriel.

—No es un tío mío, es mi pareja —dijo, y supo que Gabriel no creía que aquel hombre pudiera ser mejor que él.

Se sorprendió al percibir que su ex se sentía superior a Julián y que podría conseguir que ella lo dejase para volver con él. Gabriel no sentía que Julián fuese una competencia, y eso también la molestó. Sin duda no tenía idea de quién era Julián.

—Como te dije cuando nos separamos, estoy dispuesta a ofrecerte mi amistad —le recordó. Gabriel sonrió, y Natalia no supo si lo hacía para agradecer su ofrecimiento o porque vio en él una veta para reconquistarla.

—Por supuesto —aceptó—. Me encantaría que pudiéramos ser amigos —agregó, y bebió un sorbo de café.

Conversaron un rato más acerca de sus trabajos, la sociedad, e incluso del pasado. Quizá Gabriel esperaba que con los recuerdos de la juventud vivida a su lado, Natalia volviera a él, pero, para nueva sorpresa de ella, no sintió más que ternura. Ya no recordaba la «época de oro» con nostalgia, porque si aquello había sido de oro, su vida con Julián rebosaba de diamantes.

Se despidió de Gabriel a las ocho, y ni siquiera notó que él volvió a rozarle la cintura mientras le daba un beso en la mejilla. Para entonces, el malestar de la mañana se había acrecentado y, además de mareada y débil, se sentía afiebrada.

Condujo a casa pensando que debía acostarse con urgencia para recuperar la energía perdida, ya que la noche anterior no había dormido y el día había sido agotador. Se obligó a cenar solo porque casi no había comido en todo el día, pero apenas toleró dos bocados de la tarta de jamón y queso que había preparado Liliana. Se acostó y se durmió tan rápido que no tuvo tiempo de pensar en nada.

# 25

Despertó con dolor de garganta y unas décimas de fiebre, pero no quiso tomarse la temperatura. Se compraría algún medicamento al salir de la escuela, porque faltar al trabajo era imposible. Prefería soportar las cinco horas de clase al borde de un desmayo que la acritud de la directora en cuanto ella avisaba una ausencia. «Hoy faltan dos profesores más, ¿no puedes venir igual?», «¿No te toca ninguna evaluación?», y la peor, la que había recibido por una infección urinaria hacía un año y medio: «Deberías reconsiderar cómo cumples con tus responsabilidades.»

Pasó la mañana helada, con el abrigo puesto y la sensación de que la realidad daba vueltas a su alrededor. Por momentos las voces le parecían lejanas, y cada vez que tenía que hablar era como si le clavaran aguijones en la garganta. Sumados a los que se le clavaban en los huesos, soportó las horas poniendo trabajos escritos y tratando de responder las dudas de sus alumnos con gestos. Salió del instituto a la una, con el único objetivo de ir a la farmacia y comprarse un antibiótico.

Después de caminar unos pasos con la mano y la mirada centradas en el bolsillo donde guardaba la llave del coche, la extrajo y alzó los ojos para esquivar a la gente que se agolpaba en la acera. Entonces, a escasos metros, divisó a Tomás y Julián. Él ya la había visto, porque la estaba mirando, y ella no supo qué hacer. Por un lado sintió el mismo entusiasmo que experimentaba cada vez que lo veía, esa mezcla de nervios y amor que se manifestaba en cada centímetro de su cuerpo. Por el otro, la tensión de saber que estaban peleados. El día anterior habían discutido, y no sabía cómo iba a actuar él.

No podía evitarlo como había hecho cuando lo había visto con su ex mujer. Sabrina no estaba allí, y tampoco Camila, al menos por el momento. Él la miraba como esperando que ella se le acercase. Lo hizo con temor y desconfianza, pensando en cómo iba a reaccionar él y en lo que iban a decir los alumnos y el personal del instituto si los veían juntos en un sitio que, para todos, resultaba inapropiado.

Al llegar a su lado, el primero de sus temores se disipó. Julián le sonrió con la misma calidez de siempre, como si la discusión del día anterior no hubiera existido, y eso la sorprendió. Aun así, nada podría igualar el desconcierto que la abrumó en cuanto Julián la tuvo al alcance de la mano, porque la besó en los labios sin pudor ni medir consecuencias. Fue un beso breve y superficial, pero intenso y tan natural que la dejó paralizada.

Cuando abrió los ojos, descubrió que él tenía el ceño fruncido. No le dio tiempo a nada, pues adelantó una mano y la apoyó en su frente. Natalia se echó atrás.

—Por favor... —susurró, pensando en lo que tendría que soportar si la directora los estaba viendo.

Julián le cogió la mano.

—Quédate conmigo —pidió.

—No puedo —intentó excusarse Natalia, pero él no permitió que se soltara.

Camila se les acercó con expresión molesta.

—¿Dónde está mamá? —preguntó.

—Buenas tardes —le respondió su padre—. Mamá me pidió que viniera en su lugar y que os lleve a casa. Ella no está, pero me dijo que tienes un juego de llaves. ¿Lo tienes?

—Sí. ¿Y vamos a ir los cuatro? —preguntó.

—Ajá —respondió Julián.

—No —intervino Natalia.

—Entonces yo me voy sola —respondió la joven sin tener en cuenta a su profesora.

—Ve al coche si no quieres que te trate como a una niña delante de tus compañeros. Sabes que no repito las órdenes dos veces.

Camila entornó los ojos en su habitual gesto de furia, pero aunque deseó gritar y hasta golpear a su padre, solo hizo una mueca con los labios y obedeció.

—Tengo mi propio coche —le recordó Natalia mientras caminaban. Julián no le había soltado la mano—. Está estacionado a unas calles.

—No estás en condiciones de conducir —respondió él sin mirarla.

Natalia sabía que así era, pero no quería molestar a Camila. No quería sentirse otra vez una intrusa en una familia ajena.

—Iba a la farmacia —dijo.

—¿A la farmacia? —replicó Julián deteniéndose para mirarla. Como ya habían llegado al coche, apretó el botón para que las puertas se abrieran y sus hijos pudieran subir—. No vamos a ir a la farmacia, sino al médico. ¿Tienes tu tarjeta de la seguridad social?

Natalia sofocó una risa.

—¿Acaso tú no te automedicas? —preguntó con ceño.

—Siempre que lo necesito —respondió él—. Pero yo soy yo.

—Se educa con el ejemplo —replicó ella.

Julián sonrió.

—La única profesora que veo aquí eres tú —contestó, y abrió la puerta. Natalia no se movió—. Sube.

Después de suspirar y prepararse para la mala cara y las posibles indirectas de Camila, acabó haciéndolo en silencio sepulcral. Tomás y Julián fueron los únicos que hablaron y rieron durante el trayecto.

Al llegar, Camila se apeó sin saludar. Tomás se despidió de Natalia y su padre lo acompañó hasta la puerta de la casa. Detuvo a Camila antes de que pudiera cerrar.

—«No existe nada bueno ni malo; es el pensamiento humano el que lo hace aparecer así» —la aleccionó—. ¿Sabes quién lo dijo?

Camila entendió que su padre trataba de reprenderla por su enojo y por bajarse sin saludar, pero no terminó de comprender la frase. Tampoco sabía a quién le pertenecía, por eso negó con la cabeza.

—Si leyeras a Shakespeare buscando aprender y no aleccionar a los demás, lo sabrías —respondió Julián, y luego la tomó de la cabeza y la besó en la frente. Camila se quedó quieta—. Me voy cuando hayas cerrado con llave —anunció él, y ella obedeció.

Mientras preparaba el almuerzo para ella y su hermano, pensó en lo que le había dicho su padre y llegó a la conclusión de que Natalia Escalante ya le había contado acerca del trabajo escrito sobre *Romeo y Julieta*. Sonrió pensando en que le pondría una mala nota y eso generaría problemas. Ya tenía un plan: mejorar las calificaciones de todas las asignaturas menos de Literatura. Eso daría la pauta a su padre de que Natalia la estaba perjudicando. ¿Acaso no era cierto?


Después de insistir a Natalia, Julián obtuvo la dirección de la clínica que le correspondía por la seguridad social y se dirigió allí. Les anunciaron que había al menos una hora de espera, y aunque Natalia trató de convencerlo de que se fueran, él se empecinó. Se sentó con ella en la sala de espera y le rodeó los hombros con un brazo. Natalia acabó recostando la mejilla sobre su pecho. De a ratos Julián le comprobaba la temperatura besándola en la frente y acariciándole la cara. Habló tres veces por el móvil para resolver asuntos de la fábrica, y al final ella insistió en olvidarse del médico e ir a la farmacia, pero él se negó.

El médico le diagnosticó anginas bacterianas y, como tenía más de treinta y ocho de fiebre, además del antibiótico le recetó ibuprofeno. Julián compró todo en la farmacia mientras ella esperaba en el coche, y después la llevó a su apartamento.

—Tengo mi coche cerca del instituto —insistió Natalia, sentada en el borde de la cama.

—¿Y qué? —repuso Julián mientras buscaba un pantalón de *jogging* y alguna de sus camisetas.

—No puedo dejarlo tantas horas allí. ¿Y si me lo roban?

—¿Tiene alarma?

—Sí.

—¿Tienes seguro?

—¡Claro que tengo seguro! Pero...

Sonriente, Julián le arrojó el pantalón y una camiseta de The Doors.

—Entonces no te preocupes —dijo.

Natalia atrapó las prendas en el aire y devolvió la sonrisa con mirada suplicante. Le ardían los ojos y le costaba pensar con claridad, solo sabía que Julián todavía no había hecho referencia a la discusión del día anterior, y que tampoco sabía si ella deseaba hacerla. Quizás era mejor dejarlo correr.

Se puso la ropa y se metió en la cama. Le pareció reconfortante; se acurrucó y cogió el borde del acolchado con el placer de descansar al fin. Su convalecencia se vio interrumpida media hora después, cuando Julián le llevó algo para comer. No toleró más de unos bocados, pero él se quedó conforme.

Volvió a ofrecerle comida junto con la medicación a las nueve de la noche. Después se acostó con ella y la mantuvo abrazada contra su pecho un largo rato.

—Mi pobre coche... —se lamentó ella—. Solo en medio de la noche, abandonado...

Julián rio y la besó en la cabeza mientras le acariciaba el cabello.

—No te preocupes, seguro que está bien —respondió.

Natalia suspiró y se acurrucó más contra su costado.

Pasaron un rato en silencio.

—Gracias —murmuró ella de repente.

Julián comprendió que se refería a todo lo que habían hecho ese día.

—No te estoy haciendo un favor —contestó. No se trataba de generosidad, sino de que le gustaba cuidar lo que le pertenecía.

—Pero no tienes que hacer esto.

—Tú lo has dicho, no tengo que hacerlo. Lo hago porque quiero, porque te amo. ¿Tú no lo harías por mí?

Sucedió un instante de silencio en el que Natalia no tuvo la lucidez suficiente para pensar otra respuesta que no fuera la verdad.

—Yo te amo —confesó—, pero no sé si podría cuidarte. No sirvo para ver débiles a las personas que considero fuertes. Cuando están enfermas me enojo porque no son las mismas de siempre, y porque tengo miedo de que ya no vuelvan a serlo.

Aunque comprendió la fuerza psicológica de aquella confesión, Julián rio y la besó en la cabeza de nuevo.

—¿Nunca te enseñaron que no siempre hay que ser tan sincero? —preguntó entre risas. Natalia negó con la cabeza—. Bueno, a veces queda bien mentir un poco. Solo un poco.

—Lo siento —se excusó ella. No estaba del todo consciente de lo que decía.

Él volvió a reír y le dio otro beso en la cabeza.

—No te preocupes, creo que podré vivir con tus respuestas excesivamente sinceras —bromeó.

Fue lo último que hablaron antes de que Julián apagara la luz y se quedaran dormidos.

Despertó a las tres de la madrugada porque había programado su móvil para que Natalia tomara el antibiótico. Tuvo que llamarla tres veces para despertarla y otra más para que se irguiera sobre los codos, aunque se hallaba boca abajo. Su rostro estaba enrojecido y tenía los ojos vidriosos.

—Nati... —Llevó una mano a su frente y comprobó que estaba hirviendo. Le había subido la fiebre.

Le tomó la temperatura con un termómetro. Cuarenta grados exactos.

Salió de la habitación y regresó con un vaso lleno y una bolsa de hielo.

—Bebe esto. —Le tendió el vaso—. No es muy rico, pero lo toman mis hijos cuando tienen fiebre, y les hace bien.

Aunque temblaba, Natalia bebió. Julián la ayudó quitándoselo de las manos cuando terminó y dejándolo sobre la mesilla. Después se recostó con la espalda sobre las almohadas y la acomodó para abrazarla. Teniéndola sobre su pecho, pudo colocarle el hielo en la frente y besarla de ratos para saber si la medicación y el frío estaban surtiendo efecto.

Natalia se sentía tan mal físicamente, y a la vez tan culpable, que estuvo a punto de llorar. ¿Acaso Julián no recordaba que el lunes habían discutido? Tampoco sabía que ella se había encontrado con Gabriel ni que por un instante había pensado que quizás alguien podía superarlo en algo.

—Perdón... —susurró con una voz que no parecía la suya.

—Pero bueno —contestó Julián, sonriendo. Pensó que le pedía perdón por estar enferma—. Estás delirando. No te preocupes, te recuperarás.

—Perdón... —repitió Natalia, y luego ninguno habló.

Ella nunca supo que Julián pasó al menos dos horas despierto, velando su sueño. Se quedó más tranquilo cuando la fiebre bajó y ella volvió a respirar con normalidad. Solo entonces se permitió dormir.

Ella despertó cuando el sol le daba de lleno en la cara. Abrió los ojos con el agrado de que ya no le ardieran y notó húmedas las sábanas; sin duda la fiebre había bajado. Lo notó, además, en que sus sentidos captaban mejor el entorno y en que su cuerpo respondía bien a los impulsos.

Estiró un brazo hacia la mesilla y halló su teléfono móvil apagado. Le costó recordar que se lo había pedido a Julián mientras almorzaba y que había aprovechado ese momento para desactivarlo. Ni bien lo encendió, esperó los recurrentes mensajes de su madre, pero no había ninguno. No tuvo tiempo de reflexionar acerca de ello porque en ese momento vio que eran las nueve en punto.

Se incorporó bruscamente. Miró alrededor en busca de su

ropa, pero no encontró nada. En ese momento, Julián entró por la puerta que comunicaba la habitación con la sala y sonrió.

—¡Hey! —la llamó—. ¿Qué pasa?

—¡Son las nueve de la mañana! —contestó ella, alarmada—. Voy a llegar tardísimo al instituto.

—Es que no vas a ir.

—¿Dónde dejaste mi ropa? —insistió ella mirando hacia todas partes.

—No vas a ir a trabajar, estás enferma.

—No lo entiendes —replicó Natalia, impaciente—. No se puede faltar a ese instituto, hacerlo implicaría llamar a la directora para avisarle y tener que soportar sus reproches, y, la verdad, no quiero escucharla.

—Pero estás enferma, ¿qué te puede decir? Además, ya llamé yo.

Ella se detuvo en seco.

—¿Cómo que ya llamaste? —murmuró. Julián lo contaba como algo tan natural que la asustó.

—Llamé por teléfono, pedí hablar con alguien de dirección, les dije quién era y avisé que estabas enferma y no irías hoy.

Natalia se quedó un momento en silencio, después arremetió:

—¿Y te creyeron?

—¿Cómo no me van a creer? —rio Julián—. Primero pensaron que les hablaba de Camila, pero después de aclararles que me refería a ti, aceptaron el aviso y no hubo más que decir.

Otro instante de silencio.

—¿Estás seguro de que entendieron que hablabas de mí?

—Les repetí: «Natalia Escalante, la profesora de Literatura.» ¡Claro que entendieron que les hablaba de ti!

Natalia casi se echó a sus brazos para besarlo y agradecerle que hubiera resuelto algo que para ella significaba un tormento. Entre todas las cosas que amaba de él, adoraba que supiera resolver todos los problemas. Eso la hacía sentir protegida y segura.

—Gracias —murmuró.

Julián volvió a reír.

—¡No lo puedo creer! —exclamó—. Lo que hice fue una nimiedad. ¿De verdad significa tanto para ti?

—Muchísimo.

—Pues me alegro. Porque no tengo problema en hacerlo en tu lugar todas las veces que sea necesario.

—¡Oh, sí! —festejó Natalia con una sonrisa de oreja a oreja.

Él siguió riendo.

—Ahora vuelve a la cama antes de que estar desabrigada te haga mal —le pidió.

Natalia obedeció, feliz.

—Julián —lo llamó antes de que saliera del cuarto. Él se volvió y la miró—. Te quiero mucho.

Lo vio sonreír y se sintió plena de felicidad.

Una vez a solas, cumplió con una obligación que nadie podía hacer por ella: llamar a su madre. Para su sorpresa, Liliana la atendió con voz afable.

—Quería avisarte que estoy bien —dijo de todos modos.

—Ya lo sé. Julián por lo menos tuvo la deferencia de avisarme que estás en su casa, no como tú.

Natalia abrió la boca como para recibir una gran cucharada de algo. Primero, porque su madre había llamado a su novio «Julián». Segundo, porque no lo había nombrado con ironía ni con enojo, sino con respeto.

—¿Él te llamó? —balbuceó. No lo podía creer. Temía que su madre le hubiera dicho algo fuera de lugar o que la hubiera hecho quedar mal con Julián de alguna manera.

—Ayer por la tarde. Me explicó que saliste de la escuela con fiebre, que fueron a la clínica y que te recetaron una medicación. Yo le pedí que te trajera a casa, pero me dijo que era mejor que te quedaras en cama y que no me preocupara porque él te iba a cuidar. ¿Lo hizo?

Presa de los sentimientos profundos que le despertó todo aquello, Natalia trató de contener las lágrimas. Si Julián conseguía que su madre lo aceptara, o si le enseñaba a ella a verla con otros ojos, habría conseguido el cielo.

—Sí, lo hizo —contestó, emocionada—. Ya me siento mucho mejor.

—¿Vendrás a casa?

—Aún no.

—Hablamos largo y tendido, conversamos de nuestros divorcios y de los hijos —siguió contando Liliana como si, milagrosamente, la negativa de su hija no la hubiese ofendido—. Le conté que quería pintar las rejas de las ventanas y se ofreció a ayudarme. ¿Crees que también se ofrecerá a ayudarme a pintar la habitación?

Natalia tembló de alegría. A su madre le encantaba que los hombres fueran hábiles para las reparaciones domésticas. Tenía un concepto tradicional de las funciones sociales de cada género, y Julián podía cumplir con esas expectativas.

—Siempre te dije que contratáramos un pintor —contestó.

—No se puede meter gente extraña en una casa donde viven dos mujeres solas, Natalia. Siempre pinté yo, pero ya soy mayorcita, y necesitamos un hombre que nos ayude con ciertas cosas. ¿Crees que se ofrecerá también o tendré que pedírselo?

—Seguro que se ofrecerá —la tranquilizó—. Por favor, no le pidas nada.

Después de escuchar a su madre contarle dos o tres anécdotas más, se despidió de ella y dejó el teléfono junto a la cama, encendido, ya sin temor a que volviera a sonar.

Julián resolvió algunos asuntos de la fábrica desde el teléfono de la sala. Para cuando terminó con la última llamada, ya eran las doce. Preparó carne al horno con ensalada y, una vez que tuvo todo listo, fue a la habitación para despertar a Natalia.

Se sentó en el borde de la cama y le apartó el cabello de la frente para acariciarla. Ella todavía dormía. Satisfecho porque no tenía fiebre, se dispuso a despertarla, pero en ese momento el móvil distrajo su atención. Vibraba sobre la mesilla, y en la pantalla se leía un nombre: «Gabriel.»

Sabía muy bien quién era Gabriel, pero no que podía llamar.

—Nati —dijo procurando sonar sereno. Ella se removió. Él tomó el teléfono y lo sostuvo para que cuando abriera los ojos pudiera leer la pantalla—. Gabriel te está llamando.

A ella le llevó un momento abrir los ojos. Él la vio tan hermosa y joven, que de pronto se sintió un viejo.

Cuando alcanzó a distinguir el nombre en el móvil, Natalia se lo arrebató y cortó la llamada. Se sentó en la cama sin saber qué hacer, y menos qué decir. Pestañeó varias veces, tragó saliva y se humedeció los labios.

—Perdón —soltó, angustiada.

Julián sonrió con pena.

—No tienes que pedirme perdón —repuso cabizbajo—. En algún momento iba a pasar.

—¿Iba a pasar qué? No es lo que piensas.

—No sabes lo que pienso —la interrumpió él alzando la mirada.

—Piensas que sigo enamorada de él o que...

—Nada de eso. Pienso que, antes de quedarte conmigo, tienes derecho a comprobar si no dispones de algo mejor.

—¡Eso no es verdad! —bramó Natalia al borde del llanto. No podía creer que algo como eso estuviera pasando, no podía ser cierto—. Me llamó el lunes, cuando salí de tu casa después de que discutimos. —Se le cayeron algunas lágrimas y la angustia creció al punto que le costaba hablar—. Antes de que aparecieras en mi vida, todo lo que hacía era añorarlo, pero me olvidé de él desde que te acercaste a mí en el bar. Es verdad.

—Tranquila, Nati.

—¡No, nada de tranquila! —exclamó ella, tratando de respirar—. Salí, sí, acepté ir a tomar algo, pero no pasó nada. Le dije que estaba en pareja y le ofrecí mi amistad. ¡Tienes que creerme!

—Te creo —replicó él, y le tomó las manos en un intento por serenarla—. No estoy enojado. Mírame a los ojos, de verdad, no estoy enojado. Aun así, quiero que me digas si, aunque sea por un instante, no pensaste que, después de haberlo echado tanto de menos, merecías comprobar si era mejor que yo.

—Él no es mejor que tú —replicó Natalia, incapaz de confesar que, en efecto, había pensado lo que Julián sugería. Él no insistió porque comprendió que ella no quería responder.

—También pensaste que si tienes que soportar a mis hijos y a mi ex mujer, era justo que yo soportara lo mismo. Te conozco. ¿Tengo razón? —Natalia tembló, y él le apretó más la mano para impedírselo—. Lo estoy sintiendo, lo mismo que sientes tú, ese miedo espantoso a perderte, solo que no sabes que en realidad yo lo siento todo el tiempo. Tú tienes muchas ventajas. —Ella frunció el ceño y se mordió el labio. Julián sonrió otra vez con pena y la miró—. En cambio, yo... no tengo nada con qué competir con Gabriel, ni con ningún otro.

—¡Eso es mentira! —exclamó ella, entre sollozos.

—No lo es.

—Es tu complejo de inferioridad.

—¡Es la verdad! Soy viejo, y ya viví todo lo que tú quieres experimentar por primera vez con alguien que tampoco lo haya vivido. Tengo hijos, tengo más días con problemas que días tranquilos, soy propenso al fracaso y mi piel se va a arrugar mucho más rápido que la de cualquier chico de tu edad.

—¡Basta! —gritó Natalia, y se arrojó sobre él para abrazarlo. Lo apretó tan fuerte que casi lo dejó sin aire—. Yo no sirvo, ¡no sirvo para esto! —chilló, odiándose a sí misma por ser tan reprimida.

Julián no entendía de qué le hablaba, pero respondió rodeándole la cintura. No quería que llorara.

Natalia lo apretó todavía más fuerte, y aunque temblaba de los nervios, dejó que su corazón hiciera lo que su mente no sabía hacer.

—Eres la persona más maravillosa que he conocido en mi vida —aseguró—. Eres bueno, honesto, justo. Muestras seguridad aunque te estés muriendo por dentro y amas con tanta profundidad que a veces me pregunto si de verdad existes o si eres un sueño. Superas como amante lo que tejió mi fantasía, eres fuerte y atractivo. No tienes idea de lo bien que te quedan los trajes y lo seductor que eres con esas pulseritas. No sabes nada de ti mismo. Me encanta que sepas resolver todos los problemas, que tengas tanta experiencia de vida, que te entregues siempre a todo por completo. Amo el padre que eres, la relación que tienes con Tomás y la manera en que intentas ablandar a Camila. Amo todo de ti, tus palabras, tus gestos...

—Yo no soy todas esas cosas —murmuró él, conmovido.

Natalia se despegó de su cuello, le rodeó la cara con las manos y lo miró a los ojos, mucho más serena.

—Ya verás que sí —le prometió.

Acababa de tomar una decisión irrevocable: tenía que terminar con urgencia su novela. Entonces la enviaría a todas las editoriales existentes y conseguiría que fuera publicada. Si Julián no sabía mirarse a sí mismo, lo haría reconocerse a través de los ojos ajenos.

# 26

Natalia se reintegró al instituto el viernes. Devolvió los trabajos escritos de cuarto año, y cuando Camila vio un ocho, sintió que explotaba.

—Pero mi trabajo no estaba bien —se atrevió a decir, con rabia. Si no obtenía malas notas en Literatura de forma disimulada, su plan se desmoronaba.

—Estaba para un ocho, pero sé que puedes dar más —replicó Natalia, y siguió entregando los demás.

Camila volvió a experimentar la frustración, sentimiento que últimamente parecía haberse ensañado con ella. Salió del instituto tan enojada que no le bastó hablar con Luna ni con otra amiga. Necesitaba la contención de alguien mayor, alguien que le diera la razón y que a la vez le concediera pistas para urdir otro plan. Entonces pensó en Melisa, la secretaria de la fábrica, a la que solía contarle los problemas que tenía con sus amigas y que no podía hablar con personas del instituto porque se iban de la lengua, provocando una retahíla de cotillleos.

«¿Podemos vernos en secreto?», le escribió.

«¿Estás bien? En un rato salgo durante mi hora de almuerzo, ¿quieres que nos encontremos en la pizzería?», respondió Melisa.

Como sabía de qué pizzería se trataba porque una vez habían almorzado allí juntas, aceptó sin vacilar.

Una vez en el restaurante, pidieron y luego comenzaron hablando del mensaje que había enviado Camila.

—¿Tu padre no sabe que estamos aquí? —preguntó Melisa—. Me sorprendió que me pidieras que mantuviera el encuentro en secreto.

—¿Le contaste algo? —contestó Camila, preocupada porque su padre estuviera al tanto de que se había reunido con la secretaria.

—No, aunque no me gusta comportarme así —replicó Melisa—. Si se entera de que nos vimos y que yo no se lo dije, se enfadará conmigo.

—No tiene por qué enterarse —aseguró Camila—. Yo no le doy explicaciones de cada paso que doy.

—Ya lo sé, pero has venido hasta aquí sola, y sabes que a él no le gusta que andes por la calle sin compañía.

Camila se encogió de hombros. Miró el plato que acababan de servirle y se dispuso a ir al grano.

—Pasa que tengo que hablarte de él —empezó. Melisa se sintió todavía más interesada en el asunto; todo lo que concerniera a Julián le importaba más que nada en el mundo—. No te lo vas a creer. ¡Me siento tan mal!

—Cuenta, ¿qué le pasa? —se preocupó la secretaria.

—Me da vergüenza —murmuró Camila, cabizbaja—. Pasa que... pasa que mi padre está saliendo con alguien. ¡Y eso no está bien!

Melisa sintió que un agua helada se derramaba por su espalda. Julián no podía tener una pareja nueva, eso la dejaba a ella en el eterno rol de secretaria. Era tan atractivo y tan bueno, ¡claro que alguna lo iba a atrapar tarde o temprano! Y ella jamás se había atrevido a ser directa para atraparlo antes.

No se echó a llorar solo para no delatarse ante Camila.

—¿Es alguien de la fábrica? —preguntó. Si la hija de su jefe hubiera estado menos encerrada en sus propias cavilaciones, se habría dado cuenta de que el dolor se había manifestado en su voz.

—No —contestó Camila.

—¿Es alguna clienta, una amiga?

Camila suspiró para no estrangular a Natalia.

—Es mi profesora de Literatura —terminó admitiendo. Después alzó una mirada airada—. ¡Tiene veintiocho años! ¡Es una puta! ¡Y mi padre está loco por ella!

Melisa no sufrió un infarto allí mismo porque era joven y saludable. ¡Veintiocho años! ¡Casi la misma edad que ella! Entonces tenía posibilidades: si a Julián le gustaban las jóvenes, ella era mejor que su novia, porque era menor.

—¿Y hace mucho que salen? —preguntó, más serena.

—Unos meses... no sé bien cuántos. Ayúdame. ¿Qué hago? —se desesperó.

—La edad no es lo importante —observó Melisa, por si el terreno se allanaba en su favor.

—¿Cómo que no? Además, mi padre tiene que volver a mi casa, con mi madre, mi hermano y yo.

—Camila...

—Mis padres se aman, Melisa. Mi madre lo está esperando. Empezó a trabajar para que él se vuelva a enamorar de ella, para que vea que es una mujer desenvuelta, segura...

Melisa bajó la mirada. No quería escuchar nada acerca de Sabrina, solo le importaba la profesora de Literatura. Después habría tiempo de que Camila aceptara que su padre salía con su secretaria.

—¿Y cómo es?

—¿Cómo es quién?

—Tu profesora.

—Es una estúpida. Una loca amargada que hasta hace poco tiempo usaba pantalones más grandes que los de mi abuela. No tiene nada, Melisa, por eso no entiendo qué le vio mi padre. ¡Es que no le vio nada! Lo que pasa es que ella lo engañó, porque si no, nadie podría colgarse de una idiota tan fea.

Melisa absorbía todo como una esponja. Podría contra una idiota fea. Podría contra todo.

Regresó a la fábrica segura de sí misma, ahora que sabía que a Julián la edad no le importaba. Antes de entrar en la oficina, se detuvo al oír la voz de Fabrizio, que hablaba con Claudia.

—¿Esta es la tal Natalia? —interrogó él.

—Sí. Y al parecer la cosa va en serio.

Melisa no se atrevía a entrar. La impulsó la idea de conocer a la usurpadora, entonces abrió la puerta.

Al verla, Fabrizio devolvió el portarretratos con la foto de Natalia y su hermano al escritorio. Melisa maldijo en su interior porque quedó en un sitio donde otra imagen enmarcada que había quedado delante, la de los hijos de su jefe, cubría casi todo el rostro de la tal Natalia. Sin duda Julián la había llevado a mediodía, mientras ella no estaba, porque por la mañana no se hallaba allí.

—Julián tuvo que salir, pero te dejó el teléfono del empleado con quien tienes que hablar —le indicó Claudia. Melisa estiraba el cuello tratando de divisar el rostro de la profesora, pero solo alcanzaba a ver la cara de Julián—. ¿Ya se comunicaron contigo los de la aseguradora? ¿Qué le pasó?

—Lo atropelló una bicicleta cerca de su casa —contestó, un poco ausente.

Como no aguantaba más la intriga, fingió que iba al escritorio de Julián a buscar el papel con el número que él le había dejado. Lo recogió en cámara lenta, para darse tiempo de verle la cara a la idiota fea, que resultó no ser tan fea. Era bastante guapa.

Sintió ganas de llorar. ¿Por qué Julián no había reparado en ella antes que en esa profesora? Si ella era más joven, y también más guapa...

—Pásame el albarán de depósito —pidió Claudia—. Melisa —la llamó ante su falta de atención—. ¡Melisa!

La secretaria alzó la cabeza con los ojos muy abiertos.

—Sí —dijo poniéndose de pie rápidamente—. Sí, ya voy.

Fabrizio, que estaba contemplando la fábrica por un ventanal, giró sobre los talones para verla salir.

—No sé qué le pasa a esta chica —comentó Claudia volviendo a sus papeles—. Está cada día más dispersa.

Fabrizio se encogió de hombros.

—No voy a salir a repartir esta tarde —anunció. Su hermana lo miró de golpe, con cara de sorpresa.

—No puedes hacerme eso, Fabrizio —exigió—. ¿Cómo que no vas a salir a repartir?

—No me gusta ser repartidor.

Claudia respiró hondo y cerró los ojos un momento; todo para no asesinar a su hermano.

—No te gusta ser repartidor, pero tampoco mueves un dedo para ser otra cosa —lo increpó—. No estudias, no te preocupas por aprender cómo llevar adelante la fábrica, no sabes arreglar una máquina, y menos lidiar con el papeleo que conllevan los negocios. Ni siquiera yo sabría hacerlo sola. Por favor, no le hagas esto a Julián. Él se está desviviendo por nosotros. Ayúdalo.

—Si él fue el preferido siempre, que ahora asuma las consecuencias —se defendió Fabrizio.

—Papá no tenía preferidos, y mamá menos. Lo lamento, Fabrizio, pero si no colaboras, le pediré a Julián que compremos tu parte.

—No voy a vender —replicó él con una sonrisa soberbia.

—Entonces será mejor que no contemos contigo. Sé que Julián me va a apoyar en esta decisión: no vuelvas.

Fabrizio se sobresaltó. No podía creer que Claudia lo estuviera despidiendo de la fábrica familiar.

—No me puedes echar de lo que me pertenece por derecho —masculló.

—Legalmente, Julián es el presidente, y tiene el poder para echarte si yo lo apoyo. Te pagaremos lo que te corresponda cada vez que liquidemos ganancias, pero si vas a estar aquí para entorpecernos el trabajo, es mejor que te busques otra cosa. Deberías imitar un poco a nuestro hermano y poner corazón en lo que haces, o no hacerlo. ¿Te doy el itinerario para el reparto de la tarde o te vas? Tú decides.

Fabrizio volvió a sonreír.

—¿Te pidió que me echaras porque él no tiene agallas para enfrentarse a un hombre? —preguntó con sorna.

—No. Te estoy echando yo porque Julián, aunque diga que es diferente, es igual que papá, y no se atreve a apartar la familia del lugar que la vio crecer. Te quiere demasiado como para echarte. Te cambió los pañales, te llevó de la mano a la plaza y te defendió cada vez que te peleabas con los fantasmones con que te juntabas en los bares, entre muchas cosas más. Hasta te cubrió las espaldas con papá cuando te llevaron a la comisaría por ser menor de edad y estar en una discoteca para mayores. Si no sabes valorar todo lo que él hizo por ti y todo lo que hace ahora por nosotros, entonces no mereces estar aquí.

—¿Sabes lo que diría mamá respecto a esto? —clamó él, asentando los puños sobre el escritorio. Ella no se inmutó.

—No sé lo que diría, pero sí sé lo que se preguntaría: «¿En qué fallé?» ¿Sabes en qué fallamos todos? En haberte consentido todos los caprichos. Fuiste el menor y la vida te salió muy barata. ¿Sabes quién se llevó toda la exigencia de papá, toda la carga? Julián. Y todavía la lleva sobre sus hombros con esta fábrica. O le aligeramos la carga, o te vas.

Por un instante, solo se oyeron las respiraciones agitadas de la discusión. Fabrizio hizo una mueca de descontento, se aclaró la garganta y acabó adelantando una mano.

—Dame el itinerario —pidió.

Claudia lo miró muy seria.

—Si vuelves a hacer algo que perjudique a los demás, olvídate de la fábrica —le advirtió—. Te lo digo de verdad. Vete por hoy si quieres, y piénsalo bien, porque de volver, vas a tener que ponerte las pilas.

—Dame el itinerario —repitió Fabrizio entre dientes.

Claudia le tendió el papel y volvió a sus anotaciones. Una vez que Fabrizio abandonó la oficina, miró la puerta que acababa de cerrarse y suspiró. Estaba tan nerviosa, y, sin embargo, se había mostrado tan tranquila que ahora necesitaba un respiro.

Se levantó y salió de la oficina. No había alcanzado la puerta de calle, cuando Melisa ya estaba sentada al escritorio de su jefe, observando la imagen de aquella profesora.

Julián regresó de la reunión con algunos potenciales clientes cerca de las siete de la tarde. En su escritorio encontró varias notas que le había dejado Melisa, entre ellas la resolución de la aseguradora sobre el empleado que había sufrido un accidente *in itinere*, informes sobre llamadas telefónicas y los albaranes del reparto de la tarde firmados. Con todo eso, acabaría yéndose de la fábrica al menos a las nueve de la noche.

Suspiró mientras leía el informe médico del operario. Se acercaba a la desagradable noticia de cuántos días de baja le habían dado, cuando la puerta de la oficina crujió.

Volvió la cabeza y lo que vio fue unos zapatos de tacones. Pestañeó para despejarse, y a continuación apareció una minifalda. Pertenecía a alguien que jamás se vestía de esa manera, porque en una fábrica no hacía falta un atuendo de oficina fina. Era Melisa.

—¿Qué estás haciendo aquí? —le preguntó Julián con una sonrisa rígida.

Ella avanzó y se detuvo a su lado.

—Lo mismo que tú —contestó. Luego bajó la mirada con inocencia y la alzó de nuevo para sostener la de él—. Me fui a casa y he vuelto hace un momento —explicó.

—¿Olvidaste algo? —preguntó el jefe, oliéndose algo raro.

Melisa cogió una silla y la colocó junto al escritorio, de modo de quedar cerca de Julián. Se inclinó hacia delante y sus pechos abultados se avistaron por el escote de la blusa que había escogido especialmente para la ocasión. Apoyó una mano sobre la de Julián, temblando.

No le dio tiempo a reaccionar. Tomó aire, cerró los ojos y se estiró hacia sus labios.

—¡Eh, Meli, no! —La retuvo él tomándola de los hombros.

La apartó con suavidad, pero con determinación—. Meli, no —repitió.

Ella se echó atrás, ruborizada por el pudor. Su rostro reflejaba una expresión turbada y sus ojos manifestaban miedo y dolor. Todavía le temblaban las manos, y los labios habían comenzado a imitarlas.

«Oh, no», pensó Julián. Se maldijo por no haber cortado el problema de raíz, por haber dejado pasar tanto tiempo sin pinchar la burbuja romántica de su secretaria. No sabía qué hacer.

—¿Por qué? —susurró ella con los ojos húmedos.

—Porque no —contestó Julián, agitado.

—¡Pero si yo soy más joven! —sollozó Melisa, y Julián la comprendió al instante: se comparaba con Natalia.

—No es por la edad —se apresuró a aclarar—. Te juro que no tiene nada que ver con la edad —repitió.

—¡Y soy más guapa!

—Quizá lo seas, no lo sé —contestó él negando con la cabeza—. De verdad no lo sé, porque no estoy enamorado de ti.

Casi pudo sentir el corazón de Melisa rompiéndose en su pecho. Se sintió tan culpable que estuvo a punto de abrazarla como habría hecho con su hija, pero se contuvo para no dar lugar a más confusión.

—Lo lamento, Meli —continuó—. Soy tu jefe y puedes considerarme tu amigo, pero otra cosa no.

Melisa se cubrió la cara con las manos y estalló en llanto. Después de temblar y llorar durante un momento, de pronto alzó la cabeza y gimió.

—¡Oh, por Dios! —exclamó—. ¿Qué he hecho? ¿Qué he hecho, Dios mío?

—¡Nada, no has hecho nada! —trató de serenarla Julián, esbozando una sonrisa—. Luchaste por lo que querías, y eso está muy bien. ¿Te ibas a morir sin saber qué habría pasado? ¿Y si te hubiera salido bien?

—¡Renuncio! —se apresuró a decir ella.

—¡No! No hagas algo de lo que mañana te arrepentirás, por

favor. Vuelve a tu casa, descansa, y aquí no ha pasado nada. Por mi parte, ya lo he olvidado todo. ¿Quieres tomarte una semana? Te doy una semana de licencia pagada y luego vuelves. Ya verás que para entonces nos parecerá que aquí no pasó nada.

Melisa se quedó callada, temblando y llorando en silencio. Después se puso en pie y trató de cubrir su incomodidad cruzándose de brazos.

—Perdón —susurró cabizbaja.

—Perdóname a mí —replicó él. Sabía que todo era por su culpa, porque no debió haber permitido que el enamoramiento de Melisa llegara tan lejos.

—Hasta mañana —acabó diciendo ella, con un hilo de voz.

—Hasta mañana —respondió Julián, y la vio alejarse con el ceño fruncido.

Me carga sobre su cadera y yo me muevo como la mujer más sensual del mundo. Lo amo como no amé a nadie en la vida.

Estira una mano y supongo que va a acariciar mis pezones, pero me toca la cara. Sus dedos recorren mis mejillas, y sus ojos devoran mi mirada.

—Te amo —me dice.

—Te amo —respondo, agitada.

Me siento conmovida porque él se mira a través de mis ojos y se siente bien, se siente hombre. Y yo me siento mujer con sus palabras.

Vale más un instante robado al tiempo que la eternidad equivocada.

Después de acabar su novela con una frase que le pareció que podía resumir la problemática de la historia, puso la palabra «Fin», firmó como Natalia Escalante y colocó fecha y hora.

Suspiró, ya echando de menos la historia de Nadia y Fabián. Sobre todo a Fabián. Se le humedecieron los ojos pensando que, a partir de ese momento, los personajes seguirían solos por el camino de sus vidas, y que ella ya no podría entrometerse en sus almas. A partir de ese momento, se convertirían en seres ajenos a ella, pero a la vez tan insertos en su corazón y su memoria, que siempre vivirían allí. Ella era su hogar y su diosa.

Tragó el nudo que se le había formado en la garganta y, si bien sabía que lo conveniente era dejar descansar el manuscrito unos meses y luego retomarlo para destriparlo con las correcciones, no podía esperar. Buscó el archivo con las direcciones de correo que había recopilado de varias editoriales que publicaban novelas románticas, y aunque la de ella tenía tanto sexo que casi podía catalogarse como erótica, tenía cabida en cualquiera de las dos categorías.

Volvió a suspirar, indecisa. Le daba vergüenza enviar semejantes atrocidades a un editor, ¿qué iba a pensar de las escenas de sexo, de las fantasías y del vocabulario? ¿Qué iba a pensar de ella, si había escrito «pene», «vagina» y «pezones» casi tantas veces como «y», el monosílabo más usado del español?

Dejó de pensar, o nunca enviaría el manuscrito. Redactó una breve carta de presentación, adjuntó el archivo de la novela y pulsó «enviar». Repitió el procedimiento varias veces, hasta que agotó la lista de direcciones, y entonces cerró el ordenador. Tenía que hacerlo si no quería pasar la vida estancada en esa historia tan especial para ella y que tanto quería.

Recostada en su cama, se sintió vacía y se puso a llorar. Si alguien decidía publicar esa sarta de barbaridades, ya no sería la única a la que le pertenecerían. Su obra sería del editor y del librero, pero sobre todo de los lectores. Tembló de solo pensar que podían juzgar mal a Nadia o a su amado Fabián. De Nadia podían decirle lo que quisieran, pero a Fabián lo defendería con uñas y dientes. Después se dio cuenta de que tendría que hacerse fuerte ante esa posibilidad y aceptar las críticas. Llenarse de lo positivo, aprender de los errores, e ignorar la maldad y la envidia, que nunca faltan en ninguna parte.

Se durmió echando de menos su historia, lamentando haberla terminado, pero a la vez con la felicidad de saber que Nadia y Fabián habían completado su ciclo y que sus vidas serían por siempre felices.

Ser feliz. Eso no era poco.

# 27

El tiempo es un aliado que sana heridas y acomoda realidades. Después de la conversación con Claudia, Fabrizio dejó de ausentarse de su trabajo. Puso más interés en la fábrica, y se atrevió a mantener algunas conversaciones sinceras con su hermana.

—Es que él es tan perfecto —reconoció acerca de Julián—, hace todo tan bien, que nadie puede igualarlo.

—Te aseguro que Julián no se siente así. Al final parece que la única que os conoce a los dos soy yo, y que vosotros no tenéis la menor idea de lo que pasa dentro del otro. Él tendría que permitirse ser un poco imperfecto, y tú un poco perfecto. Creo que así podríais encontrar un equilibrio.

Claudia buscó ese equilibrio organizando almuerzos y cenas, parecidas a las que se llevaban a cabo en la época en que la fábrica era un hogar y sus miembros, una familia. Natalia y Claudia entraron en confianza con facilidad, y también se sumó Fabrizio. Para Natalia, él no era más que uno de los tantos chicos de su edad con los que se había cruzado en bares y discotecas, pero descubrió que, fuera de esos ambientes, ese tipo de gente representada en Fabrizio era mucho más comprensible y simpática. Fabrizio le cayó bien, porque era gracioso y divertido, un niño adulto. Y así, a través de los ojos de Natalia, Julián también lo vio distinto. Rio de sus chistes, fueron juntos al fútbol, y el trabajo en la fábrica se tornó más colaborativo.

Los primeros días después de su intentona, Melisa casi no se atrevió a mirar a Julián a los ojos. Lo evitaba cuanto podía y prefería dirigirse a Claudia. Sin embargo, a medida que fueron pasando las semanas, la relación volvió a la normalidad poco a poco. Comenzó gracias a una broma acerca de un cliente molesto, continuó con una presentación que tuvieron que hacer juntos, y sin que se dieran cuenta, estaban almorzando en el restaurante, como solían hacer a veces, ya sin miradas románticas ni incomodidad alguna.

Julián cumplió con lo prometido a Liliana: pasó un domingo entero lijando y pintando las rejas de las ventanas. Nunca tomó tanto mate ni tantas porciones de tarta de manzana como ese día, pero valió la pena, porque las rejas quedaron relucientes; y Liliana, feliz.

—¿Le he comentado que la habitación se me está viniendo abajo? —dijo de repente Liliana. Natalia, que en ese momento leía en el sofá junto a la puerta que daba al patio, se cubrió la cara con el libro, muerta de vergüenza.

—¿Qué le pasa? —preguntó Julián.

—Tiene humedad, y si no la arreglamos antes de pintar, la pintura se va a estropear enseguida.

«¡Qué hábil!», pensó Natalia; acababa de involucrar a Julián en la reparación de la habitación como si nada.

—Lo mejor para la humedad es un hidrófugo —dijo él.

—¿Y usted sabe usar eso?

—Claro. Si quiere lo hacemos el domingo que viene.

—Ay, no, por favor, no quiero que se tome tantas molestias.

«¡Ja! —pensó Natalia—. ¡Cómo miente!»

—No se preocupe, a mí me gusta hacer estas cosas. —Julián no mentía.

Como retribución por la ayuda prestada, Liliana le mostró su secreto para que el dulce no quedara ácido.

—Tiene razón —asintió Julián después de probarlo—. ¿Me vende su fórmula?

—¿Piensa usarla? —se sorprendió Liliana, llevándose una mano al pecho, emocionada.

—Claro, voy a probarla en una partida pequeña de alfajores. ¿Cuánto pide por ella?

—¡Oh, por favor! —rio Liliana, feliz de que alabaran su creación y de que hasta estuvieran pensando utilizarla para los mejores alfajores de la zona—. Para mí sería un honor que usted la usara.

Julián sonrió asintiendo con la cabeza.

—Pero estas cosas se pagan, ¿lo sabía?

—Sí, sí que lo sé, pero no hace falta —replicó Liliana—. En serio, le doy la receta y espero le resulte útil.

Gabriel llamó a Natalia algunas veces más, pero en cuanto descubrió que jamás volvería a estar en el centro de su interés, poco a poco acabó por desaparecer.

Un mediodía de septiembre, Natalia llegó a casa después del instituto y, como todos los días, comió y se sentó al ordenador. Abrió sus redes sociales, abrió su e-mail, y entre dos notificaciones de fotos etiquetadas por Fabrizio, apareció un mensaje desconocido de una tal Isabel Sánchez.

La mujer se presentaba como editora de una editorial importante, y le ofrecía un contrato de edición por su manuscrito «Camino al placer».

—¡No puede ser! —exclamó Natalia, perpleja. Tenía que ser una broma. Para asegurarse, redactó una respuesta ambigua.

Estimada Isabel:
Muchas gracias por su mensaje, me da usted una gran alegría. Disculpe, pero ¿de verdad le interesó la novela de Nadia y Fabián? De ser así, le responderé a la brevedad.

Casi al instante, recibió contestación:

OK, espero tu respuesta.

¡Así que era real! ¿Y ahora qué iba a hacer? Rebosaba de felicidad porque a alguien le hubiera parecido interesante su historia. Y no solo interesante para la editora, sino sobre todo para el público, porque ser comercial significaba ser del interés de muchos, y si no era del interés de muchos, nadie la publicaba.

Por un momento, permaneció inmóvil delante de la pantalla, como si la noticia no fuera tan endemoniadamente buena. Sin embargo, en cuanto comprendió que, si aceptaba, a partir de ese momento su vida literaria podía dar un giro de ciento ochenta grados, se le escapó un grito.

Ver su manuscrito convertido en un libro de verdad era el sueño de muchos escritores que, hasta hacía unos meses, ni se hubiera atrevido a imaginar. Significaba un reconocimiento a su capacidad y a su trabajo, y estaba al alcance de su mano. ¿Por qué entonces se sentía tan insegura? ¿Qué le impedía aceptar sin indagar más?

La verdad.

Había enviado el manuscrito pensando en Julián, para que muchas personas lo amaran, porque él estaba representado en Fabián, y para que pudiera quererse a sí mismo a través de los demás. Ahora comprendía que en ese libro había relatado el ochenta por ciento de sus vidas, incluso los detalles más íntimos: sexo, miradas y conversaciones que dejarían de ser privadas y pasarían a ser públicas. Había seguido adelante con la loca idea de enviarlo a las editoriales porque tal vez, en el fondo, pensaba que nunca lo iban a publicar. O quizá pensó que, en efecto, iba a conseguir un editor, pero de todos modos tenía tiempo de arrepentirse en el último peldaño que le tocase subir. Ese escalón había llegado demasiado pronto, y ahora no sabía qué hacer.

No podía publicar su intimidad con Julián sin hacérselo saber. Habría sido una traición, y hasta temía que él se enfadara por una acción tan solapada. Por eso reunió coraje y lo llamó. Julián le explicó con pena que no podía salir de la oficina porque estaba esperando a un auditor, pero que ella podía ir allí. Natalia estuvo a punto de negarse para no resultar una molestia, pero le urgía quitarse las dudas, de modo que acabó aceptando.

En la fábrica, Melisa la condujo a la oficina. Natalia jamás había estado en ese lugar, y si bien le resultaba interesante conocer el sitio donde se fabricaba su golosina preferida desde la infancia, estaba tan nerviosa que apenas pudo ver algunas máquinas.

Entró en la oficina como un torbellino, saludó a Claudia con una sonrisa y enseguida se acercó a Julián, que no había abandonado su escritorio. Pensó que Natalia se acercaría para saludarlo, pero ella no lo hizo, estaba demasiado excitada como para pensar con claridad. Claudia se dio cuenta, así que prefirió marcharse y dejarlos solos.

—Voy a comprobar la empaquetadora —anunció, y se fue.

Julián se reclinó en el asiento y sonrió a Natalia.

—¿Te gusta? —le preguntó señalando vagamente la oficina—. El ambiente no es muy delicado, pero igual me gustaría que lo conozcas. —Se refería a la fábrica. Natalia asintió en silencio—. ¿Qué te pasa?

Ella suspiró. Temblaba.

—Tengo novedades —dijo.

Julián sonrió.

—Eres mala, ¿lo sabías? —bromeó—. Tienes esa habilidad mágica de todos los escritores, que lanzan al común de los mortales esas frases que nos dejan muertos de curiosidad —rio—. «Tengo novedades.» ¡Y los demás tenemos un infarto!

Después de haber entrado casi tan rígida como una momia, Natalia por fin se relajó y rio. Julián no había tenido otra intención que tranquilizarla, ya que la notaba muy nerviosa.

—Cuéntame esas novedades —pidió. Como buen lector, estaba muerto de curiosidad.

—¿Te acuerdas de mi manuscrito, el que estaba escribiendo en el bar? —empezó Natalia, otra vez muy seria. No quería hacerlo sufrir más. Julián asintió con la cabeza—. Hace poco más de un mes lo envié a varias editoriales, y hoy una editora me respondió. ¡Todavía no me lo puedo creer! A alguien le pareció que esa bazofia no es tal, y que a la gente le puede parecer buena. Tal vez no era tan mala después de todo, ¿no?

—¡Claro que no! —exclamó él, lleno de entusiasmo—. ¿Voy a tener tu libro por fin?

Los ojos de Natalia no reflejaron la misma emoción.

—No sé.

—¿Cómo que no sabes? ¿Para qué te escribió?

—Me ofreció un contrato de edición.

—¡Felicidades, cariño!

—No es tan sencillo —dijo Natalia, cabizbaja.

—¿Quieres que lo revisemos juntos? —ofreció Julián—. ¿O que se lo dé al abogado de la fábrica para que te asesore?

—No es eso —contestó ella, todavía sin atreverse a mirarlo a los ojos. Pero no podía prolongar más la situación. Tenía que decírselo—. Es que... la historia es un poco... real.

Julián, que había dejado de reír, suspiró.

—La verosimilitud es un valor muy apreciado en una novela romántica —intentó sosegarla. No lo consiguió.

—Es que... no es solo romántica. Es muy romántica y... erótica.

Le ardía tanto la cara que pensó que se estaba prendiendo fuego. De hecho, sus mejillas estaban encendidas, pero los ojos de Julián le ganaron.

—¡Con más razón! ¡Me muero por leerla! —exclamó con renovado entusiasmo.

—Pasa que... —continuó Natalia, casi sin resuello— también es real. Es... La protagonista femenina se llama Nadia. —Julián se la quedó mirando sin entender—. Y él... él se llama Fabián. Y eres tú.

De pronto, el mundo se abatió sobre la oficina. Natalia supo el instante exacto en que Julián comprendió la magnitud del mensaje porque dio un respingo.

Julián respiró hondo y dejó escapar el aire muy rápido. Con que su vida, su personalidad, su forma de hacer el amor, sus hijos, sus problemas... todo estaba encerrado en un libro. Ni siquiera le gustaban las redes sociales porque le parecían una exposición innecesaria de la vida privada, ¡e iba a acabar expuesto en un libro!

—Perdón —susurró Natalia, y se mordió el labio.

—No, no te disculpes —la serenó él, aunque en realidad no sabía cómo reaccionar.

No podía negar a Natalia la posibilidad de ser publicada. No podía enojarse con ella porque su historia de amor le hubiera servido para crear la novela que le cumpliría el sueño de todo escritor.

—Solo quiero hacer tres preguntas —pidió—. Fabián... ¿es un buen amante?

—El mejor —se apresuró a responder Natalia, casi con tanta pasión como Fabián y Nadia hacían el amor.

—¿Ama a Nadia?

—Muchísimo.

—¿Y ella lo ama a él?

—Con todo su corazón.

Julián asintió.

—Entonces no tengo duda de que es una novela muy buena —concluyó—. Sigue adelante con la publicación.

Los ojos de Natalia brillaron de emoción. Su mente, en cambio, vaciló.

—¿Y crees que mi madre, la directora de la escuela, mi padre, los vecinos... van a pensar lo mismo?

—¿Qué importa? —replicó Julián encogiéndose de hombros—. Si hay algo de ellos visto a través de tus ojos que no les gusta, deberían sentir vergüenza, no enojo. Y si se enojan, será un gesto de hipocresía. A nadie le gusta verse reflejado en el espejo que son los ojos del otro. —Como Natalia no dijo nada, continuó—: Nati, las oportunidades no siempre se dan dos veces en la vida, te lo digo por experiencia. Todo debe pensarse desde la premisa «ahora o nunca», y tu tiempo es ahora. No lo dejes pasar.

Natalia parpadeó, conmovida, y fue a sentarse el regazo de Julián. Lo abrazó.

—¿Te han dicho alguna vez lo hermoso e inteligente que eres?
Él respondió rodeándole la cintura y besándole la mejilla.

Sin embargo, mientras todos avanzaban hacia una nueva vida, Camila todavía permanecía anclada en el pasado. A pesar de sus intentos por arrastrar a los demás en su fantasía, cosechaba solo fracasos, y cada vez que perdía, se sentía más sola e incomprendida.

Como su padre controlaba sus notas, mejoró en todas las asignaturas, menos en Literatura. Primero intentó reprobar de manera sutil, para fingir que Natalia Escalante la perjudicaba, pero al ver frustrado ese primer plan, dejó de estudiar. No sabía ser mala alumna entregando trabajos y resolviendo evaluaciones, de modo que se ocupó de cumplir con todos los profesores, menos con ella. Aun así, la única que habló con Natalia, dada la situación, fue la directora del instituto. A Natalia le importó muy poco, porque ya la habían llamado de otras escuelas después de que dejara currículos. Su padre no le creyó, a su madre le decía que le iba mal porque no entendía la asignatura, y sus compañeros no podían ayudarla.

Casi al final del tercer trimestre, después de que su padre la dejara sin móvil porque Literatura seguía desaprobada, ya no pudo contener la rabia. Su plan se había arruinado, su vida se iba por el sumidero, y su odio creció tanto que se transformó en una criatura amargada y solitaria. Estalló un lunes, solo porque Natalia le devolvió la última evaluación del año con un cuatro. Necesitaba un diez para aprobar, o su padre ni siquiera la dejaría ir de vacaciones, y todo para que él siguiera engañado por la astuta profesora.

Como no tenía nada que perder, porque todo lo había perdido ya, esperó a que finalizara la hora de clase para acercarse a Natalia.

—Necesito hablar con usted —espetó.
Un compañero que se retiraba junto con los demás chicos se

llevó su mochila por delante. Camila la acomodó sobre el hombro sin dejar de observar a Natalia, que en ese momento reunía sus cosas para irse.

—Ahora no es el momento —respondió cabizbaja, cerrando la cartera.

—Pero necesito hablar —insistió Camila, con el mismo tono soberbio de antes.

Natalia por fin la miró, dispuesta a llamarle la atención por su falta de respeto. Sin embargo, al ver los ojos de la chica, se contuvo. Reflejaban lo contrario de su voz; si su tono había sido altanero, su mirada era triste.

Se sentó sin objetar.

—Trae una silla para ti —pidió.

Camila giró sobre los talones en busca de un asiento. Mientras lo cogía, tragó con fuerza; se le había formado un nudo en la garganta. Ella jamás lloraba, y no iba a permitir que Natalia la viese hacerlo. Regresó con la silla y la colocó junto al escritorio. El aula ya se había vaciado y solo se oían voces lejanas desde el pasillo.

—Te escucho —la instó Natalia con tono sereno, aunque por dentro estaba tan o más nerviosa que la chica. No tenía idea de lo que la hija de Julián le iba a decir.

Durante toda la hora, Camila había pensado insultos y humillaciones para espetarle a su profesora. Por eso se sorprendió de que, frente a ella, una extraña sensación, algo inexplicable, le impidiera soltarlos. Se le agolparon en la boca, pero no pudo proferirlos.

—Yo... bueno, pasa que... —intentó impostar de nuevo su tono altivo. Fue inútil. De pronto se echó a llorar como si en ese acto se resumiera todo el dolor del mundo. Lloró hipando y sin poder contenerse—. ¡Pasa que lo echo de menos! —gritó. Nada de insultos, nada de ira, solo pena.

Natalia se quedó estupefacta. Esperaba cualquier situación, menos lágrimas y sinceridad.

—Mi papá... lo echo de menos... —siguió sollozando Camila, tratando de cubrirse la cara. Le costaba respirar.

—Pero él siempre está contigo —intervino Natalia, y se arrepintió, porque el dolor de Camila se hizo carne en ella.

—Yo lo quiero en mi casa, conmigo —replicó Camila con voz ahogada—. Cuando yo era una pequeñaja y él llegaba de trabajar, me cargaba sobre los hombros y me paseaba por toda la casa diciendo: «¡Vendo una bolsa de patatas! ¡Vendo una bolsa de patatas!» Nunca me olvido de eso.

Natalia tragó con fuerza, sin saber cómo contener el llanto. Tenía los ojos húmedos y le temblaban los labios. Ojalá hubiera tenido un padre como Julián. Habría deseado que su padre se quedara en casa con ella, tal como deseaba Camila.

—Me llevaba al cine a ver películas de dibujos animados, y cuando me sentía mal, él siempre me hacía reír. No importaba si se sentía cansado o triste, él siempre estaba ahí para mí. —Inspiró por la nariz y se pasó la mano por la mejilla mojada—. Antes de que mi mamá se fuera a dormir, yo me acostaba con él en la cama y apoyaba la cabeza en su barriga. Él me acariciaba el pelo y me pedía que le cantara. —Lloró más—. Me aconsejaba cuando tenía problemas con mis amigas, me escuchaba como si lo que yo le contaba fuera algo serio, y no eran más que tonterías de niñas.

—Él todavía está ahí para ti, te está esperando —trató de convencerla Natalia, pero otra vez se arrepintió, porque no pudo contener una lágrima.

—No es lo mismo —la contradijo Camila negando con la cabeza—. Mi mamá lo extraña, todos lo extrañamos en casa. Él tiene que volver con nosotros.

Natalia suspiró y se mordió el labio. No se daba cuenta, pero por su mejilla se deslizaba otra lágrima. Se sentía tan mal, tan devastada... Ella no había tenido un padre, y el dolor de Camila al sentir que perdía el suyo la afectó en lo más profundo. Se sintió identificada con ella, porque revivió su propio sufrimiento.

Suspiró; el aire le quemaba por dentro. Le dolía el pecho y los ojos le escocían. Odiaba ser la causa del dolor de otra Natalia.

—¡Perdón! —exclamó desencajada Camila, cubriéndose la cara—. No es contra usted, ¡se lo juro!

—Ya lo sé —murmuró Natalia, y apoyó una mano consoladora en su brazo.

—¡Es porque lo echo de menos! Y me duele mucho...

Natalia no pudo soportarlo. Acabó deslizándose al borde de la silla para abrazar a Camila con todas sus fuerzas. Ella no se resistió. Necesitaba tanto un abrazo, lo había añorado tanto tiempo, que se aferró a la espalda de su profesora y la estrechó con fuerza.

—¡Yo lo quiero! —Lloró—. ¡Lo quiero mucho!

A Natalia le hubiera gustado decirle que el pasado jamás se recuperaba, que todo lo que tenemos es el presente. Pensó que, de ser capaz de aceptar las nuevas realidades, Camila habría sido más feliz. Aun así, no se atrevió a mencionarlo. ¿Quién era ella para instruir a Camila sobre relegar el pasado, si ella misma lo había añorado hasta hacía unos meses?

Todo lo que podía hacer era abrazarla, porque a veces los gestos valen más que las palabras.


Camila salió del instituto cuando ya casi no quedaban rastros de las lágrimas que había derramado. Subió al coche de su madre, soportó que la regañara porque suponía que se había entretenido con sus compañeras, y volvió la cara para mirar por la ventanilla justo cuando Natalia abandonaba el instituto.

Pestañeó varias veces sin dejar de observarla. Descubrió entonces que ya no le parecía fea, estúpida y desquiciada. Lo que había experimentado cuando ella la había abrazado, la había hecho respetarla.

Camila aprendió así una de las lecciones más importantes de la vida: que la verdad consigue lo que la mentira jamás alcanza, que la verdad nos hace mejores.

# 28

Camino de casa, Natalia pensó todo el tiempo en Camila. Gracias a ella, le parecía revivir su adolescencia, porque había sufrido tanto como su alumna. Había rogado que su padre volviera a casa, pero él jamás lo había hecho, porque una mujer lo retenía. Esa mujer no le había permitido volver a enamorarse de su madre, y por consiguiente, tampoco vivir con ella.

El dolor que había manifestado Camila era verdadero, jamás la había percibido tan desnuda en sus sentimientos, y eso la atormentaba.

Sacudió la cabeza para despejarse. No quería acabar creyendo que se había convertido en una mujer como la que había apartado a su padre de su vida, y de que acabaría con las vidas de otros.

Como era viernes, iría al apartamento de Julián para pasar juntos el fin de semana. Por primera vez en esos meses, se puso nerviosa de tener que hacerlo; su inconsciente parecía rechazar la situación.

«Estás boicoteando la relación, como siempre haces —se dijo—. Cuando alcanzas cierta estabilidad, buscas excusas para seguir siendo infeliz, no sabes triunfar.» Para colmo, habían terminado de corregir su manuscrito y ya no podía volcar todas esas emociones en el papel. ¡Cuánto necesitaba escribir!

Por rebeldía antes que por convicción, hizo su bolso y estuvo en casa de Julián a la hora de siempre. Procuró ser la misma de cada viernes; sin embargo, Julián la conocía y notó que estaba fingiendo.

—Nunca volvimos a la clase de baile —comentó para reanimarla. Mientras hablaba le apartaba el cabello que le cubría un ojo—. ¿Quieres que vayamos?

Natalia aceptó, pensando que la música y el baile la harían olvidar el dolor. No había contado a Julián de la conversación con Camila, ni lo haría jamás. Se lo había prometido a su alumna, y no pensaba traicionarla. Quizá le costaba recuperarse de lo acontecido ese día porque se había acostumbrado a hablar mucho con Julián, y esta vez no podía hacerlo.

Mientras iban hacia la capital, trató de concentrarse en las expectativas de la clase. Logró evadirse de los pensamientos tristes por un rato; sin embargo, todo cambió al entrar en el salón de baile.

La primera vez que había ido allí, se hallaba tan obnubilada por la felicidad de estar con Julián que no lo había notado: la gente la miraba. Los ojos se posaban en ella y le transmitían toda clase de juicios, ninguno favorable. Lo mismo había sucedido con las esposas de los amigos de Julián, solo que, aquello que hasta ese día le había parecido alimento, comenzó a pesar sobre su conciencia.

Chocó con un pie de Julián al dar el paso. Él la sostuvo por el codo para estabilizarla y sonrió.

—¿Qué te tendrá tan distraída? —bromeó.

Natalia no rio. Espió por sobre su hombro, y luego volvió a él.

—Me están mirando —se quejó.

Julián echó un vistazo alrededor y, en efecto, vio que una mujer tenía los ojos fijos en ellos.

—¿Y qué? —sonrió—. ¿Quieres que nos alimentemos un poco de su prejuicio?

La tomó de la cintura para apretarla contra su pecho y que la curiosidad de la señora creciese.

—¡No! —replicó Natalia, apartándose de él—. Quiero que deje de mirarme, que deje de pensar que soy tu amante.

—¿Desde cuándo nos preocupamos por eso?

—Desde hoy. Quiero irme. No quiero estar en un lugar donde soy la comidilla —lo dijo en voz alta y mirando a la mujer, esperanzada en que la oyese.

Julián se quedó atónito. Tomó a Natalia por la cintura, la acompañó a recoger el bolso y salieron en busca del coche.

Condujo en silencio hasta su apartamento. Le preguntó si quería escuchar alguna música en particular, pero Natalia respondió que no. Le ofreció tomar una copa en algún bar, y ella también rehusó. Acabaron en la sala de su casa antes de medianoche.

Natalia fue al baño. Al salir, Julián la abrazó y ella no se apartó del cariño que le llenaba el alma herida. Cerró los ojos cuando él le besó la cabeza y tragó con fuerza al oír la voz que le aceleraba el corazón.

—Podemos hablar de lo que quieras —le propuso él. Pero Natalia no podía contarle la verdad.

En busca de zafarse del aprieto, se soltó con angustia del abrazo y fue al sillón. No sabía ocultar sus emociones.

—Necesito saber qué pasa —dijo Julián, impaciente—. Entiendo tu dificultad para expresar ciertas cosas, pero también tienes que comprender que me robaron la bola de cristal.

Natalia se volvió hacia él, dudando si bromeaba o hablaba en serio. En sus ojos leyó un poco de ambas intenciones.

—No puedo seguir alimentándome de las miradas de la gente —argumentó, aunque en realidad la gente le importaba muy poco. Aquello de lo que jamás podría alimentarse era del dolor. En particular, del dolor de Camila.

Julián permaneció un instante en silencio, pensativo.

—¿Qué te hizo cambiar de opinión? —preguntó por fin. Sabía que algo había ocurrido, de lo contrario, Natalia jamás habría perdido su rebeldía.

—Nada —se vio obligada a responder ella, fingiendo indiferencia. Había bajado la mirada.

—¿Piensas mentirme muchas veces más?

Tras una acusación tan directa, Natalia volvió a mirarlo. Estaba claro que habían avanzado en confianza y conocimiento mutuo, y Julián ahora esperaba explicaciones. Ya no valía el silencio, lo había abandonado hacía tiempo y no tenía permitido volver a él.

—No soporto más el prejuicio de la gente —se excusó, tratando de conformarlo. ¿Cuándo dejaría de sentirse la mala de la historia? Temía no superar nunca esa sensación.

—Eso ya me lo dijiste —le recordó Julián—, y sabes que no puedo hacer nada al respecto. La gente vive para criticar a los demás, depende de nosotros cuánto espacio demos a sus opiniones.

—Porque en esas opiniones, tú sales beneficiado —objetó Natalia con sorna.

—¿Entonces nos encerramos en un círculo y nos pasamos la vida esperando la aprobación de los otros?

Ella tragó saliva, intentando evitar los pensamientos hostiles que se agolpaban en su mente. Sabía que su propia conciencia operaba contra sus sentimientos más profundos, y la forzaba a resolver la situación con la decisión equivocada. En ese momento, pensaba en dejar el camino libre a Camila para que intentara recuperar a su padre. Pensaba en abandonar a Julián, pero era egoísta y no podía. Por eso su inconsciente buscó motivos para hacerlo.

—Dime, ¿qué piensan tus amigos de mí? —preguntó.

—Que eres guapa y simpática.

—¿Y qué piensan sus esposas?

—No lo sé.

—No lo sabes —sonrió Natalia, molesta—. Yo sí lo sé: piensan que soy una vividora, una zorra interesada.

Julián sonrió, cabizbajo.

—¿Y eso qué importa? —replicó—. Lo único relevante es lo que pensemos el uno del otro. —Pero decidió no seguir por ese camino que no los conduciría a ninguna parte—. Natalia, no perdamos el tiempo hablando de esto, porque sé que no es el verdadero problema. O me dices la verdad, o vamos a tener que replantear la forma en que nos comunicamos.

Ella rio, otra vez con ironía.

—Detesto que pretendas hacerte el experto en todo —se quejó en vano—. Te las das de adulto perfecto. Ese es el problema, que a tu lado siempre parezco una quinceañera.

—Ya hablamos de ese tema.

—¿Lo ves? Suenas como el padre que nunca tuve.

¿Qué estaba haciendo? Si todo lo que deseaba era abrazar a Julián y echarse a llorar sobre su pecho, ¿por qué trataba de herirlo?

—¡Vaya! —ironizó él—. Hasta hace un momento casi no podía sacarte una respuesta a si querías escuchar música, y ahora, de pronto, tienes mucho que decir. —Ante el silencio de Natalia, él continuó—: Venga, sigue. Si eso te ayuda, aquí me tienes para escucharte.

—¡Deja de hacerte el experto! —exclamó ella.

—No me hago el experto, es mi forma de ser.

—¡Es insoportable!

—¿Y qué tengo que hacer? ¿Enrabietarme, herirte? ¿Con qué propósito? Si esa es la nueva forma de comunicarnos que propones, a mí no me gusta. Pero si a ti te sirve, te ofrezco escucharte. Es todo lo que voy a hacer.

Natalia estalló, pero sin gritar. Se revistió de frialdad y sarcasmo para seguir expresando aquello que no sentía.

—En ese caso, si vas a continuar fingiéndote una especie de padre que me educa con el ejemplo, seguramente sabías que en algún momento esto iba a pasar. Las niñatas de quince años somos cambiantes e inseguras, un día amamos y al otro odiamos como si fuera el fin del mundo. Y yo, en este momento, quiero que nos tomemos un tiempo.

Después de decirlo, el alma le tembló. Decía lo que no deseaba y hacía lo que no quería.

A diferencia de la discusión anterior, Julián no se inmutó. No pediría disculpas ni correría detrás de Natalia, pues no era él quien se estaba equivocando. Quizá su error radicaba en no saber ayudarla a sincerarse con él, ante lo cual todo lo que podía hacer era ser sincero con ella.

—Si eso es lo que quieres, no voy a retenerte —respondió—. Estás mintiendo, pero no puedo saber qué tengo que hacer hasta que me digas la verdad.

—Piensa lo que quieras —replicó ella cabizbaja. Temía demostrar el dolor que la laceraba por dentro.

—No tienes ni idea de lo que estoy pensando en este momento —contestó él—. Todo lo que quiero es abrazarte y rogarte que no me dejes, pero no lo voy a hacer, porque eso no ayudaría en nada. Lo que más me duele es que no eres tú la que me está dejando. Es la mentira, es eso que me estás ocultando.

Natalia inspiró hondo, dolida. Recogió su bolso y su abrigo antes de que los síntomas se hicieran visibles y caminó hasta la puerta.

—Te acompaño hasta tu casa —dijo Julián, siguiéndola.

Natalia dudó, no quería irse. Al igual que él, todo lo que deseaba era abrazarlo y pedirle perdón, por eso trató de contentarse con que Camila le agradecería que no lo hiciese.

—No puedo ser esa mujer —murmuró—. Lo siento.

Abrió la puerta, salió y cerró antes de que Julián pudiera seguirla.

Cuando él llegó a la reja, Natalia ya no estaba, ni siquiera en la calle. Sin duda había doblado en alguna esquina, de lo contrario no habría podido desaparecer tan rápido.

No quería que anduviese sola por la calle a esas horas de la noche, ni mucho menos que lo dejara. ¿Por qué lo había hecho? ¿Acaso alguna vez sabría los motivos reales de su huida? Algo había pasado, y si no ponía la vida en juego para descubrirlo, era solo porque conservaba la esperanza de que en algún momento ella se lo diría. Tenía que reflexionar y luego volvería a él, confiaba en que así sucediese.

Natalia caminó hasta su coche y condujo a casa. Liliana se levantó de la cama cuando la oyó llegar.

—¿Qué pasa? —le preguntó, alarmada—. ¿Y Julián?

Natalia retenía las lágrimas. No se atrevió a contestar, porque de hacerlo se habría echado a llorar allí mismo, y no quería contar intimidades a su madre.

—¡No me digas que te peleaste! ¡No puede ser, Natalia! ¿Te das cuenta de que no duras con nadie?

Había pasado ocho años de noviazgo con Gabriel y varios meses con Julián. Pero era cierto: los dos habían sido las mejores personas del mundo, y ella los había herido, porque solo sabía herir.

Se encerró en su habitación y se acurrucó en la cama. Pasó la noche despierta, tratando de vencer la sensación de vacío que la consumía. Cuando había dejado a Gabriel, no lo había lamentado hasta mucho tiempo después, en cambio ahora añoraba a Julián. Tenía que ser fuerte y dejarlo ir, aunque le costara todas las lágrimas del mundo.

El domingo, Liliana se fue a casa de una amiga, y la soledad hizo sufrir más a Natalia. Ya no pensaba en su propio futuro ni en sus frustraciones, sino en que había herido a Julián, y en que lo lastimaba para que otros fueran felices, incluso él, si acaso se lo permitía.

Por un momento se encontró tan triste e incapaz de confesar a nadie lo ocurrido, que decidió escribirlo. Creó un final alternativo para la novela que ya había sido corregida, y pensó que moriría ante su ordenador. Sin embargo, necesitaba cambiar el final de la historia. No podía permitir que su manuscrito se publicara tal como había quedado; si así sucedía, no sería fiel a sí misma.

El lunes, llamó a la editora.

—Necesito cambiar el final —explicó con angustia.

—Es casi imposible, tu libro está a punto de entrar en el taller de fotocomposición —respondió la mujer.

—Pero necesito cambiarlo —tembló Natalia. Si su libro se publicaba con el final que tenía, sería desperdiciarlo—. Las historias como la de Nadia y Fabián nunca terminan bien.

—Un momento. ¿Estás sugiriendo que termine mal? —rio,

incrédula—. Esto es novela erótica, pero sigue siendo romántica, y no puede terminar mal. ¿Quieres que las lectoras destrocen tu primera novela?

En ese momento, a Natalia no le importaba lo que hicieran las lectoras, sino solo lo que necesitaba ella, y tenía que explicarse a través del libro. Debía ser honesta con Julián de alguna manera.

—Puedo hacer que termine bien —asumió—, pero necesito agregar algo al final.

—Para mí está perfecta —insistió la editora.

—Pero para mí no. Por favor...

Después de suspirar, Isabel acabó cediendo.

—Está bien. Tienes cinco días, o la mando a componer tal como está.

—Con dos me basta —repuso Natalia, buscando reanimarla.

En un par de horas podría redactar lo que sentía, porque la mitad ya lo tenía escrito en su final alternativo.

—¡Mucho mejor! —exclamó Isabel.

Dos días después, envió el material prometido, y aunque su editora le manifestó lo innecesario que le parecía incluir más tensión cuando la novela ya parecía concluida, Natalia defendió su idea y acabó ganando.


Después de la discusión, Julián esperó todo el fin de semana a que Natalia lo llamase. Esa esperanza lo mantuvo tranquilo y seguro, aunque el domingo por la noche se desanimó. Le resultó duro reconocer que, al parecer, Natalia podía pasar mucho tiempo sin saber de él, y le pareció un acto de desamor que no se preocupara por dar señales de vida.

Debió contener sus deseos de llamarla toda la semana. Sus sentimientos lo habrían hecho, pero su razón se lo impidió. Si Natalia estaba interesada en él, tenía que ceder. Si lo amaba, tenía que luchar contra todo lo que se opusiera a su relación, y vencer. Lo había hecho antes, ¿por qué no esta vez?

Comió con sus hijos el martes y el jueves, y en ambas ocasiones, Camila lo notó distante. No se atrevió a preguntarle qué pasaba, porque en el fondo lo sabía. Lo había deducido porque había visto a su profesora en el mismo estado. Por esa razón, el viernes se acercó a Natalia, suponiendo algo que, de ser cierto, no podría creer.

Lo hizo otra vez al final de la clase, mientras sus compañeros salían al patio.

—Profesora —dijo junto al escritorio. Su tono y su mirada al dirigirse a ella habían cambiado por completo. Natalia la miró—. Mi papá... —comenzó, pero no pudo terminar, porque no sabía qué decir. Por suerte, Natalia la rescató con una aclaración:

—Ya no estamos juntos.

Camila se quedó de piedra. Aunque al fin obtenía lo que tanto había deseado, no se alegró, y eso la sorprendió. Creyó que el día que su profesora y su padre acabaran esa relación equivocada, iba a festejar, a hacer burlas y reír. Sin embargo, nada de eso sucedió. Por el contrario, una inmensa culpa y un cierto descontento la abrumó. Había visto la tristeza de su padre, la había sentido, y pesaba en su corazón.

—Mi papá pregunta qué puedo hacer para mejorar las notas de su asignatura —improvisó.

Natalia suspiró. Los ojos se le humedecieron de solo recordar a Julián, como cada vez que había mirado a Camila esa semana. Tragó con fuerza el nudo que se le había formado en la garganta y replicó:

—El lunes pondré un trabajo escrito para los que quieran recuperar nota. Se entrega el jueves y lo traigo corregido el viernes. Es la última calificación del año, así que espero que saques ese diez que necesitas y no verte en las mesas de examen de diciembre. ¿Vas a hacer un esfuerzo?

Siempre trataba de animar a sus alumnos a superarse con esas preguntas, y aunque no obtenía buenos resultados, Camila, como todos, asintió. Esperaba que ella sí asumiera el compromiso.

El lunes, Camila apuntó el tema del trabajo. Tenía que ver con el héroe, tema central de cuarto año, y el género épico.

«La figura de héroe. Teniendo en cuenta lo hablado a lo largo del curso en clase, elija una persona actual y redacte un texto en el que exponga los hechos y virtudes que para usted convierten a ese hombre o mujer en un héroe posmoderno. Extensión: dos folios.»

A diferencia de los pocos compañeros que decidieron hacer el trabajo, Camila no tuvo que pensar, solo sentir. Le pareció una tarea muy fácil porque las ideas brotaron de su mente como por arte de magia, y acabó escribiendo los dos folios. Descubrió, por casualidad, que le resultaba más fácil expresarse por escrito que oralmente. En definitiva, si volcaba lo que sentía, le gustaba escribir.

Natalia nunca lloró tanto corrigiendo escritos como con el de Camila. Evidenciaba que su ausencia en la vida de Julián había cambiado la relación que él tenía con su hija, y eso la hizo sentir bien. Por primera vez se sintió buena, y se atrevió a seguir.

Camila, por el contrario, no estaba tranquila. Notaba que su padre se hallaba triste y distinto. No reía, no hacía bromas con su hermano, no la regañaba. Que no le llamara la atención por nada, era el signo más notorio de su indiferencia hacia casi todo, en especial hacia él mismo.

El viernes salió del instituto y pidió a su madre que la llevara a ver a su padre. Conservaba la esperanza de ponerlo contento con las noticias que tenía para darle, y así recuperaría ella también su objetivo habitual: reunirlo con su madre y convencerlo de que volviera a casa.

Julián la esperó en su apartamento para comer. Al abrir la puerta, se sorprendió de no ver a Tomás. No sabía que no había ido por pedido expreso de su hija.

Comieron en silencio, lo cual hizo sentir incómoda a Camila. No estaba acostumbrada a que su padre fuera esa otra persona que ella jamás había conocido, ni siquiera cuando se había divorciado de su madre.

—Tengo una sorpresa —anunció al tiempo que extraía su trabajo escrito de la mochila, que había quedado en otra silla—.

¡Aprobé Literatura! —Como Julián no se movió, sintió que debía aclarar—. ¡No me queda ninguna asignatura a examen!

A pesar de la alegría de Camila, Julián solo sonrió.

—Te felicito —le dijo—. Eres un ejemplo de que cuando se quiere, se puede.

Esperaba que Camila le pidiera que le devolviera el móvil, pero eso no sucedió. Entornó los ojos, expectante.

—Aprobé gracias al diez que obtuve con este trabajo —contó ella—. ¿Quieres leerlo?

Julián aceptó tendiendo un brazo. Camila le entregó los folios con mano temblorosa. Era consciente de que desnudaba sus sentimientos, y eso le daba miedo.

Lo primero que él leyó fue la carátula, que ponía: «Trabajo escrito de Literatura. La figura del héroe.» Luego el «10» formado por la prolija letra de Natalia. Lo acarició con melancolía, como si a través de la tinta pudiera llegar a ella. Empezó a leer y se quedó helado ya en la primera frase. «Mi papá es un héroe de la vida cotidiana», sin ninguna falta de ortografía.

Suspiró, inseguro de continuar. Aun así, no pudo abandonar la lectura.

Mi papá es un héroe de la vida cotidiana. No usa espada ni armadura, pero usa palabras y gestos, y es muy inteligente. Siempre está ahí para ayudar a los demás. Empezó a trabajar cuando tenía mi edad, y según he escuchado, trabajar se parece a una guerra. Yo creo que no debe de ser tan así, pero bueno.

Tuvo muchas experiencias tristes en su vida, pero lo considero un héroe porque es un luchador que siempre se repuso a todo. Siempre me escucha y me regaña, y sabe cómo hacer para que lea libros (yo creo que eso sí es heroico, ja, ja, ja).

Cuando alguien tiene un problema, él no espera a que le pidan ayuda. Como ya dije, está ahí para ayudar a todos. Es generoso y justo, las características del Cid (que se compuso alrededor del año 1200. Fuente: Wikipedia).

Pero, por sobre todas las cosas, es alguien a quien admiro.

Julián dejó de leer porque se le habían nublado los ojos. Que el reconocimiento de su hija llegara en un momento tan difícil, era aún más especial. Le removió los sentimientos y la percepción que tenía de sí mismo. Hizo resurgir los interrogantes que se había formulado desde que había comprendido que Natalia ya no llamaría: se preguntó por qué no merecía cosas buenas, por qué estaba destinado al fracaso.

—Gracias —dijo, y sonrió cabizbajo—. Ya no debo de parecerte tan heroico —bromeó respecto a sus ojos húmedos.

—Al contrario —contestó Camila, también emocionada—. Los héroes actuales, además de ser valientes y generosos, deben ser sensibles, porque eso les da la capacidad de conmoverse por las necesidades ajenas. Natalia nos lo enseñó.

Le llamó la atención que su hija no se refiriera a Natalia con resentimiento, incluso le pareció advertir respeto en su voz.

—Es una buena profesora, ¿no? —buscó afirmar.

Para su sorpresa, Camila asintió.

—Sí —respondió con seguridad—. Muy buena.

Julián intuyó que Camila ya se había enterado de que Natalia y él no estaban juntos. De lo contrario, su hija no habría pronunciado palabras gratas acerca de su profesora. Y aunque todos parecían felices y estables desde que la relación había terminado, él sentía un vacío que ni la familia, el trabajo o los logros personales podía llenar.

En cuanto Sabrina pasó a buscar a Camila, él se acostó en la cama y contempló el techo durante horas. Sabía que lo estaban esperando en la fábrica, pero no quería ir. No tenía ganas de nada, solo podía pensar en sus fracasos. El último, el que más dolía porque la herida aún estaba abierta, era Natalia.

Oyó que a lo lejos sonaba *Crying in the rain*. Era su móvil, pero no respondió. Estaba seguro de que su hermana lo llamaba para saber si se encontraba bien, y no quería mentirle. Los hombres no debían llorar, pero echado allí, mirando la nada, motivado por la música, el reconocimiento de su hija y los recuerdos de Natalia, se le escapó una lágrima. Se derramó de su ojo izquierdo, pasó por su sien y murió en la almohada. Aunque se reconcomiera por dentro, no iba a llamarla. No mendigaría amor, ni obligaría a nadie a fingir que lo amaba. Pensaba que, de amarlo, Natalia no podría pasar tanto tiempo sin él.

Al día siguiente, visitó a su madre. Ella no se daba cuenta, pero él la abrazó e hizo que ella también lo rodeara con sus brazos. Pasó así un rato hasta que sintió que, de ese modo, su corazón comenzaba a sanar. Cada vez más duro, un poco mejor revestido con esa coraza que los adultos se ponen para sobrevivir.

¿Quién había dicho que él no llevaba armadura?

# 29

Aunque Camila intentó reafirmarse en su idea de que sus padres tenían que volver a estar juntos, no lo consiguió. Quería creer que así sería, pero en el fondo de su conciencia había un destello de inseguridad.

Continuó con su plan, hablando a su madre acerca de eventos en los que deseaba que participase su padre, como había sucedido en su cumpleaños de quince. Allí había sido feliz porque Sabrina y Julián habían bailado el vals y se habían reído de una broma, como no lo hacían cuando estaban casados. Quería que sus padres también compartieran el mismo ambiente en su decimosexto cumpleaños.

—No va a ser posible —respondió su madre esta vez.

—¿Por qué no? —se molestó Camila, pero no obtuvo respuesta—. ¿Y para Navidad? ¿Lo puedo invitar a que pase Nochebuena con nosotros?

—No.

—¿Y Año Nuevo?

—¡Menos!

Pasó Navidad en casa de Claudia, con su padre, su hermano y Fabrizio, además de la familia de su tía. Para Año Nuevo, se quedó en su casa.

Como siempre tardaba en vestirse y peinarse para los eventos, bajó la escalera a las ocho y media de la noche. Se había puesto un vaquero roto, una camiseta rockera y zapatillas de lona. Llevaba dos chapas de identificación colgando del cuello, un pañuelo blanco con dibujos negros anudado en la cabeza y el cabello despeinado a propósito.

Se quedó inmóvil en la sala al oír risas desconocidas. Una parecía de su madre, aunque sonaba extraña, como si fuera otra persona.

Se acercó a la cocina con sigilo y se asomó con los ojos muy abiertos. En efecto, era su madre la que reía mientras revolvía una ensalada que ya no necesitaba ser revuelta. Un hombre la tenía abrazada de la cintura y pegaba la entrepierna a su trasero. Le decía cosas al oído, y ella se meneaba al tiempo que sonreía. Cada poco, echaba la cabeza atrás y dejaba escapar otra de las risotadas que Camila había oído desde la escalera.

Un momento después, Sabrina se dio cuenta de que tenían compañía y volvió la cabeza.

—Lleva los vasos a la mesa, Camila, que en un rato comemos —ordenó—. Te presento a Martín —añadió como si nada—. Martín, ella es Camila —le dijo a él, sin más explicaciones.

Martín solo retiró una mano de la cintura de Sabrina para tendérsela a Camila.

—Qué tal, nena —la saludó.

Camila pestañeó, el corazón le latía tan fuerte que pensó que le daría algo. Le estrechó la mano al desconocido solo porque su padre siempre le decía que no debía negar el saludo a nadie, pero ni bien pudo librarse, se dio la vuelta y huyó a su cuarto, donde se encerró y rompió a llorar, desconsolada. Se sentía tan tonta, tan mala... Su madre ya no pensaba en su padre, y, a diferencia de él, a ella no le había importado imponer a su nueva pareja como si se tratara de un padrastro.

Recordó el día en que su padre le había pedido pasar un domingo con Natalia como su pareja. No solo había hablado primero con ella para advertirle de su presencia, sino que, además, había evitado besarla delante de su propia hija. No la había forzado a nada, solo le exigía respeto, y ella no se lo había dado.

Había sido injusta con él, y también con Natalia, y todo por una causa perdida.

Su madre no quería a su padre, y su padre era el único que realmente se interesaba por ella. El único que le exigía que sacara buenas notas en el instituto, que la amonestaba por ser irrespetuosa, que le daba libros y controlaba sus salidas. El único que le preguntaba quiénes eran sus amigas, el que no quería que anduviera sola por la calle y el que le quitaba beneficios si no cumplía con sus responsabilidades. Su padre era el único que le imponía límites, el único que la educaba, el único al que le importaban sus sentimientos. Recordó que, cuando era niña, él le enviaba alfajores para que repartiera entre sus compañeros de colegio. Reconoció que en parte gracias a eso tenía muchos amigos, y a cambio ella le había arruinado lo único bueno que le pasaba en tantos años de sacrificio.

Sintió que el corazón se le partía. Necesitaba desesperadamente a su padre, y tembló de tanto que lo añoraba. Extrajo su móvil del bolsillo y lo llamó. Al oír su voz, estalló en un llanto todavía más amargo.

—¡Papá, perdóname! —exclamó acongojada.

—Camila, ¿qué te pasa? —fue la respuesta que oyó. Ahí estaba su padre, como siempre, preocupándose por ella.

—¡Quiero estar contigo! —pidió, incapaz de calmar su angustia.

—Por favor, dime qué te pasa.

—No quiero estar aquí, quiero pasar esta noche contigo —volvió a suplicar.

Julián suspiró mientras se alejaba de la mesa. Fue al patio de la casa de Claudia y desde allí habló en privado.

—Cami, no se puede —respondió con lástima.

De haber sido por él, habría pasado todos los días de su vida con sus hijos, pero su madre tenía la custodia y el derecho a tenerlos con ella en una de las fiestas navideñas. Además, poco le importaba lo legal, sino el espíritu, y, sin duda, Sabrina necesitaba de Camila y Tomás tanto como él.

—¡Pero yo quiero estar contigo! —insistió ella, a viva voz y entre lágrimas.

—Quiero que te tranquilices —trató de serenarla Julián con un tono apacible, aunque la angustia de su hija se le hundiera en el corazón—. Si estás así porque discutiste con tu madre, quiero que lo ignores por esta noche. Aunque sientas que ella no tiene razón y que fue injusta contigo por algún motivo, hoy es un día para celebrar, y tienes que estar contenta. Estoy seguro de que tu madre te necesita con ella hoy, pero mañana puedo tratar de hablarle para que te deje venir a mi casa. Hoy no. —Volvió a suspirar—. Lo siento, Cami, pero hoy no se puede. —Camila sollozó un momento en silencio—. ¿Dónde está tu hermano?

—Jugando a la Play.

—Bueno, quiero que vayas y te quedes con él —indicó Julián, pensando que el juego podía entretener a Camila y hacerla olvidar—. Pero, sobre todo, quiero que dejes de llorar. Hazlo por mí. No me gusta verte triste.

Camila hipó y se pasó la lengua por los labios.

—De acuerdo —contestó.

—Gracias.

Aunque tanto su madre como el tal Martín habían notado que ella lloraba, nadie había ido a su cuarto para ver si necesitaba algo. De hecho, después de secarse las lágrimas y acabar el llanto, bajó las escaleras y halló que nada había cambiado. Su madre seguía en la cocina, revolviendo otra ensalada con Martín pegado a su trasero, sus abuelos en la mesa rompiendo nueces para la medianoche y su hermano jugando un partido de fútbol en la Play.

Se sentó junto a Tomás, tal como su padre le había pedido.

—¿Quieres jugar? —le ofreció él. Era tan parecido a Julián, generoso y siempre fuerte.

—No me gusta el fútbol —contestó Camila, y miró por encima del hombro a su madre, otra vez meneándose con las caricias de su novio.

—También tengo carreras de coches, peleas, zombis...

343

Camila volvió a mirar a su hermano. Sintió que lo quería, y ese amor llenó su espíritu y le impidió montar un escándalo. Había aprendido que oponerse a las relaciones que sus padres establecieran con otras personas no tenía sentido. Por haberlo hecho una vez, había arruinado a su padre, de modo que a su madre no le tocaría atravesar por lo mismo. Además, sabía que con ella y el tal Martín tampoco le daría resultado. Entonces suspiró y se rindió al afecto.

—Bueno —dijo con una sonrisa triste—. Juguemos a matar zombis.

Su hermano se alegró. Y a ella le pareció que el juego podría ayudarla, porque, de hecho, ansiaba matar a alguien.

Durante la cena, Camila aprendió a mantener otra cualidad de los adultos: la tolerancia. Aunque el novio de su madre le parecía soberbio y engreído, no lo evidenció en su conducta. Se mantuvo callada todo el tiempo y se fue a jugar con su hermano en cuanto pudo.

Sabrina se negó a que compartiera el primer día del año con su padre. La llevó con ella a la casa de campo de Martín, donde pasó la tarde junto a un árbol con Tomás.

—El novio de mamá no me gusta —dijo el niño.

Y ella, conforme lo que había aprendido, respondió:

—A mí tampoco, pero no digamos nada.

Si bien vio a su padre el 2 de enero, no se atrevió a comentarle nada acerca de Martín, y mucho menos lo que había sucedido con Natalia.

La semana siguiente, encontró revolucionado el grupo de Facebook secreto de los alumnos del instituto. Al parecer, Natalia Escalante había estado en un programa de televisión, presentando su libro.

Miró el vídeo antes de leer los comentarios de sus compañeros. Se la veía tan distinta que no parecía su profesora; tan bien peinada y vestida que le produjo una sonrisa de admiración. Hablaban de erotismo, hacían chistes sobre escenas de sexo, y comentaban las cualidades de un tal Fabián. Prestó atención y entendió que era el protagonista del libro, y que al parecer despertaba pasiones.

«¿Hay algo de realidad en esta novela?», le preguntaron. Ante la curiosidad del periodista, Natalia respondió:

«Creo que siempre hay algo del escritor en sus obras.»

La sonrisa se había instalado en el rostro de Camila y la acompañó hasta después de acabado el vídeo. Entonces se dispuso a leer los comentarios de sus compañeros.

Su sonrisa desapareció por completo.

«JAJAJA, la Escalante hablando de sexo, si se nota que está más que mal atendida!!», comentaba un chico de sexto.

«A esta no la atienden ni en la panadería», comentaba un compañero de su clase.

«Qué pasa, tía!», bromeaba Lucas, el chico con el que había salido.

«Resultó putita», comentaba una chica.

No quiso seguir leyendo. Sentía tanta bronca e impotencia que apretó los puños y la respiración se le agitó. Tragó con fuerza, temblaba. Estuvo a punto de cerrar la página, pero le pareció que entonces sería cómplice silenciosa de la injusticia, y no podía permitirlo. Estaba segura de que muchos chicos del instituto callaban por temor a represalias y por no ser mal vistos al defender a una profesora, pero a ella le pareció que, antes que profesora, Natalia era persona, y que merecía su respeto, sobre todo porque se había ganado el de su padre.

Todavía con los nervios a flor de piel, redactó su respuesta:

¿Por qué no la dejáis en paz? ¿Qué derecho tenemos de juzgar lo que hace y de suponer lo que deja de hacer? Nos enseñó, aprendimos, y los que no aprendieron es porque no supieron aprovecharlo. Lo lamento, pero es lo que pienso. Esto que hacéis no es más que depositar en otros vuestros propios miedos y frustraciones, estáis más pendientes de lo que hacen los demás que de vosotros mismos. Todo para etiquetar a la gente como nerd, cheto, estúpido, cumbiero... Me tenéis harta, así que, si queréis, burlaos de mí e insultadme, porque

345

no me importa lo que escribáis después de mi comentario. Igual voy a dejar este grupo que, por cierto, me parece una pérdida de tiempo. Y si mi comentario os molesta y queréis eliminarlo, tampoco me importa. Yo no me perderé enriquecerme con la opinión del que piensa distinto, ni elegiré quedarme con mi mente estrecha. Vivid y dejad vivir.

Nadie hizo comentarios después de su intervención y varios abandonaron el grupo tras el suceso, pero ella no lo supo, porque también lo dejó.

Estaban en época de vacaciones y para marzo, cuando se reencontraría con sus compañeros, posiblemente todos ya hubieran olvidado el asunto. Ella, en cambio, pensaba que no podría olvidarlo nunca. Se sentía triste y culpable. Además, supo que su madre se iría unos días a la costa con Martín, y que la dejaría junto con Tomás en casa de su tía. Todo eso le provocó nuevas heridas.

En busca de sanarlas, llamó a Octavio, quien se había convertido en una especie de mejor amigo para ella. Se reunió con él en la plaza de siempre, pero no para escuchar música o reír de chistes malos, sino para contarle su problema. Le explicó cuál había sido su plan, y el modo en que había fracasado. Le contó que se sentía culpable por haber arruinado la relación de su padre con Natalia y que no sabía cómo volver el tiempo atrás.

—¿Lo hablaste con tu padre? —le preguntó Octavio.

—No puedo decírselo —contestó Camila, cabizbaja—. Lo intenté, pero no puedo. Tengo miedo de que se enoje conmigo y me odie.

—Es tu padre, nunca te odiaría.

—Pero me da mucha vergüenza decírselo.

Octavio se encogió de hombros.

—¿Y si se lo dices por escrito? —propuso.

Camila reflexionó un instante, y le pareció que su amigo acababa de darle una solución. Agradecida, lo abrazó, apoyó la mejilla contra su pecho y respiró su aroma. Él respondió dejando una mano sobre su espalda. Siempre que lo tenía cerca, Camila sentía un cosquilleo en el vientre.

—Gracias —le dijo.

Alzó la cabeza y, por error, designio de la naturaleza o intención de Octavio, sus rostros quedaron muy cerca. Ella pestañeó, le temblaban las manos. Él no dejaba de mirarla a los ojos, y con el juego de sombras que los árboles proyectaban en su perfil llamativo, ella se sintió cautivada. Los dedos se unieron sobre la rodilla del chico, los labios se acercaron, y de pronto el mundo confluyó en un beso.

Allí había una promesa oculta.


Al oír el timbre por segunda vez, Julián por fin llegó al portero eléctrico.

—¿Tienes prisa? —bromeó a su hija, viéndola por la pequeña pantalla.

Camila sonrió de manera exagerada y esperó a que su padre le abriera la reja. Estaba nerviosa, pero había aprendido a esconder sus emociones.

—¡Hola! —lo saludó cuando llegó arriba, y le dio un fuerte abrazo.

Julián la alzó y la llevó pegada a su pecho con los pies en el aire hasta el comedor. Una vez allí, le ofreció leche y galletas, como siempre, pero Camila rehusó. Le pidió que se sentara a la mesa, y él obedeció.

—Te traje un regalo, pero tienes que prometerme que no lo abrirás hasta que me vaya —dijo—. Igual ya me voy, porque me están esperando en un lado.

—¿Perdón? —bromeó Julián—. ¿Cómo que te están esperando «en un lado»? —Por dentro rogaba que quien la esperaba «en un lado» no fuese otro Lucas.

Camila no se atrevió a contarle que se trataba de Octavio.

—¿Me lo prometes? —exigió acerca del regalo.

Su padre tuvo que jurarle dos veces que no abriría el paquete hasta que ella se hubiera ido. Una vez que tuvo el misterioso objeto en sus manos, revestido de un papel verde con vetas plateadas, supuso su contenido.

—¿Es un libro? —preguntó con una sonrisa maliciosa.

Camila se sonrojó de vergüenza.

—No sé —dijo, y se puso en pie—. ¡Tengo que irme!

Le dio otro beso y salió corriendo del apartamento.

Él abrió el paquete, intrigado. Vio rápidamente que se trataba de un libro, y se apresuró a romper el envoltorio. En cuanto consiguió apartarlo, los dedos le temblaron.

«Natalia Escalante. Camino al placer», leyó.

Respiró hondo, inseguro acerca de abrir el libro. Muchos interrogantes se agolparon en su mente, empezando por las razones de Camila para haberle regalado ese libro. Sin duda ignoraba muchas cosas.

Decidió hojearlo, y acabó viendo la imagen de la solapa, donde Natalia sonreía. Iba a leer la breve biografía literaria, pero halló que la primera página del libro, que debía estar en blanco, contenía una dedicatoria. Estaba escrita con la letra de Camila.

Papá,

Tengo que contarte algo. Tengo miedo de que te enojes y no me quieras, pero si no te lo cuento, me voy a seguir sintiendo mal, y ya no quiero.

Yo hablé con Natalia. Yo le dije que tú querías a mamá, que tenías que volver a casa, y si se separaron por eso, te pido que me perdones. Yo no sabía lo que estaba haciendo.

Por favor, yo no me animo, pero tú que sabes decir todo... El sábado ella va a estar firmando libros, te dejo la dirección anotada aquí abajo. Ve y dile esto que pienso. Si se enojó contigo por algo, seguro que te perdona, porque eres muy bueno.

Te quiero,

CAAAMIII

Tragó con fuerza. Ahí estaba el motivo por el cual Natalia lo había dejado. Esa era la razón que tanto había buscado, una conversación con Camila, pero no sintió alivio al saberlo. ¿Acaso había llegado tarde? Sentía curiosidad por el libro, pero no emoción ni afecto, como si su corazón se hubiera cerrado a Natalia.

Aun así, dio una oportunidad a la primera página, porque le pareció que eso no podría hacerle daño.

Para ti, misterioso hombre de bar que inspiraste a Fabián.
Y para todos los que sirven de inspiración a la gente,
Aunque nunca lo sabrán...

Así que el libro era para él. Lo comprobó cuando halló, en la página siguiente, que la frase que daba inicio a la obra era el capítulo siete de *Rayuela*.

A partir de ese momento, la lectura lo atrapó como no lo había hecho ningún otro libro en su vida.

Descubrió que Natalia lo había conocido semanas antes de que él siquiera reparara en ella, que había comenzado a escribir esa novela gracias a él, que había sido su fantasía, y que un día se había convertido en realidad.

«Es el hombre de mis sueños, y aunque deseo que todas sueñen lo mismo, a la vez no quiero, porque es mío», leyó.

Siguió leyendo sentado a la mesa, luego en la cocina mientras se preparaba la cena, y finalmente acostado en su cama. Le pareció descubrir a un nuevo hombre a través de los ojos de Natalia. Conoció todos sus sentimientos, aquellas palabras que ella no decía, pero guardaba muy adentro, en un lugar del que nadie jamás podría sacarlas.

Conoció su presente, y también parte de su pasado.

El día que mi padre se fue de casa, marcó un antes y un después en mi vida. Recuerdo como si fuera hoy que mi madre lloraba arrojada sobre el sillón junto a la puerta que da al patio, mientras él revisaba mis cajones.

—Papá, ese es mi cajón, ahí no hay nada —le dije. Me sentía ultrajada en mi intimidad, porque hasta revolvió mi diario íntimo por si mi madre había escondido algo entre mis papeles.

Fui hacia donde estaba mi madre y le pregunté qué pasaba. Yo tenía siete años. Como la vi llorando, me eché a llorar también. Nadie me protegía, nadie me abrazaba, porque ella estaba hundida en su dolor y él, preocupado por marcharse rápido, antes de que la culpa, los recuerdos o vaya a saber qué sentimientos le dificultaran la partida.

Se marchó cerrando la puerta de un golpe, y yo me eché a llorar a los pies de mi madre, que no me contestaba nada. En ese momento sufrí mucho esa partida, pero con el tiempo me acostumbré a que ya no escucharía insultos por las mañanas ni discusiones sobre «la otra», y entonces me pareció bueno. A cambio me quedé con una madre depresiva, que me decía que papá nos había abandonado y que yo era su compañera. No supe cuán en serio hablaba hasta que tuve edad de hacer mi vida y acabé haciendo la de ella. Es buena, la quiero y moriría sin ella, porque me ha dado todo. Pero en realidad ansío vivir por alguien más, empezando por mí misma.

La primera Navidad sin papá fue difícil. Había prometido venir a casa, pero apareció solo una hora mientras cenábamos, y se fue antes de las doce. Mi mamá me decía que se iba con «la otra». Nunca podré olvidar los cazos de porcelana beige y pintitas negras que decoraban la mesa. Los usamos para el postre, mientras resonaban los fuegos artificiales de las doce. Por suerte el televisor servía de compañía. Solo éramos —y seríamos para siempre— mi madre y yo.

Pasé ocho años de mi vida de novia con Joel, pero sin sentirme una novia. Me sentía una actriz, una especie de nada que flota en el aire, que dice «te amo», que finge que ama. Me sentía un títere de los deseos ajenos, las falsas esperanzas y los orgasmos fallidos. Un ser sin pasión, y la pasión es lo que nos da vida. Tal vez por eso, antes de Fabián yo era un ser muerto, en cambio a su lado reboso de vida.

Su hija me mira con sus ojos marchitos, y se parecen tanto a los míos que me asusta. Me dice que quiere a su papá, que lo echa de menos, y es tan sincera y está tan involucrada en sus propios sentimientos que no se da cuenta de que a mí me pasa lo mismo. Me siento ella, solo que yo perdí un padre que debía ser perdido, en cambio ella... Yo le quité un padre que merece esa hermosa hija.

Traté de ser feliz de muchas maneras, pero solo lo soy cuando Fabián me mira, cuando Fabián me toca. Soy feliz cuando Fabián me ama, porque yo también lo amo. Y aunque algún día pudiera pensar que ya no será mío, aun así lo seguiré amando. Porque en mi corazón, él es todo, aunque no pueda confesarlo. Algún día lo sabrá, así sea después de la muerte... Quizás entonces no hagan falta las palabras y los silencios basten, como a mí me basta su mirada.

# 30

El sábado, ni bien llegó al lugar en Recoleta, Julián no vio a Natalia, pero supo que ella estaría ahí muy pronto. Una fila de al menos treinta mujeres esperaba con paciencia a que empezara la firma de ejemplares, mientras conversaban y hojeaban el libro que tenían entre las manos.

La librería era para él un lugar místico donde mil vidas esperan ser leídas, donde millones de personajes aguardan que alguien se apropie de ellos y que los transmute con sus interpretaciones. Un sitio transformado por el tiempo, a veces esclavo del capitalismo; otras, digno ejemplo de revoluciones anticomerciales. Pero en cualquiera de sus formas y especies, presas del márketing o en el mundo oculto, las librerías seguían siendo un sector mágico donde la imaginación contagiaba ilusiones y el arte relucía.

Era maravilloso recrear las vidas de los libros, pero haber vivido la historia que se contaba en uno de ellos, no tenía precio. Y esperar a la autora y protagonista de aquella novela era todavía más excitante, sobre todo porque nadie más que él y ella conocía ese secreto.

Se puso en la fila, de brazos cruzados, con el libro entre el antebrazo y el pecho. Casi en el mismo momento, una señora rubia de cabello corto se dio la vuelta y le sonrió.

—¿Viene para la firma de libros? —preguntó.

Julián le sonrió con amabilidad.

—Así es —respondió.

Al oírlo, otra mujer se volvió, y así algunas más.

—¡Es genial! —exclamó la más joven, una muchacha de cabello negro rizado—. ¡Los hombres también leen romántica! —Julián rio—. ¿La leyó? —siguió preguntando la chica. Las otras la miraron—. Es que quizá lo trae para firmar para su esposa o su hija —aclaró.

—Lo leí completo dos veces, pero pienso leerlo muchas veces más —contestó él, divertido.

—¡Entonces, además de leerlo, le gustó! —exclamó la chica.

—Yo se los doy a mi marido para leer, y también le gustan —contó otra, una mujer de cabello castaño.

—¿Y a ustedes les gustó? —preguntó Julián, aunque la respuesta era bastante obvia.

—A mí me encantó —contestó una señora rubia de cabello largo que todavía no había hablado. Se la notaba más tímida.

—A mí me encantó Fabián —manifestó la más joven.

—¡Ay, sí, Fabián! —exclamó la castaña—. Es tan... guapo. Todas rieron.

—¿Qué les gustó de Fabián? —interrogó Julián, con cierto temor. Había leído la visión que Natalia tenía de él, pero someterse al juicio de personas desconocidas era muy distinto.

—¡Todo! —respondió la mujer, entusiasmada—. Que sea tan seductor y que no lo sepa. Creo que eso me atrae más que nada.

—Además, siempre sale adelante, no importa lo que le pase en la vida —acotó la rubia de cabello largo—. Y me conmueve que sea tan protector y demostrativo.

Julián miraba a una y otra, y las escuchaba sin poder creer lo que oía.

—A mí me encantó él, pero ella no tanto —comentó la señora mayor haciendo una mueca de disgusto—. No sé, percibía que todo el tiempo tenía algún problema, en cambio él es un tipo directo. Además, por momentos la quería matar por las cosas que hacía. Yo hablaba sola, le decía: «¿Cómo vas a hacer sufrir a este pedazo de hombre?» —Todas rieron. Asentían—. Me daba rabia cuando pensaba que él merecía algo mejor, y a ella le gritaba: «¿Quién te crees que eres?» Al final la perdoné, porque la entendí, pero igual no terminó de convencerme del todo.

—¿Por qué no nos dice él si un hombre podría enamorarse de una mujer como Nadia? —propuso la más joven, señalándolo—. ¿A los hombres les gusta una Nadia?

Los ojos de Julián se iluminaron, y también su sonrisa, pero sus nuevas amigas jamás sabrían el motivo real de su reacción.

—Un hombre como Fabián se volvería loco por ella —respondió con cautela.

Las mujeres rieron.

—Pensándolo bien, díganme si él no tiene mucho de Fabián —lo señaló la castaña. Las demás volvieron a reír. Julián se sonrojó, hacía mucho tiempo que no se sentía cohibido—. La descripción física concuerda a la perfección, y hasta usa dos pulseritas.

—Sí, es verdad —asintió la rubia de pelo largo.

—¿Podemos sacarnos una foto con usted? —preguntó la más joven—. ¡Es todo un acontecimiento que tengamos un hombre en la fila y que encima se parezca al personaje del libro!

Todas aprobaron la propuesta y le dirigieron miradas divertidas.

—Me siento famoso —bromeó Julián.

Las lectoras rieron y se prepararon para la foto, que fue tomada por la hija de una de ellas.

A partir de ese momento, la fila avanzó despacio. Julián ya había visto a Natalia sentarse y hablar con las personas que se le aproximaban, pero ella estaba tan aturdida por el afecto de la gente que no lo había visto.

La observó firmar libros, sacarse fotos con las admiradoras y sonreír sin parar. Conversaba con sus lectoras, y en esos instantes no parecía tímida ni reprimida, sino humilde y sencilla, pero segura. Se dio cuenta de que ella era feliz, y le gratificó no ser el único capaz de brindarle una sensación tan maravillosa. La gente también se la daba, aunque jamás lo sabrían. La contempló mientras estuvo a la distancia, y cuando se halló más cerca, al fin oyó su voz.

—Mientras leía he amado a Fabián —le comentó la mujer que se le había aproximado en ese momento. Natalia resplandeció.

—Yo también lo amo —contestó. En sus ojos se evidenciaba admiración.

Después de las lectoras con las que había conversado todo el tiempo que pasaron en la fila, le tocó el turno a la última antes de él. No podía creer que Natalia todavía no se hubiese dado cuenta de que estaba ahí. Tanto se concentraba en cada persona que se le acercaba, que el resto desaparecía.

—Me gustó mucho tu libro —le dijo la mujer con una sonrisa—. ¿Para cuándo el próximo?

Natalia despertó ternura y calidez con su risa. Ni siquiera sabía si alguien le publicaría otro libro, pero se sentía realizada solo con haber publicado ese, y que la gente demandara más era un estímulo increíble. No podía creer que lo que ella amaba, a los demás también les gustase, porque nunca se había atrevido a pensar que podría siquiera darlo a conocer.

—Ojalá haya un próximo libro —contestó, siempre con cautela—. Muchas gracias por querer leer más de mí.

La mujer asintió y entregó su ejemplar. Natalia lo firmó, se tomaba tiempo para hacerlo porque no le gustaba repetir siempre la misma dedicatoria. Le dolía la mano de escribir, pero lo hacía con placer y agradecimiento, porque esas personas le brindaban su tiempo y su entusiasmo, y la estaban haciendo feliz. Lo que más adoraba era que le dijeran que habían amado a Fabián, y que más allá de la historia de amor y erotismo habían hallado historias de vida.

Después de firmar, le devolvió el ejemplar y sonrió.

—Gracias —dijo la mujer—. ¿Podemos sacarnos una foto?

—Claro —asintió Natalia, aunque odiara verse en fotografías.

—¿Puede sacarnos una foto, por favor? —pidió la lectora al tiempo que se daba la vuelta para entregar la cámara a Julián.

Entonces, Natalia lo vio.

Se puso tan pálida que parecía a punto de desmayarse. Él lo notó y sonrió tratando de serenarla. Aunque estaba tan o más nervioso que ella, jamás permitiría que se notara. Cogió la cámara, esperó a que la lectora se ubicara junto a Natalia y capturó la imagen. La escritora salió con cara de susto.

—¡Gracias! —dijo la mujer en cuanto hubo recuperado su cámara, luego se volvió hacia Natalia y la saludó con un beso antes de retirarse.

Ni bien el frente del escritorio quedó libre, Julián dio un paso más y dejó su ejemplar delante de Natalia. Ella tragó con fuerza. Temblaba.

—He amado tu libro —comentó él como si se tratase de un lector y un libro más—. Me resultó profundo y sentido, aunque el giro del final me pareció cruel. Por un momento pensé que iba a terminar mal, y me dieron ganas de matarte, pero por suerte supiste salvarlo a tiempo. Me gustó la reconciliación en el bar, pero en una firma de libros me habría gustado más. Habría sido un poco más... real.

Natalia pestañeó varias veces, sin poder hablar. Parecía mentira que fuera capaz de llenar hojas y hojas de palabras escritas, y que en ese momento todo lo que pudiera hacer fuera temblar.

Julián señaló el libro.

—Quiero que me lo dediques: «Para Julián, el hombre que está tan loco por mí, que vino hasta esta librería a besarme delante de todas estas admiradoras.» —Señaló en derredor con rapidez. Como Natalia seguía inmóvil, ordenó—. Escribe.

Ella, obediente, bajó la mirada. Abrió el libro con dedos temblorosos, y en la hoja que debía firmar halló la nota de Camila. Solo leyó «papá», y enseguida miró a Julián.

—Fue un regalo de mi hija —explicó él, y no hicieron falta más palabras.

Natalia se humedeció los labios, bajó la cabeza, recogió el

bolígrafo y volvió la página. Ya en la portadilla, suspiró y escribió con letra temblorosa:

Para Julián, el hombre que amo, de la mujer que está tan loca por él que lo va a besar en esta librería, delante de todas estas admiradoras.

No le dio tiempo a su razón para que opinara nada. Aunque le temblaban las piernas, le transpiraban las manos y el corazón le latía a ritmo tan acelerado que parecía a punto de salírsele del pecho, se levantó de la silla, tomó a Julián de la nuca y lo acercó a su boca tal como hubiera deseado hacer la primera vez que lo había visto.

Él le rodeó la cara con las manos y respondió al beso con calidez apasionada. Mientras tanto, en su mente se agolpaban las imágenes de la vida y del libro: Julián sentado en la terraza del bar, Julián en la primera cita, Julián haciéndole el amor. Él llenaba cada rincón de su fantasía, y por siempre llenaría también su realidad.

Cuando el beso acabó, él no le soltó las mejillas, que todavía gozaban del calor de sus manos. La miró a los ojos y con una sonrisa serena, susurró:

—Te amo.

—Yo también te amo —respondió Natalia—. Y te pido perdón.

—Yo tampoco soy perfecto —replicó él, todavía sonriente—. Me perfilaste demasiado bueno en tu libro.

—Solo conté la verdad que tú no ves.

—La veo —asintió él—. Ahora la veo.

En ese momento se dieron cuenta de que la gente estaba aplaudiendo. ¡Menudo bochorno! Se sonrojaron como si hubieran planeado hacerlo al mismo tiempo.

—¡Lo sabía! —oyó Natalia una voz femenina—. ¡Les dije que encajaba perfecto con el personaje!

A esas personas, su demostración de afecto no les despertaba rechazo ni curiosidad malsana. Les parecía producto de un libro, porque habían sido testigos del amor en la ficción, y porque todo buen lector sueña con que la fantasía se convierta en realidad.

Por primera vez sintieron que no solo eran aceptados sin cuestionamientos, sino que, además, eran alentados a perseguir sus sueños. Comprendieron así que todo lo que hace falta para vencer nuestras propias limitaciones es perder el miedo. Es dejarse atrapar por la imaginación, que es capaz de vencer todas las barreras.


Después de la firma, Julián la llevó a cenar a un restaurante ubicado en el último piso de un hotel. Los amplios ventanales daban a una terraza de columnas de piedra y cortinados blancos desde la que se apreciaba la ciudad. Las mesas de madera blanca y las sillas de hierro negro conformaban un ambiente rústico y a la vez delicado. Del techo pendían algunas lámparas de papel apagadas; lo único que los iluminaba eran las velas colocadas en las mesas y en algunos candelabros de pared. Los envolvían los susurros de la gente y una música suave.

—Es tan hermoso... —murmuró Natalia, aproximándose a uno de los ventanales abiertos. Iba a pasar al otro lado para admirar la ciudad desde la terraza, pero en ese momento un camarero se acercó y les indicó la mesa que ocuparían.

Tan pronto como se sentaron, les tendieron el menú, pero Natalia no prestó atención a nada de lo que allí se ofrecía. A ella nunca le importaba lo que pidieran, y menos en ese instante en el que todo lo que podía hacer era mirar a Julián. Pensaba en lo feliz que se sentía por el simple hecho de tenerlo frente a ella y en cuánto la excitaba. Se humedeció los labios y se cruzó de piernas, buscando apagar el fuego que la consumía. Admiraba sus manos, su nariz, sus ojos. Y acabó de derretirse cuando él alzó la cabeza para mirarla.

—¿Qué vamos a pedir? —le preguntó.

—Lo que sea —susurró ella con voz profunda.

Julián no dejó de mirarla. Se olvidó del menú y se concentró en la energía que irradiaba Natalia. Se sintió tan excitado como ella, solo que a él le costaba mucho más disimularlo, porque su erección comenzó a latir en su entrepierna. Por suerte la iluminación era escasa, y lo único que les permitía verse a corta distancia era el resplandor de las velas.

Tragó saliva y entornó los ojos, como siempre le sucedía cuando deseaba tanto a Natalia. Ella se mordió el labio y comenzó a respirar hondo. Apretaba cada vez más las piernas.

Se estaban haciendo el amor con la mirada, y hubieran dejado de lado la cena y las demás formalidades humanas solo por hundirse en el divino mundo del sexo.

Horas más tarde, la noche los encontró haciendo el amor en el sillón del apartamento. Arrodillada frente a Julián, Natalia bajó la cabeza y buscó el borde de su camisa para levantarla.

—Me encanta esta parte de tu cuerpo —murmuró rozándole el vientre con una uña.

Una línea de vello negro surcaba el ombligo y se perdía bajo el pantalón. La piel más oscura que la de ella y los músculos marcados por la postura en que se encontraba, le produjeron un cosquilleo en el estómago. Entonces se inclinó sobre la suavidad que se le ofrecía y la besó. Contrastaba con el rostro de Julián, que casi siempre tenía un rastro de barba, y le provocó sed. Buscó saciarla lamiéndolo, como si pudiera sorber su piel.

De pronto oyó que la respiración de él se agitaba. Contagió a la de ella cuando elevó la cadera y metió los dedos entre su largo cabello castaño. Le acarició la cabeza como su personaje hacía con la protagonista de la novela y ella le besó el vientre con mayor dedicación, si acaso podía existir más ansiedad que esa.

Sus labios descendieron hasta rozar el borde del pantalón, mientras Julián todavía le acariciaba el cabello y trataba de respirar. Llevó los dedos al botón del pantalón y lo desabrochó. Lo mismo hizo con la cremallera, y así su boca pudo seguir bajando al tiempo que con las manos apartaba el bóxer negro.

—También me encanta esta otra parte —susurró contra su pene, dejando allí su aliento como recuerdo cuando volvió a subir hacia el ombligo, humedeciendo el recorrido con su lengua.

Cuando se le ocurrió alzar la cabeza para quitarle la camisa, vio que Julián la miraba con una expresión de deseo abrumador, el que solo ella provocaba en él. Sonrió pensando que seguramente su propio rostro expresaba lo mismo, porque solo Julián conseguía liberar esa parte de sí misma que había permanecido tanto tiempo oculta.

—Te amo —susurró con admiración.

Julián respondió tomándola de la cintura y haciendo que se sentara a horcajadas sobre sus muslos. Después le cogió la cara entre las manos y le introdujo la lengua en la boca. Fue mucho más pasional y abrupto que el personaje del libro.

Natalia le desprendió la camisa y él estiró los brazos para que ella se la quitara. Permitió que Julián hiciera lo mismo con su blusa y luego se arrodilló para que abriera el cierre de su falda. Se levantó para que Julián le quitara la falda, sacudió un pie para arrojarla al suelo y atrajo su cabeza hacia su entrepierna.

Julián aferró la braga mientras sus labios se deslizaban por el vientre suave y pálido, hasta alcanzar el borde de la prenda, que atrapó con los dientes. La bajó con ayuda de los dedos, y entonces su boca se encontró con el clítoris. Lo lamió con suavidad y se deleitó con su sabor.

Natalia echó la cabeza atrás y se humedeció los labios. Tenía sed y calor. Se movió contra la boca de Julián exigiéndole más, y él se lo dio. Ella apretó sus hombros, masajeó su cuello y enredó los dedos en su cabello negro mientras su cuerpo era presa de aquellas gratificantes sensaciones que partían de su pelvis y se replicaban, sobre todo, en su corazón.

Se sentía tan plena y feliz, tan amada y con tanto amor para dar, que hubiera pasado la vida sumida en el placer.

Cuando su deseo no resistió más embates, se agitó y su respiración se convirtió en gemidos inconexos, entre los cuales parecía haber muerto, pero estaba más viva que nunca. Su alma resucitaba con el sexo.

Gritó con el orgasmo y entonces se sentó sobre las piernas de Julián, que le rodeó la cintura para levantarla. Natalia se mantuvo en cuclillas un momento, mientras él apartaba el pantalón y el bóxer, y luego volvió a descender. Lo hizo sobre su miembro erecto, que entró en su cuerpo húmedo y todavía latiente casi tan rápido como en su boca entraba la lengua de Julián. Se movió contra él, buscando otra vez las increíbles sensaciones que en realidad nunca la habían abandonado del todo, y se entregó a sus caprichos.

Las manos de Julián se deslizaron por su espalda hasta alcanzar el broche del sujetador. Lo desabrochó despacio, a un ritmo que contrastaba con la rapidez de los movimientos de Natalia y los del beso. Del mismo modo pausado deslizó los tirantes sin dejar de besarla y apartó la prenda. Bajó la mirada y sus ojos captaron los pezones rosados que se le ofrecían, erguidos y ansiosos. Inclinó la cabeza y atrapó uno con los labios. Lo lamió y entonces la respiración de Natalia volvió a enloquecer. Jadeaba y se movía a punto de alcanzar un segundo clímax, y él ya no sabía cómo contener el suyo. Siguió acariciando la espalda de Natalia mientras su boca iba al otro pezón y volvía a succionar. Sentía que el interior de Natalia se contraía y eso lo hizo gemir. Fue un sonido gutural que provocó aún más placer en ella, y que la hizo quejarse también.

El conjunto de sonidos y sensaciones los condujo por un camino sin retorno. Natalia le rodeó el cuello, sus pechos se pegaron al torso de él, y entonces volvieron a besarse en la boca, de manera más profunda y húmeda. Después, y sin darse cuenta, se quedaron un momento con los labios entreabiertos, compartiendo la respiración. Fue entonces cuando alcanzaron juntos el punto máximo de placer.

Volvieron a besarse y permanecieron unidos un rato más. Se miraron a los ojos, ella esbozó una sonrisa de satisfacción y él le acarició los labios con el dedo.

—Quiero hacerte el amor hasta que digas basta —le dijo mirándola a los ojos. Ella volvió a sonreír.

—Eso nunca va a pasar —aseguró.

—¿Nunca? —preguntó Julián rozándole el labio con el pulgar.

—Jamás —confirmó ella—. Eres hermoso, te amo.

Las palabras, dichas en un tono de amor y lujuria, hicieron que Julián la tomara de la cintura y la cargara así hasta la habitación. Se desprendió del pantalón en el suelo de la sala.

La sentó en el borde de la cama, le cogió las caderas con las manos y se inclinó hacia ella para respirarla. Olió su cabello y le dejó la humedad de su lengua sobre la sien. Natalia abrió la boca buscando aire, pero le costaba respirar. Julián le llevó el cabello hacia atrás hasta que sus dedos se enredaron con las hebras castañas, y luego se inclinó sobre su cuello. Le besó la piel sensible de aquella zona y después le lamió el lóbulo de la oreja.

Natalia abrió las piernas y se arrastró hacia delante, para que la rodilla de Julián se pegara a su clítoris. Alzó la cabeza para entregarle los labios, y él los aceptó brindándole los suyos. Mientras la besaba, la hizo retroceder hasta encontrar el respaldo de la cama. Entonces se arrodilló entre sus piernas y se aferró al respaldo de hierro para encerrarla entre sus brazos.

Natalia pasó la mirada de los ojos de Julián a su boca, y de su boca a su pecho. Del mismo modo bajó hasta su vientre, y así hasta su miembro. Se moría por Julián, se moría por amarlo, y se lo hizo saber volviendo a sus ojos. Los de él se habían entornado.

Tendió una mano, lo tomó por la cabeza y lo atrajo hacia sus labios. Lo besó con anhelo, sin que la conciencia interviniera en sus actos, y él respondió de la misma manera. Natalia se acostó, y Julián se sostuvo sobre ella. La penetró de una sola vez, llevándola hacia atrás con su movimiento, y la embistió tantas veces que ella acabó enredando las piernas en su cadera y moviéndose a un ritmo frenético que tenía más de locura que de conciencia.

—Morí sin ti todo este tiempo —masculló él a su oído, y

Natalia lo obligó a callar frotando su mejilla contra la de él, buscando el rastro de barba y el dolor del placer.

«Aquí estoy para ti —pensaba—. Contigo dentro de mí.» Y sin darse cuenta, se halló gritando, presa de las sensaciones que ella también había añorado todo ese tiempo.

Poco después, estaban acostados sobre el edredón revuelto. No habían dejado de mirarse y se acariciaban el cabello el uno al otro.

Como siempre, Natalia comenzó a adormilarse entre sus brazos.

—Imagino que te vas a quedar conmigo —susurró él a su oído—. Todos los días a partir de «cuanto antes».

Natalia rio por su manera peculiar de invitarla a vivir con él, y luego suspiró, todavía con una sonrisa.

—«Cuanto antes» puede ser... ¿en una semana? —preguntó. Sería tiempo suficiente para preparar a su madre para que aceptara su partida.

—Cuando lo consideres oportuno.

Natalia no le exigía que se casara con ella o que asumieran un compromiso más riguroso, sin duda porque, como él, sentía que su amor era suficientemente profundo como para prescindir de esas convenciones sociales. Sin embargo, había algo relacionado con el espíritu que él no quería perderse.

—También me gustaría que algún día evaluemos la posibilidad de dejar de cuidarnos —sugirió.

Natalia comprendió la alusión a abandonar los métodos anticonceptivos, y su corazón dio un vuelco. Pestañeó, como hacía cada vez que algo la dejaba sin palabras. Con Julián, eso ocurría muy a menudo. Saber que él deseaba tener hijos con ella la hizo tan feliz que le costaba ponerle palabras. Se moría por conocer una mezcla de ella y de Julián. Sin embargo, había aprendido que en la vida el tiempo se encarga de todas las cosas, y que tenía tanto por delante que lo único que valía la pena era el presente.

—Acabo de tener un hijo —le recordó—: nuestro libro. Me

gustaría que disfrutemos de lo que nos dé, y que después sí, evaluemos dejar las píldoras. Quiero que usemos el dinero de las ventas para irnos de viaje.

Él sonrió. Quería ser quien invitase a Natalia a viajar, quizá porque en su época las mujeres no pagaban los viajes.

—No hace falta que usemos tu dinero para eso —sugirió.

—¿Y qué voy a hacer con él, cambiar de coche? —bromeó ella—. Un coche no es mi sueño, es la Polinesia. El sueño cumplido del libro tiene que cumplir otro, el viaje, y el sueño del viaje puede que traiga el próximo: nuestro hijo —sonrió, visualizando su futuro—. ¿Te imaginas poder decir que concebimos un bebé en la Polinesia? —rio—. Te necesito conmigo para eso, ¿me acompañarías?

Julián sonrió de nuevo y le apartó el cabello de la frente para besarla.

—Te diré algo muy manido en las novelas románticas —anunció—: te acompañaría hasta el fin del mundo.

Natalia estalló en risas y Julián la imitó. Después de un momento, ella se colocó sobre él, le rodeó el rostro con ambas manos y lo besó fugazmente.

—No importa cuán trillada esté la frase. Suena muy bien en tus labios, Fabián.

—Por eso eres mi escritora favorita, Nadia.

Y con la melodía de sus risas y sus palabras de amor, todo volvió a empezar.

Si las buscas con perseverancia, todas las fantasías, tarde o temprano, se hacen realidad.

# Agradecimientos

Hace mucho que debo una página como esta a todas las personas que ayudan a que mi sueño, como el de Nati y Juli, siga siendo real. Sin duda me olvidaré de alguien, espero que sepan perdonarme.

En primer lugar, quiero dar las gracias a la vida, aunque ya lo sabe.

A mi abuela Nelly, que me ha enviado todo esto que comenzó con *Malas intenciones* y que de pronto se convirtió en mucho más.

A mis padres, Lidia y José (Raúl), por haberme dado la vida, por estar a mi lado de una u otra manera, en una u otra época, cuando yo los necesitaba. Nunca es tarde, Natalia también lo sabrá. Os amo profundamente y os recordaré por siempre. Siempre en mi corazón, vivos en mis historias, donde va mi alma y sobrevivirá la muerte.

Quiero destacar a las dos personas que leyeron un manuscrito mío por primera vez y me impulsaron a enviar material a editoriales: Marina Rivero e Ingrid Erazo (Maru Seattle e Ingrid Seattle). Gracias por haberme dado el impulso que la perfeccionista de Anna no se animaba a tomar.

A mis lectoras de prueba habituales, algunas de ellas colegas escritoras; amigas que con su primera lectura de historias que todavía están en pañales, colaboran en mi trabajo con sus halagos, análisis y sugerencias: Marina Rivero, Marilí, Karina Costa Ferreyra (Brianna Callum), Silvana Berbel, Romina Pizzella y quienes alguna vez hayan sido tan generosas de destinar su tiempo y su atención a esta impagable tarea.

Lo mismo para Majo Riquelme y Pamela Chacon, quienes mantienen activas mis redes sociales con todo su empeño y entusiasmo.

A todos los que me ayudan a construir mis novelas: profesionales, encuestados, autores de libros y páginas de internet, sexólogas, psicólogas... gente. En la realidad están las fuentes más preciadas.

Por supuesto, a mis editoras Silvia y Jessica, por la pasión que depositan en cada texto, y al fabuloso equipo editorial, por confiar en mis historias, que salen del corazón y llegan al papel gracias a su valiosa tarea.

Finalmente, un GRACIAS especial a mis lectoras y lectores, a las mujeres y hombres que disfrutan de mis historias, que las recomiendan y hacen que otros las conozcan. Sepan que son muy importantes para mí y que cuando describí a las lectoras que aparecen en este libro, estaba pensando en cada una de ustedes, en su alegría y efusividad, en el cariño que me brindan y que espero devolverles con más historias, esperanzada en que se ganen un lugar en su corazón.

Mensaje encriptado: Gracias, Juli, te amo con el alma, te voy a extrañar.

¡Hasta la próxima!
Anna.
☺